grafit

Chemnitzer Str. 31, D-44139 Dortmund
Internet: http://www.grafit.de
E-Mail: info@grafit.de

Umschlagillustration: Peter Bucker
Druck und Bindearbeiten: Elsnerdruck GmbH, Berlin
ISBN 3-89425-257-X
2. 3. 4. 5. / 2004 2003

Reinhard Junge

Glatzenschnitt

Kriminalroman

grafit

Der Autor

Reinhard Junge wurde 1946 in Dortmund geboren, lebt in Bochum und unterrichtet in Wattenscheid Deutsch und Latein. Sein Krimidebüt gab er 1985 mit *Klassenfahrt*, anschließend schrieb er zusammen mit Leo P. Ard alias Jürgen Pomorin das *Bonner Roulette* (1986). Zwei Jahre später hob das Autorenduo *Das Ekel von Datteln* aus der Taufe und begann damit die erfolgreiche Serie der Krimis um das Dortmunder Video-Team PEGASUS, die Junge seit dem achten Band *(Totes Kreuz)* allein fortsetzt. Drei Bände der Reihe wurden für den ›Glauser‹, den höchst dotierten deutschen Krimipreis, nominiert.

Mehr zu Autor und Werk unter ›http://www.grafit.de‹ und ›http://www.reinhard-junge.de‹.

Die Hauptfiguren

Rudolf Brennwald (28) ...... sitzt auf einem wackeligen Stuhl

Daniel Heckmann (27) ... steht vor einer verschlossenen Tür

Stefan ›Klopper‹ Koslowski (29) .... hat kein Hirn

Kevin Kleinert (17) .... hat keinen Kumpel

Gernot Horvath (24) .... redet zu viel Blech

Helge Weiß (50) .... zapft zu viel Bier

Dennis Czerny (18) .... wäre gerne Fußballstar

Nilgül Ösran (18) .... wäre gerne tot

sowie

Horst Lohkamp (55) .... versauert in Wattenscheid

Ewald Hardenberg (28) .... verzweifelt an seiner Chefin

Katrin Klemm (25) .... steht noch am Anfang

Martina Langer (40) .... steht vor einem Rätsel

Brigitte Hell (50) .... kennt fast alle Götter

Butter & Wegge .... kennen nur BigMacs

und

PEGASUS Film & Video GmbH, Dortmund

Anmerkung des Autors

Alle hier geschilderten Figuren und Ereignisse sind Produkte der Fantasie. Aber ich fürchte, dass die Wirklichkeit den Roman überholt.

*

Ein großes Dankeschön an Ulrike und Sibylle. Vermutlich waren selbst diese beiden klugen Frauen nicht in der Lage, alle Fehler in diesem Buch zu finden.

1

Die Glasscheibe in der Eingangstür splitterte. Ein kahler Schädel tauchte in der Öffnung auf. Ein schneller Blick durch den Raum, dann verzog der Mann seine dicken Lippen zu einem Grinsen. Er streckte seinen Arm durch die Öffnung, tastete nach der Klinke und drückte sie nach unten. Aber außer seinem baumelnden Ohrring rührte sich nichts. Der Kahle versuchte es etwas tiefer, griff jedoch, da sein lauernder Blick unverwandt in den Raum gerichtet war, neben den Schlüssel. Da zog der Kerl Arm und Kopf zurück und holte aus. Zwei, drei Tritte gegen das Holz, dann sprang die Tür aus dem Schloss. Ein Trupp Männer drängte herein. Hinter dem bulligen Kahlkopf ein schmaler Typ in grüner Bomberjacke, der Rest der Mannschaft in schwarzem Leder, die Haare auf Millimeterhöhe oder völlig abrasiert. Ganz zum Schluss erschien ein gepflegter Brillenträger mit sorgsam gescheiteltem Blondhaar und blieb auf der Schwelle stehen.

Nilgül Ösran stand zu diesem Zeitpunkt hinter der Kaffeetheke. Sie war seit einem Monat achtzehn, besuchte ein Gymnasium und half zweimal in der Woche Kindern ausländischer Herkunft bei den Hausaufgaben. Jetzt war sie allein im Nachhilfeladen und brachte das Kassenbuch auf den neuesten Stand. Als die Geschorenen hereindrängten, verwandelte sich ihr Blut in Eis.

Die Männer verteilten sich augenblicklich über den Raum und begannen, die Einrichtung zu zerstören. Rechts fetzte das Jüngelchen mit der Bomberjacke Prospekte, Schreibhefte und Malkästen aus den Regalen, in der Mitte schlug der bullige Besitzer des Ohrrings Tische und Stühle zusammen, hinten hebelten zwei, drei Kerle die Tafel aus der Verankerung und sprangen mit Stiefeln auf dem Holz herum, während ihre Kumpane bereits mit Holzkeulen auf den Samowar und die Kaffeemaschine, Lampen, Tassen und Gläser einschlugen.

Die junge Frau stand starr.

Sie schrie nicht und sie rührte sich nicht. Was sie lähmte, war nicht nur die nackte Angst vor diesen Leuten, sondern auch ein weit tiefer gehendes Gefühl von Hilflosigkeit und Verlassenheit. Ratlos sah sie zu, wie diese Männer in weniger als fünf Minuten die Arbeit eines ganzen Jahres zerstörten – so systematisch und gewissenhaft, als hätten sie die Aufgaben vorher verteilt.

Dann fiel Nilgül ein, dass in der geöffneten Kassenschublade ein Elektroschocker lag. Aber sie war unfähig, den Kugelschreiber loszulassen und das Gerät zu packen. Und sie hatte nie geübt, damit umzugehen.

»Nun zu dir, Schätzchen!«, sagte ein kantiger Typ in Lederjacke.

Es waren die ersten Worte, die seit Beginn des Überfalls gesprochen wurden, und erst als der Kantige mit dem Stoppelschnitt und den Segelohren einen Arm nach ihr ausstreckte, begriff Nilgül, dass sie gemeint war. Erschrocken wich sie bis an die Wand zurück.

Der Mann lachte amüsiert auf. Er beugte sich vor, langte über die Theke und packte den Kragen ihrer Bluse. Als er die Frau mit einem Ruck zu sich herüberzog, riss der Stoff. Nilgül schrie auf.

»Komm, stell dich nicht so an!«, sagte er in einem Ton, als ginge es um einen Sprung vom Einmeterbrett. Er warf sie rücklings auf den Tresen und griff nach ihrer Brust, während sich seine Lippen ihrem Mund näherten.

Nur das nicht, dachte Nilgül und schloss die Augen, nur das nicht!

Der Atem des Mannes schlug ihr ins Gesicht. Paradoxerweise war es genau dieser Biergeruch, der ihre Lähmung löste. Ihre Hand fuhr nach unten in die geöffnete Schublade, fand den Schocker und holte ihn hervor.

»Ach, Kindchen!«, sagte der Kantige und entwand ihr mit einem Griff das Gerät. Sein Gesicht verzog sich zu einem breiten Grinsen.

»Hilf mal!«, sagte er zu dem Burschen mit der Bomberjacke, der höchstens sechzehn Jahre alt war und gerade die letzten Teegläser zu Boden fallen ließ. »Die Hose!«

Nilgül warf sich herum, wurde jedoch von dem Kantigen sofort wieder niedergedrückt. Sie strampelte mit den Beinen, aber einer von den anderen Männern hielt ihre Füße fest. Ein dritter schnitt ihr den Gürtel auf und zerrte die Jeans herunter. Sie spürte die kalte Luft an ihren Schenkeln, Knien und Waden. Dann riss der dünne Stoff ihrer Unterwäsche und ein Pfiff ertönte: »Wollt ihr mal 'ne echte Türken-Fotze sehen?«

Eilige Schritte klirrten durch die Scherben und die Kerle bauten sich im Halbkreis um das Mädchen auf. Nilgül spürte, wie ihr Körper sich in ein Brett verwandelte.

»Mann, die hat da gar keine Haare!«, rief jemand. Die Stimme klang so jung und so verwundert, dass sie eigentlich nur dem Zehntklässler gehören konnte.

»Kerl, das ist bei allen Türkenweibern so. Anweisung von Allah persönlich«, erklärte die Stimme des Mannes mit den Segelohren. »Bist du scharf auf die Alte?«

Schweigen. Dann eine andere, deutlich schärfere Stimme: »Los, hol ihn raus und fick sie!«

Die Truppe brüllte vor Begeisterung. Eine fremde Hand packte Nilgüls Kinn: »Guck mich an!«

Automatisch öffnete sie die Augen und sah dicht über sich das Grinsen des Kantigen: »Schätzchen, was sollen wir dir in die Möse stecken: dieses japanische Elektroteil oder einen deutschen Schwanz?«

Seine Gefolgsleute schüttelten sich vor Lachen.

»Du weißt nicht, was besser ist? Ich sag's dir: der Schwanz. Und weißt du, was das Beste daran ist? Er ist garantiert unbeschnitten.«

Schenkel schlagender Frohsinn, als wäre man im Komödienstadel. Nilgül lag da und konnte sich nicht rühren.

»Los, Kleiner, fang an!«

Der Lärm verstummte.

»Ich?«, fragte die helle Stimme. Das Zittern war unüberhörbar. »Jetzt? Hier?«

»Klar doch! Rausholen und durchziehen! Ich schenk sie dir ...«

Einen Augenblick lang war es so still im Raum, als hätte

jemand draußen vor der Tür alle Autos angehalten – das Surren der Motoren war in weite Ferne gerückt. Aber nichts geschah. Bis sich der Kantige wieder meldete: »Lampenfieber? Pech für dich – die Kleine ist bestimmt noch Jungfrau. Also, wer will? Freiwillige vor!«

Jetzt schien auch der letzte Lärm auf der Straße verstummt zu sein.

»Keiner?«, wunderte sich der Mann mit den Segelohren und schien seine Leute zu mustern. Dann bestimmte er: »Komm, besorg du es ihr! Zeig, dass du zu uns gehörst! Hier und jetzt!«

Es war, als hätten die Männer auch noch das Atmen eingestellt. Aber sie waren da und starrten auf ihren Körper – Nilgül konnte jeden ihrer Blicke spüren. Warum kommt denn keiner, dachte sie. Warum kommt denn keiner und …

Sie hörte das Ratschen eines Reißverschlusses.

Nilgül wollte schreien, aber eine Hand verschloss ihr den Mund. Sie wollte beißen, aber sie bekam die Zähne nicht auseinander. Sie wollte tot sein, verlor aber das Bewusstsein erst, als sie es vor Schmerz und Scham nicht mehr aushielt …

2

Die Brandstelle lag nur einen guten Kilometer südlich der Wattenscheider City, aber die beiden Polizisten brauchten fast zehn Minuten. Je näher sie dem Ziel kamen, desto dichter war der Fahrzeugstau. Und nirgends ein Kollege in Uniform, der versucht hätte, das Chaos zu ordnen.

»Schichtwechsel«, sagte Hardenberg.

»Angst vor dem Regen«, widersprach Lohkamp und pflanzte das Blaulicht aufs Dach. »Gib Gummi!«

Vor ihnen schälte sich eine lange, dreistöckige Häuserzeile aus dem diffusen Licht der Scheinwerfer und Laternen, rund hundert Jahre alt und kaum jemals gründlich renoviert. Unten ein paar Läden, deren Einnahmen weder zum Leben noch zum Sterben reichten, darüber ein paar preiswerte

Unterkünfte, in denen die Mieter noch schneller wechselten als das Wetter. Zwischen A 40 und Eisenbahn waren die Hörschäden vorprogrammiert.

Als Hauptkommissar Lohkamp sich auf das nasse Pflaster stemmte, rollten die Feuerwehrleute die Schläuche schon wieder ein. Der Polizist lief auf den Wagen der Einsatzleitung zu. Ein breitschultriger Mann mit Schnauzbart kam ihm entgegen und Lohkamp stellte sich vor.

»Erzählen Sie!«, bat er dann.

Der Mann zog die Schultern hoch und deutete auf das Gebäude gegenüber. Scheinwerfer leuchteten die bröckelnde Fassade aus und offenbarten die Zerstörungen: Die Fenster des Ladenlokals waren ruiniert, der Innenraum zerstört und an der Hauswand zog sich eine lange Rußspur hoch.

»Sieht verdammt nach Brandstiftung aus. Aber wir haben gelöscht, bevor das Feuer auf die oberen Stockwerke ...«

»Personenschäden?«

Der Mann schien einen Augenblick über diesen Begriff nachzudenken, dann nickte er: »Eine junge Frau. Lag vor der Tür. Fast nackt und bewusstlos.«

»Innen oder außen?«

»Außen. Oberkörper auf den Stufen, Beine unten. Kommen Sie!«

Er ging voran. Vor dem Eingangsbereich klebte auf dem Pflaster eine zähe Mischung aus Ruß und Löschpulver, die sich in dem unaufhörlichen Nieselregen langsam zu verdünnen schien und in schwarz-weißen Rinnsalen zur Bordsteinkante strebte. Und direkt unterhalb der drei Stufen, die in den Laden führten, waren einige rötliche Spuren zu erkennen.

»Blut?«

Der Feuerwehrmann nickte.

»Und hier hat ihr Unterkörper gelegen?«

»Ja.«

»Können Sie das abdecken?«

Ein kurzes Kommando und Sekunden später liefen zwei Leute mit einer Plastikplane herbei.

»Und wo ist die Frau jetzt?«

»Die Notärztin hat sie reanimiert und ins *Bergmannsheil* geschafft.«

Der Hauptkommissar zog die Augenbrauen hoch – die Wattenscheider Krankenhäuser lagen näher.

»Rauchvergiftung, Verbrennungen an den Beinen. Im Übrigen – vermutlich eine Türkin.«

»Wieso?«

»Die Haare, das Gesicht. Der Genitalbereich ...«

Der Oberbrandmeister ging voran in den verwüsteten Raum. An den Wänden die Spuren des Feuers und des Schaums, in der Luft scharfer Brandgeruch, dazwischen unverkennbar eine Prise Benzin. Und unter ihren Füßen knirschten die Splitter und Scherben dessen, was einmal die Einrichtung gewesen war.

»Löscht ihr neuerdings mit 'nem Schredder?«

Der Behelmte zog die Schultern hoch: »Weiß der Teufel, was hier los war. Aber das Kleinholz lag schon vor dem Feuer da ...«

Mit der Stiefelspitze berührte er die Trümmer, die von der Rückenlehne eines Stuhls übrig geblieben waren, und Lohkamp nickte; die Bruchstellen waren vom Rauch geschwärzt.

»Sagen Sie ...«

»Ja?«

»Haben Sie die Tür aufgebrochen?«

Der Mann schüttelte entschieden den Kopf: »War schon. Außerdem treten wir nicht, sondern hebeln. Komisch nur – der Schlüssel steckt noch.«

Die beiden starrten einen Augenblick auf den Schlüsselgriff. Inmitten des Chaos ein einziger Gegenstand, der sich noch an seinem Platz befand.

Der Feuerwehrmann löste sich und ging noch zwei Schritte weiter: »Da!«

Den schmalen Zwischenraum zwischen Theke und Seitenwand hatte das Feuer offenbar nicht mehr erreicht. Auf zersplittertem Geschirr lagen ein paar Kleidungsstücke, vom Löschschaum überzuckert. Sie schienen auf den ersten Blick nicht einmal angesengt zu sein.

»Die Frau muss bei Ausbruch des Feuers hier gelegen haben. Schauen Sie!«

Vorsichtig steckte der Brandmeister einen Finger in den Schaumteppich und hielt Lohkamp die Kuppe vor die Augen: »Blut. Und hier oben auf dem Tresen auch.«

»Gutes Auge. Sie können bei uns anfangen«, sagte Lohkamp.

»Nicht ums Verrecken!«, sagte der andere und schüttelte den Helm. »Das Feuer reicht mir …«

Lohkamp lächelte düster. Die Fortsetzung konnte er sich denken. Abrupt wechselte er das Thema: »Was sagt die Ärztin – kommt die Frau durch?«

»Keine Ahnung. Hängt davon ab, wie viel Gift in der Lunge steckt.«

Forsche Schritte stapften heran. Einer der Männer in Schwarzblau trat vor seinen Chef, den Sturmriemen seiner Kopfbedeckung gelockert. »Wir sind so weit …«

Der Oberbrandmeister nickte: »Lasst zwei Mann als Wache hier. Ich bleibe auch noch – aber nur, bis der Staatsanwalt kommt.«

Lohkamp folgte den beiden auf die Straße, froh darüber, dass er den düsteren Raum verlassen konnte. Gierig sog er die Winterluft ein, aber sie war kaum frischer als der Mief in dem verwüsteten Lokal. Er wandte sich wieder an den Mann von der Feuerwehr: »Wer hat Sie eigentlich alarmiert?«

»Ein Autofahrer. Sitzt im Leitungswagen.«

Ein Blick reichte, um festzustellen, dass Hardenberg den Zeugen bereits befragte. Guter Mann, dachte Lohkamp.

»Hat er die Frau aus dem Feuer geholt?«

»Er sagt nein. Die hätte schon da gelegen.«

»Tatzeugen?«

»Mann«, schnaufte der Brandmeister. »Das ist Ihre Arbeit. Wir haben unseren Teil getan.«

Lohkamp grinste und sah sich um. Auf der anderen Straßenseite hatten sich trotz des Regens etliche Leute versammelt und blickten neugierig herüber. Zwei von ihnen hielten einen Flachmann in der Hand, den sie vom Büdchen geholt hatten. Als der Polizist sich näherte, wandte sich die Mehrzahl der Gaffer ab. Lohkamp ignorierte sie und ging auf ein Parterrefenster zu, in dem ein grauhaariges Männchen mit Geheimratsecken und Hornbrille lag. Den im Hintergrund dröhnenden Fernseher hatte der Mann offenbar vergessen.

»Machen Sie mal auf?«, fragte Lohkamp und deutete mit dem Kopf zur Haustür.

Der Rentner nickte und verschwand. Dreißig Sekunden später stand ihm der Hauptkommissar in einer altmodisch eingerichteten Wohnküche gegenüber. »Was haben Sie gesehen?«

»Tja, eigentlich gar nichts. Habe ja erst nicht genau hingeguckt. Immer was los hier in der Straße, und da drüben sowieso – der reine Taubenschlag. Öfter mal Lärm da, meine ich. Musik und so. Aber dann knallte es. Und das Licht. Ja, und dann sind sie alle rausgekommen und in den Wagen gesprungen. Der Fahrer, meine ich, hat eine Glatze gehabt …«

»Meinen Sie?«

»Ja, Herr. Ich hatte nämlich Zeitung gelesen und meine Lesebrille auf.«

Skeptisch blickte Lohkamp auf den Fernseher. Wie man bei diesem Lärm lesen konnte, war ihm absolut unverständlich. »Und wie ging's weiter?«

Der alte Mann brauchte gar nicht nachzudenken: »Als die Glatzen weg waren, habe ich erst einmal meine andere Brille gesucht. Ich habe ja alles nur verschwommen gesehen. Und als ich wieder am Fenster war, ja, da hielt auch schon dieser blaue Wagen da.«

Er beugte sich aus dem Fenster und zeigte auf einen metallicblauen Astra, der zwei Häuser neben der Brandstelle auf dem Bürgersteig stand.

»Warum haben Sie nicht die Polizei gerufen? Oder die Feuerwehr?«

Empört blies der Mann die Backen auf: »Als ich wieder ans Fenster kam, hielt der Fahrer eins von diesen Handys ans Ohr und telefonierte. War doch klar, dass der nicht seine Oma angerufen hat …«

Lohkamp war das gar nicht klar. Manche Leute ließen in solchen Situationen zu Hause die Kartoffeln vom Herd nehmen. Weil sie noch etwas Interessantes angucken mussten. »Sagen Sie, die Suche nach der anderen Brille: Wie lange hat das gedauert? Zehn Sekunden, eine Minute? Oder zwei?«

Der Mann überlegte dieses Mal länger und seine Antwort war deutlich zögerlicher: »Keine Ahnung. Eher zwei Minuten. Oder drei. Die Aufregung war mir glatt auf die Blase geschlagen ...«

Lohkamp seufzte. Wie konnte man in solchen Situationen aufs Klo gehen!

»Als der Fahrer telefonierte – lag die Frau schon auf dem Bürgersteig?«

Der Zeuge überlegte, dann schüttelte er den Kopf: »Habe nicht drauf geachtet – und konnte es auch nicht erkennen. Fuhren doch dauernd Autos vorbei. Meinen Sie, von denen hätte einer angehalten?«

Einer hat, dachte Lohkamp. Wenn die türkische Frau durchkommt, hat sie ihr Leben vielleicht ihm zu verdanken. »Der Mann mit dem Handy – meinen Sie den jungen Kerl, der jetzt aus dem roten Pkw steigt?«

Der alte Mann starrte hinüber, kniff die Augen zusammen und runzelte die Stirn. Endlich nickte er: »Der. Der hat angerufen ...«

Wieder auf der Straße, ging Lohkamp auf den Astrafahrer zu: »Haben Sie die Frau aus dem Ladenlokal geholt?«

Der Bursche schüttelte entschieden den Kopf.

Ein Streifenwagen tauchte auf und blieb mit laufenden Scheibenwischern in einer Einfahrt stehen. Gelangweilt schauten die beiden Polizisten zu, wie sich der Verkehrsstau von selbst auflöste. Der Hauptkommissar öffnete die Beifahrertür: »Sie bleiben hier, bis die Spurensicherung kommt.«

Die beiden nickten – Hauptsache, sie brauchten nicht in den Nieselregen hinaus.

Da fiel es Lohkamp ein: Zwei Fragen musste er dem Rentner noch stellen. Zum Glück lag der Mann schon wieder im Fenster und beobachtete die Vorgänge auf der Straße.

»Sagen Sie: In was für einem Wagen sind die Leute denn getürmt?«

»Keine Ahnung – eins von diesen neumodischen Dingern.

Halb Kleinbus, halb Pkw. Irgendwie dunkel. Blau oder schwarz ...«

»Fabrikat?«

Der Mann wusste es nicht.

»Und wie viele Leute kamen aus dem Laden?«

Kurzes Stirnrunzeln, dann gestand der Alte: »Habe ich nicht genau mitbekommen. Aber der Wagen schien ziemlich voll zu sein.«

Also fünf oder sechs, dachte Lohkamp, und wandte sich um.

Ein hoch aufgeschossener Schnösel im blauen Trench kam auf ihn zu und hielt kurz seinen Ausweis hoch: »Dauerdienst. Ihr Hauptmeister hat uns schon informiert. Wir übernehmen und Sie können Feierabend machen.«

Lohkamp überlegte, ob er den Jüngling auf die Beobachtungen des Rentners aufmerksam machen sollte. Aber da drehte der Bursche ab und krallte sich einen von den Schaulustigen.

Blödmann, dachte der Hauptkommissar und winkte den langen Hardenberg heran: »Sie wissen, wo sich diese Glatzen treffen?«

»Ja, Chef!«

»Dann los!«

Als der Hauptmeister startete, hatte Lohkamp bereits den Sprechfunk aktiviert: »Ich brauche noch ein paar Leute. Zum *Berghof*!«

3

»Fremdmaterial!«, stöhnte Klaus-Ulrich Mager und steckte sich eine Filterlose an. »Ich hasse es, so ein Zeug zu schneiden!«

»Ich weiß«, sagte Susanne Ledig sanft und legte ihm eine Videokassette auf den Tisch. Seit dreizehn Jahren arbeitete sie mit dem Bärtigen zusammen und hatte keine dreizehn Wochen gebraucht, bis sie seine beruflichen Glaubenssätze im Tiefschlaf singen konnte. »Aber es war teuer genug, einen fremden Kameramann zu bezahlen. Schneiden müssen wir selbst.«

Mager seufzte: Bei der Gründung der ›PEGASUS Film & Video GmbH‹ hatten sie von einem Mediengiganten geträumt, der eines Tages Läden wie Bertelsmann im Handumdrehen einkassierte. Aber in all den Jahren kreisten die Pleitegeier über der PEGASUS-Zentrale und nicht über Gütersloh.

»Also komm, in einer Stunde muss der Film zum Sender!«

Diesen Satz kannte auch der Mann am Schreibtisch auswendig: Zeitdruck war der zweite Stressfaktor, gegen den man sich bei PEGASUS wappnen musste. Dennoch rührte sich Mager nicht, sondern deutete auf sein linkes Bein. Es ruhte wie aufgebahrt in einer halb geöffneten Schublade seines Schreibtischs: »Meinst du, ich habe den Krankenschein wegen meiner schönen Augen bekommen?«

Die schmale blonde Frau atmete tief durch. Dann stützte sie sich an der Schreibtischkante ab und beugte sich so weit vor, dass sie den Calvados in seinem Atem riechen konnte: »Du kannst natürlich gerne behaupten, dass du deine Filme mit dem Unterschenkel schneidest. Aber ob sie das beim Arbeitsgericht glauben? Und bei Alkohol im Dienst kennen die überhaupt keine Gnade mehr.«

Fassungslos starrte Mager seine Chefin an: »Arbeitsgericht? Das würdest du tun? Nach all den Jahren?«

»Ich würde nicht nur – ich werde. Du hast genau drei Minuten!«

»Aber ich bin krank!«

»Quatsch! Du hast dich freiwillig an deinen Schreibtisch gesetzt. Damit signalisierst du, dass du gesund bist und deine Arbeitskraft wieder zur Verfügung stellst. Also los – eine Minute ist schon vorbei!«

Mager starrte ihr ins Gesicht. Lange vor ihrer beruflichen Teamarbeit hatten sie es mal privat miteinander versucht. Damals hatte er diese Frau geliebt und sie hatte gläubig zu ihm aufgeschaut. Aber Susanne war schon lange nicht mehr das Mädchen aus der zehnten Klasse, das er mit Anekdoten aus dem Studentenleben beeindrucken konnte. Jetzt lag in ihren Augen eine Entschlossenheit, die ihn daran erinnerte, dass auch er kündbar war.

»Ausbeuterin!«, knurrte er, stemmte sich hoch und humpelte in den schmalen Flur, der die beiden Büros vom Schneideraum trennte. Eigentlich war sein Muskelfaserriss über Weihnachten schon fast ausgeheilt – aber das wäre der falsche Augenblick gewesen, um es Susanne zu beichten.

»Heute Mittag hast du noch auf dem anderen Bein gehumpelt!«, sagte sie und folgte ihm in den Schneideraum. »Oder?«

Und mit dir habe ich mal gevögelt, dachte Mager und zog unwillkürlich den Kopf ein: Die Frau kannte ihn so gut, dass er bisweilen befürchtete, sie könnte seine Gedanken lesen.

Vorsichtig ließ er sich auf dem Drehstuhl vor dem Schneidetisch nieder und legte die Kassette ins Laufwerk. »Wollen mal sehen, was wir von diesem Mist gebrauchen können ...«

Auf dem Monitor erschien das Gebäude des Dortmunder Landgerichts, dann das pompöse Portal in Nahaufnahme, schließlich einer dieser langen düsteren Flure, in denen die Angeklagten sich auf ihre Zukunft einstimmen sollten. Mager hätte gerne gewusst, wie viele Jahre Knast in diesem Bau schon verhängt worden waren. Und bat, tief im Innern, seinen standardmäßigen Ersatzmann für Urlaubs- und Krankheitstage um Verzeihung: Der Mann hatte wie immer vorzügliche Arbeit geleistet.

Die Szene wechselte. Ein heller, großer Büroraum, ein nagelneuer, sauber aufgeräumter Schreibtisch, dahinter ein Mittvierziger im Bestzustand: frisch frisiert, kein Fältchen im Gesicht, die Zähne makellos restauriert.

Als Mager den Mann im Maßanzug erkannte, schrie er auf: »Hempelmann! Was macht dieser Arsch auf meinem Monitor?«

»Du kennst den?«

Mager seufzte: Er lebte seit fünfundvierzig Jahren in dieser Stadt. Und sieben oder acht davon hatte er mit dem Herrn auf dem Bildschirm in einem Klassenraum gesessen.

»Reinoldus«, verriet er und griff nach seinen Zigaretten. Bevor er sich eine anzündete, blies er einen Tabakkrümel in

Richtung Bildschirm. »Dieser Herr da – der größte Streber und Schleimer, dem ich je begegnet bin. Einmal habe ich ihm sogar wegen seiner Petzerei was in die Fresse hauen müssen!«

»Gut, dass du heute nicht dabei warst!«, sagte Susanne.

»Wieso?«

»Das ist der neue Leitende«, sagte Susanne. »Oberstaatsanwalt.«

Einen Augenblick lang blieb Mager stumm. Dann schickte er einen Blick zur Zimmerdecke, als ob ausgerechnet er dort einen Verbündeten finden konnte. »Dortmund kann sich glücklich schätzen. Ich schwöre dir: Dieser Typ macht aus dem Landgericht eine Zweigstelle des Volksgerichtshofs ...«

»Wie gut, dass du alles immer im Voraus weißt«, sagte Susanne. »Schneiden!«

»Ja«, sagte Mager und studierte den Bauplan für Susannes Film. Er dachte nach und stürzte plötzlich zu den Regalen und Schränken, die das Archiv der Firma bildeten. Die Blechdosen mit den alten 16-mm-Rollen ließ er unbeachtet, stattdessen zog er eine metallene Schublade auf: »Warte mal, ich habe es gleich!«

»Was hast du gleich?«, fragte Susanne scharf.

»Das Interview mit Hempelmann.«

»Welches?«

»Vor zwölf Jahren. Für das alte Lokalfernsehen ...«

Susanne sah ihn noch immer fragend an.

»Als die Bullen in der Bittermark diese beiden RAF-Leute geschnappt haben. Hempelmann war als junger Staatsanwalt vor Ort und hat die Aktion kommentiert.«

Mager schob die Lade an ihren Platz zurück und öffnete den nächsten Kasten: »Genau. Hier ...«

Als er mit seiner Beute zum Schneidetisch zurücklief, war seinem Bein nichts mehr anzumerken: Das Jagdfieber war Magers beste Medizin.

»Klaus!«, drängte Susanne Ledig. »Wir haben keine Zeit mehr. Das Ding muss zum Sender!«

Der Kameramann winkte ab und schob die alte Kassette in den Player. Er spulte vor und drückte auf Wiedergabe. Genussvoll lehnte er sich im Sessel zurück, als eine deutlich jüngere Ausgabe des Karrierejuristen auf dem Monitor erschien und mit markiger Stimme verkündete: »Im Kampf gegen den Terrorismus müssen wir hart und entschlossen sein. Jedes Zögern stärkt die Feinde der Demokratie, die unserer Gesellschaft den Krieg erklärt haben.«

»Wie kommt es«, hörte man eine Frauenstimme aus dem Off, »dass wir von dieser Entschlossenheit nichts spüren, wenn die rechtsradikale Borussenfront Jagd auf Türken macht?«

Susanne zuckte zusammen, als sie ihre eigene Stimme erkannte, und Mager grinste zufrieden. Ihm sollte noch mal einer mit Alzheimer kommen!

»Frau Ledig«, sagte die jüngere Hempelmann-Version. »Sie wollen doch nicht im Ernst behaupten, dass man ein paar irregeleitete Fußballfans mit diesen Terroristen gleichsetzen kann. Die RAF ist ein Problem fürs SEK – aber die Frage der Borussenfront regelt die Erziehungsberatung der Arbeiterwohlfahrt ...«

Mager stoppte die Anlage und sah Susanne gespannt an: »Na?«

Die Blonde schloss die Augen. Wenn sie diese fünfzehn Sekunden Archivmaterial in den Bericht einbauten, ergab das eine Mehrarbeit von fünfzehn Minuten. Aber wenn sie sich weigerte, dem Hinweis ihres Kameramanns zu folgen, riskierte sie eine Debatte von fünfzehn Stunden. Und im Gegensatz zu ihr hatte Mager keinen harten Arbeitstag hinter sich.

»Also gut«, sagte sie, »bau's ein. Und ich ändere inzwischen den Rest des Scripts.«

Mager schob sich eine neue Filterlose zwischen die Lippen und legte mit einem Tempo los, dass sie trotz des Umbaus pünktlich fertig waren. Susanne packte die Kassette und verschwand zum Sender, während Mager seine Calvados-Flasche holte. Er gönnte sich einen doppelten und steckte die Nase tief ins Glas, ehe er wieder auf den Monitor blickte, der noch immer das Bild des neuen Leitenden zeigte. Hempelmann würde vor Wut in den Teppich beißen, wenn der

WDR ihn mit dem dümmsten Satz seiner Karriere konfrontierte.

»Vergiss nicht, du Arschloch!«, sagte Mager und prostete dem Mann zu. »Mein ist die Rache, spricht der Herr!«

4

Der *Berghof* lag in der nördlichen Altstadt von Wattenscheid und wirkte von außen wie eine stinknormale Ruhrgebietskneipe. Dieser Eindruck änderte sich, sobald die Tür aufging: Aus den Boxen dröhnten ein hartes, schnelles Wummern und das Geschrei eines Gesellen, dessen Kehle dringend eine Kur mit Kamillentee benötigte. Vor dem Tresen hatten sich acht oder zehn Männer in grünen und schwarzen Jacken aufgereiht, die meisten kurz oder ganz kahl geschoren, ein Bierglas vor der Brust oder am Hals, einige grölend und alle in bester Laune. Vier, fünf weitere Glatzen hatten sich angeschlagen an den schmucklosen Tischen niedergelassen und starrten dumpf in ihre Gläser. Im Hintergrund umlagerten drei weitere Burschen eine Dartscheibe. Statt der üblichen Zielscheibe zeigte sie die Karikatur eines Mannes mit schwarzen Locken und gekrümmter Nase. Und gegenüber dem Tresen prangte ein riesiges Foto jener *Berghof* genannten Villa, in der einst ein sehr türkisch aussehender Mann die Weltherrschaft der Blonden geplant hatte.

Lohkamp und Hardenberg hatten gerade zwei Schritte in den Raum getan, da verstummte die Anlage. Schlagartig waren auch die Männer am Tresen still und starrten den beiden Polizisten entgegen. Während Hardenberg an der Tür blieb, um Lohkamp den Rücken freizuhalten, marschierte dieser auf die Theke zu und suchte nach dem Gesicht des Mannes, der den Volkssturm Ruhr kommandierte. Als er den Schädel mit dem Igelschnitt und den Segelohren aus einem Dreierklub herausgefiltert hatte, hielt er genau auf ihn zu: »Herr Brennwald, wo waren Sie vor einer Stunde?«

Hardenberg hielt unwillkürlich die Luft an. Er hielt sich keineswegs für einen Feigling, fragte sich aber, ob er jemals die Coolness seines Chefs aufbringen würde. Oder war an Lohkamp nur ein Schauspieler verloren gegangen?

»Nun?«

Statt seines Anführers regte sich ein schmaler Bursche, der seinen blonden Scheitel mit einem halben Kilo Pomade fixiert hatte: »Mit welchem Recht dringen Sie hier ein, Herr Lohkamp?«

Während der Hauptkommissar sich noch wunderte, woher Brennwalds Kofferträger seinen Namen kannte, warf dieser seinen Kumpanen durch die funkelnden Brillengläser einen auffordernden Blick zu. Mit einem Male geriet die Truppe in Bewegung.

»Stopp!«, schrie Hardenberg und zog seine Waffe. Mit einer der alten Walther-Pistolen hätte er jetzt selbst Theater spielen können: den Schlitten zum Durchladen zurückziehen und ihn lautstark wieder nach vorn schnappen lassen. Aber allein der Anblick des schimmernden Eisens reichte, die Glatzen erstarrten.

»Also!«, forderte Lohkamp die verlangte Antwort ein. »Wo waren Sie, Brennwald?«

Der Volkssturm-Boss verzog sein kantiges Gesicht zu einem unschuldigen Grinsen, breitete die Arme aus und zeigte wie zum Beweis seiner Unschuld die Hände vor. Sie waren groß und kräftig genug, um damit einen Ochsen zu erschlagen. »Hier!«, dröhnte er. »Ich war den ganzen Abend hier. Stimmt's?«

»Stimmt!«, riefen mehrere Leute gleichzeitig. »Wir waren den ganzen Abend hier.«

»Und das hier?«

Lohkamp packte Brennwalds linke Hand, zog sie in den Lichtkreis der Tresenlampen und drehte die Innenseite nach oben: »Druckerschwärze?«

Er griff in den Serviettenhalter auf dem Tresen, wischte mit einem Papierfetzen über die schwarzen Spuren in der Handfläche des Bulligen, faltete das Papier zusammen und steckte es ein.

»So«, sagte er dann. »Umdrehen, Hände auf die Thekenkante, Beine zurück.«

Brennwald, einen Kopf größer als der Polizist, reagierte mit einem höhnischen Grinsen. Da riss Lohkamp ihm den Arm auf den Rücken und zwang ihn nach vorn. Er ließ rechtzeitig los, damit Brennwald sich noch abstützen konnte, stieß ihm aber bereits mit den Füßen die Hacken auseinander. Hinter sich hörte er ein paar Stühle auf dem Boden kratzen und gleich darauf noch einmal Hardenbergs Brüllen: »Sitzen bleiben! Hände auf den Tisch. Birne auf die Platte!«

»Hören Sie, Herr Lohkamp!«, meldete sich der Wirt. »Die Herren waren wirklich den ganzen Abend ...«

»Schnauze!«, raunzte der Polizist und packte sich den pomadigen Brillenträger. Drehte auch ihm den Arm um, schubste ihn in Richtung Theke und baute ihn neben seinem Chef auf. »Los, die andern auch! Wird's bald!«

Die Truppe parierte noch immer nicht. Offenbar versuchten einige, das Kräfteverhältnis abzuschätzen. Zwölf Mann gegen zwei Pistolen – es gab Schlimmeres. Aber da wurde die Flügeltür am Haupteingang aufgestoßen. Zwei Beamte in Zivil stürmten herein und brauchten keine drei Sekunden, um die Situation zu spannen. Auch sie zogen ihre Waffen.

Diese Verstärkung brach den letzten Gedanken an Widerstand. Murrend reihte sich der Rest des Volkssturms am Tresen auf: fünf, sechs Männer, die schon deutlich volljährig waren, der Rest junges Gemüse, das gerade achtzehn geworden war oder noch eine Weile auf diesen Tag warten musste. Als Lohkamp nachzählte, entdeckte er, dass drei Leute fehlten. Die Männer vor der Dartscheibe waren durch den Hausflur abgehauen.

»Filzen!«

Eine halbe Stunde später war alles vorbei. Auf dem Tresen lag eine Anzahl von Schlagringen und Dolchen, Wurfsternen und Gaspistolen, die Besitzer der Waffen waren registriert und mit Streifenwagen ins Gewahrsam geschafft worden. Den unbewaffneten Rest der Truppe hatte Lohkamp nach Hause entlassen. Vor den Kripoleuten standen nur noch Brennwald und sein Adjutant, die bis auf die Feuerspuren an Händen und Schuhen sauber gewesen waren.

»So, meine Herren! Dann erklären Sie mir doch mal, woher Sie die Rußspuren an den Händen haben!«

»Wir haben gegrillt!«, erklärte der Bebrillte. »Bei Brennwalds im Garten.«

Hardenberg lachte auf: »Kommen Sie, Herr Horvath! Im Nieselregen? Bei zwei Grad? Und gleichzeitig wart ihr alle hier und habt gesoffen?«

»Tut mir Leid, dass wir zuerst geschwindelt haben!«, schleimte Brennwald und grinste den Polizisten an. »Aber wir wussten doch nicht ...«

»Jetzt wissen Sie's!«, unterbrach Lohkamp den Kantigen und blickte die beiden Kollegen von der Zivilstreife an: »Ihr schnappt euch den Blonden und seht euch seine Wohnung an!«

»Ich protestiere ...«

»Gefahr im Verzuge, Beweismittelsicherung. Alles mitnehmen, was man zum Zündeln braucht. Und dann bringt ihr Horvath ins Gewahrsam.«

Die beiden Zivilen schoben den Blonden zur Tür. Wie ein bockiges Kind ließ er sich Stück für Stück voran schubsen und wiederholte unablässig: »Das ist Freiheitsberaubung. Ich protestiere ...«

»Und ich scheiß was drauf«, sagte einer der Beamten und legte Brennwalds Adjutanten die Handschellen an.

»Tja, dann kann ich ja wohl gehen!«, grinste der Volkssturm-Chef, aber Lohkamp schüttelte den Kopf: »Sie kommen mit uns und zeigen uns die Stelle, an der Sie gegrillt haben.«

»Wenn Sie meinen«, lachte Brennwald. »Aber ich bin schneller wieder draußen, als Sie zu Hause sind.« Er nickte dem Mann hinter dem Tresen zu: »Zapf schon mal ein Pils. Wenn's fertig ist, bin ich wieder da ...«

»Auf geht's!«, sagte Lohkamp stieß den Kantigen durch die Tür.

Als er ihn in den Wagen bugsierte, rauschte ein grauer Passat heran und blieb direkt vor dem *Berghof* stehen. Die Autotüren flogen auf und zwei Kerle keuchten mit aufgeblasenen Backen heran.

»Herr Lohkamp!«, rief der Ältere. »Das ist unser Ressort!«

»Ach?« Lohkamp musterte den Mann. Sein mit Gel getränktes Haar und die Kleidung erweckten den Eindruck, als wollte er vom Dienst aus direkt zum ›Ball der einsamen Herzen‹. »Das Polizeibüro II ist auch schon da?«

Der Dandy nickte: »Wir observieren die Jungs rund um die Uhr.«

»Sehe ich. Und zwischendurch fackeln diese Jungs halb Wattenscheid ab.«

»Unmöglich! Wir waren den ganzen Nachmittag ...«

»Und wo wart ihr jetzt?«

»Wir haben einen Verdächtigen observiert!«, meldete sich der jüngere Staatsschützer. Seine Lederjacke und die abgewetzten Jeans sollten offenbar bei den Kunden unter fünfzig um Vertrauen werben.

»Observiert? In dieser Verkleidung?«

Hardenberg schlenderte auf den Passat zu und beugte sich in den Innenraum. Er klaubte etwas auf und präsentierte seine Beute: zwei leere Pommesschalen und einen Becher aus Pappe.

»McDonald's!«, sagte er. »Der Kaffeebecher ist noch warm.«

»Klar!«, sagte Lohkamp. »Observiert habt ihr nichts anderes als die Ärsche der Mädels in der Warteschlange ...«

5

»Meine Güte – ich frage mich, wie wir das alles schaffen sollen ...«

Kalle Mager blickte von der Einkaufsliste auf und sah Karin Jacobmayer an. Die Frau seines Vaters saß, eine Furche auf der Stirn, auf der anderen Seite des Tisches und wühlte sich die Haare. »Die Läden machen morgen doch schon am Mittag zu.«

Wo hat die Frau nur ihre Power gelassen, fragte sich Kalle. Seit den Schüssen, die sie bei einer Recherche in der holländischen Stadt Veere getroffenen hatten, war sie nicht mehr dieselbe. Hatte auf Leben und Tod gelegen und sich mühsam wieder aufgerappelt. Und sämtliche Ärzte des Ruhrgebiets abgeklappert, ohne dass dem restlichen PEGASUS-Team klar war, was die Medizinmänner noch hätten tun können. Das viel zitierte posttraumatische Stresssyndrom? Dann musste sie dringend zu einer Seelenklempnerin ...

Kalle riss sich zusammen. Laut sagte er: »Keine Angst: Die Getränke haben wir, das Fleisch ist eingelegt. Für den Rest machen wir eine Runde durch Aldi und Metro – zwei Stunden, dann haben wir das erledigt. Ich frage mich nur ...« Sein Finger fuhr die Liste entlang, ehe er die Rote wieder ansah. »... was wir mit all diesem Zeug sollen: Gaskocher und Gasflaschen, fünfzig Kerzen, zwanzig Liter H-Milch, zwanzig Dosen Linsen- und Erbsensuppe, ein halber Zentner Kartoffeln. Feiern wir in der Westfalenhalle?«

»Lass den Spott!«, sagte Karin. »Wer weiß, was morgen gegen Mitternacht alles passiert!«

Sie ließ ihre Haare los und griff stattdessen nach Kalles Tabakpäckchen. Ein paar Augenblicke fingerte sie daran herum, als ob sie sich eine drehen wollte, stockte plötzlich und zog ihre Hand zurück. Aber ihre Augen hingen noch für die Dauer eines Lungenzugs an dem blauen Päckchen.

»Was soll passieren?«, fragte Kalle.

»Der Jahrtausend-Crash! Hast du dir mal ausgemalt, wie das in Dortmund aussieht, wenn die Computer abstürzen? Kein Strom, kein Gas mehr. Die Ampeln fallen aus, die Kühlschränke, nicht mal einen Kaffee kann man sich kochen ...«

Kalle schielte einen Augenblick lang zu den verräucherten Paneelen unter der Dachschräge hinauf. Vielleicht war es ja auch nur der Frust darüber, dass sie und Mager noch immer unter den Dachpfannen hausten und alle Versuche gescheitert waren, seine leibliche Mutter aus dem Hinterhaus zu klagen. Statt sich in diesem Kleinkrieg zu verbrauchen, hätten sie sich lieber ein paar Häuser weiter eine geräumigere Wohnung suchen sollen – in dieser Straße wurde immer wieder etwas frei.

»Jede Wette«, sagte er dann. »Wenn hier viel passiert, dann flackert kurz das Licht. Und wenn es einen großen

Crash gibt, dann müssen wir vielleicht den Timer an eurem bescheuerten Radiowecker neu programmieren. Aber mehr wird nicht geschehen.«

Für ein paar Sekunden zog so etwas wie Zuversicht über Karins Gesicht. Doch dann schienen ihr all die Warnungen wieder einzufallen, die in Zeitungen und Memoranden gestanden hatten, und sie schüttelte den Kopf: »Ich gehe lieber auf Nummer sicher.«

»Karin, morgen kommen höchstens dreißig Leute zusammen – und die meisten bringen Essen und Trinken mit. Wir liefern nur Bier und Wein und den schönen Lammbraten in Jogurtsoße. Wenn wir noch etwas Brot und Käse besorgen, läuft die Fete von allein.«

Auch er schaute jetzt auf den Tabak und seine Lunge meldete ihre Forderungen an. Aber er hatte sich angewohnt, in Karins Gegenwart nur noch unter freiem Himmel zu rauchen. Das Laster ganz aufzugeben, hatten weder er noch sein Alter geschafft. Nur Susanne hatte freiwillig aufgehört und den Büroraum, den sie sich mit Karin teilte, zur rauchfreien Zone erklärt.

»Machen wir einen Kompromiss«, sagte er dann, »ein kleiner Notvorrat – und für die Gäste ein paar Appetithappen mehr. Aber das muss reichen. Wir haben doch sowieso fast nur Hungerkünstler zu Besuch. Was die essen, trägt eine Katze auf dem Schwanz weg.«

Einen Augenblick lang war es still und sie hörten Simon and Garfunkel zu, die auf dem Oldie-Kanal von Radio Luxembourg die *Sounds of Silence* besangen. Doch mitten in diesen schönen Song wummerte etwas Schweres gegen eine Tür im Hausflur.

»Mein Alter. Schleppt Müll in den Container. Ich sollte ihm helfen, bevor er sich den nächsten Hexenschuss holt ...«

Kalle stand auf, drückte der Roten einen Kuss auf die Stirn und wollte gehen. Doch etwas an Karins Gesicht hinderte ihn, die Dachkammer zu verlassen. »Was ist?«

Sie holte Luft, als ob sie ihm etwas eröffnen wollte, schüttelte dann aber den Kopf: »Geh erst mal runter und hilf Klaus!«

»Okay«, nickte der Bursche und versprach: »Aber gleich geht's weiter!«

Er sprang die Treppe herunter und kam noch rechtzeitig auf dem Hof an, wo sich sein Vater abmühte, einen prall gefüllten Müllsack in einen Container zu schieben. Kalle hob den Abfall über die Kante, bevor sein Vater von dem Teil erschlagen werden konnte.

»Danke«, knurrte der Kameramann. »Hat aber ganz schön lange gedauert.«

»Man wird nicht jünger«, grinste der Sohn und wechselte mit einem Schlage Ton und Thema: »Sag mal – was ist mit Karin los?«

»Was soll los sein?«, sagte der Alte.

»Na ja – ihre alte Power ist weg ...«

»Lass dir mal die halbe Lunge wegschießen!«

»Und trotzdem ...«

»Nichts mit trotzdem«, raunzte der Bärtige und verschwand im PEGASUS-Büro. Die Türen knallten, als übte er bereits fürs große Silvesterfeuerwerk.

Die müssen beide zum Psychiater, dachte Kalle und stieg wieder nach oben.

Karin saß noch immer an ihrem Platz und wirkte so, als hätte sie sich in den letzten fünf Minuten nur zum Atmen bewegt.

»Also, was liegt dir auf der Seele?«, fragte er. »Hast du Zoff mit meinem Alten?«

Karin zögerte und Kalle glaubte schon, er hätte die Lösung gefunden. Doch da sagte sie: »Du musst mir helfen.«

»Gerne. Wobei?«

»Am Montag muss ich wieder ins Krankenhaus.«

»Ach, du Scheiße! Das wievielte Mal?«

»Das achte. Dann ist vielleicht Schluss.«

»Schön. Aber – das ist mir ganz neu.«

Sie schüttelte den Kopf: »Nur Susanne weiß Bescheid und wird Klaus am Montag beschäftigen, damit er nichts merkt. Kannst du mich hinbringen?«

Kalle nickte und musterte sie. Doch sie wich seinem Blick aus und ihre Lippen blieben stumm.

Unterschrift (Betrag siehe Vorderseite)

Ermächtigung zum Lastschrifteinzug

Ich ermächtige hiermit das umseitig genannte Unternehmen, umseitig ausgewiesenen Rechnungsbetrag von meinem durch Konto-Nummer und Bankleitzahl bezeichneten Konto durch Lastschrift einzuziehen. Für den Fall einer Nichteinlösung oder eines Widerspruchs bevollmächtige ich meine Bank, dem umseitig genannten Unternehmen auf Aufforderung meinen Namen und meine Anschrift mitzuteilen.

Ausdrücklich erkläre ich mich einverstanden, daß bei Nichteinlösung der Lastschrift diese Tatsache in eine Sperrdatei aufgenommen wird. Sobald der Rechnungsbetrag bezahlt ist, wird die Eintragung in der Sperrdatei umgehend gelöscht.

Unterschrift (Betrag siehe Vorderseite)

Ermächtigung zum Lastschrifteinzug

Ich ermächtige hiermit das umseitig genannte Unternehmen, umseitig ausgewiesenen Rechnungsbetrag von meinem durch Konto-Nummer und Bankleitzahl bezeichneten Konto durch Lastschrift einzuziehen. Für den Fall einer Nichteinlösung oder eines Widerspruchs bevollmächtige ich meine Bank, dem umseitig genannten Unternehmen auf Aufforderung meinen Namen und meine Anschrift mitzuteilen.

Ausdrücklich erkläre ich mich einverstanden, daß bei Nichteinlösung der Lastschrift diese Tatsache in eine Sperrdatei aufgenommen wird. Sobald der Rechnungs-

»Verstehe ich nicht. Spätestens am Abend fragt er sich sowieso, wo du abgeblieben bist.«

»Dann ist es egal.«

»Und warum soll er nichts wissen?«

»Weil ich das so will ...«

6

Brennwalds Besitz lag zwei Kilometer südlich der Innenstadt von Wattenscheid auf einem alten Zechengelände, dessen Gebäude sich in verschiedenen Stadien des Verfalls befanden. Lediglich vier oder fünf von ihnen wurden noch gewerblich oder als Wohnraum genutzt – das größte davon gehörte dem Vater des Volkssturm-Chefs. Es war durch eine große Leuchtschrift gekennzeichnet, die zwischen einigen Neubauten hindurch zur Ausfallstraße hinüberblinkte: *Brennwald GmbH. Qualitätsdruck.*

Hardenberg fuhr vorsichtig über das düstere, unübersichtliche Gelände, bis die Neonreklame wieder zu ihrer Linken auftauchte. Sie schien jetzt über ihren Köpfen zu schweben; darunter lag eine flache, lang gestreckte Halle mit schmalen Fenstern, die allesamt dunkel waren. Aber aus einem zweistöckigen Anbau, der am entfernten Ende der Werkstatt klebte, glänzten ein paar erleuchtete Scheiben herüber.

»Wo ist der Eingang?«, fragte der Polizist.

»Ganz hinten«, knurrte Brennwald.

Beim Abbiegen streiften die Scheinwerfer des Vectra das nackte Gemäuer einer verlassenen Maschinenhalle, die genau gegenüber der Druckerei lag. Die roten Backsteine troffen von dem alles durchdringenden Nieselregen. In der dunklen Höhle des Eingangs schimmerte ein Haufen Blech und Altpapier auf und versank wieder in der Finsternis, als Hardenberg den Wagen vor das Wohnhaus lenkte. Noch bevor sie die Parkbuchten erreicht hatten, schlug ihnen gleißendes Licht entgegen – so hell, dass Hardenberg vor Schreck auf die Bremse trat und Lohkamps Kopf nach vorne schnellte.

Brennwald lachte höhnisch auf: »Die Nerven, was?«

»Halt's Maul!«, blaffte Lohkamp. Er stieg aus und rieb sich die Stellen, an denen sich der Sicherheitsgurt in seine Brust gegraben hatte. Er versuchte, sich trotz des Flutlichts zu orientieren. Neben ihrem Pkw standen ein Geländewagen in Überlänge und ein Lieferfahrzeug, beide nicht gerade neu, aber dafür von der Firma mit dem Stern.

»So, Herr Brennwald«, sagte Lohkamp. »Dann zeigen Sie uns mal, wo Sie bis vor einer Stunde gegrillt haben!«

Er öffnete die Tür hinter dem Beifahrersitz. Im selben Augenblick schlug hinter der Haustür ein Hund an: wütendes, bedrohliches Bellen. Unwillkürlich zuckte Lohkamps Hand zum Schulterholster. Der Mann auf dem Rücksitz grinste spöttisch, unterließ nun aber jede Bemerkung. Offenbar merkte er, dass Lohkamps Geduld ihre Grenzen hatte.

»Los, aussteigen!«

Der Gefesselte blieb sitzen und hielt Lohkamp die Hände entgegen, aber der Hauptkommissar schüttelte den Kopf. Stattdessen lief Hardenberg um den Wagen und streckte den Arm aus, um den Volkssturm-Boss herauszuziehen.

»Packen Sie mich nicht an!«, schnauzte der Igelkopf. Gelenkiger, als man es ihm bei seiner Größe zugetraut hätte, schob er sich aus dem Wagen: »Hinterm Haus, im Garten!«

Einen Augenblick lang überfiel Lohkamp die Befürchtung, die Veranstaltung könnte mit einer Pleite enden, aber der nächste Windstoß wehte ihm wieder eine Ladung Wasser ins Gesicht. Unmöglich, dachte er, bei so einem Regen grillen nicht mal diese Bekloppten.

Die Haustür öffnete sich. Zuerst erschien die geifernde Schnauze eines hässlichen Hundes, dann, leicht gebückt, ein grauhaariger, kompakt gebauter Mann. Er hatte Mühe, das Tier am Halsband festzuhalten.

»Was geht hier vor?«

»Polizei!«, rief Hardenberg. »Ihr Sohn will uns die Stelle zeigen, wo er heute Nachmittag gegrillt hat.«

»Hä?«, stutzte der Ältere. »Gegrillt? Heute? Wohl bescheuert, was?«

Lohkamp sah den Junior an, aber der blieb ungerührt: »Vater hat gearbeitet. Der hat das gar nicht mitbekommen ...«

»Zeigen Sie uns endlich die Stelle!«

Der junge Brennwald starrte auf das Metalltor, das in die Mauer neben dem Anbau eingelassen war. Offensichtlich verspürte er keine Lust, durch dunkle, schlammige Furchen zu stiefeln.

»Also gut – hier war's nicht.«

»Wo dann?«

»Weiß nicht. Irgendwo. Aber nicht hier ...«

»Ich habe schon intelligentere Lügen gehört!«, sagte Lohkamp und ging auf den Alten zu, der noch immer in der Tür stand. Die Verwandtschaft der beiden war unverkennbar: Die Segelohren und die unschuldig wirkenden Wasseraugen hatte der Sohn von seinem Erzeuger geerbt – und beide trugen die gleiche Frisur.

»Herr Brennwald?«

Die verbale Antwort des Seniors ging im Kläffen des Pitbulls unter, aber das Nicken war eindeutig.

»Sperren Sie den Hund weg. Wir müssen das Zimmer Ihres Sohnes sehen.«

»Haben Sie ...«

»Brauche ich nicht: Gefahr im Verzug.«

»Ruf den Rechtsanwalt an!«, rief der Sohn von hinten. Allzu besorgt klang die Stimme nicht.

»Also, was ist?«

Widerwillig zog der Ältere den Hund weg und schob ihn in einen Nebenraum. Das Tier warf sich wütend gegen die geschlossene Tür, die das rasende Kläffen kaum dämpfen konnte. Meine Fresse, dachte Lohkamp, wie kann man mit solch einer Bestie unter einem Dach leben!

Er betrat ein schmales, lang gezogenes Treppenhaus. Vertäfelte Wände und all die Möbel, die man in deutschen Korridoren findet. An der Garderobe ein Werkstattkittel, Lederjacke, Bomberblouson – aber kein Kleidungsstück, das eindeutig einer Frau gehörte. Auch die Schuhe waren alle in der Männerabteilung gekauft worden. Dennoch sah der Flur wie geleckt aus – der einzige Dreck auf den hellen Fliesen stammte von Lohkamp Füßen und aus den Druckmaschinen: In einem Durchgang zur Halle lagen ein Stapel *Freies*

Wattenscheid und mehrere Packen mit Zeitungen und Prospekten in Niederländisch oder Flämisch – die Hakenkreuze auf den Titelseiten waren unübersehbar.

Mit einer Kopfbewegung winkte Lohkamp seinen Kollegen und den jungen Brennwald herein: »Sie gehen vor!«

Die Treppe nach oben war so schmal und steil, dass Lohkamp Probleme hatte, nicht auszurutschen. Der massige Brennwald aber war sie Tausende Male gegangen und schaffte sie auch mit gefesselten Händen, ohne zu stolpern. Als er oben ein Stück zur Seite trat, um den Polizisten Platz zu machen, leuchtete ihnen eine große Hakenkreuzfahne entgegen.

»Wo ist Ihr Zimmer?«, fragte Lohkamp und musterte die drei Türen, die von dem kleinen Korridor abgingen.

»Suchen Sie sich eins aus.«

Hardenberg öffnete die nächste Tür und erwischte das Bad: nicht ganz so blank wie der Flur, aber für eine Männerwirtschaft erstaunlich aufgeräumt.

Weiter. Ein Schlafzimmer für eine Einzelperson. So militärisch, wie sich der Chef des Volkssturms in der Öffentlichkeit gab, hätte Lohkamp einen exakteren Bettenbau erwartet, aber er hatte auch schon Schlimmeres gesehen – und Interessanteres. Wenn sie im nächsten Raum nichts fanden, war die ganze Aktion für die Affen.

Er drückte die letzte Klinke und atmete unwillkürlich schneller. Ein Dachraum mit Schräge, an der Giebelseite mit Blick zur Tür ein riesiger Schreibtisch aus Eiche, dahinter zwei Fenstern, zwischen ihnen ein farbiges Ölgemälde. Als der Hauptkommissar das Licht einschaltete, erkannte er die Abbildung. Der Mann mit dem Bürstenschnäuzer hatte am 30. April 1945 Selbstmord begangen.

»Noch ein Versager«, sagte Lohkamp. »Und noch nicht mal Deutscher. So, wie der aussieht – meinen Sie nicht auch, dass er von einem der Türken abstammen könnte, die vor zweihundert Jahren Wien belagert haben?«

Brennwald junior stockte der Atem. Dann schnaubte er verächtlich: »Der Besitz von Politikerbildern ist nicht strafbar.«

»Nein«, sagte der Polizist. »In diesem Land darf man sich sogar Porträts von Verbrechern an die Wand hängen.«

Die Hoffnung, Brennwald würde sich provozieren lassen, trog. Der kantige Mann sah stumm zu, wie sich die Polizisten in seinem Zimmer orientierten. Erst als Hardenberg die Hände zu den Aktenordnern neben dem Schreibtisch ausstreckte, fauchte er: »Das ist privat!«

»Klar«, sagte Hardenberg und schlug den ersten Deckel auf. Allem Anschein nach Unterlagen über den Volkssturm. Rundschreiben, Termine – und eine Mitgliederliste. Er reichte seinem Chef den Ordner hinüber.

»Na, fein!«, sagte Lohkamp. Einen Augenblick lang wunderte sich der Polizist darüber, dass dieses Zeug offen herumstand. Aber dann fiel ihm ein, dass niemand Brennwalds Organisation verboten hatte. Auch der Staatsschutz schien hier keine unangemeldeten Besuche zu unternehmen. Brennwald konnte sein Tun für genauso legal halten wie die Leitung eines Turnvereins.

»Was suchen Sie überhaupt?«, meldete sich der Glatzköpfige.

»Beweismaterial«, sagte Lohkamp beiläufig.

»Wofür?«

»Für terroristische Anschläge.«

»Sie haben überhaupt keine Befugnis ...«

»Doch«, sagte der Hauptkommissar und schlug den nächsten Ordner auf. Die erste Abteilung enthielt eine Sammlung von drei oder vier Dutzend Steckbriefen, alphabetisch geordnet, nach einem einheitlichen Muster gedruckt. Die Überschrift lautete auf jedem Blatt: *Volksverräter*. Gestochen scharfe Fotos, meist auf der Straße aufgenommen, Adressen, biografische Angaben. Und handschriftliche Vermerke über die vorgesehene Behandlung der Leute: *Nur beobachten!* hieß es bei einer älteren Frau, die Mitglied des Bezirksparlaments war. Einen weißhaarigen Mann wollte man »verunsichern«, einen jungen Burschen im Punker-Look »bestrafen«.

»Lassen Sie Ihre Finger davon!«

Lohkamp blätterte ungerührt weiter. Hinter den Steckbriefen kam eine neue Abteilung: *Feindliche Objekte.* Die lokale Redaktion der größten Tageszeitung des Ruhrgebiets, ein SPD-Büro, das Falkenheim, die Flüchtlingsberatung der Diakonie – und das Ladenlokal, in dem es noch vor einer Stunde gebrannt hatte.

»Wunderbar!«, sagte Lohkamp und hielt dem Glatzkopf den Ordner entgegen. »Muss ich mitnehmen: Verdacht auf vorsätzliche Brandstiftung.«

»Sie haben keinen Durchsuchungsbefehl!«

»Nein«, sagte Lohkamp. »Aber wenn ich das liegen lasse, ist es morgen verschwunden. Beweissicherung – klar?«

Brennwald kaute wütend auf seiner Unterlippe herum.

»Wo ist eigentlich die Kleidung, die Sie bei dem Überfall getragen haben?«

Höhnisches Grinsen.

»Ewald, im Bad ist ein Korb für Schmutzwäsche. Guckst du mal rein?«

Hardenberg verschwand, aber Brennwalds Gesicht verriet Lohkamp, dass man dort nichts finden würde. Wo dann?

»Nichts«, sagte Hardenberg nach einer halben Minute. »Aber neben der Haustür steht eine Mülltonne.«

Brennwald schien sich noch immer zu amüsieren.

»Vielleicht«, sagte Lohkamp, »solltest du auch den Müllcontainer der Druckerei checken ...« Täuschte er sich – oder hatten die Augen des Glatzenchefs geflackert?

Drei Minuten vergingen. Der alte Brennwald schien zu telefonieren – jedenfalls drang von unten seine leicht poltrige Stimme herauf. Und trotz der geschlossenen Fenster hörte man, wie auf der regennassen Hauptstraße die Autoreifen sangen. Verdammt laut, dachte Lohkamp. Mit dieser Musik möchte ich nicht einschlafen.

Dann stapften Hardenbergs Füße die Treppe hoch, die Tür wurde aufgestoßen. Der Hauptmeister war klatschnass. In der einen Hand hielt er einen leeren Benzinkanister, in der anderen ein Kleiderbündel.

»Hier«, sagte er. »Im Container war das Zeug nicht. Aber in der Ruine gegenüber liegt jede Menge Müll. Und diese Teile waren dabei.«

Er faltete das Knäuel auseinander. Ein schwarzer Pullover mit der Aufschrift *Pitbull.* Und ein Paar ausgebleichter blauer Jeans. Die Brandspuren am linken Hosenbein waren unübersehbar.

7

Das Erste, was sie wieder wahrnahm, war die weiße Sonne über ihrem Kopf, so gleißend, dass das Licht ihre geschlossenen Lider durchdrang.

Sekundenbruchteile später wurde dem Mädchen das starke Rauschen bewusst, das auf ihren Ohren lag. Sie wollte ihre Hände heben, um sich vor dem Lärm zu schützen, fühlte sich aber ungeheuer matt und gelähmt – und ahnte zugleich, dass ihr Ohrenzuhalten gar nichts genützt hätte.

So blieb sie reglos liegen und wartete ab, bis das Rauschen abebbte. Wie durch einen Berg Watte hindurch vernahm sie nun eine kühle Männerstimme: »... zu allem Überfluss noch vergewaltigt. Defloriert, wenn Sie es genau wissen wollen. Aufs Brutalste. Wir haben sie an drei Stellen genäht und das wird wieder werden. Physisch. Aber wie sie das verkraftet ...«

»Haben Sie Spermaspuren gefunden?«, fragte eine Frau.

»Sperma? Oh, verdammt. Ich glaube ...«

»Haben Sie bereits alles entsorgt? Verbandsmaterial, Tupfer?«

»Ich fürchte ja.«

»Und was ist mit dem Körper der Frau? Vor allem im Genitalbereich und an den Oberschenkeln?«

»Wie ist das, habt ihr sie schon gewaschen?«, fragte der Mann.

Eine andere Frauenstimme meldete sich: »Nein. Ging alles zu schnell. Und das war auch das Unwichtigste.«

»Dann untersuchen Sie sie bitte!«, drängte die Frau, die zuerst gesprochen hatte. »Und wenn Sie nur etwas Flüssigkeit finden oder irgendwelche eingetrockneten Reste – sicherstellen und an die Gerichtsmedizin schicken.«

»In Ordnung«, sagte der Mann. »Ich kümmere mich darum.«

Nilgül zwang sich, ihre Augen zu öffnen und den Kopf zur Seite zu drehen. Ein heller, gefliester Saal. Glasschränke, blitzende Instrumente. Ein Mann und eine Frau in grünem Kittel, sie noch mit einer Kopfhaube in derselben Farbe, ihnen gegenüber eine weitere Frau in Straßenkleidung. Und sie redeten so schreckliche Dinge …

Erst als die drei zu ihr herüberschauten und die Frau in Grün auf sie zukam, begriff Nilgül, dass die Worte des Mannes mit ihr zu tun hatten. Augenblicklich fiel ihr die Szene im Ladenlokal wieder ein: der Überfall, der Igelkopf mit den Segelohren, sein dreckiges Lachen – und mit der Erinnerung trafen sie der Schmerz und die Scham.

Entsetzt schloss sie die Augen und versenkte sich in den Schlaf, bevor jemand herankommen, mit ihr sprechen, sie anfassen konnte.

Das nächste Mal erwachte sie zwischen Nacht und Morgen. Keine Stimmen. Die Sonne war noch nicht aufgegangen und das schwache Licht vor den Fenstern musste von den Laternen kommen. Aber es reichte aus, die Konturen des Raumes nachzuzeichnen und um einen Schatten an die Wand zu werfen.

Den Schatten einer Frau.

Nilgül wandte den Kopf und sah dieselbe Gestalt, die sie aus dem Operationssaal kannte: eine Deutsche, Mitte zwanzig, dunkles kurzes Haar, das runde Gesicht zur Hälfte unter einem Mundschutz verborgen, ein paar Kilo zu schwer, als dass man sie schlank nennen konnte. Die Frau saß, den Kopf in die Hand gestützt, so unbeweglich auf einem Stuhl, als wäre sie eingenickt. Aber ihre großen Augen schauten Nilgül geduldig an.

»Ich heiße Klemm«, sagte die Deutsche. »Katrin Klemm. Ich bin Polizistin.«

Nilgül schwieg.

»Haben Sie Schmerzen?«

Nilgüls Augen schwenkten vom Gesicht der Frau zur Decke des Zimmers, aber in Wirklichkeit schaute sie in sich hinein. Schmerzen – nicht direkt. Aber sie war noch immer wie gelähmt. Und alles tat weh. Alles ...

»Hören Sie ...«

Die Polizistin rückte näher, beugte sich so weit vor, dass ihr Gesicht Nilgül den Blickwinkel versperrte.

»Ich weiß, was passiert ist. Ich weiß auch, wie schlimm das ist. Für Sie – und für Ihre Familie ...«

Nilgül schloss die Augen. Sah den Vater, seine Brüder, die Brüder der Mutter. Wusste, was sie denken und was sie sagen würden – wenn sie überhaupt noch mit ihr sprachen. Sobald bekannt wurde, was geschehen war, würde sie für die meisten Männer der Familie tot sein.

»Nilgül ...«

Die Türkin zwang sich, die Augen wieder zu öffnen. Blickte die Kommissarin an, sah ihr in die Pupillen. Nichts weißt du, dachte sie, nichts.

»Wir werden über das Verbrechen sprechen müssen«, sagte die Frau, die Klemm hieß. »Später, wenn Sie sich dazu in der Lage fühlen. Es eilt nicht, denn wir haben die Kerle schon. Und ein paar gute Beweise. Das dürfte ausreichen, sie erst einmal festzusetzen. Deshalb will ich Ihnen auch keine Fragen stellen. Aber etwas versprechen ...«

Nilgül wartete, Zweifel auf der Seele. Noch nie hatte eine deutsche Polizistin ihr etwas versprochen.

»Frau Ösran, wir bringen diese Schweine vor Gericht. Und sie werden dafür büßen. Glauben Sie mir das?«

Gericht – was ändert das, dachte Nilgül. Die gehören gar nicht vor ein Gericht, sondern ...

»Glauben Sie mir das?«, wiederholte die Polizistin ihre Frage und blickte die Patientin fast flehentlich an.

Nilgül ertrug diese Augen nicht, sondern suchte sich wieder ihre Stelle an der Decke. Kann sein, dass ihr sie vor Gericht bringt. Aber sie werden nicht das bekommen, was sie verdienen.

»Frau Ösran!«

Lass mich, dachte das Mädchen.

»Nilgül – wenn wir diese Typen endgültig festnageln wollen, müssen Sie mir helfen. Ich brauche Ihre Hilfe. Hören Sie?«

Nicht so laut. Ich bin doch nicht taub.

»Werden Sie mir helfen?«

Wie soll ich dir helfen?

»Sie müssen eines Tages gegen sie aussagen. Vor Gericht. Versprechen Sie mir das?«

Nur das nicht, dachte Nilgül. Nur das nicht. Darüber redet man doch nicht. Nicht mit einer Polizistin – und schon gar nicht in aller Öffentlichkeit vor Gericht.

8

»Morgen, Horst. Hast du dich verirrt?«

Lohkamp grinste und reichte Katharina Thalbach die Hand. Die blonde Oberkommissarin von der Tötung sah noch immer so verführerisch aus, wie er sie vor drei Jahren kennen gelernt hatte. Wäre er selbst nicht glücklich verheiratet gewesen – vielleicht hätte er den Sozialarbeiter, mit dem die Polizistin liiert war, zu einem kleinen Duell in die Ruhrwiesen eingeladen.

»Zur Morgenlage. Unser oberster Feldherr hat Sehnsucht nach mir.«

»Glaubst du doch selbst nicht«, sagte sie und stieg neben ihm die Treppe zum ersten Stock hinauf. Obwohl es Freitag war, wirkte das Präsidium hier oben wie ausgestorben: Wer es hinbiegen konnte, hatte sich den Tag frei genommen.

»Und wie geht's dir in deinem Wattenscheid?«

»Wie geht's einem schon in der Strafkompanie?«, fragte er zurück und lächelte. »Schau mal samstags in die Zeitung. Nach den Wohnungsanzeigen. Überall freie Auswahl. Keiner will mehr da hin. Und wer nicht weg kann, nimmt sich einen Strick oder wird aggressiv. Aber erzähl mir mal was Erfreuliches: Was macht euer Sohn?«

»Danke, bestens. Rotzig wie der Vater. Noch einer von der Sorte und ich gehe freiwillig in die Klapse.«

Sie betraten den Konferenzraum, wo die meisten Beamten

schon auf ihren Stammplätzen saßen, um sie gegen Gäste wie Lohkamp zu verteidigen. Aber am Fußende des langen Tisches, dem Präses gegenüber, standen zwei leere Stühle, auf die niemand scharf zu sein schien. Kaum hatte sich Lohkamp gesetzt, ließ sich auch auf dem anderen jemand nieder: eine junge Kollegin, deren Namen der Hauptkommissar nicht kannte und die sehr übernächtigt aussah.

»Katrin Klemm!«, stellte sich die Schwarzhaarige flüsternd vor. »Sie waren es, der diese Schweine geschnappt hat?«

Lohkamp hob die Augenbrauen.

»Ich war die ganze Nacht bei dem türkischen Mädchen.«

»Wie geht es ihr?«

Zu einer Antwort kam sie nicht mehr. Ein heftiges Räuspern, dann ergriff Polizeipräsident Flenner das Wort: »Meine Damen und Herren, Sie wissen alle, um was es geht. Dann haben wir aber aus aktuellen Gründen noch einen besonderen Punkt unter ›Verschiedenes‹ abzuhandeln ...«

Er hob die aktuelle Ausgabe des Informationsblatts, das die Bochumer Polizisten jeden Vormittag über die wichtigsten Ereignisse der letzten vierundzwanzig Stunden unterrichtete. Die Polizeiinspektion West wurde gleich zwei Mal erwähnt: mit dem Brand beim Nachhilfeverein und im Haftreport, wo die Festgenommenen und die zuständigen Dienststellen aufgelistet wurden. Von der Vergewaltigung stand kein Wort in dem vierseitigen Info, aber die Ingewahrsamnahme des Volkssturm-Chefs hatte die Pressestelle mit einem Foto von Brennwald junior gewürdigt – und den gesamten Fall dem Polizeibüro II zugeordnet.

»Dazu werden wir Näheres von Herrn Lohkamp hören«, sagte Flenner. Er warf einen langen Blick über den Tisch und ein paar Köpfe drehten sich in dieselbe Richtung. Lohkamp tat so, als ginge ihn diese Aufmerksamkeit nichts an, und blätterte in seinem Notizbuch. Seit er die fünfzig überschritten hatte, brauchte er, schien es ihm, diese Gedächtnisstütze mehr denn je.

»Gibt es Einwände«, fuhr der Präses fort, »wenn wir diesen Punkt vorab behandeln? Wir wollen das Kriminalkommissariat West nicht so lange ohne Chef lassen ...«

Falls das ironisch gemeint war, hatte es nur der Pressesprecher gemerkt. Gaius Stahl, gelackt wie immer, bleckte seine Zähne und gönnte sich ein lautloses Lächeln. Eine Versetzung nach Wattenscheid galt im Präsidium nicht mehr als unter den Zaren ein Pöstchen am Baikalsee.

»Gut. Herr Lohkamp, wenn Sie kurz berichten würden?«

Der Hauptkommissar brauchte knapp fünf Minuten, aber länger hätte ihm auch niemand zugehört. Flenner hatte sogar schon eine brennende Frage auf der Pfanne und schoss sie ab, sobald Lohkamp den Schlusspunkt gesetzt hatte: »Wie sicher ist die Beweislage?«

»Alle vorliegenden Indizien sprechen dafür, dass Brennwald und sein Stellvertreter Horvath beteiligt waren. Weitere Beweise müssen die Techniker und die Gen-Spezialisten bringen.«

»Gen-Material?«, fragte der Chef der Spurensicherung erstaunt. »Bei all dem Löschwasser im Raum?«

»Ich meine die Blutspuren vor der Tür.«

Dic Techniker sahen sich erstaunt an.

»Die Frau hat auf dem Bürgersteig gelegen und dort war eine Blutlache. Denkbar, dass wir darin noch Sperma finden. Ich habe die Stelle abdecken lassen. Wegen des Regens.«

»Als wir kamen, war davon nichts mehr zu sehen.«

Lohkamp fand es unangenehm, andere in Gegenwart des Chefs anzuschwärzen, aber es musste sein: »Die Kollegen vom Dauerdienst haben vor euch übernommen.«

Die Angesprochenen schraken auf: »Meinen Sie diesen Plastikfetzen vor der Tür ...«

Allen war klar, hier war eine Panne passiert, wie sie nicht einmal Neulingen unterlief. Aber ausgerechnet Klemm, die Jüngste im Saal, sprang in die Bresche und berichtete von dem Gespräch mit dem Arzt, der Nilgül Ösran operiert hatte.

»Und?«, fragte die Vertreterin des Staatsschutzes. »Haben die Mediziner noch etwas gefunden?«

»Weiß ich nicht. Sie wollten das Material einschicken ...«

»Außerdem haben wir noch eine Chance«, sagte Lohkamp. »Die Kleidung.«

»Wessen Kleidung?«

»Brennwalds«, präzisierte Lohkamp und berichtete von dem Pullover und den angekokelten Jeans. »Wir haben das Zeug bei der Einlieferung mit abgegeben.«

Einer der Techniker versprach, sich gleich nach der Besprechung darum zu kümmern.

»Gut«, sagte Lohkamp und lächelte Thalbach zu. »Und für die nötigen Geständnisse sorgt sicher die Kriminalgruppe I.«

»Falsch«, fuhr die Frau vom Staatsschutz dazwischen. »Wir!«

Lohkamp musterte sie. Er kannte die Dame seit dem blutigen Straßenfest des Jahres 1998 und sie war ihm schon damals nicht sympathisch gewesen. Daran änderte auch das neue Outfit nichts: Früher hatte sie selbst gestrickte Pullover getragen, wie sie bei Gesamtschullehrerinnen in Mode waren. Jetzt aber hatte sie sich in eines dieser Kostümchen gezwängt, mit denen Angela Merkel versuchte, wie eine Dame auszusehen. Der Staatsschutz wollte endlich gesellschaftsfähig werden.

»Wir sind dem Kollegen Lohkamp für seine schnelle Arbeit natürlich sehr dankbar. Aber die Volkssturm-Leute sind alte Kunden von uns, über die wir mehr wissen als ihre eigenen Mütter. Deshalb wäre es angeraten, Brennwald uns zu überlassen. Wir sind einfach stärker sensibilisiert als die Kriminalwache Wattenscheid. Und möchten nicht, dass unsere auf lange Sicht geplanten Ermittlungen gestört werden.«

»Frau Kollegin«, sagte Lohkamp, dem noch immer nicht der Name der PB-II-Frau einfiel, »es geht um vorsätzliche Brandstiftung und Vergewaltigung, vielleicht sogar um versuchten Mord. Ihr Spezialgebiet sieht ein wenig anders aus.«

»Aber wir kennen die Jungs. Und haben sie voll im Griff!«

»Was stellen die erst an, wenn die Hell im Urlaub ist!«, raunte Lohkamps Nachbarin. Aus den Augenwinkeln musterte er die junge Frau: die Haare für seinen Geschmack eine Spur zu kurz, Stupsnase, beinahe fröhliche Augen und volle Lippen – ein Hauch von Naivität ging von diesen Merkmalen aus. Aber so, wie sie da saß, schien die Versammlung der Alpha-Tiere des Präsidiums sie nicht unbedingt einzuschüchtern.

»In jedem Fall«, fuhr die Chefin der Arbeitsgruppe Rechtsextremismus fort, »sind wir an den Leuten dran. Und wenn jemand in unserem Revier zum Angeln geht, könnte er, auch in bester Absicht, nur Schaden anrichten.«

Sie schickte Lohkamp ein Lächeln zu, das so falsch war wie ein Dreißigmarkschein, aber der Hauptkommissar antwortete nicht. Das war in dieser Runde sowieso sinnlos. So sehr die Kollegen auch hinter der vorgehaltenen Hand über die Geheimniskrämerei und Arroganz der Politpolizei mopperten – hier würde keiner diese Vorwürfe wiederholen.

Zumal Flenner jetzt erst die mögliche Tragweite des Geschehens aufzugehen schien: »Frau Hell, wollen Sie andeuten, Bochum könnte nach diesem Vorfall in einer Reihe mit Solingen, Rostock und Lübeck genannt werden?«

Die Frau schüttelte ihre getönten Fransen: »In diesem Stadium wage ich noch überhaupt kein Urteil. Aber wir kennen alle das Engagement des Kollegen Lohkamp, wenn er irgendwo rechtsradikale Tendenzen vermutet.«

Gaius Stahl, der große Vereinfacher, schaltete sich ein: »Ich finde, wir sollten die Sache ein Stück tiefer hängen. So bedauerlich ein Verbrechen wie Vergewaltigung auch ist – es kommt jeden Tag vor. Und Zimmerbrände wie diesen haben wir ebenfalls zur Genüge. Zwei Straftaten, die halt am selben Ort passiert sind, sollten uns noch nicht in Panik versetzen.«

Die Frau vom Gesinnungs-TÜV war noch nicht zufrieden: »Ich möchte betonen, dass ich mir immer noch nicht vorstellen kann, dass es Brennwald und seine Leute waren. Sie haben manchen Unsinn angestellt, aber Vergewaltigung und Brandstiftung wären eine Eskalation bei der Wahl ihrer Mittel, für die es keine uns bekannten Motive gibt.«

Ratlos blickte Flenner den Tisch entlang: Hells Attacke gegen Lohkamp und dann dieses Abwiegeln – ein solcher Widerspruch streifte die Grenzen seines Intellekts.

Gaius Stahl sprang ihm erneut zur Seite: »Wer außer diesen Neonazis käme denn noch als Täter infrage?«

Wichtigtuer, dachte Lohkamp. Gerade mal Oberkommissar – aber tut so, als wäre er der stellvertretende Präses.

Hell jedoch sah den Mann in Stahlblau beinahe dankbar an: »Immerhin ist der Laden auch den fundamentalistischen Türken ein Dorn im Auge. Während unsere Rechtsradikalen glauben, deutsche Kinder würden dort zu gläubigen Islamisten umgepolt, behaupten die Türken, die Muslims würden in der Einrichtung zu gottlosen Ketzern erzogen.«

Dieser Hinweis schien den Druck auf die Schultern des Präsidenten um Tonnen zu mindern. Und als sein Blick auf die Techniker fiel, gierte er förmlich nach weiterer Entlastung: »Was haben Sie denn herausgefunden?«

Der Leiter der KTU zuckte die Schultern: »Was den äußeren Tathergang angeht, so dürfte Kollege Lohkamp Recht haben. Dennoch bleiben Fragen offen. Wir haben zwar ein paar verwischte Fingerabdrücke gefunden, werden aber wohl nicht feststellen können, von wem sie stammen und wann sie entstanden sind. Die wichtigste Spur befand sich vor dem Haus: Die Täter müssen bei der Abfahrt einen geparkten Ford Ka gestreift haben. Wir haben ein paar Glassplitter und Farbreste gefunden, die von einem grünen Golf IV stammen könnten ...«

»Da sehen Sie's!«, platzte es aus Hell heraus. »Keiner von den Volkssturm-Leuten fährt einen solchen Wagen!«

Als hätten sie sich vorher abgesprochen, kam jetzt der Pressesprecher wieder aus dem Busch: »Wie zuverlässig sind eigentlich die Zeugen, die Herr Lohkamp benannt hat?«

Die Leute vom Kriminaldauerdienst zucken die Achseln: »Der einzige Zeuge ist ein siebzigjähriger Rentner, kurzsichtig und nicht allzu helle. Es wird ein hartes Stück Arbeit, diese Angaben ...«

Flenner atmete auf. Fast fröhlich meinte er: »Gut, dann setzen wir eine kleine Sonderkommission ein, die weiter ermittelt. Schließlich wollen wir uns nicht vorwerfen lassen, wir hätten etwas versäumt.«

Stahl schob seinem Chef einen Zettel hinüber, und der ratterte ein halbes Dutzend Namen herunter. Soweit Lohkamp feststellen konnte, stammten die Kollegen aus der Tötung, der Sexuellen Selbstbestimmung, der Brandstiftung und von den Gesinnungsschnüfflern. Sein eigener Name war nicht dabei, aber als Ortskundigen hatte man zumindest Hardenberg benannt.

»Da es auch um diese Vergewaltigung geht, sollte eine Frau die Leitung der Kommission übernehmen. Jemand, der sensibel genug ist, mit dem Opfer umzugehen …«

Flenner legte eine Kunstpause ein, als wollte er der Runde Zeit geben für ein paar Wetten darüber, welche der drei anwesenden Frauen die größten Chancen hätte.

Die Kandidatinnen reagierten, wie Lohkamp registrierte, höchst unterschiedlich.

Am gelassensten blieb Kommissarin Klemm – als Anwärterin kam sie für diese Aufgabe am wenigsten infrage. Thalbach jedoch gab ihre eher lässige Haltung auf und schob sich kaum merklich in eine etwas würdevollere Position, während Brigitte Hell wie ein Wachhund, der sein Revier verteidigen muss, auf der Lauer lag.

»Vor allem aber«, lüftete Flenner endlich das Geheimnis, »dürfen wir Unwissenden die äußerst sensiblen Kreise des Staatsschutzes nicht stören. Und darüber kann niemand besser wachen als Frau Hell.«

Thalbachs Miene blieb unverändert, aber die verschränkten Arme verrieten einen beinahe kindlichen Trotz. Hell hingegen wurde sofort aktiv und schob Heini Kwiatkowski, dem Dezernenten der Kriminalgruppe I (Straftaten gegen das Leben), einen Zettel hinüber: *Ich brauche heute noch die Räume der Mordkommission.*

Der Kriminalrat blickte auf: Immerhin stand er zwei Dienstränge über ihr. Aber mit dem Staatsschutz wollte auch er sich nicht anlegen, zumal die personellen Querelen in seiner Abteilung inzwischen ein Dauerthema in der Kantine waren. Er nickte.

Von dem ersten Erfolg sichtlich beflügelt, beorderte Hell mit einer knappen Kopfbewegung das Küken von der ›Sitte‹ zu sich: »Hören Sie, Kindchen. Sie treiben jetzt sofort diesen Hardenberg auf und statten der Familie Ösran einen kleinen Besuch ab.«

Die reine Freude war es nicht, was in den Augen der Anwärterin aufblitzte, aber die Oberkommissarin sah großzügig darüber hinweg. Wenn die Kleine spurte, wie sie sollte, war ihr deren Gesichtsausdruck egal.

»Finden Sie heraus, was diese Leute wissen und wie sie auf das Ereignis reagieren. Wer weiß – vielleicht gibt es doch private Motive.«

Katrin Klemm blies die Backen auf.

»Maulen Sie nicht – wir dürfen nicht einseitig ermitteln, sondern müssen jede Möglichkeit in Betracht ziehen. Ab!«

Kaum hatte sich die junge Kommissarin abgesetzt, stand die Frau vom PB II auf und ließ sich auf dem frei gewordenen Stuhl nieder: »Herr Lohkamp, falls Sie bei Brennwald irgendwelche Unterlagen mitgenommen haben, möchte ich sie schnellstens auf meinem Schreibtisch vorfinden.«

Lohkamp nickte.

»Schnellstens heißt noch heute.«

Der Hauptkommissar nickte abermals, machte aber noch immer keine Anstalten, sich zu erheben.

»Herr Lohkamp, ich wäre Ihnen sehr verbunden, wenn Sie ...«

»Frau Kollegin, ich bin auf Anordnung des Polizeipräsidenten hier und kann nicht eigenmächtig die Sitzung verlassen.«

»Aber ich bin Leiterin der Sonderkommission«, zischte sie.

»Glückwunsch. Aber ich gehöre der Soko nicht an. Folglich haben Sie mir auch keine Anweisungen zu geben.«

Hell suchte noch nach einer passenden Antwort, da beugte sich Lohkamp ganz nahe an ihr Ohr. In beinahe väterlicher klingender Besorgnis raunte er: »Und noch etwas, aber das bleibt ganz unter uns: Im Gegensatz zu Ihnen bin ich schon Hauptkommissar.«

9

»Sie kommen!«, rief Tuba Ösran aufgeregt. Nilgüls vierzehnjährige Schwester stand in dem kleinen Erker des Wohnzimmers, von dem aus sie die Straße in beiden Richtungen überblicken konnte.

»Dann hilf endlich mit!«, forderte ihre Mutter, die noch die Reste des Frühstücks abräumte. »Wisch den Tisch ab und leg eine saubere Decke auf!«

Nur widerwillig ließ Tuba die Gardine fallen und tat, was nötig war. An ihrer Stelle schob sich Jem, der ältere Bruder, auf den Lieblingsplatz des Mädchens. Dieser Erker war der architektonische Höhepunkt des dreistöckigen Altbaus, der nahe dem Zentrum des Wattenscheider Vororts Höntrop lag, und zugleich sein Schwachpunkt: Die Bausubstanz hatte in hundert Jahren so gelitten, dass Jem manchmal befürchtete, mitsamt dem Fußboden drei Stockwerke tief in den Keller zu stürzen.

Tuba hatte Recht, die Verwandtschaft des Vaters rückte an. Aber was hieß Verwandtschaft? Nur die Männer waren gekommen und sie schritten mit ernsten Gesichtern auf die Haustür zu.

»Der Hodscha ist auch dabei!«, verkündete Jem. Auch seine Stimme hatte schon ruhiger und männlicher geklungen.

»Komm jetzt und stell die Gläser auf den Tisch!«

Der junge Mann verließ den Erker, holte die Teegläser aus der Vitrine und verteilte sie auf dem Tisch, legte Löffel daneben, stellte den Zucker und ein wenig Knabberzeug dazu.

»Nimm das Süße wieder weg!«, ordnete der Vater an. »Die Fastenzeit ist erst morgen zu Ende. Du weißt ja, wie unsere Verwandten sind. Und den Hodscha sollten wir nicht unnötig reizen.«

Während Jem seinen Fehler korrigierte, streifte der Vater die Anzugjacke über. Den mittleren Knopf schloss er genau in dem Augenblick, als die Klingel anschlug

Fünf Minuten später saßen die älteren Männer am Tisch und ließen sich von Jems Vater Tee einschenken. Nur der Hodscha schob das Glas demonstrativ von sich weg. Dann setzte sich der Sohn zu seiner Mutter, die auf einem der Stühle vor dem Wohnzimmerschrank Platz genommen hatte. Tuba war gleich nach dem Eintreffen der Männer widerspruchslos in ihrem Zimmer verschwunden. Bei einem Familienrat hatte sie nichts zu suchen – erst recht nicht, wenn solch ein Thema zur Debatte stand.

Als sich auch Vater Ösran gesetzt hatte, eröffnete der Hodscha das Gespräch: »Hakan, mein Bruder, wir sind, wie du weißt, aus einem ernsten Anlass zusammengekommen.«

Nilgüls Vater schluckte. Wenn der Hodscha jemanden als seinen Bruder bezeichnete, ging es an die Substanz.

»Deine Tochter hat die Ehre deiner Familie beschmutzt.«

Der kapiert das nie, dachte Jem und schloss resigniert die Augen. Immer die alte Leier. Als säßen wir noch auf dem Dorf im Gebirge.

»Sie hat sich an Orten aufgehalten, die kein anständiges türkisches Mädchen ohne ihren Vater oder ihren Bruder betreten sollte. Sie selbst hat sich in diese missliche Situation gebracht, in der sich fremde Männer mit ihr vergnügen konnten. Eine Schande – für dich, deine Familie und die Rechtgläubigen in diesem Teil der Stadt.«

»Deine Worte kränken mich!«, entgegnete Hakan Ösran und Jem sah, dass auf seiner faltigen Stirn ein paar Schweißperlen glänzten. »Meine Tochter ist vergewaltigt worden und anschließend fast im Feuer erstickt. Sie hat das nicht freiwillig getan.«

Onkel Mehmet, Hakans älterer Bruder, beugte sich vor: »Rede nicht. Du bist schuldig. Du hast nicht dafür gesorgt, dass deine Tochter sich anständig anzieht. Du hast sie laufen lassen, wohin sie wollte. Du hast sie zu diesen Deutschen gehen lassen, die unseren Kindern unter dem Deckmantel der Nächstenliebe eine andere Kultur einimpfen wollen. Und jetzt hast du die Quittung und wir die Schande.«

»Ich sehe das anders«, setzte Hakan an, wurde aber von den anderen sofort unterbrochen: »Rede dich nicht heraus. Du hast dich von deinen Landsleuten abgesetzt und bist in diese Straße gezogen, wo fast nur Deutsche wohnen. Du kommst nur selten zu uns in die Teestube. Und in der Moschee haben wir dich auch lange nicht mehr gesehen.«

Nilgüls Vater atmete tief durch – sie gingen wirklich aufs Ganze. Und er musste aufpassen, dass er nicht ausgestoßen wurde. Wenn sie wollten, würden sie dafür sorgen, dass ihn seine Landsleute schnitten. Dass kein türkischer Kaufmann ihn mehr bediente. Dass ihm niemand mehr half, wenn es ein Problem mit den Behörden gab.

»Jeder verehrt Gott so gut er kann«, sagte er. »Und Gott weiß, dass meine Tochter nichts Schlechtes getan hat. Ihr wurde Gewalt angetan ...«

»Hakan, Bruder! In einem fremden Land müssen wir zusammenhalten. Wenn wir getrennte Wege gehen, wird man uns leicht unterkriegen können. Und du hast dich abgesondert. Hast dich von deinen Landsleuten und deinen Verwandten entfernt. Du bringst deine Familie in Verruf und in Gefahr. Sag, warum Nilgül so etwas passiert ist und unseren Töchtern nicht! Woran liegt das? Denk doch mal nach ...«

Während Nilgüls Vater noch nach einer Antwort suchte, meldete sich Onkel Mehmet wieder: »Hakan, dieses Unglück sollte dir die Augen öffnen. Kehr um! Und sorg dafür, dass unsere Familie ihre Ehre zurückbekommt!«

Jem hielt den Atem an, als sein Onkel eine Kunstpause einlegte, sich umständlich eine Zigarette nahm und trotz des Ramadan zum Feuerzeug griff. Seine Finger zitterten ein wenig und brauchten drei Versuche, bis die Flamme endlich brannte. Es schien, als hätte allein der Blick des Hodschas das Feuer jedes Mal von neuem erstickt.

»Du musst deiner Tochter die Ehre zurückgeben. Ich habe unseren Vater angerufen und ihn um Rat gefragt. Er hat mir von unserem Onkel Erkan erzählt, dessen Frau neulich gestorben ist.«

Bloß das nicht, dachte Jem. Die können Nilgül doch nicht mit diesem alten Knacker ...

»Erkan ist ein guter Mann und könnte Nilgül versorgen. Vor allem aber könnte er ihr die Ehre zurückgeben.«

»Erkan ist sechzig!«, brauste Hakan Ösran auf. »Und Nilgül gerade achtzehn geworden ...«

»Kennst du einen Jüngeren, der deine Tochter noch nehmen würde? Und glaube ja nicht, dass Erkan das umsonst tut. Wir werden alle zusammenlegen müssen!«

»Onkel Mehmet!«, warf Jem ein. »Das geht doch nicht. Nilgül ist deinem Sohn versprochen!«

Totenstille trat ein und alle Augen richteten sich auf den Zweiundzwanzigjährigen, der die Unterhaltung der Älteren gestört hatte.

Mehmets Stirnadern schwollen, als würde ihn gleich der Schlag treffen: »Glaubst du etwa, ich würde meinen Sohn mit einer Hure verheiraten?«

»Schluss!«, schrie Hakan und sprang auf. »An meinem Tisch darf niemand meine Tochter so nennen!«

»Ich sage es, wie es ist«, entgegnete Mehmet und stand ebenfalls auf. Seine Augen brannten.

»Nimm das sofort zurück«, sagte Hakan scharf. »Nimm das zurück oder verlass meine Wohnung!«

»Du willst mich vor die Tür jagen wie einen Hund? Deinen ältesten Bruder?«

Ältester Bruder, dachte Jem. Dieser Angeber hat gerade mal vier Jahre Vorsprung.

»Nimm dieses Wort zurück oder geh!«, wiederholte Hakan seine Forderung.

»Dann gehe ich«, sagte Mehmet und blickte die anderen Männer auffordernd an. »Unter diesem Dach haben wir nichts mehr verlo...«

Mitten in den Satz schrillte die Türklingel. Alle verstummten und sahen auf Hakan. Der zuckte die Schultern und nickte Jem zu. Der Sohn erhob sich und verließ den Raum. Er drückte auf den Öffner und blickte neugierig ins Treppenhaus.

Zwei Deutsche kamen die Treppe herauf, ein hoch gewachsener Mann um die dreißig und eine deutlich kleinere Frau mit kurzen schwarzen Haaren.

Noch bevor sie ihre Ausweise zückten, wusste Jem, was sie waren.

»Hardenberg«, sagte der Mann. »Und das ist meine Kollegin Klemm. Dürfen wir eintreten?«

»Sekunde. Warten Sie ...«

Jem schob den beiden die Tür vor die Nase, ohne sie zu schließen, und lief ins Wohnzimmer: »Polizei!«

Ein Augenblick des Schweigens, dann standen alle Männer auf und drängten in den Korridor, griffen nach ihren Hüten und Mützen und schoben sich an den beiden Polizisten vorbei in den Hausflur.

Mehmet ging als Letzter. In der Tür drehte er sich noch einmal zu seinem Bruder um.

»Denk nach!«, sagte er auf Türkisch. »Wir sind noch nicht fertig!«

10

Brigitte Hell ließ sich auf den Rücksitz des Taxis sinken und wartete ungeduldig darauf, dass der Fahrer startete. Das Hochgefühl über die Ernennung zur Leiterin der Soko war längst verflogen – Lohkamp hatte sie harsch daran erinnert, dass sie noch längst nicht am Ziel war. Warum fuhr der Typ nicht?

»Bitte«, sagte der Fahrer, der den Innenspiegel auf ihr Gesicht gerichtet hatte. »Wohin möchten Sie?«

Früher wäre sie nach der Morgenlage einfach zwei Treppen höher gestiegen. Dort unter dem Dach hatte das alte Kommissariat 14 gehaust und seine umfangreichen Karteien mit den Daten der üblichen Verdächtigen gepflegt. Noch Jahrzehnte nach dem Krieg waren viele Namen mit denen aus den Gestapo-Akten identisch gewesen, aber das bereitete auf dieser Etage niemandem eine schlaflose Nacht. Es gab Feindbilder, die hielten ewig, und es gab K-14-Leute, die 1951 ihre Arbeit an genau dem Punkt wieder aufnahmen, an dem die Amerikaner sie 1945 so unsanft gestört hatten.

»Herne, Bebel-Platz«, sagte Hell endlich und der gelockte Bursche am Steuer legte los.

Als die gesamte Polizeistruktur umgekrempelt und das anrüchige K 14 in Polizeibüro II umgetauft wurde, hatte der Polizeipräsident die Truppe ausquartiert und nach Herne verlegt. Zu diesem Zeitpunkt litt das PB II unter einer tiefen Sinnkrise: Der Zerfall der antikapitalistischen Linken hatte die Zahl der Planstellen dezimiert und manch einen altgedienten Kommunistenjäger gezwungen, sich mit solch einem ›Firlefanz‹ wie dem sexuellen Missbrauch vertraut zu machen. Die Übrigen hatten die Abschiebung nach Herne als zusätzliche Demütigung betrachtet und den Wert guter Psychiater schätzen gelernt.

Hell seufzte unwillkürlich, als ihr Wagen den Bochumer Vorort Riemke verließ und den Süden von Herne erreichte. Ohne das gelbe Ortsschild hätte niemand die Stadtgrenze erkannt: Auf beiden Seiten der Trennlinie besaßen die Häuser und Grundstücke nicht einmal mehr den spröden Charme des Verfalls, sondern waren nur noch marode.

Dennoch war der Umzug nach Herne, fand Hell inzwischen, das kleinere Übel. Die Innenstadt hatte Stil und das Quartier über dem früheren Haupteingang des Präsidiums wertete die Abteilung auf. Zudem ähnelte das Herner Backsteingebäude dem imposanten Schlachtschiff des Altbaus an der Bochumer Uhlandstraße. So war sie manchmal richtig froh, nicht in dem modernen Erweiterungsbau in Bochum gelandet zu sein: Das neue Haus war steril und hellhörig.

»Geht's nicht ein wenig schneller? Ich habe es wirklich eilig!«

Der Fahrer wiegte bedenklich den Kopf und tippte auf den Tacho: Die Nadel pendelte bereits um die siebzig. »Wird zu teuer, junge Frau. Ihre Kollegen lassen kaum noch mit sich handeln.«

Nur diese ständige Fahrerei zum Bochumer Präsidium nervte; besonders an Tagen wie diesem, da ihr eigener Wagen plötzlich mit einem Plattfuß auf dem Innenhof des Herner Verwaltungskarrees, in dem neben der Polizei auch ein paar städtische Ämter untergebracht waren, gestanden hatte. Immerhin konnte das Polizeibüro II in Herne, weitab vom Präsidenten, seinen Verwaltungsfuzzis und den Intrigenkämpfen an der Bochumer Uhlandstraße, nun ein fast unkontrollierbares Eigenleben entfalten …

»Und?«, fragte der lange Oberkommissar Essinger, als Hell den Raum stürmte. Er saß, die Beine hochgelegt, hinter seinem Schreibtisch und las amüsiert das Wochenblatt der Altkommunisten, anstatt die neueste Ausgabe der *Antifaz* durchzuackern: Diese Burschen recherchierten nämlich so gut, dass in jedem Heft mehr neue Namen für die Kartei

Rechtsradikale abfielen, als einige der Bochumer Staatsschützer in einem ganzen Jahr heranschaffen würden.

»Schaff mir Butter und Wegge heran!«

Essinger zog die Augenbrauen hoch.

»Die beiden Knallköppe haben gestern große Scheiße gebaut!«

Ihr Kollege griff mit einem leichten Naserümpfen zum Telefon. Minuten später standen die beiden Gesuchten vor der Oberkommissarin: in einem leicht antiquierten Dandy-Look der ältere Butter, Wegge in lockeren Jeans. Beide waren offensichtlich ungehalten darüber, dass sie ihre Frühstückspause schon nach einer halben Stunde hatten abbrechen müssen.

»Was habt ihr gestern Nachmittag zwischen sechzehn und achtzehn Uhr gemacht?«

»Wir haben den *Berghof* observiert.«

»Und?«

»Die Jungs waren die ganze Zeit da.«

»Und ihr ununterbrochen davor?«

Butter tat, als müsse er konzentriert nachdenken, und schüttelte dann behutsam sein mit Gel getränktes Haupthaar: »Nicht ganz. Kollege Wegge musste mal und ich hatte einfach Hunger. Da sind wir kurz …«

»Wie kurz?«

»Zwanzig Minuten? Halbe Stunde? So in etwa. Ja. Also, sehr viel mehr war es eigentlich nicht …«

»Und uneigentlich?«

Auf diese Frage wusste der Mittvierziger keine schnelle Antwort. Da sprang Wegge für seinen Kollegen ein: »Wir haben nicht auf die Uhr gesehen. Die Jungs waren gestern absolut friedlich drauf. Und wir hatten eigentlich schon Feierabend. Den Stundenzettel reiche …«

Hell klatschte wütend mit der flachen Hand auf den Schreibtisch: »Hört mit den Märchen auf! Während ihr euch bei McDonald's Teenies beguckt habt, haben eure braven Jungs halb Wattenscheid in Brand gesteckt.«

»Verstehe ich nicht«, sagte Wegge, ohne auf ihren Vorwurf einzugehen. »Brennwald wollte nur kurz zur Tanke …«

»Brennwald – und wer noch?«

»Horvath und Heckmann waren dabei«, erinnerte sich Butter. »Und Klopper Koslowski. Die anderen …«

»Wir haben doch nur im Rückspiegel gesehen, wie sie aus der Kneipe kamen«, erklärte Wegge, aber damit kam er bei Hell nicht durch: »Wenn ihr sie nur im Rückspiegel gesehen habt – woher wisst ihr das mit der Tankstelle?«

Der Jeansträger schüttelte sein Haupt, als hätte er es mit einem besonders begriffsstutzigen Menschen zu tun: »Weil er beim Einsteigen herübergewinkt und einen Kanister hochgehalten hat.«

»Und das war wann?«

»Gegen halb fünf.«

»Und Lohkamp hat eure Rückkehr wann beobachtet? Halb sieben – stimmt's?«

Die beiden schwiegen hilflos vor sich hin, bis ihre Chefin laut seufzend aufstand und ans Fenster trat. Vor ihr, auf dem von hohen Säulen getragenen Vordach des alten Haupteingangs, standen vier aus Stein gehauene Statuen, die seit Jahrzehnten den Bebel-Platz observierten und ihrer Betrachterin die Kehrseiten entgegenstreckten.

»Der mit dem Schwert«, erklärte Hell den beiden Sündern, »ist der Kriegsgott Mars. Daneben steht Justitia mit der Waage der Gerechtigkeit. Die Frau weiter links ist die kluge Minerva, die bei den Griechen Athene hieß, mit ihrem heiligen Tier, der Eule. Und ganz außen, der Typ mit dem Buch, das ist Apollo, der Gott der Künste und der Wissenschaft. Und jetzt guckt euch diese letzten beiden mal genau an!« Sie wies auf die Heckbacken der beiden Figuren, die von Regen, Kohlenstaub und Autoabgasen schon stark verwittert waren. »Seht ihr? Jeder von den beiden hier hat mehr Weisheit und Wissen im Arsch als ihr beide zusammen in euren Birnen!«

Sie warf die Unterlagen, die sie vom Dauerdienst bekommen hatte, auf den Tisch und legte das Lage-Info mit dem grinsenden Brennwald sorgsam darauf.

»Und warum wart ihr Versager nicht dabei, als dieser Lohkamp Brennwalds Wohnung auf den Kopf gestellt hat?«

Butter demonstrierte mit weit ausgebreiteten Armen seine Ratlosigkeit: »Wir dachten, er bringt ihn sofort ins Gewahrsam ...«

Die Oberkommissarin schüttelte ihre Haarsträhnen: »Denken! Quatsch. Ihr sollt ermitteln. Und dazu gehört, dass man Leuten wie Lohkamp auf den Fersen bleibt, wenn sie in unserem Teich angeln gehen. Raus!«

Sobald sie allein waren, hob Essinger seine Hände zu einem lautlosen Applaus.

»Kein Grund«, sagte Hell. »Ich habe im Präsidium erzählt, dass wir die Wattenscheider voll im Griff haben. Und diese beiden Pfeifen sitzen ausgerechnet dann beim Essen, wenn Brennwald ausrastet.«

Sie atmete tief durch und kam zum Wichtigsten: »Flenner setzt eine Soko auf den Volkssturm an ...«

»Wie bitte?«, fragte Essinger und lachte auf: »Will er uns endgültig arbeitslos machen?«

Hell zog die Schultern hoch: »Ist wohl mehr für die Galerie gedacht. Bei Vergewaltigung und Brandstiftung spielen die doch alle verrückt, wenn Türken darin verwickelt sind.«

»Lassen Sie mich raten: Flenner wollte ganz geschickt sein und hat dieses Nachwuchsgenie aus dem Zwölften zur Chefin gemacht!«

»Zum Glück nicht. Die Schäfer ist überhaupt nicht in der Soko. Urlaub.«

»Schade«, sagte Essinger und rief sich das Bild der jungen Kollegin vom Kommissariat ›Straftaten gegen die sexuelle Selbstbestimmung‹ ins Gedächtnis. Dann textete er grinsend: »Das Flittchen vom Sittchen mit den großen ...«

»Halt's Maul! Sonst lasse ich dich wegen sexueller Diskriminierung abmahnen.«

Essinger sah sie ungläubig an.

»Außerdem: Chefin bin ich!«

»Glückwunsch«, bekundete Essinger. »Dann wird's ja nächstes Jahr doch was mit dem dritten Stern. Freue mich schon auf die Feier.«

Hell warf ihm einen Blick zu, mit dem man eine Kohlenhalde planieren konnte, und schob ihm einen Zettel über den Tisch: »Hier sind die Mitglieder der Soko. Du trommelst die Leute zusammen. Um Punkt elf Uhr will ich sie alle im Besprechungsraum des Präsidiums sehen ...«

»Wir haben Silvester!«, begehrte Essinger auf.

»Macht nichts«, sagte Hell. »Falls du es vergessen hast: Wir sind hier bei der Polizei!«

11

Vater Ösran setzte sich mit Klemm und Hardenberg an das Kopfende des langen Tisches, an dem noch soeben die männlichen Verwandten gesessen hatten. Seine Frau und die jüngere Tochter sammelten Gläser und Aschenbecher ein, während der Sohn nach kurzem Zögern ebenfalls Platz nahm. Sein Vater billigte das mit einem knappen Nicken – gegenüber den Deutschen brauchte man die traditionellen Regeln nicht ganz so streng einzuhalten wie vor der konservativen Verwandtschaft.

»Herr Ösran«, sagte Katrin Klemm. »Zuerst möchte ich Ihnen und Ihrer Familie versichern, dass wir darüber entsetzt sind, was man Nilgül angetan hat. Wir werden alles tun, um die Täter zu überführen und sie ins Gefängnis zu bringen.«

Der Alte blickte den Sohn an und der sprach jetzt Türkisch: etwa genauso lange, wie Klemm geredet hatte, und in fast demselben Tonfall.

Anschließend richtete sein Vater die Augen wieder auf die Beamten und erwiderte etwas, das Jem ins Deutsche übersetzte: »Die meisten türkischen Väter würden jetzt sagen: Besser, meine Tochter wäre tot. Ich hoffe, dass man alles tut, um sie gesund zu machen.«

»Im *Bergmannsheil* sind Menschen mit Brandverletzungen in den richtigen Händen.«

»Und das andere?«, begehrte der Alte auf.

»Das andere«, sagte Klemm und tippte mit dem Zeigefinger an die Stelle, unter der ihr Herz schlug, »das andere sitzt vor allem hier. Im Vergleich zu Verbrennungen und Vergiftungen ist das medizinisch ein leichteres Problem. Aber für das Herz und für den Kopf ist das natürlich viel schlimmer.«

Meine Güte, dachte Hardenberg, so hätte ich das nie ausdrücken können.

Der Vater sah die junge Frau prüfend an und schloss seufzend die Augen. Er schwieg einen Moment, bevor er fragte: »Was wollen Sie?«

»Wir möchten uns ein Bild von Ihrer Tochter machen. Wir wollen wissen, was sie für ein Mensch ist und was sie in dem Laden gemacht hat. Ob sie selbst schon einmal bedroht worden ist. Wenn ja, von wem ...«

»Ich dachte, Sie haben die Männer.«

»Ja, wir haben sie und sind überzeugt, dass es die Täter sind. Aber wir müssen auch den Richter überzeugen. Und dem werden diese Männer erzählen, dass Nilgül lügt und dass sie es nicht gewesen sind. Also müssen wir ihnen nachweisen können, dass sie es sind, die lügen.«

Mutter und die jüngere Tochter hatten sich still in den Hintergrund gesetzt. Alle schauten auf den Vater, der eine ganze Weile stumm blieb. Dann stand er auf: »Halten Sie mich nicht für unhöflich. Aber Jem, mein Sohn, wird Ihre Fragen beantworten. Ich – ich kann das nicht.«

Ohne Gruß verließ er den Raum, Sekunden später krachte die Wohnungstür ins Schloss, dann hörte man seine langsam leiser werdenden Schritte auf der Treppe.

»Sie müssen das entschuldigen«, sagte Jem. »Mein Vater ist zwar noch jung. Aber schon zu alt, um über Vergewaltigungen zu reden ...«

»Und Sie?«

»Ich muss ständig darüber reden. Ich studiere Jura und bin vereidigter Dolmetscher – hier am Landgericht. Da kann ich mir die Worte nicht aussuchen, die ich benutzen muss.«

Hardenberg musterte den Mann, der mit Sicherheit noch nicht die Mitte der zwanzig erreicht hatte. Der Mensch beeindruckte ihn.

»Vielleicht können wir es so machen«, schlug Klemm vor. »Die beiden Männer klären die notwendigen Fragen. Und ich sehe mir, wenn Sie es erlauben, Nilgüls Zimmer an ...«

Der Sohn übersetzte den Vorschlag. Die Mutter nickte und richtete ein paar Worte an die Tochter. Tuba sprang auf: »Kommen Sie, ich zeig es Ihnen!«

Hardenberg machte unwillkürlich eine Bewegung, als wollte er mitkommen, doch die Kommissarin schüttelte den Kopf: »Männer haben da nichts zu suchen.«

Die Mutter nickte und über Jems Gesicht huschte ein Lächeln.

Die Polizistin folgte Tuba in einen schmalen Korridor. Obwohl das Mädchen jünger als ihre Schwester war, schien sie wesentlich stabiler gebaut zu sein und wirkte ungeheuer lebhaft. Vermutlich hätte Nilgül neben ihr auch in unverletztem Zustand schmal und zerbrechlich gewirkt.

Sie landeten in einem Raum, der an die zwanzig Quadratmeter groß sein mochte und auf der Straßenseite der Wohnung lag. Helle, freundliche Möbel aus Echtholz – den Öskans war das Wohlergehen der Kinder etwas wert. In den Regalen und an den Wänden fand sich kaum etwas von dem Kitsch, mit dem manche türkische Wohnung überladen war. Stattdessen gab es hier Plakate des Bochumer Schauspielhauses und des Ruhrlandmuseums in Essen ...

»Ihr habt ja sogar jeder ein eigenes Zimmer«, sagte Klemm.

»Neuerdings. Vor einem halben Jahr ist Jem ausgezogen. Da habe ich seine Bude bekommen. Liegt genau gegenüber. Wollen Sie?«

Klemm tat Tuba den Gefallen: Der Raum war kleiner als Nilgüls Domizil, aber ähnlich gut möbliert. Auf der Bettumrandung war eine große Sammlung von Kuscheltieren aufgereiht, an den Wänden prangten Poster von Stefan Raab, DJ Bobo und ein paar türkischen Schlagerstars, deren Namen die Polizistin nicht kannte.

»Wie alt bist du?«, fragte sie.

»Nicht ganz vierzehn. Siebte Klasse.«

»Seid ihr auf derselben Schule?«

Tuba nickte.

»Und wie kommt ihr miteinander aus?«

Tuba antwortete nicht, sondern schien auf eine nähere Erklärung zu warten.

»Ich meine: War es zum Beispiel nicht nervig, mit der älteren Schwester in einem Raum zu wohnen?«

Tuba zog die Schultern hoch: »Ging so. Manchmal nerve ich ja selbst. Mein ständiges Quatschen ging Nilgül auf den Keks, wenn sie lesen wollte. Aber eigentlich hatten wir es schon damals gut. In manchen Familien wohnen drei oder vier Mädchen in einem Zimmer, das viel kleiner ist.«

Sie kehrten in Nilgüls Raum zurück. Während Klemm im gleichen Alter in einem undurchschaubaren Chaos gelebt hatte, herrschte bei Nilgül eine geradezu mustergültige Ordnung. »Weißt du, was Nilgül in dem Laden gemacht hat, in dem sie überfallen wurde?«

Tuba nickte: »Die geben Nachhilfe. Für türkische Kinder. Oder welche aus Palästina und Libanon. Und dann hatten sie öfter solche Versammlungen da.«

»Wer?«

»Na, der Verein, dem der Laden gehört.«

»Kennst du jemanden davon?«

»Tina. Nilgüls Freundin. Die Adresse muss hier stehen ...«

Sie öffnete den kleinen Schreibtisch, der neben Nilgüls Bett stand, und zog eine Hochglanzkladde heraus. Die Polizistin öffnete den Wälzer – es war eine Art Tagebuch, das mal täglich, dann wieder nur drei- oder viermal im Monat benutzt worden war: Notizen über die Schule und den Verein, über Tina und ein paar andere Mädchen, Lektüreberichte und Filmkritiken.

Meine Güte, dachte Klemm, so etwas lässt man doch nicht so liegen, dass die Eltern alles lesen können. Doch dann fiel ihr auf: Die Einträge waren auf Deutsch verfasst. Die Eltern hätten wahrscheinlich Mühe, etwas zu entziffern ...

»Hat Nilgül einen Freund?«

Tuba grinste und schüttelte den Kopf: »Unsere Eltern sind zwar nicht allzu streng – aber ein Freund? So richtig? Ich glaube, die würden ausrasten ...«

»Aber sie war doch bestimmt schon mal verliebt?«

Das Mädchen überlegte, zog dann die Schultern hoch: »Sie hat wohl mal über ein paar Jungs gesprochen – aber das war nichts Ernstes. Nichts, von dem ich weiß.«

Klemm blätterte das Buch durch, fand am Ende ein Adressenverzeichnis: Freundinnen, die Nummern der Schule und von ein paar Theaterkassen, eine Ärztin mit ausländischem Namen – aber keine Spur von einem Jungen, der eine Rolle in Nilgüls Leben spielen konnte.

Klemm schrieb sich ein paar Angaben heraus und gab das Buch an Tuba zurück, die es sofort wieder verstaute. In derselben Schublade lagen ein paar Briefe; aber ein kurzer Blick genügte und die Kommissarin war sich sicher, dass es sich nur um Mädchenhandschriften handelte.

»Sag mal – ist Nilgül eigentlich irgendjemandem versprochen?«

»Na klar. An Khan. Den Sohn von Onkel Mehmet.«

»Und?«

»Was: und?«

»Werden die beiden heiraten?«

Tuba lachte: »Unsinn. Die sehen sich nur auf Familienfeiern. Nilgül findet ihn viel zu affig. Und Khan hat schon eine Freundin. Mit Nilgül läuft da nichts – bestimmt.«

»Die Männer vorhin ... War dieser Onkel Mehmet dabei?«

Tuba nickte.

»Und was wollten die?«

»Keine Ahnung. Ich darf bei solchen Gesprächen nicht dabei sein.«

»Und du hast auch nicht gelauscht?«

Das Mädchen schüttelte seine schwarzen Haare.

»Keine Idee, um was es ging?«

»Nilgül, nehme ich an. Wenn so etwas passiert – dann ist die ganze Familie da.«

»Weshalb?«

»Na ja – ich nehme an, dass sie überlegen, was jetzt zu tun ist.«

Klemm bohrte noch ein wenig nach, aber Tuba wusste wirklich nichts. Die Kommissarin gab sich zufrieden und hoffte, dass Hardenberg etwas von dem älteren Bruder erfahren hatte.

»Ist Nilgül irgendwann mal bedroht worden? Oder der Laden, in dem sie arbeitet?«

»Weiß ich nicht. Aber wenn, dann hätte sie es erzählt.«

Sie kehrten ins Wohnzimmer zurück. Hardenberg saß immer noch mit Jem am großen Tisch und klappte sein Notizbuch zu, als die Kommissarin eintrat.

»Herr Ösran«, fragte Klemm. »Was wollten Ihre Verwandten eigentlich?«

Hardenberg sah überrascht auf und Klemm ahnte, dass er diese Frage vergessen hatte. Doch Jem Ösran schüttelte den Kopf: »Das war eine Familienangelegenheit. Dazu kann ich nichts sagen.«

12

»Oberkommissarin Hell?«, fragte der Mann, der an der Spitze eines Vierer-Trupps das Büro der Soko-Leiterin stürmte. »Brieger mein Name ...«

Auch das noch, dachte die Frau vom Staatsschutz. Während normale Bürger froh sein konnten, zu Silvester irgendeinen verschuldeten Vorstadtadvokaten aufzutreiben, schickte man ihr den Staranwalt aus Bremen auf den Hals. Der smarte Fünfzigjährige war immer dann zur Stelle, wenn es jemandem an den Kragen ging, der in der Neonazi-Szene etwas galt.

»Meine Kollegen vertreten die Herren Heckmann, Horvath und Koslowski, ich Herrn Brennwald. Hier sind die Vollmachten. Herr Brennwald, wenn Sie so freundlich wären und Ihre Unterschrift darunter setzen ...«

Der kantige Mann unterschrieb, ohne einen Blick auf das Blatt zu werfen, und gönnte Hell ein triumphierendes Lächeln.

Eine Stunde lang hatte sie zusammen mit ihrem Stellvertreter Essinger versucht, dem Volkssturm-Chef ein Geständnis zu entlocken, aber es war vergeblich gewesen: Brennwald hatte die Nacht im Gewahrsam gut überstanden und war ausgenüchtert und ausgeschlafen genug, um auf keine ihrer Fangfragen hereinzufallen.

»So, jetzt hätte ich gerne Akteneinsicht und dann einen

abhörsicheren Raum, in dem ich mich mit meinem Mandanten unterhalten kann.«

Hell schob ihm die dünne Ermittlungsakte hinüber: die Berichte Lohkamps und der Dauerwache, eine Aktennotiz dieser Anwärterin von der Sitte, ein Kurzprotokoll der ersten Untersuchung des Tatortes – das war's auch schon.

»In Ordnung. Wir lesen das eben auf dem Flur.« Der Anwalt bedeutete seinen Kollegen mit einem Kopfnicken, ihm zu folgen.

Auch Brennwald stand auf, doch Hell pfiff ihn zurück: »Sie bleiben hier.«

Brieger seufzte und empfahl dem Volkssturm-Chef: »Ohne mich kein Wort mehr!«

Brennwald nickte, als hätte er einen dienstlichen Befehl erhalten, und die Advokaten verzogen sich. Im Büro breitete sich Stille aus. Hell und Essinger taten so, als studierten sie irgendwelche Papiere. Brennwald zog an seinen dicken Fingern und ließ die Gelenke knacken. Weit draußen vor den Fenstern verhallte ein verfrühter Neujahrsknaller.

Dann flog die Tür so heftig auf, dass alle drei zusammenzuckten: Brieger hielt es offenbar nicht für nötig anzuklopfen. Mit forschem Schritt kam er auf Hells Platz zu und legte die Akte vor ihr auf den Tisch. Dicht neben ihr stehend, sagte er von oben herab: »Als Erstes müssen wir die Frage des Alibis klären.«

»Wie Sie wünschen!«, sagte die Oberkommissarin und deutete auf einen der Besucherstühle.

Doch der Mann im Maßanzug reagierte nicht, sondern blieb neben ihr stehen. Offenbar wollte er den Vorteil nutzen, dass sie zu ihm aufsehen musste.

»Setzen Sie sich!«, schnauzte Essinger. »Auf dem Tisch liegen dienstliche Unterlagen, die Sie nichts angehen.«

Brieger lächelte unbeeindruckt und setzte sich endlich: »Bericht Lohkamp, Seite zwei. Die Alibi-Frage. Mein Mandant muss in dem alkoholisierten Zustand von gestern Abend etwas verwechselt haben. Gegrillt haben er und seine Freunde nicht in Wattenscheid, sondern in Hattingen.«

Hell hatte Mühe, ihre Überraschung zu verbergen, und

auch Brennwald schien darauf zu achten, dass er keines der folgenden Worte verpasste.

»Hier ist die Adresse: Schützstraße 4a, bei Familie Heckmann ...«

»Und das hat Ihr Mandant vergessen? Mit gerade mal 1,1 Promille?«

Brennwald schüttelte missbilligend seinen Schädel: »Frau Hell, Ihre Vorstellung von national gesinnten Menschen gehört in den Müll. Bei uns kann man nicht deshalb Mitglied werden, weil man gut saufen kann. Dann könnten wir ja die halbe Polizei aufnehmen ...«

Der Anwalt verzog seine Mundwinkel, als wollte er den Einwurf seines Mandanten missbilligen, und setzte sein Plädoyer da fort, wo er unterbrochen worden war: »Der Grill müsste noch bei Heckmanns zu besichtigen sein. Angesichts der außerordentlichen Tatsache, dass wir uns vor zwei Feiertagen befinden und heute der letzte Silvesterabend dieses Jahrtausends ist, würde ich es für eine bedauerliche Geschichte halten, wenn Herr Brennwald ausgerechnet diese Nacht nicht bei seiner Familie feiern könnte.«

»Ach ja«, machte Hell.

»Ich ersuche Sie also dringend, die Frage des Grillplatzes sofort überprüfen zu lassen. Ein Anruf bei der Hattinger Polizei, eine Streife, die dort vorbeifährt und das Beweismittel in Augenschein nimmt – in einer halben Stunde haben wir die Sache hier erledigt.«

Die anderen Anwälte nickten wie auf ein geheimes Kommando hin und die Oberkommissarin spürte plötzlich ihren Magen – mit einem solchen Überfall hatte sie nicht gerechnet.

»Frau Hell, Sie haben doch überhaupt keine Beweise, sondern nur die Aussagen eines halb blinden Rentners und einer bedauernswerten, aber verwirrten jungen Frau.«

Klarer Versuchsballon – nirgendwo war etwas über eine Aussage von Nilgül Ösran vermerkt. Aber Briegers Kollegen bewegten ihre Kinnspitzen erneut von oben nach unten. Hell kniff ihre Augen zusammen, als könnte sie dadurch die Marionettenfäden entdecken, an denen die drei Männer hingen, und vermied es, Essinger einen hilflosen Blick zuzuwerfen. Der könnte ihr auch nicht helfen. Und der neue Leitende Staatsanwalt in Dortmund? Von Hempelmann würde es, wenn sie ihn überhaupt erreichen konnte, allein schon wegen der Störung einen Anschiss geben. Und diese arroganten Heinis aus der Kriminalgruppe Gewaltdelikte hätten wieder etwas zu grinsen ...

»Wenn Sie meinen«, sagte sie, nahm den Hörer auf und drückte die Kurzwahltaste. Wohl war ihr nicht dabei – aber jetzt konnte sie nicht mehr zurück. Ihre Finger senkten sich und tippten zuerst eine Fünf und dann eine Null.

13

Die Hattinger Nordstadt hatte sich über drei Hügel auf dem nördlichen Ruhrufer ausgebreitet, von denen die beiden äußeren die Problemzonen des Bezirks bildeten: Hinter den teuren Bungalows und Eigentumswohnungen, die das Steilufer säumten, lagen größere Siedlungen, deren Bewohner einst von der Arbeit auf dem Stahlwerk gelebt hatten. Doch Anfang der Neunziger hatten die Thyssen-Bosse die Öfen der Henrichshütte herunterfahren und die Arbeitslosenquote in die Höhe schnellen lassen. Die daraus resultierende Drecksarbeit überließen die Manager dem Sozialamt, den Gerichtsvollziehern und der Polizei – und die sollte nach einem zehnjährigen Gastspiel in der Bahnhofstraße im kommenden Jahr ausgerechnet in die ehemalige Verwaltung der stillgelegten Hütte umziehen.

Als der Anruf der Bochumer Sonderkommission in Hattingen einging, befand sich in der Nordstadt nur die Funkstreife mit dem Codenamen Ennepe 12/24. Die Besatzung der Frühschicht bestand aus dem übergewichtigen Polizeihauptmeister Gustav Lusebrink und seinem kantigen Fahrer Karl-Heinz Haggeney.

Beide waren ein eingespieltes Team und hielten sich für gute Polizisten. Aber fünfzehn Jahre zuvor hatten sie vor einem schwedischen Möbelhaus in Kamen einen solch kapitalen Elch geschossen, dass man sie in eine IKEA-freie Zone versetzt hatte. Auch in Hattingen standen Lusebrink und Haggeney wieder auf der Abschussliste, doch alle Versetzungsversuche des Landratsamts waren gescheitert: Die Polizeipräsidenten im Regierungsbezirk verlangten für die Übernahme des Duos stets eine Gegenleistung, die nicht mehr mit Recht, Gesetz und menschlicher Würde vereinbar gewesen wäre.

Als die Leitstelle der Polizeiinspektion Nord sich bei 12/24 meldete, befand sich nur der Streifenführer Lusebrink an Bord. Der Dicke ruhte auf dem Beifahrersitz, kramte in einer Plastiktüte nach den letzten Goldbärchen und sah amüsiert zu, wie Haggeney draußen ein paar Halbwüchsige jagte. Die Kids hatten den Polizisten eine Ladung Knallfrösche unter den Wagen geworfen und Haggeney war ins Freie gestürzt, um die Übeltäter zu ergreifen. Seine letzte Erfolgschance schwand, als die Burschen auf jene steile Treppe flohen, die zum Ruhrufer hinabführte.

»Kalla!«, schrie Lusebrink, als er den Hörer wieder aufgelegt hatte.

Haggeney stand keuchend am oberen Ende der Treppe und sah hilflose zu, wie die letzten Jugendlichen tief unter ihm zwischen den Bäumen verschwanden.

»Kalla!«, brüllte der Dicke und drückte auf die Hupe.

Der Kantige trabte heran und ließ sich erschöpft auf den Fahrersitz fallen.

»Einsatz!«

»Wo?«

»Drüben, in Winz. Fahr oben rein ...«

Haggeney startete und steuerte die einzige Ausfahrt der Hüttensiedlung an, die auf den mittleren Hügel der Nordstadt führte. Ungeduldig ließ er an der Bundesstraße 51 ein paar Raser passieren und setzte dann mit kreischenden Reifen über die Kreuzung, um durch die enge Denkmalstraße zu fahren. Wo ein Bus im Einsatz war, fand auch Haggeney seinen Weg. Und er hatte sogar noch genug geistige Reserven für eine dienstliche Frage: »Watt gibtet denn?«

»Einen Grill besichtigen.«

»Watt für 'nen Grill?«, fragte Haggeney.

Lusebrink stöhnte: »So 'n Grill eben. Für Würstkes, Spieße, Bauchfleisch und so. Soll da irgendwo im Garten stehen. Und wir prüfen, ob das stimmt.«

»Hömma, wir ham Winter! Faarschen kann ich mich allaine.«

»Is keine Faarsche. Fahr einfach!«

Kopfschüttelnd zog Haggeney den Wagen ein Stück in Richtung Bochum-Linden, bevor er in den Hohlweg lenkte, der in die Siedlung Winz führte. Zwei weitere Male musste er links abbiegen, dann waren sie am Ziel: eine Sackgasse, die in einem Wendehammer oberhalb der Lindener Straße endete. Rechts der evangelische Gemeindesaal und der Bungalow des Pfarrers, links drei Eigenheime. Das vierte Haus, deutlich größer, gehörte schon wieder zur Hauptstraße, zu der eine steinerne Treppe hinabführte. Haggeney steuerte mit einer Geschwindigkeit auf den Durchgang zu, als wollte er ihn als Sprungschanze nutzen.

»Halt!«, brüllte Lusebrink und zog unwillkürlich die Füße an.

Sein Fahrer grinste und stoppte den Wagen mit einem eleganten Powerslide. Offenbar arbeitete er wieder an seinem Plan, Michael Schumacher bei Ferrari abzulösen.

»Und gezz?«, fragte Haggeney. Sie standen vor einem der Einfamilienhäuser, die im winterlichen Nieselregen einfach nur grau und verlassen aussahen.

»Warte«, sagte Lusebrink und kramte nach dem kleinen Fotoapparat, der inzwischen zur Standardausrüstung eines Streifenwagens gehörte. Dann wälzte er sich hinaus und steuerte auf die Haustür zu, die sich auf der Ostseite des Hauses befand und von mindestens vier Balkonen des Mehrfamilienhauses beobachtet werden konnte.

Noch bevor sie zwischen beiden Gebäuden verschwinden konnten, tauchte im Garten ein kompakt gebauter Fünfziger auf: knapp eins siebzig, graue Haare, grauer Mantel, grauer Hut.

»Ach, da sind Sie ja schon. Kommen Sie wegen des Grills?«

»Jau«, gestand Lusebrink. »Wo is denn das gute Stück?«

»Kommen Sie!«

Der Graue kletterte über das kniehohe Zäunchen und die Polizisten folgten ihm. Auf dem Weg um das Haus bot sich ihnen das in deutschen Gärten typische Bild: eine Pergola, eine kleine Terrasse, davor ein Stückchen Rasen, kahle Bäume, ein paar umgegrabene Beete – und die schnurgerade Reihe mit dem Grünkohl, der auf den ersten Frost wartete. Alles im traurigen Stadium der Verlassenheit, des Wartens auf den Sommer. Alles – bis auf der Grill.

»Watt?«, fragte Haggeney. »Hier wurde gegrillt? Bei dem Wetter?«

Der Mann schob seine Hutkrempe ein wenig nach oben und lächelte: »Sie wissen doch, wie die Jugend heute ist. Wenn die im Winter grillen wollen, dann tun sie es einfach.«

Ungläubig starrte der Kantige auf das viereckige Teil, über dessen Feuerstelle auf vier dünnen Metallstäben ein kleines Giebeldach ruhte. Es schien kaum geeignet, Glut und Grillgut vor dem Regen zu schützen. Aber in dem Feuerbecken lag noch immer ein Häufchen Asche.

»Na, so watt!« Haggeney streckte unwillkürlich die Hand aus. Der Rost war deutlich wärmer, als er es bei diesem Wetter sein durfte. »Stimmt!«

»Siehste!«, sagte Lusebrink und machte den Fotoapparat klar. Der Mann mit dem Hut trat ein Stück zur Seite, damit der Polizist seine Aufnahmen schießen konnte, und verabschiedete die Beamten mit einem festen Händedruck.

»Dat war alles?«, fragte Haggeney, als sie wieder im Wagen saßen. Er blickte in den Garten zurück. Der Grauhaarige diskutierte gerade mit den Bewohnern des zweiten Eigenheims, die von ihrem Grundstück aus einen fantastischen Blick in Heckmanns Garten hatten.

Sein Chef nickte: »Alles. Den Film bringen wir nach Bochum – und bis dass wir wieder auf Wache sind, is Schicht. Mann, zum letzten Mal in diesem Jahrtausend. Was gibt das heute Abend für eine Sause!«

14

»Bist du etwa allein gekommen?«, fragte Mager. Er musste fast schreien, um gegen den Fetenlärm in seinem Rücken anzukommen, während seine Augen den Flur nach einer zweiten Person absuchten. »Mensch, wo ist Gabi? Du kannst doch deine Frau in der Neujahrsnacht nicht ...«

Horst Lohkamp winkte ab: »In Marburg. Nina bekommt ihr Zweites. Und die andere Oma macht Rentnerurlaub auf Mallorca ...«

»Na, dann komm rein, Opa! Schön, dass du kommen konntest!«

Lohkamp lächelte schwach: »Die wollen den großen Crash um Mitternacht tatsächlich ohne mich überleben.«

»Glaubst du den Scheiß etwa?«, fragte Mager, während er Lohkamps Überzieher auf einen bereits überlasteten Haken stülpte. Noch ein Kleidungsstück mehr und das PEGASUS-Hauptquartier hatte eine Stützmauer weniger.

»Glauben?« Der Kripomann schüttelte den Kopf. »Aber wer kann sicher sein, dass überhaupt nichts passiert? Doch bevor es losgeht, brauche ich was für meinen Magen. Wo ist die Küche?«

Sie tauchten in das Getümmel, das Susannes Wohnung überflutet hatte, kämpften sich zur Küche durch, wo die Gäste die mitgebrachten Schüsseln und Tabletts abgestellt hatten.

»Viel ist nicht mehr da«, rief Mager und organisierte einen sauberen Teller und eine gerade frei gewordene Gabel, die er kurz unter das Wasser hielt und dann an seinen Jeans trockenrieb. »Wenn's was umsonst gibt, fressen diese Presseleute wie die Geier. Aber für einen Bullen mit A 14 wird es reichen ...«

Während er dem Hauptkommissar Probierhäppchen von einem halben Dutzend verschiedener Salate auf den Teller schaufelte, sah sich Lohkamp um. Bei jedem anderen Gast hätte dieser Blick wie die Suche nach einem weiteren Bekannten ausgesehen – aber bei dem Polizisten hatte diese Sichtung unweigerlich etwas Professionelles.

»Ich glaube«, sagte Mager, »du gehst noch in deinen Träumen auf Verbrecherjagd.«

»Mensch, ich bin dreißig Jahre bei diesem Haufen. Da kann man gar nicht mehr anders. Wo hast du übrigens deine Frau gelassen?«

»Muss im Wohnzimmer stecken. Als ich sie zuletzt sah, erzählte Saale ihr, welche fantastischen Honorare es bei den Privaten gibt.«

»Der Abtrünnige? Wundert mich, dass du noch mit ihm redest ...«

»Als Journalist darfst du vor nichts zurückschrecken«, grinste Mager und goss zwei Sektkelche voll: »Außerdem bringt er immer drei oder vier Dutzend Austern mit. Aber brauchst gar nicht zu suchen – die sind schon weg.«

»Ich und Austern? Mann, ich komme aus Wanne-Eickel. Wir essen nur, was du auch im Rhein-Herne-Kanal angeln kannst. Habt ihr wenigstens wieder diesen schönen Artischockensalat?«

»Pech, mein Lieber. Grappa fehlt. Wenn der Jahrtausend-Crash kommt, will sie bei ihren Katzen sein.«

Mit Tellern und Sektgläsern bahnten sie sich einen Weg in das umgeräumte Schlafzimmer. Der Raum lag genau über Magers Schneideraum und war genauso groß. Ein Wunder, dass so viele Menschen hier Platz fanden.

»Hallo, Horst!« Susanne kam auf Lohkamp zu. Hilflos hob er seine vollen Hände, doch die PEGASUS-Chefin lächelte und hauchte ihm einen Kuss auf die Wangen. »Sorry, dass ich dich nicht sofort begrüßt habe.«

»Keine Panik, wir haben bis zum nächsten Jahrtausend Zeit.«

»Denke ich auch. Hat Klaus dich mit allem versorgt?«

Der Polizist nickte.

»Bestens. Dann fühl dich wie zu Hause ...«

Susanne verschwand in Richtung Wohnzimmer und die beiden Männer setzten sich, die Wand im Rücken, auf den Boden des Tanzsaals. Während Lohkamp seinen Teller leerte, rauchte sich Mager eine von den Harten. Vor ihnen verrenkte sich ein Dutzend Leute auf dem Parkett-Ersatz.

»Meine Güte«, meinte Lohkamp. »Rock 'n' Roll kommt einem gegen dieses Gezappel wie ein Walzer vor.« Er stellte den Teller an die Seite und griff ebenfalls zu den Zigaretten.

»Pass mal auf – bevor ich blau bin, muss ich dir noch was erzählen. In Bochum läuft eine unheimliche Scheiße ab. Wäre eigentlich ein Thema für euch. Und dann muss ich endlich Martina anrufen ...«

Mager zog die Brauen hoch.

»Langer. Leitet jetzt in Hagen das KK 11. Und hat heute Geburtstag. Wird auch schon vierzig.«

»Und da ziehst du unsere Fete vor?«

Lohkamp grinste: »Tu ich doch gar nicht. Martina feiert nach. Morgen hat sie Bereitschaft und will halbwegs nüchtern sein.«

Dann berichtete er von dem Nazi-Überfall auf den Nachhilfeladen und dem Vorsatz des Präsidenten, die Sache wie einen glimpflich ausgegangenen Zimmerbrand zu behandeln: »Und das Schönste ist: Wir haben die Täter. Genauer gesagt: Wir hatten sie. Aber heute Mittag hat das Polizeibüro II sie wieder laufen lassen. Keine Ahnung, weshalb. Aber es ist ein Skandal!«

Mager hörte ausnahmsweise einmal zu und seufzte, als die Story ihr vorläufiges Ende fand: »Wir kümmern uns. Aber jetzt vergessen wir diese Scheiße für den Rest des Jahrtausends.«

»In Ordnung.« Lohkamp hob sein Glas. »Wie geht es Karin?«

Magers Miene verdüsterte sich ein wenig: »Sie ist noch nicht drüber weg. Irgend so eine Psychokacke. Ich wäre froh, dass ich lebe, während der Typ mit der Knarre unter dem Rasen liegt.«

»Du machst es dir zu einfach«, meinte Lohkamp. »Was meinst du, warum wir seit Jahren darauf drängen, die Opferbetreuung auszubauen.«

Er zog sein Handy, rief Martina Langer an und tauschte mit ihr eine Menge Nettigkeiten und Komplimente aus. In der Zwischenzeit hörte der Kameramann dem Pärchen zu, das sich neben ihnen an die Wand gelehnt hatte: Sie war höchstens achtzehn, hatte ihren schlanken Körper in ein Kleidchen gehüllt, das man garantiert nicht beim Putzen tragen konnte, und ließ adrett ihre langen blonden Haare schwingen, während sie in allen Einzelheiten erzählte, wie ihre drei besten Freundinnen im Sommer auf Ibiza die Nächte durchgefeiert und Dutzende von Kellnern, Barkeepern und ganze Scharen männlicher Touristen an den Rand des Wahnsinns getrieben hatten.

Der Knabe an ihrer Seite war bereits vierundzwanzig, über eins achtzig und wie ein Holzfäller gebaut. Wie üblich trug er Jeans und ungeputzte Stiefelchen, die auch Clint Eastwood gestanden hätten, und hing wie gebannt an den Augen und Lippen der blonden Fee – Kalle Magers Herz hatte sich wieder einmal so weit geöffnet, dass für das Hirn nicht mehr allzu viel Bewegungsfreiheit blieb.

Böses ahnend versuchte Mager, keines der Worte zu verpassen, die sich über seinen Sohn ergossen. Schon wunderte er sich über die unendliche Geduld und Schweigsamkeit seines einzigen Kindes, als dieses endlich eine Atempause des Mädels nutzte: »Was ich mich schon die ganze Zeit frage …«

»Ja?«

»Du redest nur von deinen Freundinnen. Aber wie viele Kellner hast du dir denn an Land gezogen?«

Vorsichtig schielte Mager nach oben und suchte nach dem Gesicht der jungen Dame. Richtig: Die schwarzen Nylons und das Spitzenunterhöschen gehörten der Tochter eines Dortmunder Fernsehredakteurs. Ohne dessen Aufträge hätte PEGASUS schon längst vor den Dortmunder Banken kapitulieren müssen. Kalle, dachte er, mach bloß keinen Scheiß.

Die Blonde schien jedoch auf die letzte Frage des Sohnes vorbereitet. Sie kicherte los und ließ ein leichtes Rot über ihre Wangen streichen: »Aber ich doch nicht! Ich bin immer ein braves Mädchen gewesen!«

Wie zufällig landete die freie Hand der Blonden auf der breiten Brust des Sohnes, zupfte ein paar unsichtbare Flusen von dem schwarzen Pulli und erzählte von dem süßen, klugen und feurigen Pferd, das Papa ihr zum Geburtstag geschenkt hatte.

Aber Kalle legte ihr plötzlich einen Finger auf die Lippen und fragte: »Sag mal, hast du eigentlich einen festen Freund?«

Mager hoffte, das Gespräch hätte damit ein Ende gefunden. Doch das Mädchen schob sich so dicht an den Sohn heran, dass sie die kleinste Regung seiner Schwellkörper spüren musste: »Nun ja, das hängt ganz davon ab ...«

In ihrer Stimme schwang jenes Timbre mit, das Vater Mager einst so wehrlos gemacht hatte, und prompt fragte auch der Sohn: »Wovon denn?«

»Ach, Kalle, muss ich dir das wirklich noch erklären ...«

Bevor es zu weiteren Handgreiflichkeiten kommen konnte, pflückte Mager die Flosse des Sohnes vom Gesäß der jungen Dame und zog den Kerl zu sich herab.

»Hör mal, Kalle!«, zischte er. »Das ist die Tochter von Ludger Erdmann. Wenn ihr Alter etwas davon merkt, sind wir alle Aufträge des Senders los!«

»Mann, Alter, das musst du gerade ...«

»Lass die Kleine! Du bist ja mindestens sechs Jahre älter!«

Kalle grinste: »Verstehe! Mit Altersunterschieden kennst du dich ja aus!«

Sein Erzeuger hatte keinen Sinn für solche Anspielungen: »Hände weg von dem Mädchen – oder du bist gefeuert!«

Ein, zwei Atemzüge, ein harter Blickwechsel. Dann meinte Kalle: »Du hast hier gar nichts zu kündigen. Und die Zeit der Vorschriften ist auch vorbei. Okay?«

Er schüttelte die Hand seines Alten ab, erhob sich und lächelte der Blonden zu: »Papi möchte, dass ich Oma anrufe und sie frage, ob ihr auch nichts fehlt. Kommst du mit?«

Arm in Arm drifteten die beiden durch die Menge der Tanzenden davon und Mager wäre am liebsten hinterhergestürzt.

Doch in dem Moment steckte Lohkamp sein Telefon wieder ein und blickte demonstrativ hinter den jungen Leuten her: »Hat 'nen guten Geschmack, der Bursche. Muss er von dir haben ...«

»Hä?«

»Von wem sonst? Seine Mutter hat ja voll in die Scheiße gepackt!«

»Arsch«, sagte Mager und sah zu, wie der Polizist eine neue Flasche Sekt öffnete und ihre Gläser füllte.

»Schöne Grüße von Martina übrigens. Mit ein paar Jahren Abstand findet sie dich eigentlich nur noch halb so ätzend.«

»Wunderbar«, sagte Mager und hob sein Glas. »Und worüber reden wir jetzt?«

»Weiß nicht. Am besten, wir saufen uns ins nächste Jahrtausend.«

Mager hatte schon schlechtere Vorschläge gehört.

15

Gegen drei hatte Daniel Heckmann genug gesoffen und gegrölt. Mindestens fünfmal hatten sie bei geöffneten Türen Horst Wessel gefeiert und den Führer hochleben lassen – aber die Bullen waren nicht erschienen. Warmduscher, dachte er und fand, dass dieser Titel auch auf viele seiner Kameraden zutraf, deren Reihen sich schon bald nach Mitternacht merklich gelichtet hatten. Jetzt war es drei Uhr durch – und das reichte auch ihm.

»Mach mal Kaffee, Helge!«, schrie er über den Tresen hinweg. »Aber extra stark!«

Dann holte er Luft und wankte zur Toilette, wo er sich eine halbwegs saubere Kabine aussuchte und vor dem Klotopf niederkniete. Was jetzt kam, war eklig, musste aber sein. Er steckte sich zwei Finger in den Hals und spürte fast augenblicklich, dass sein Magen reagierte. Während er das Bier und die Schnäpse hinauskotzte, fühlte er sich so elend wie schon lange nicht mehr.

Endlich war es vorbei. Stöhnend stemmte er sich hoch, drückte kurz auf die Spülung und wankte zum Wasserhahn. Er säuberte sich die Hände und wischte sein Gesicht ab, bevor er den kurz geschorenen Schädel unter das kalte Wasser hielt. Nach dem Schock, den der Temperatursturz zunächst auslöste, genoss er die Kälte, bis wieder der Schmerz siegte: Es war, als umklammerte jemand seine Schläfen mit eisernen Zwingen.

»Scheiße auch«, krächzte er und hoffte, die Tortur hätte ihn ein wenig ausgenüchtert. Er begutachtete seine Kleidung und ließ den Papierfetzen, mit dem er sich abgetrocknet hatte, fallen. Als er in die Kneipe zurückkehrte, fühlte er sich schon wieder halbwegs auf dem Damm.

»Komm, Bomba!«, lud ihn Brennwald ein. »Lass uns noch einen auf 'n Sieg saufn!«

Aber Heckmann schüttelte vorsichtig den Kopf: »Danke, reicht.«

Er griff nach dem Kaffee und trank vorsichtig einen Schluck ab: heiß und schwarz, gerade richtig. Bis zu Hause würde er durchhalten.

»Ruf mal 'n Taxi!«, forderte er den Wirt auf. »Und dann will ich zahlen.«

»Mensch, Bomba!«, sagte der Mann hinter dem Tresen. »Heute Nacht war Komplett-Preis. Und den hasse schon bezahlt!«

»Stimmt«, sagte Heckmann und dachte einen Augenblick über seinen Alkoholkonsum nach. Diese Sauferei kostete ihn noch den Verstand. Mit glasigen Augen sah er zu, wie der Wirt den Hörer hob und ihre liebste Taxi-Zentrale anrief: Dort hatte noch nie jemand gemoppert, wenn sie mit dem Wagen zugleich einen deutschen Fahrer orderten.

»Iss ja eigentlich Quatsch!«, sagte er, als der Wirt wieder auflegte.

»Wieso?«

»Na ja, zu Silvester iss so ein richtiger Türke als Fahrer nicht schlecht.«

Helge Weiß sah ihn an, als hätte er an der Überlegenheit der weißen Rasse gezweifelt.

»Weil so ein Moslem auch zu Silvester nicht säuft, du Hirni. Und ich will lebend zu Hause ankommen.«

Bis der Wagen kam, schaffte Heckmann noch zwei weitere Pötte Kaffee und fühlte sich fast schon wieder nüchtern.

Zumindest brachte er sein Ziel so klar über die Lippen, dass er es nicht wiederholen musste: »Hattingen, Nordstadt!«

Der Fahrer sah ihn skeptisch an: »Kotzt du mir auch nicht die Karre voll?«

»Ich doch nicht!«, grinste Bomber und reichte einen Fünfziger nach vorn. »Rest Trinkgeld …«

Er schnallte sich an, lehnte sich zurück, schloss die Augen. Das Summen des Motors und der Scheibenwischer wirkten einschläfernd, und er überließ sich einem leichten Dösen, während der Wagen auf der leeren Piste nach Hattingen fegte. Heckmann wurde erst wieder wach, als er in einer S-Kurve tiefer in seine Ecke gedrückt wurde und die Schienen der Straßenbahn unter dem Wagen spürte. Jetzt musste er sich doch zwingen, die Lider zu heben: Das Taxi hatte die Grenze nach Hattingen überquert und befand sich bereits auf dem abschüssigen Teil der Bochumer Straße, die zur Ruhr hinunterführte.

»Langsamer!«, kommandierte er.

Der Wagen passierte die Einfahrt nach Winz und Heckmann starrte in das Halbdunkel auf der rechten Seite.

»Hinter der nächsten Kurve will ich raus.«

Der Benz hielt und Heckmann tastete nach dem Verschluss des Sicherheitsgurts. Er fand das Ding im zweiten Versuch, befreite sich, sagte »Tschüss« und stellte die Beine auf das Pflaster. Die Kühle der Nacht traf ihn wie ein Keulenschlag.

»Geht's?«, fragte der Taximann.

»Klar doch!«, behauptete der Fahrgast und riss fast die Autotür ab, als er sich hochzog. Schwankend wartete er, bis das senfgelbe Fahrzeug gewendet hatte, und pisste mitten auf die Straße in die zerfetzten Reste der Feuerwerkskörper. Aufatmend schaute er die steinerne Treppe hoch, die zu den Straßen mit den Musikernamen führte. Nüchtern hätte er die paar Stufen auch auf den Händen geschafft. Aber nach drei oder vier Litern Bier sah die Welt immer etwas anders aus.

»Also dann!«, kommandierte er und setzte seinen Stiefel auf die unterste Stufe. Nur gut, dass es bis oben einen fest einbetonierten Handlauf gab.

Auf halber Höhe blieb er keuchend stehen. Nach all dem Bier drei Pötte Kaffee – fürchterlich. Erneut öffnete er seine Hose und ließ es laufen. Bis zum Morgen würde der Regen alles weggespült haben.

Den Rest der Strecke bewältigte er ohne weitere Pausen, war aber völlig außer Atem, als er im Wendehammer der Schützstraße ankam. Heckmann wandte sich nach rechts und steuerte auf das erste der drei Eigenheime zu, die auf dieser Straßenseite standen. Er öffnete das Törchen und schleppte sich den schmalen Weg zur Haustür entlang. Bei ihm zu Hause war alles dunkel, aber zwei hell erleuchtete Wohnzimmer in dem Mehrfamilienhaus rechter Hand warfen genug Licht in Heckmanns Vorgarten, um den Sohn der Familie nicht straucheln zu lassen. Während er nach dem Schlüssel kramte, entdeckte er die Plastiktüte, die am Türknauf hing.

»Komisch«, murmelte er und riss die Augen weiter auf. Dann erkannte er den mit Silberpapier umwickelten Flaschenhals, der aus der blau-weißen Tüte herausragte.

»Sekt. Na, fein. Wenigstens noch 'n Schlaftrunk ...«

Er streckte die Hand aus, um die Plastiktüte vom Türknauf zu fischen, aber das war gar nicht so einfach: Irgendwo hakte das Ding.

»Na, komm schon«, sagte Heckmann und zerrte ein wenig stärker.

Das Ding kam. Aber den gewaltigen Knall und das Feuerwerk registrierte er schon gar nicht mehr.

16

Im Normalfall konnte man neben Mager ein Haus abreißen, ohne dass dadurch sein Schlaf gestört wurde. Aber an diesem Neujahrsmorgen schrillten plötzlich seine Alarmsirenen. Verhaltene Schritte, ein leises Klirren, das Klacken von Metall – ein Fremder schlich durch seine Dachkammer. Abrupt wurden jene Ängste wach, die bisweilen seine Träume belasteten: ein paar Typen in Bomber-Jacken, die gerade mit ihren Baseballprügeln ausholten, das Sondereinsatzkommando der Dortmunder Polizei, das ihn ins Präsidium einlud – oder ein perverser Einbrecher, der sich an seiner Marx-Ausgabe vergehen wollte.

Vorsichtig, als könnte er dabei ein verräterisches Geräusch produzieren, öffnete Mager die Augen und starrte in das Halbdunkel. Wie ein Foto im Entwicklerbad gewannen die vertrauten Konturen seiner Behausung an Schärfe. Und mitten zwischen den bekannten Elementen, nur knapp zwei Meter von dem Liegenden entfernt, bewegte sich ein Fremdkörper: ein Mann Mitte fünfzig mit nassen Haaren und nacktem Oberkörper. Auch auf die meisten anderen Textilien hatte der Mensch verzichtet. Sein wichtiges Kleidungsstück war eine weiße Unterhose aus fein gerippter Baumwolle, die ihm mindestens eine Nummer zu klein war.

»Lohkamp!«, zischte Mager erleichtert.

Der andere schaute herüber und hob wie ertappt seine Arme: »Schade. Ich wollte euch mit Kaffee überraschen.«

»Misslungen. Aber dafür weiß ich jetzt, wie eine schussfeste Unterhose aussieht«, grinste Mager und tastete nach seinen Zigaretten, um sich das erste Dope des Tages zu gönnen. Während Lohkamp seine Bekleidung vervollständigte, fragte der Hausherr: »Weißt du eigentlich, wie spät es ist?«

»Acht Uhr neunundzwanzig!«, verriet ihm der Polizist, ohne erst auf das Zifferblatt zu schauen. »Um neun will ich los.«

»Und das Frühstück bei Susanne?«

Lohkamp wehrte ab: »Das wird wieder Nachmittag, bevor man wegkommt. Ich will aber noch eine Runde schlafen und dann das Skispringen sehen. Vierschanzen-Tournee.«

Mager lächelte schmerzlich. Rund zwanzig Jahre lang hatte er sich keines dieser Springen entgehen lassen. Aber seit die Jungs mit dem Hammer und dem Zirkel in die Sportkompanien der Bundeswehr eingerückt waren, hatte er niemanden mehr, dem er die Daumen drücken mochte.

»Völlig falscher Ansatz«, sagte Lohkamp, als sie sich endlich bei einer Tasse Kaffee gegenübersaßen. »Ich will einfach nur ein gutes Springen sehen.«

»Ich auch. Aber wenn die Typen mit dem Geier auf dem Treppchen stehen, fackelt man in diesem Lande vor Freude ein paar Ausländer mehr ab.«

Der Polizist schüttelte den Kopf: »Vielleicht beim Fußball. Aber nicht beim Skispringen.«

Er schlürfte etwas von dem heißen Gebräu. Es war so stark, dass man den Löffel senkrecht in die Tasse stellen konnte.

»Schon seltsam«, sagte er, »ich habe noch nie einen Menschen getroffen, dem jede Spur von Nationalgefühl fehlte.«

»Falsch. Hätte Dortmund-Kley eine eigene Mannschaft dabei, wäre ich jetzt in Garmisch-Partenkirchen ...«

Sobald Lohkamp gegangen war, stellte Mager sich unter die Dusche. Er genoss die Wärme, die sein Blut endlich in Bewegung brachte. Dann weckte er Karin, die aber noch keinerlei Verlangen zeigte, aufzustehen, und wagte sich ganz allein auf die Treppe nach unten. Angesichts der Tatsache, dass er noch immer nicht wusste, wie er in der Nacht sein Bett gefunden hatte, klappte das ausgezeichnet.

Susanne war bereits auf dem Damm und stellte im Wohnzimmer die letzten Teller auf den Tisch.

»Morgen«, grüßte Mager. »Hast du meinen Sohn gesehen?«

Die Chefin deutete zum Schlafraum hinüber: »Da liegen noch ein paar Schlafsäcke mit Inhalt herum. In einem müsste Kalle stecken.«

Mager ging hinüber und wurde von einem mehrstimmigen Schnarchkonzert empfangen. Der Kameramann kontrollierte die Köpfe und Arme, die aus den wärmenden Hüllen herausragten. Und er wurde fündig. Unsanft trat er gegen den prall gefüllten Schlafsack: »Los, aufstehen!«

»Bist du bescheuert?«

Kalles Haare tauchten auf, völlig zerwühlt und verschwitzt. Seine verklebten Augen suchten die Uhr: »Mensch, Vatta. Es ist mitten in der Nacht!«

»Quatsch nicht!«, sagte der Alte und trat noch einmal gegen den Schlafsack.

Ein spitzer Schrei ertönte – mindestens zwei Oktaven zu hoch. Verwundert konnte Mager beobachten, wie sich unter dem Arm des Sohnes ein Kilo blonder Walle-Haare ans Tageslicht schob. Die junge Lady, über die der Kameramann noch vor wenigen Stunden das Tabu ausgesprochen hatte, legte die Finger an die Lippen: »Bitte, Klaus. Kein Wort zu meinem Papi. Er macht sich immer solche Sorgen ...«

»Seit wann sind wir per du? Habe ich was verpasst?«

Erschrocken riss sie ihre blauen Augen auf: »Kalle ... Kalle hat gesagt, ich soll dich einfach duzen. Du wärst ein Kumpel, und das wäre in Ordnung ...«

Mager nickte gerührt. Einen Moment lang stand er rat- und sprachlos da, bis ihm der rettende Satz einfiel: »Das Frühstück wartet!«

Die Blonde robbte aus der Daunentüte, klaubte ihr Kleidchen vom Boden auf und verschwand im Bad. Kaum war sie außer Hörweite, setzte Kalles Erzeuger zu einer Moralpredigt an, doch der Sohn winkte schon beim ersten Satz ab: »Keine Sorge, Alter – nix passiert.«

»Du warst doch viel zu blau, um das noch zu wissen!«

»Unsinn. Ich weiß, wo ich war und wo ich nicht war.«

»Und was soll das Spielchen dann?«

»Weiß nicht – mal testen, ob ich überhaupt noch auf Frauen wirke.«

»Und Simone? Ich dachte ...«

»Ach, Papi! Die Frauen kommen und gehen auch wieder. Hast du das vergessen?«

Langsam sammelten sich die letzten Überlebenden der Silvesterfete um den Frühstückstisch. Ganz zum Schluss erschien zu Magers Überraschung sogar Kalles derzeitiger Schwiegervater: »Ist der Kaffee fertig?«

»Das haben wir gerne«, maulte Mager. »Bis zuletzt in der Ecke liegen und als Erster nach Kaffee schreien.«

Das Mädchen goss ihrem Vater bereits ein Tässchen ein und hielt es ihm hin. Nach dem dritten Schluck erkannte er, wer da vor ihm stand: »Vanessa! Kind! Ich dachte, du wärst nach Hause gefahren ...«

»Quatsch!«, sagte Mager und erntete einen erschrockenen Blick des blonden Fräuleins. »Als fürsorgliche Tochter wollte sie doch noch wissen, in welchem Krankenhaus sie dir den Magen auspumpen würden ...«

Von so viel Treue und Fürsorge überwältigt, sank Ludger Erdmann auf einen freien Stuhl und griff nach dem warmen Baguette.

Die Türklingel schlug an. Kalle ging los, um zu öffnen. Eine vertraute Stimme, dann kam der frühere PEGASUS-Mann Holger Saale herein – wie aus dem Ei gepellt, aber den Blick gierig auf die reichlich gedeckte Tafel gerichtet: »Brötchen! Wunderbar!«

»Gab's im *Römischen Kaiser* kein Frühstück?«, stichelte Mager.

Saale lächelte: »Doch. Aber ich habe nur den Neujahrs-Champagner geschlürft und bin dann abgedüst. Wollte mit euch zusammen essen.«

Er setzte sich und begutachtete das Backwerk.

»Meine Güte«, sagte er dann. »Ciabatta-Brötchen von Aldi. Könnt ihr euch noch immer nichts Anständiges leisten?«

Ein ungutes Schweigen breitete sich aus. Als Saale noch bei PEGASUS war, hat er so etwas nie gesagt, dachte Mager und suchte nach einem passenden Marx-Zitat. Aber der alte Rauschebart hatte weder das Fernsehen an sich noch RTL im Besonderen gekannt.

»Greift zu, Leute!«, sagte Susanne in die Stille und reichte den Korb mit den Teigwaren herum: »Es ist genug da!«

»Danke!«, sagte der WDR-Mann. »Für diese Brötchen würde ich sogar das Frühstück im *Hilton* stehen lassen ...«

Ist doch ein netter Kerl, dachte Mager und hoffte inbrünstig, dass sein Sohn ihm über die letzte Nacht nicht die Hucke voll gelogen hatte. Aber schon in der nächsten Sekunde war dieses Thema out: Ein Handy piepste – und mindestens vier Hände zogen blank. Gewinner war der Mann vom WDR.

Er lauschte eine Weile, nickte schließlich und sagte relativ deutlich: »Lass sein. Ich bin hier gerade bei PEGASUS. Die werden das schon machen.«

Schweigen. Ludger Erdmann legte das Gerät auf den Tisch und seufzte: »Scheiße, wenn man Chef vom Dienst ist. Nicht mal Neujahr hat man Ruhe. Aber zumindest habe ich einen Auftrag für euch.«

Mager seufzte jetzt auch und sah ihn genervt an. Wenn das neue Jahrtausend mit Arbeit begann, würde es böse enden.

»In Hattingen hat's geknallt. Zwei Wohnhäuser schwer beschädigt, ein Toter, mehrere Verletzte. Ich will die Sache heute Abend in der Aktuellen Stunde haben. Macht ihr das?«

Ich habe noch einen Krankenschein, dachte Mager, aber Susanne nickte schon: »Klar doch. Wird erledigt. Aber erst machen wir die Brötchen nieder!«

17

Der erste Fremde am Explosionsort war der evangelische Pfarrer von Winz, der genau gegenüber wohnte. Sein Anruf erreichte die Hattinger Polizei um vier Uhr vier. Die Beamten brauchten dann mehr als eine halbe Stunde, um die Lage zu begreifen und die Alarmroutine in Gang zu setzen.

Weitere fünfzehn Minuten später sah sich die Leitstelle der Hagener Polizei gezwungen, Hauptkommissarin Langer aus dem Bett werfen: »Tut uns Leid, aber der Dauerdienst ist unterwegs. Und nach Hattingen ...«

Der Mann brauchte gar nicht weiter zu reden: Die Stadt lag am äußersten Rand ihres Zuständigkeitsbereichs und es war fünf vor fünf. Bis die Mordkommission alarmiert war und der erste Wagen den Weg von der Ennepe an die Ruhr geschafft hatte, würde eine weitere Stunde vergehen. Die Polizistin war schon froh, dass die Leute überhaupt wussten, in welche Himmelsrichtung sie fahren mussten.

Bei Langers Eintreffen in der Nordstadt konnte man die Lage in der Schützstraße nur mit dem Begriff gespenstisch beschreiben. Nicht nur die Straßenbeleuchtung, sondern auch der Strom in den benachbarten Häusern war ausgefallen. Angesichts des unablässigen Nieselregens hatten die Blaulichter und Scheinwerfer von einem halben Dutzend Streifenwagen kaum eine Chance, die Szenerie zu beleuchten. Mühsam schälten sich die beiden verwüsteten Hauswände aus der Finsternis: Wo bei Heckmanns die Tür gewesen war, gähnte ein schwarzes Loch und auf der Rückseite des benachbarten Mehrfamilienhauses war keine Scheibe heil geblieben. Übernächtigt standen die Leute in der Dunkelheit herum und sahen zu, wie ein feuchter Schleier in ihre Schlafzimmer wehte.

»Was haben Sie bisher herausgefunden?«, fragte Langer, als sie den Einsatzleiter entdeckt hatte.

Der Mann schluckte: »Explosion um drei Uhr neunundfünfzig – offensichtlich an der Tür dieses Eigenheims. Vermutlich ein Toter.«

»Wieso vermutlich?«

Der Mann hob seine Handlampe und der Lichtkegel wanderte den plattierten Weg entlang, der zur Haustür führte. Drei Meter entfernt lag ein einzelnes menschliches Bein. Es war nackt und angesengt. Nur der Fuß steckte noch in einem fest geschnürten Springerstiefel mit Senkeln, die einmal weiß gewesen sein konnten.

»Und der Rest?«

Der Mann schüttelte den Kopf: »Wir haben von hier aus den Weg und die Gärten abgeleuchtet. Alles, was von dem Menschen sonst noch übrig ist, ist bedeutend kleiner.«

Er wandte sich ab, aber Langer zwang sich, noch einmal hinzusehen.

»Es ist das rechte Bein«, sagte der Kollege in einem Ton, als wäre dieser Umstand von Bedeutung.

»Und wer – könnte das gewesen sein?«

Der Mann zog die Schultern hoch: »Mit aller Vorsicht: Die Hausbesitzer haben wir von der Terrassenseite her herausgeholt …«

»Tot?«

Er schüttelte den Kopf: »Ein Ehepaar, Mitte fünfzig. Völlig verstört, Blut im Gesicht, keuchender Atem, taub von der Explosion. Sie sind im Evangelischen …«

»Wer fehlt?«

»Sie haben ...« Er unterbrach sich und blickte kurz zu dem Bein hinüber. »Sie hatten einen Sohn. Wenn er's war, dann gehört das Bein Daniel Heckmann. Siebenundzwanzig Jahre, Chemielaborant ...«

Langer zog die Brauen hoch, aber der Kollege ignorierte es – oder hatte es in der Dunkelheit nicht bemerkt.

»Ist das Haus jetzt leer?«

Der Kollege zögerte und Langer ahnte, dass man gar nicht kontrolliert hatte.

»Ich will rein.«

»Hören Sie – kann sein, dass das Haus einsturzgefährdet ist. Und die Techniker vom Landeskriminalamt reißen uns den Arsch auf, wenn wir auch nur eine Maus hinein lassen ...«

»Macht nichts. Nehme ich auf meine Kappe.«

»Meinetwegen. Aber dann gehen wir über die Terrasse.«

Er führte die Hauptkommissarin ein paar Schritte über die Straße und bog in den Fußweg ein, der zu dem zweiten Eigenheim führte. Soweit Langer es im Dunkeln erkennen konnte, hatte dieser Bau nichts von der Explosion abbekommen.

»Hier lang ...«

Der Zaun zwischen den Gärten der beiden Grundstücke war erstaunlich niedrig – normalerweise hatten deutsche Hausbesitzer vor ihren nächsten Nachbarn mindestens so viel Angst wie vor den Fremden, die von der Straße kamen.

»Vorsicht!«, sagte der Hattinger und zeigte auf einen umgestürzten Grill, der vor der Terrasse lag. »Weiß der Teufel, wo der um diese Jahreszeit herkommt ...«

Als sie die Fliesen erreichten, knirschte Glas unter ihren Füßen.

»Die Fenster sind raus. Die Wohnzimmertür liegt mitten im Raum, die Reste der Haustür im Flur ...«

Sie umkurvten das erste Hindernis und spähten in das Treppenhaus. Die Haustür schien eine Menge von dem Explosionsdruck aufgefangen zu haben – die Treppe wirkte auf den ersten Blick erstaunlich unversehrt.

»Da ist das Gästeklo – und da die Küche ...?«

Beide Türen waren nach innen aufgeflogen. Ein Blick von der Schwelle aus offenbarte, dass sich niemand dahinter verbarg. So kletterten sie vorsichtig die Treppe hinauf – der Kollege voraus. Langer hatte einen Augenblick lang die Vision, der Mann könne plötzlich an eine geborstene Stelle geraten und im Boden versinken, aber sie kamen ohne Zwischenfälle oben an. Orientierten sich: Bad, Schlafzimmer der Eltern, eine Art Rumpelkammer, der Raum des Sohnes. Über dem Bett ein Poster von den *Böhsen Onkelz*, zwei Reihen Bücher in einem Wandregal. Ohne sie anzufassen, überflog Langer die Titel: oben eine Menge Technisches, unten Autoren wie Dwinger, Titel wie *Holt Hartmann vom Himmel* und *Die deutsche Panzerwaffe* ...

»Kommen Sie«, drängte der Mann. »Wenn uns das LKA erwischt ...«

»Wird es uns nicht den Kopf kosten«, meinte Langer.

Seitdem waren mehr als drei Stunden vergangen. Das LKA untersuchte jeden Quadratzentimeter Wand und Boden, Langers Beamte klingelten bei den Bewohnern der Nachbarhäuser und suchten nach Zeugen: Wer wohnt wo, war nachts zu Hause und hat was bemerkt? Das Thermometer zeigte nur wenige Grade über null und es nieselte noch immer. Langer hätte im Wagen sitzen können, um zumindest nicht so zu frieren – aber dort hatte sie es schon beim ersten Versuch nach fünf Minuten nicht mehr ausgehalten. So stand sie an der Absperrung und sah den Sprengstoffexperten bei der Arbeit zu.

Mit Groll im Bauch kehrten ihre Leute nacheinander zurück und starrten gemeinsam mit ihr auf das Haus mit der zerstörten Türseite. Langer hatte ein Einsehen und entließ die Hälfte der Truppe zu einer Kaffeepause in das Hauptquartier der Hattinger Polizei: »Aber nicht länger als eine halbe Stunde. Dann sind die anderen dran ...«

Während sie selbst weiter auf eine Chance wartete, einen heißen Kaffee zu bekommen, gelang es ihr endlich, dem Chef der Techniker ein paar vernünftige Worte zu entlocken: »Den Fundstücken nach war's eine Rohrbombe. Zünder, Sprengstoff – wir arbeiten dran. Aber wenn es nur den Menschen treffen sollte, den es auch erwischt hat – dann hat der Täter zu viel Sprengstoff genommen. Vielleicht ein Amateur. Nicht schlecht – aber eben kein Profi. Der hätte nicht so viel Pulver verschwendet …«

Ein silberner Astra näherte sich der Schützstraße – offenbar hatte er die erste Kontrolle erfolgreich überwunden. Ein Ehepaar in den Dreißigern sprang heraus und starrte auf die beschädigten Häuser. Die beiden rannten los, wurden aber sofort von den Polizisten aufgehalten: »Verstehen Sie doch, wir können Sie nicht …«

Langer marschierte auf die Gruppe zu, wies sich aus: »Sind Sie mit Heckmanns verwandt?«

»Nein«, sagte der Mann. »Uns gehört das Haus davor. Und wir wollen rein.«

Langer sah den Chef der LKA-Truppe an und der nickte.

»Was ist denn überhaupt passiert?«, fragten die Leute endlich.

Die Polizistin verriet es ihnen. Da meinte die Frau: »Ich wusste es ja. Eines Tages musste ja etwas passieren.«

»Wieso?«

»Daniel – Heckmanns Sohn – arbeitet in so einer Chemiebude. Und im Keller hat er so eine Art Labor. Manchmal stinkt die ganze Straße, als würden wir neben den Rieselfeldern wohnen. Und zweimal hat es da unten schon gerummst.«

Die Hauptkommissarin hörte der Frau aufmerksam zu.

»In der Straße hat er erzählt, der Brenner der Zentralheizung wäre kaputt gewesen. Aber das glaubt hier keiner.«

»Und warum nicht?«

Die Frau sah sie an, als ob sie am Verstand der Polizistin zweifelte: »Wie oft explodiert so ein Ding? Und wie oft steht einer aus dem Haus dann direkt daneben? Immerhin haben sie Daniel danach ein paar Tage im Krankenhaus behalten.«

»Und die Polizei?«

Die Frau winkte ab. Aber bevor sie noch mehr erzählen

konnte, zeigte der Mann nach vorn: »Ich brauche einen Kaffee. Sie auch?«

Langer nickte, deutete dann aber in Dunkelheit: »Ich fürchte, das wird nicht klappen. Der Strom …«

»Frau Langer? Wir haben was gefunden …«

Die Hauptkommissarin folgte dem Polizeibeamten in das Mehrfamilienhaus. Im zweiten Stock führte er sie auf den Balkon: »Sehen Sie?«

Sie erkannte erst auf den dritten Blick, was es war: ein blutiges Stück Schädeldecke, an dem noch ein paar schwarze, kurze Haare hingen. Mit einem Mal war sie erleichtert darüber, dass sie noch nicht gefrühstückt hatte.

18

»Frau Ösran, Besuch!«

»Wer?«

»Ihre Familie!«

Nilgül richtete sich auf und machte automatisch Anstalten, sich über die Bettkante zu schieben. Doch die Krankenschwester wehrte ab: »Großer Gott, bleiben Sie bloß liegen! Sie können doch in Ihrem Zustand nicht herumlaufen …«

Sie musterte die Patientin: Die nackten Beine waren auf einer Unterlage aus Aluminium und Mull hochgelagert, die Unterschenkel mit den gleichen Metallineverbänden bandagiert, dazu behinderten mehrere Infusionskanülen und ein Harnkatheder die Beweglichkeit der jungen Frau.

»Warten Sie – so können wir Sie nicht vorzeigen.«

Die Schwester bedeckte die untere Körperhälfte mit einem Laken und zupfte es ein wenig zurecht: Auf der Intensivstation für Brandverletzte herrschte eine Dauertemperatur von dreißig Grad, um die leicht oder gar nicht bekleideten Patienten vor Auskühlung zu schützen.

»Ich stelle die Gegensprechanlage an. Dann hole ich Ihre Familie!«

Sie schob das Pflegebett so zurecht, dass Nilgül das Sichtfenster in der Türschleuse beobachten konnte, und verschwand. Einige Augenblicke später zeichneten sich hinter der Doppelscheibe zwei Silhouetten ab: die schlanke, hoch gewachsene Gestalt von Nilgüls Bruder Jem und der Körper einer schmalen Frau mit Kopftuch.

»Mutter«, flüsterte Nilgül, als sie die Frau erkannte, und musterte die Besucherin erstaunt. So lange sie denken konnte, hatte ihre Mutter die kräftigen blauschwarzen Haare voller Stolz unverhüllt getragen. Und auch die Augen waren dem Mädchen nach diesen zwei Tagen fremd geworden: Unter den kräftigen Brauen, wo sonst eine unbesiegbar erscheinende Fröhlichkeit zu Hause gewesen war, regierte ein bislang ungekannter Kummer.

»Mutter«, wiederholte sie und brach ab. Alles was sie sagen wollte, wurde von der jähen Erkenntnis gestoppt, dass sie selbst die Ursache für die Veränderungen war.

»Ach, Kind«, seufzte Frau Ösran und wischte sich über die Augen. Ihre Stimme kam nur verzerrt bei der Tochter an und verstärkte damit jenen Eindruck der Entfremdung, der bereits von ihrem Äußeren ausging. Was war nur mit Mutter passiert?

»Schwesterchen!« Jem versuchte, die Tristesse der Situation zu überspielen, und hielt einen Strauß Blumen hoch: »Die sind eigentlich für dich. Aber dieser Drache von Krankenschwester meint, ich müsste sie wieder mitnehmen. Soll ich sie Tuba ins Zimmer stellen?«

Die Erwähnung der Schwester erinnerte Nilgül an die Worte der Pflegerin, die ihr den Besuch der Familie angekündigt hatte. Die junge Frau versuchte, an ihrem Bruder vorbeizusehen, doch sie begriff, bevor sie das Resultat kannte: Die beiden waren allein gekommen. Dass man Tuba zu Hause gelassen hatte, war vielleicht noch verständlich. Aber dass ihr Vater nicht dabei war, glich einer Demonstration.

»Nilgül, Nilgül! Was haben die bloß mit dir gemacht?«, jammerte die Mutter wieder.

Die junge Frau wandte ihr Gesicht ab. Was sollte sie sagen? Mutter schien ohnehin alles zu wissen – da brauchte sie diese schrecklichen Dinge doch nicht mehr auszusprechen.

»Mir geht es gut«, flüsterte sie. Wie leicht ihr diese Lüge

fiel. Und als ob sie diese Sünde rückgängig machen könnte, fügte sie eilig ein Stück Wahrheit hinzu: »Alle sind hier sehr freundlich zu mir ...«

»Ich soll dich von Tuba grüßen«, sagte Jem. »Du sollst bald wieder auf die Beine kommen.«

Das wird dauern, dachte Nilgül, schlug aber statt einer Antwort einfach ein Stück des Lakens um. Besorgt starrte der Bruder auf die bandagierten Beine. »Ist die Haut weg?«

Sie nickte: »Nicht alles, aber es reicht.«

»Und was sagen die Ärzte? Bekommen sie das wieder hin?«

Nilgül zuckte die Schultern.

»Ich habe mich erkundigt. Die sollen hier unheimlich gut sein«, versicherte Jem und hielt einen Stoffbeutel hoch. »Wir haben dir Wäsche und Waschzeug mitgebracht. Aber die Krankenschwester meint, du brauchst die Sachen in den beiden nächsten Wochen nicht. Können wir sonst was für dich tun?«

Nilgül überlegte. Aber ihr fiel nichts ein. Außer der Frage, warum ihr Vater nicht mitgekommen war. Aber sie fürchtete sich vor der Antwort.

»Soll ich dir morgen was zu lesen mitbringen?«

Lesen? Wozu? Sie wollte eigentlich nur ihre Ruhe haben. Bei all dem Zirkus, den sie mit den halbstündlichen Kontrollen anstellten, war sie viel zu müde zum Lesen.

»Später vielleicht«, sagte sie und Jem lächelte zum Abschied. Das Letzte, was Nilgül hörte, war das laute Schluchzen ihrer Mutter.

Nilgül streckte sich wieder auf ihrem Lager aus und wollten schon die Augen schließen, da tauchte hinter den beiden Glasscheiben bereits der nächste Besuch auf: eine junge Frau, leicht sommersprossig, rote Haare.

»Tina!«

Die Freundin lächelte: »Mensch, was machst du für Sachen!«

»Ich?«

»Klar. Steckst einfach unser Ladenlokal an. Zum Glück lebst du noch.«

Nilgül richtete sich auf und hätte dabei fast die Galgen mit den Elektrolyte- und Glukoselösungen umgekippt: »Ich soll das gewesen sein? Das waren Glatzen! Allen voran dieser große Typ mit den Segelohren!«

»Brennwald? Der Chef persönlich?«

Nilgül nickte und die Freundin wirkte mit einem Male völlig bestürzt: »Unglaublich! Davon hat man uns nichts gesagt. Im Lokalradio haben sie von einem Wohnungsbrand geredet. Sogar die Bullen, die bei uns waren, haben nur gefragt, ob du einen Grund gehabt hättest, das Feuer zu legen!«

»Die lügen doch!«, rief Nilgül und ließ ihren Oberkörper zurück aufs Bett fallen. Die Freude über Tinas Besuch war verflogen. Wie konnte auch noch die Freundin an solch einen Blödsinn glauben?

»Nilgül! Was ist los? Was haben sie wirklich mit dir gemacht?«

»Was sie gemacht haben? Sie haben mich ausgezogen und einer von den Kerlen hat mich – ja, gefickt hat er mich. Auf Brennwalds Befehl!«

»Auf Befehl?« Tina sah sie fassungslos an, aber in ihrer Stimme schwang eine Spur des Zweifels mit. »Können die Kerle denn auf Befehl?«

»Hör mal! Wenn du mir schon nicht glaubst, wie sollen mir dann die Polizisten ...«

»Ich glaube dir doch. Aber das ist schlimmer als alles, was der Volkssturm bisher angerichtet hat. Und die Polizei hält dich für eine Lügnerin?«

Stockend erzählte die junge Frau von dem, was am Abend vor Silvester passiert war. Die ganze Zeit über sah sie ihre Freundin nicht an. Noch nie hatte sie mit Tina, die doch ihre beste Freundin war, über solche Dinge geredet.

»Und – was können wir tun?«

»Die Wahrheit verbreiten. Zumindest über das Feuer. Den Rest ...«

Die Sommersprossige nickte.

»Und jetzt geh«, sagte Nilgül. »Ich bin müde.«

19

Der letzte Raum in Heckmanns Keller enthielt das Privatlabor des Sohnes, besaß eine Stahltür und war abgeschlossen. Im Normalfall hätte das die Männer vom LKA nicht wirklich aufgehalten: Von außen deutete nichts darauf hin, dass Schloss und Raum elektronisch gesichert waren. Aber der Türenspezialist der Truppe schüttelte den Kopf: »Blind gehe ich da nicht mit dem Bohrer ran ...«

Von außen schoben sie eine winzige Spezialkamera durch einen schmalen Spalt des Kellerfensters und tasteten die Fugen zwischen Tür und Zarge optisch Millimeter für Millimeter ab. Der Kontrollmonitor war so klein, dass Langer nicht viel darauf erkennen konnte, aber die LKA-Leute wussten, worauf sie zu achten hatten. Eine halbe Stunde später frästen sie das Schloss mit einem Spezialbohrkopf einfach aus dem Türblatt.

»Bitte!« Der Chef der Truppe, etwa so alt wie die Hauptkommissarin und mit einem Kaiser-Wilhelm-Bart bewaffnet, ging voran. Er hatte die Schwelle noch nicht ganz überschritten, da stieß er einen erstaunten Pfiff aus: »Ein Experte ...«

Er ging die Regale entlang, ohne etwas zu berühren, und las die Aufschriften auf den zahlreichen Behältnissen, in denen der junge Heckmann sein Spielzeug aufbewahrt hatte. Die meisten Substanzen konnte man in jeder Apotheke kaufen und sie waren, für sich genommen, nicht der Rede wert. Aber wenn man die Salpetersäure mit Glyzerin und Kieselgur mischte, konnte man daraus Nitroglyzerin herstellen und zusammen mit Toluol bekam man TNT.

»Das Zeug hier reicht aus, um die ganze Straße in die Luft zu jagen«, meinte er und sichtete Heckmanns Vorräte an Pentan und Diäthyläther. Das erste Zeug war ein Lösungsmittel, mit dem Heckmann effektvoll in der Gegend herumknallen konnte, die zweite Substanz würde, mit Luft vermischt, explodieren.

»Ach, du Scheiße!« Der Mann mit dem Zwirbelbart kniete vor einer Stahlflasche, die Langer an einen Handfeuerlöscher erinnerte. »Wenn hier wirklich drin ist, was drauf steht, dann gute Nacht …«, meinte der Kollege.

»Wie wär's mit Klartext?«, fragte Langer.

Der Mann stand auf und rieb sich seinen Rücken: »Phosgen. Ein Lungengift, extrem wirksam. Die Pulle da reicht aus, um halb Hattingen auszurotten …«

Er dachte ein paar Augenblicke nach und zückte sein Handy: »Sag den anderen, Feierabend ist nicht. Wir gehen jetzt essen und machen in einer Stunde weiter …«

Sie verließen den Keller und der Spezialist starrte in den grauen Himmel: »Wenn ein Jahr so anfängt, kann es nur beschissen werden. Was war das überhaupt für ein Typ, der hier in die Luft geflogen ist?«

Langer lächelte: »Das muss ich noch rauskriegen …«

Für den wichtigsten Fortschritt bei den Ermittlungen sorgten an diesem Tage die Techniker der Hattinger Stromversorgung: Gegen Mittag lief gegenüber im Gemeindezentrum die Heizung wieder an. Die Pfarrerin kochte sofort eine Unmenge Kaffee und lud die Polizisten zum Aufwärmen ein. Für Langer war das zugleich eine gute Gelegenheit, mit ihren Kollegen die ersten Erkenntnisse zusammenzutragen und weitere Fragen zu stellen: »Heckmann gehörte zum Volkssturm Ruhr? Was ist das für ein Verein? Ich meine: Wie gefährlich sind die wirklich?«

Der Einsatzleiter hielt sich bedeckt: »Da müssen Sie den Staatsschutz fragen. Ich weiß nur, dass die ihre Zentrale in Wattenscheid haben. Wir durften da nicht ran.«

»Und wo erreiche ich jemanden vom PB II?«

»Versuchen Sie's über die Leitstelle.«

Die Hauptkommissarin nickte und reichte die Aufgabe gleich an jemanden aus ihrer Gruppe weiter. Nichts war unergiebiger, als an einem Feiertag mit einer deutschen Behörde telefonieren zu wollen. Und die Inspektion Nord war eine …

»Was ist mit dem Ehepaar Heckmann?«

»Aussichtslos. Die Ärzte lassen uns nicht ran.«

»Aber wir müssen die Identität klären ...«

Der Kollege nickte: »Ja. Aber wie? Willst du den Eltern die Leichenreste präsentieren?«

»Genanalyse. Such ein paar Haare aus dem Ehebett und aus Daniels Zimmer und bring sie in die Gerichtsmedizin!«

Der Mann trank seinen Kaffee aus und spurtete los.

»Was ist mit den Aussagen aus der Nachbarschaft?«

Eine Frau aus dem Team der Klingelputzer fasste die Ergebnisse zusammen: »Wenn's nach den Aussagen der Nachbarn geht, gibt es kein Motiv. Heckmann junior war der nette Kerl von nebenan, der keinem etwas zu Leide getan hat.«

»Und was ist mit der Knallerei, über die sich die Leute aus dem Eigenheim beschwert haben?«

»Hatten die meisten schon vergessen. War eben ein Unfall.«

»Was sagen die ausländischen Leute, die in Winz wohnen?«

»Die wussten gar nicht, von wem wir reden. Absolut unauffällig. Dass Heckmann zu diesen tumben Kloppern gehörte, hätte ich allerdings auch nicht erwartet.«

Langer schaute die Frau nur an.

»So ein Feuerwerker – der spielt doch eigentlich in einer anderen Liga als die Leute, die abends zum Türkenklatschen losziehen. Der konnte seinen Hass doch ein wenig intelligenter austoben ...«

»Möglich«, sagte Langer und entließ die Kollegen zur Mittagspause in die Altstadt. Sie selbst zog ihr Handy und durchsuchte das Telefonverzeichnis. Bei dem Buchstaben L stoppte sie den Durchlauf und drückte auf Anruf. Sekunden später hatte sie Lohkamps Stimme im Ohr: »Willst du heute schon nachfeiern?«

»Schön wär's«, sagte sie und erzählte, was passiert war. »Von diesem Volkssturm habe ich noch nie etwas gehört.«

Lohkamp brauchte keine drei Minuten, um Langer zu informieren.

»Verstehe. Was meinst du: Kommt einer von den Türken als Täter infrage? Aus Rache vielleicht?«

Jetzt trat eine kleine Pause ein und Langer wollte schon auf dem Display nachsehen, ob sie überhaupt noch eine Verbindung hatte. Doch dann hatte Lohkamp sich entschieden: »Unwahrscheinlich. Wie sollen die so schnell an die Adresse kommen? Und an den Sprengstoff?«

Langer nickte unwillkürlich.

»Aber eins ist auffällig: Wer immer diesen Heckmann in die Luft gejagt hat – er hat offenbar Sinn für makabren Humor.«

»Wieso?«

»Überleg doch: Er hat den Kerl mit seinem Lieblingsspielzeug umgebracht.«

20

Für PEGASUS begann der Einsatz am Explosionsort mit den üblichen Querelen. Trotz des Feiertages waren sie nicht die ersten Presseleute, die den in der Nordstadt eingesetzten Polizeibeamten auf die Nerven gingen. Die Posten an den Zufahrten der Händelstraße erwiesen sich inzwischen als äußerst gnadenlos und gestatteten den Dortmundern nicht mal einen Blick auf die Sackgasse, in der es gekracht hatte. So befragte PEGASUS den Stadtplan und einige Schaulustige, drehte bei und suchte die steinerne Treppe, die von der Lindener Straße aus zur Schützstraße hinaufführte. Doch die Stufen waren von zwei Hundeführern samt ihren Lieblingen blockiert – und die Tiere sahen nicht so aus, als ob sie mit sich spaßen ließen.

»Was jetzt?«, fragte Mager und ließ den Wagen auf den Bürgersteig rollen – nicht ohne den Unmut all der Schaulustigen zu erregen, die sich hier unten versammelt hatten. Zu sehen gab es nichts, und die Enttäuschung darüber spiegelte sich in der Laune der Gaffer wider.

»Witwen schütteln!«, meinte Susanne. »Wie viel Bares hast du mit?«

Eine Viertelstunde später standen sie auf einem mit Glassplittern übersäten Balkon des Mehrfamilienhauses, das

Heckmanns Anwesen vor dem Lärm der Hauptstraße schützte. Der Platz bot einen Panoramablick auf das Eigenheim und Magers Kamera trank sich satt an den Bildern der Verwüstung, die sie von hier aus einfangen konnte. Der Hausherr hing am Telefon und kündigte Freunden und Verwandten seine plötzliche Medienkarriere an: »Zuerst bei RTL, dann bei Sat 1 und zum Schluss in der Aktuellen Stunde. Kohle? Na klar – und ich sag dir, die Öffentlichen zahlen am besten …«

»Arsch«, knurrte Mager, ohne die Kamera abzusetzen. »Er hat jedes Mal einen Hunni mehr genommen …«

Kalle, der den Galgen mit dem Mikro in den Garten hielt, grinste: »Haben wir doch schon in der Schule gelernt: Der Preis wird von Angebot und Nachfrage bestimmt.«

»Quatsch. Dreh dich um: Das ist einfach nur ein geldgeiler Mensch.«

Der Mann legte auf und trat näher: »Das kommt doch nicht in die Bücher, oder?«

»Wieso?«, fragte Susanne.

»Na ja – wegen der Stütze. Wenn die das auf dem Amt mitkriegen …«

»Sagen Sie: den Toten – kannten Sie den?«

Der Mann zuckte die Achseln: »Gesehen. Wenn er nach Hause kam oder das Haus verließ.«

Sie beobachteten noch eine Weile das Treiben der Polizisten und begannen dann, ihre Geräte zu packen. Für die Prämie von dreihundert Mark hatte Mister Cash ihnen den Balkon für ganze dreißig Minuten überlassen. Und so, wie er jetzt vorne auf die Straße starrte, hoffte er offenbar auf noch mehr Fernsehteams. Dafür lohnte es sich, als Einziger im Haus in der kalten Wohnung zu bleiben …

Mager warf einen letzten Blick auf den Explosionsort und stutzte: Aus Heckmanns zerstörter Haustür traten gerade zwei Leute ins Freie: ein adretter Schnauzbart um die fünfzig und eine nicht mehr ganz schlanke, aber resolut wirkende Frau, die gut zehn Jahre jünger sein mochte.

»Gewonnen«, konstatierte Mager. »Das ist die Langer.«

Im Schweinsgalopp stürzten sie auf die Straße und keuchten die Steintreppe hoch. Die Schäferhunde schlugen an und zerrten, während sie sich den PEGASUS-Leuten zuwandten, heftig an ihren Leinen. Mager hoffte sehr, dass die Maulkörbe hielten.

»Ledig, WDR. Frau Langer hat uns einen Termin ...«

»Wer ist Frau Langer?«

»Die Kommissarin, die die Ermittlungen ...«

Die beiden Hundeführer blickten sich unentschlossen an. Es würde nur Sekunden dauern, bis einer von ihnen auf die gefährliche Idee kam, zu seinem Telefon zu greifen. Susanne Ledig hob ihre linke Hand und tippte demonstrativ auf ihre Armbanduhr: »Sie sind gerade dabei, die Aktuelle Stunde von heute Abend zu kippen. Millionen Zuschauer ...«

Der mit der größeren Anzahl von Sternen auf den Schultern nickte zögerlich und zog den Hund zurück. Schon war PEGASUS an den Hindernissen vorbei und checkte die Lage. Langer stand mitten im Wendehammer, hatte wohl gerade telefoniert und war damit beschäftigt, ihr Handy zu verstauen.

Bevor irgendjemand etwas sagen konnte, hatte Mager die Kamera auf die Schulter gehievt und die Power-Taste aktiviert. Sekunden später war das Mikro eingestöpselt: »Frau Langer, was ist hier geschehen?«

Die Hauptkommissarin reagierte erstaunlich rasch: »Frau Ledig, wir stecken mitten in komplizierten Ermittlungen und ich möchte hier nicht ins Spekulieren geraten ...«

»Aber nach Lage der Dinge und den Aussagen der Anwohner dürfte es doch unstreitig sein, dass sich heute Morgen eine Explosion ereignet hat.«

»Ja.«

»Und dabei ist ein Mensch ums Leben gekommen.«

»Es sieht so aus.«

»Können Sie uns etwas über die Identität des Toten sagen?«

»Nein.«

»Wollen oder können Sie nicht?«

»Beides.«

»Hier in der Bevölkerung kursiert das Gerücht, die Explosion sei absichtlich herbeigeführt worden.«

»Es gibt Anzeichen dafür.«

»Kann man also von einem gezielten Attentat sprechen?«

»Ich will diese Möglichkeit zum gegenwärtigen Zeitpunkt nicht ganz ausschließen …«

Mitten in Susannes nächste Frage hinein schaltete Mager die Kamera aus und ließ sie sinken: »Frau Langer, lassen Sie uns hier doch kein Verwirrspiel treiben. Es wäre wirklich schön, wenn der WDR zwei, drei informative Sätze bekäme.«

Die Beamtin überlegte einen Moment und schüttelte den Kopf: »Es ist zu früh. Wir wissen noch nicht genug und können nur spekulieren …« Sie schielte auf Magers JVC und sah ihn an: »Alles aus?«

Er nickte.

»Gut. Also: Der Tote könnte der Sohn der im Hause lebenden Familie sein. Aber ob er es war, können wir seine Eltern nicht fragen. Es ist nicht genug von ihm übrig geblieben. Wir haben deshalb einen DNA-Vergleich vorbereitet, aber dafür brauchen wir rund vierundzwanzig Stunden. Wenn es der Sohn der Familie war, dann könnte der Fall ganz schön brisant werden: Er gehört zu der Wattenscheider Gruppe Volkssturm – und darüber haben Sie gestern Abend einiges von Horst Lohkamp gehört …«

»Ach ja«, sagte Mager. »Danke für die Grüße. Und herzlichen Glückwunsch zum Geburtstag.«

Langer lächelte: »Danke. Mehr kann ich Ihnen trotzdem nicht sagen. Ich schätze, dass wir morgen Mittag erste Ergebnisse bekannt geben können. Geben Sie mir Ihre Karte und ich sorge dafür, dass Sie rechtzeitig von der Pressekonferenz erfahren. Ist das okay?«

Mager hätte das niemals offen zugegeben – aber er war selten mit einem Angehörigen der Polizei so zufrieden gewesen wie in diesem Moment mit Martina Langer.

21

»Kopf hoch, Leute!«

Der blonde Horvath hatte sich vor den Volkssturm-Leuten aufgebaut und versuchte, die Truppe aus dem Stimmungstief zu reißen. Aber er hatte sich ein schweres Stück Arbeit vorgenommen: In den Gehirnen der Leute wirkte nicht nur die Sauferei vom Silvesterabend nach. Die Nachricht vom gewaltsamen Tod des Chemikers ließ böse Fantasien durch die Köpfe kriechen.

»Ihr könnt sicher sein, Männer: Diese multikulturelle Judenbande wird für ihr Verbrechen büßen. Wir werden es diesen Zecken zeigen, was es heißt, einen unserer Besten ...«

Er merkte es selbst – an diesem Nachmittag kam die Botschaft bei den ›Männern‹ nicht an. Die meisten hatten bei der Öffnung des Lokals bereits auf der Vortreppe gehockt; jetzt saßen sie stumpf vor ihren halb geleerten Gläsern und hatten nicht einmal Lust, sich ordentlich den Schädel voll zu knallen. Und das Trio an der Dartscheibe schien sich mehr für eine bessere Wurftechnik als für Horvaths Rache-Appell zu interessieren.

»Mensch, Puma«, sprach der blonde Propagandist einen schlanken Burschen mit kurzen braunen Haaren an. »Gerade du solltest jetzt zuhören!«

Der Typ ließ den bereits zum Wurf erhobenen Arm sinken und drehte sich um: »Wieso ich?«

Der Pfeil in seiner Hand wippte bedrohlich und seine dunklen Augen fixierten Horvath, als nähme er statt der Scheibe Brennwalds Adjutanten ins Visier.

»Außerdem irrst du dich: Ich habe sehr genau zugehört. Und ich frage mich, wieso du dir so sicher bist, dass diese Multikultis es waren. Die bewaffnen sich doch sonst auch nur mit Grünkern-Frikadellen.«

Eine beunruhigende Stille breitete sich in der Kneipe aus. In einer Ecke gluckste sogar ein ungutes Kichern.

»Wer denn sonst?«, fragte der Blonde zurück und straffte

sich. Unwillkürlich zupften seine Hände die Schöße der schwarzen Kunstlederjacke zurecht. Im Gegensatz zu allen anderen ging Brennwalds Adjutant in der Regel eher zivil gekleidet. Mit seinen schwarzen Mode-Klamotten hätte er die Eingangskontrolle in jeder Nobeldisco überstanden.

»Keine Ahnung«, meinte Puma. »Darüber sollten wir vielleicht mal in Ruhe reden. Aber ich würde auf keinen Fall diese Türken-Gangs unterschätzen. Die haben von uns so viel auf die Fresse bekommen, dass sie uns jetzt vielleicht eine Kriegserklärung geschickt haben.«

Brennwald, dachte es unter Horvaths Pomadenschädel, Brennwald muss jetzt ran. Er drehte sich um und blickte den Wirt des *Berghofs* an: »Wo ist der Chef?«

Helge Weiß deutete mit dem Schädel nach hinten: »In der Küche!«

Horvath drehte sich abrupt um und marschierte um den Tresen herum. Sein Gang sollte energisch wirken, aber er machte wie üblich Schritte, die für seine kurzen Beine viel zu lang waren. Dadurch schien sich jedes Mal, wenn er ein Bein aufsetzte, sein Steiß um einen Viertelmeter dem Erdboden zu nähern.

Eines Tages, dachte Weiß, schleift er sich noch die Eier wund.

Brennwald hatte von dem, was in der Kneipe vor sich ging, nichts mitbekommen. Mit geröteten Augen saß er am Küchentisch und starrte einen breitschultrigen Glatzenträger an, unter dessen Fingernägeln wie immer eine Spur von Öl und Wagenschmiere klebte.

»Klopper«, jammerte Brennwald. »Wer tut uns so etwas an?«

Der Bullige zog seine Schultern so hoch, dass sie gegen seinen goldenen Ohrring stießen: »Weiß ich doch nich, Chef.«

Brennwald sah aus, als würde er gleich wieder losheulen. In diesem Moment wurde die Küchentür aufgestoßen und sein Adjutant erschien: »Chef, die Truppe ...«

Entgeistert starrte er den Mann mit dem Igelschnitt an. In

einer solchen Verfassung hatte er den Anführer des Volkssturms noch nie gesehen.

»Glotz nicht so!«, blaffte Brennwald. »Was gibt es?«

»Die Truppe«, stammelte Horvath. »Du musst reden. Die sind völlig durcheinander. Puma motzt herum ...«

»Puma motzt?« Brennwald stemmte sich hoch. »Worüber?«

»Er meint, dass es nicht die Zecken waren, sondern vielleicht die Türken!«

»Was waren?«

»Die, die Daniel ...«

Brennwald rieb sich seine Stirn und fuhr sich mit den kräftigen Fingern durch die Haarstoppeln. »Nicht blöd«, sagte er, »nicht blöd der Junge.«

Er löste sich von der Tischplatte und stürzte zum Spülbecken, um seinen Schädel unter das kalte Wasser zu halten. Als er sich mit einem der Trockentücher abgerubbelt hatte, sah er fast wieder wie neu aus. Seine Lippen zuckten: »Vielleicht hat er sogar Recht.«

Er zog seine dicke Lederkutte über und warf einen Blick in den Spiegel, drehte sich um: »Sehe ich gut aus?«

Horvath nickte – die Segelohren musste man sich einfach wegdenken.

»Gut. Ich komme. Aber schmeiß vorher eine Platte an. Den Badenweiler. Ich halte eine Rede. Und wenn es dunkel genug ist, ziehen wir los.«

»Wohin?«

»Meine Fresse, ein paar Türken klatschen.«

22

Noch bevor es Abend wurde, sehnte sich Mager nach seinem Platz am Schneidetisch: Der feine Nieselregen ließ seine Gelenke rosten, er selbst brauchte dringend einen Kaffee, sein Zigarettenvorrat tendierte gegen null – schon einer dieser drei Gründe hätte ausgereicht, um seine Arbeitsmoral zu untergraben.

»Und wenn die Bullen die Absperrung doch noch aufheben?«, fragte Kalle.

Für diesen Einwand hätte Mager den Sohn am liebsten geohrfeigt, aber so ganz Unrecht hatte der Bursche nicht. So lange es eine Chance gab, Bilder aus dem zerstörten Eigenheim oder ein Interview mit den anderen Häuslebauern aus der Schützstraße zu ergattern, konnten sie nicht einfach abbrechen.

»Was meinst du denn?«, fragte Mager seine Chefin und Kalle verschluckte vor Schreck sein Kaugummi: Er konnte sich nicht erinnern, dass sein Alter jemals Susannes Meinung eingeholt hatte.

Die Blonde sagte erst einmal gar nichts, sondern stellte sich auf die Zehenspitzen, um die Lage an der Medienfront auszuspähen. Angesichts der früh einsetzenden Dämmerung waren die freien Teams, die für zwei Nachrichtenkanäle anschafften, längst verschwunden. Die ZDF-Kollegen hatten gerade mit dem Abbau begonnen und die Leute von RTL sahen auch schon reichlich angegriffen aus, äugten aber neugierig herüber. Es schien, als würden sie ihre Entscheidung vom Verhalten der PEGASUS-Truppe abhängig machen. Nur ein einziges Team harrte scheinbar unverdrossen unter einem riesigen Schirm an der Absperrung aus. Die Leute sahen derart echt nach einem autonomen Piratensender aus, dass sie auch gut zu einem verkleideten Doku-Trupp des Staatsschutzes gehören konnten.

Susanne nahm Blickkontakt zu dem RTL-Mann auf, hob in gespielter Ratlosigkeit ihre Hände und deutete mit dem Kopf in eine bessere Zukunft.

Der Mann verstand und streckte seinen Daumen in die Luft.

»Also gut«, sagte Susanne. »Für zwei dreißig Sendezeit haben wir genug gefroren.«

Als Mager seine Zigarette ausgetreten hatte, war von der RTL-Truppe bereits nichts mehr zu sehen.

Eine halbe Stunde später bog der Firmen-Skoda in die Steinhammer Straße ein, wo sich der Sitz des Unternehmens befand. An einem trüben Wintertag sahen die Häuserreihen noch deprimierender aus als gewöhnlich. Die meisten Gebäude hatten zwei Weltkriege und noch mehr Zechenschließungen erlebt, und nicht nur Zyniker stritten darüber, welche dieser Katastrophen der Straße mehr geschadet hatte. Wer sich hier ansiedelte, musste blind oder zumindest tief gläubig sein – ohne die Hoffnung auf ein Leben nach dem Tod hielten es hier nur so robuste Naturen wie Mager aus.

»Und?«, fragte der Kameramann, als sie die Ausrüstung im Schneideraum abgestellt hatten. In der PEGASUS-Zentrale war es angenehm warm, es roch nach frisch gebrühtem Kaffee und Karin hatte die ersten beiden Pizzen in die Mikrowelle geschoben. »Wie geht's dir?«

Er nahm sie in den Arm, aber sie löste sich geschickt und deutete auf den PC: »Ich bin online.«

»Na und? Wir haben Standleitung ...«

»Aber sieh doch!«

Eine dicke schwarze Achtundachtzig beherrschte den Monitor: der Neonazi-Code für jenen verbotenen Gruß, der gleich zweimal den achten Buchstaben des Alphabets beleidigte: »Heil Hitler!«

»Volkssturm Wattenscheid?«

Die Rote schüttelte den Kopf: »Die halten sich in diesem Punkt etwas bedeckter. Aber sie haben einige Dutzend Links auf der Liste – und das ist einer der Ersten ...«

Mager schaute genauer hin. In Neumünster lud ein Club 88 dreimal pro Woche zu einem Treffen ein – um was es dabei ging, brauchte man den Interessierten gar nicht mehr zu erklären.

»Und hier ...«

Nach dem Nationalen Widerstand aus Hagen und Lüdenscheid nannte der Volkssturm mehrere Kameradschaften, die vor allem auf dem platten Land und in kleineren Orten im Osten wüteten. Dort profitierten sie nicht nur vom Rechtsruck der Nachwende, sondern auch von dem Frust der Jugendlichen, deren Treffpunkte dem Rotstift der Stadtkämmerer zum Opfer gefallen waren. Gleich danach kam Karin zu Bestelladressen für Hitler-Bücher aus Dänemark,

Hakenkreuzfahnen aus den USA und Nazi-Rock aus Sprockhövel.

»Und was bietet der Volkssturm selbst?«, fragte Susanne, während sie ein großes Dreieck ihrer Pizza Funghi aus der Hand aß. Diesen Hang, immer schnell zum Wesentlichen zu kommen, hatte der Kameramann schon manches Mal verflucht – aber vielleicht war es gerade diese Sachlichkeit, die PEGASUS bisher vor finalen Katastrophen bewahrt hatte.

Ein weiterer Klick, und auf dem Bildschirm erschienen ein Stadtwappen und die Losung: *Freiheit für Wattenscheid!*

»Diese Faschos sind wirklich nicht blöd«, sagte Karin, deren Eltern immer noch in jener sterbenden Stadt wohnten. »Die Zwangseingemeindung nach Bochum verzeihen die meisten Leute den Sozis nie!«

»Aber sie wählen sie doch«, konstatierte Mager. »Mach mal weiter!«

Eine ganze Seite sollte dokumentieren, dass die Ausländer die Kriminalstatistik in die Höhe trieben, eine weitere galt den ausländischen »Kameraden« des Volkssturms: rassistischen Parteien und Gruppierungen in Dänemark, Frankreich und Belgien. Besonders der Vlaamse Block und seine Sympathisanten wurden als Vorkämpfer eines reinrassigen Europas gefeiert.

»Und jetzt kommt's«, sagte die Rote und klickte einen neuen Ordner an: Der Volkssturm präsentierte ein lange Liste mit den Fotos, Namen und Adressen von »Undeutschen«, die das Recht »verwirkt« hätten, einen Personalausweis mit Bundesadler zu besitzen. Denn sie arbeiteten in Beratungsstellen für Flüchtlinge, hatten als Betriebsräte der Einstellung ausländischer Menschen zugestimmt oder an Demonstrationen gegen Skinhead-Attacken teilgenommen. Darunter der Satz: *Vorsicht: Hirnhautentzündung. Zecken bringen den Tod. Zecken müssen weg!*

»Hier, das ist noch heftiger!«, sagte die Rote und öffnete das Gästebuch der Nazi-Site. Ein »kerniger Bub aus der Ostmark« forderte die Angliederung Österreichs an die BRD und die Ausweisung aller Nicht-Deutschen aus dem neuen Staatsgebilde, ein »Dolferl aus B.« forderte KZs für

»Türken und andere Kinderficker« und ein »Volk S. Freund« schlug als letzte Waffe gegen die »Überfremdung« vor, die »Türkenweiber« für moslemische Ehemänner zu »entwerten«.

»Verbieten!«, zischte Susanne, doch Mager zuckte die Schultern: »Juristisch kannst du denen gar nichts. Hier!«

Er deutete auf den Nachsatz der ›Schriftleitung‹:

Manche unserer Besucher gehen in ihren Forderungen sicher zu weit. Wir distanzieren uns von ihnen, soweit ihre Zukunftsvorstellungen mit bestehenden Gesetzen unvereinbar sind. Wir lassen ihre Aussagen aber stehen, damit die noch amtierende Bundesregierung sehen kann, wie die wahre Stimmung des Volkes ist.

Schweigend starrte die Runde auf den Monitor, bis Karin auf die Uhr schielte: »Ihr müsst schneiden. Das hier bringt euch doch heute nicht weiter.«

»Falsch«, sagte Mager und berichtete, was Martina Langer ihnen gesteckt hatte: »Jede Wette: Der Überfall in Wattenscheid und dieses Attentat gehören zu derselben Geschichte. Und die Homepage der Volksfront zeigt doch, dass sie genau wissen, was sie tun. Verbrechen mit Ansage – unter den Augen des Staatsschutzes.«

»Aber wir dürfen Langer noch nicht zitieren«, warnte Susanne. »Sonst bekommen wir von ihr nie wieder einen Tipp. Darum brauchen wir noch eine andere Quelle. Wer kann uns bestätigen, dass dieser Heckmann bei den Neonazis war?«

Grübeln. Kopfschütteln. Die Zeit bis zum Sendetermin verrann.

»Diese Taktiererei geht mir an die Nieren«, sinnierte Mager schließlich und kramte seine Büroflasche Calvados heraus.

»Das ist es!«, rief Susanne.

»Der Schnappes?«

»Quatsch! Die Nieren! Als wir damals in Hattingen recherchiert haben, da hast du dir von einem guten Kumpel die Wohnung geliehen. Als Scheinadresse …«

Der Kameramann ließ die Flasche mit dem Alkohol stehen und kramte nach seinem Adressbuch. Dann griff er zum Telefon und strahlte, als abgehoben wurde. Nach ein paar guten Wünschen für das neue Jahrtausend kam er zur Sache: »Hör mal, Pedder, diese Explosion in der Nordstadt …«

»Böse Sache!«, sagte der Kumpel. »Habe da so was im Radio gehört.«

»Der Tote könnte ein gewisser Daniel Heckmann sein. Sagt dir der Name was?«

»Heckmann? Aus der Schützstraße?«

»Ja.«

»Doch. Heckmann ist Fascho. Gehört eher zu den Intellektuellen der Truppe – kloppt nicht gern, weil er das einfach prollig findet, aber ist fasziniert von allem, was brennt und explodiert.«

»Und woher weißt du das?«

»Hattingen ist ein Dorf. Hast du doch selbst erlebt.«

Der Bärtige nickte: Nach drei Besuchen bei Aldi war man überzeugt, die Hälfte der Einwohner zu kennen.

»Außerdem«, fuhr der Kumpel fort, »arbeitet der Typ in unserem heißesten Labor.«

Mager fielen zu diesem Stichwort nur jene Zahntechniker ein, die in einer alten Villa gegenüber der Polizeiwache residierten. Er hatte das Reklameschild oft genug gelesen und die Leute stets um ihr schönes Domizil beneidet.

»Quatsch. Sagt dir der Name *Air-Tec* was?«

Mager verstummte. Die Tankzüge mit den Produkten der größten Chemiebude Hattingens fanden sogar den Weg nach Dortmund. Und bei der Vorstellung, dass ein Laborant aus diesem Laden Neonazi war, bekam seine Fantasie Flügel.

»Dürfen wir dich zitieren?«, fragte er endlich.

»Ja – aber nur anonym.«

»Wieso das?«

»Meine Tochter jobbt auch da.«

23

Brennwalds silbergrauer Mercedes-Geländewagen streifte durch die Randgebiete der Wattenscheider Innenstadt und folgte dann den Straßenbahnschienen in Richtung Gelsenkirchen. Die Dunkelheit, die Nässe und die vom Stadtrat beschlossene Sparbeleuchtung sorgten dafür, dass der Wagen trotz seiner Höhe fast unsichtbar blieb. Aus einiger Entfernung konnte man glauben, dass die starken Scheinwerfer des Stations allein durch die Nacht schwebten.

Hoch über der Fahrbahn hockten fünf jüngere Volkssturm-Mitglieder und starrten voller Jagdgier in die Nacht. Manchmal sah es aus, als würden sie von einem wilden Fieber geschüttelt: im Kopf der Druck, vor den Augen des großen Chefs ihre ›Feuertaufe‹ ablegen zu müssen; das Herz voll Hass auf alle, die nicht so »deutsch« waren wie sie selbst; die Hosen voll Schiss vor dem Risiko, gleich beim ersten Mal erwischt zu werden.

»Da drüben!«, flüsterte einer.

Brennwald bremste. Sechs Augenpaare richteten sich auf den letzten Kiosk vor der Stadtgrenze. Im Licht der Neonreklame und des Tresens hielten sich drei junge Türken auf. Die Haare voll Gel standen sie rauchend und Kaugummi kauend auf dem Bürgersteig, rotzten hin und wieder auf den Boden und gefielen sich in impulsiven Gesten – witzelnd oder Zoten reißend, in jedem Fall bestens gelaunt.

»Die drei?«

»Klar doch!«, meinte der Bursche im Rückraum, der die jungen Türken entdeckt hatte.

Brennwald musterte die potenziellen Opfer: keiner unter eins fünfundsiebzig, geschmeidige Körper und so gut durchtrainiert, dass man trotz der Winterjacken erkennen konnte, welche Muskelpakete sie spazieren führten. Und was sie vielleicht am Gürtel oder in den Taschen bei sich hatten, war nicht mal zu ahnen.

»Die schafft ihr nicht«, urteilte er und stoppte den aufkeimenden Protest: »Zu viele, zu alt für euch, alle viel zu fit – ihr kommt nicht schnell genug von der Straße weg.«

Seine Stimme klang sachlich, kam aber nicht an: »Meine Güte, die machen wir alle ...«

»Die nehmen wir nicht!«, bestimmte Brennwald und zog den Station sacht wieder an. »Ich will keine Schlacht, ich will keine Verluste, ich will nur ein paar Moslems oder Bimbos einen Denkzettel verpassen!«

Er lenkte den Wagen in die Straßenmitte und folgte weiter der glänzenden Spur der Schienen. Schon tauchte er unter die alte Bahnbrücke, die nur noch dazu diente, die Grenze zur Nachbarstadt zu markieren.

»Mann, warum fährsse nich nach Günnigfeld!«, beschwerte sich eine andere Stimme.

»Günnigfeld ist tabu, Junge!«

»Watten für 'n Tabu? Da unten wohnt jede Menge von dem Gesocks.«

»Kann ja sein. Aber Günnigfeld ist trotzdem tabu. Da darf einfach nix passieren.«

Ein Stöhnen verriet, dass der Bursche noch immer nicht kapierte. Da flüsterte ihm einer seiner Nachbarn drei Buchstaben ins Ohr: den Namen der ältesten existierenden Nazipartei, die seit über zwanzig Jahren in dem Wattenscheider Stadtteil Günnigfeld ein Schulungszentrum unterhielt.

»Wir liefern der Justiz doch keine Munition für den Verbotsprozess ...«

Schweigend fuhren sie bis zum Ückendorfer Platz und bogen nach links ab, immer in Richtung Hauptbahnhof Gelsenkirchen. Sie passierten die Einfahrt zur Gesamtschule und eine hell erleuchtete Tankstelle, bevor die Straße deutlich schmaler wurde. Zu beiden Seiten türmten sich die Fassaden von Ückendorf, klotzige Kästen zumeist, die aus besseren Jahren stammten, die längst vergangen waren. Während der Zechenblüte hatten hier Steiger, gut situierte Angestellte und Stehkragenproleten gewohnt. Jetzt schien der Vorort aus allen Nähten zu platzen und kam immer weiter herunter – er enthielt eines der größten Ausländerghettos des Ruhrgebiets.

»So, Kameraden, hier kann man zeigen, was man drauf hat. Man muss schnell am Mann sein, hart zuschlagen und ebenso flott wieder weg sein. Sonst hasse eine ganze Moslem-Armee am Arsch.«

Mit Tempo dreißig schlich der Wagen durch die enge Durchgangsstraße, aber hier war es noch zu belebt. Ein paar Kneipen und Kioske hatten noch Publikum und immer wieder kamen ihnen andere Fahrzeuge entgegen. Die Youngster im Wagen konnten kaum noch ihre Hände mit den Baseballkeulen still halten, aber Brennwald schüttelte beharrlich den Kopf: »Erzählt keinen Scheiß. Ich will keine Zeugen.«

Schon fast am Ende dessen, was von dem Viertel noch stand, direkt vor dem Arbeitsgericht, bog Brennwald erneut links ab. Langsam glitt der Wagen am Wissenschaftspark vorbei. Im matten Laternenlicht schimmernde Glasfassaden, die aussahen, als hätte jemand ein paar riesige Bausteine aus Plastik ausgekippt und flüchtig geordnet. Auf der linken Seite Wohnhäuser, zwei, höchstens drei Stockwerke hoch: eine bunte Mischung aus Bauten neueren Datums und mühsam aufgemotzte Kästen, die mindestens acht Jahrzehnte erlebt hatten. Eine einsame Kneipe, eine Querstraße, wieder Wohnungen, viele noch mit Licht hinter den Fenstern, aber kein Mensch auf der Straße. Brennwalds ›Jungs‹ gierten nach Blut.

»Da vorne!«, flüsterte es schließlich vom Beifahrersitz.

Die Blicke der Jäger bohrten sich in die Nacht und suchten ihr Wild. An der nächsten Querstraße ein Eckhaus mit verrammelten Fensterläden. Helles Laternenlicht fiel auf die weißgelbe Fassade. Und auf zwei Burschen. Beide höchstens siebzehn. Normal gebaut und so gekleidet, dass sie eigentlich keine versteckten Waffen tragen konnten. Haut und Haar so dunkel, dass jeder im Benz auf Anhieb wusste: Die!

»Okay«, sagte Brennwald. Er schaltete die verräterischen Scheinwerfer aus und schob sacht den ersten Gang rein, als sich die Jungs unter der Laterne in Bewegung setzten und langsam um die Ecke schlenderten. Brennwalds Benz glitt hinterher, bog in die Stephanstraße ein. Die beiden Kids klebten unverändert ohne Eile auf dem Bürgersteig. Eine weiße Wand, höchstens zwei Meter hoch, von einem dunklen Gittertor unterbrochen. Und die beiden ausländischen Burschen noch immer arglos.

»Jetzt!«, befahl Brennwald. Ließ den Wagen nach vorn schießen und zog ihn nach links, verengte den Bürgersteig zu einer schmalen Gasse. »Raus!«

Die beiden Türken wichen erschrocken bis an die Wand zurück. Was ihnen drohte, realisierten sie erst, als an Bug und Heck des Station die Bewaffneten auftauchten, ihnen jeden Fluchtweg abschnitten und die Keulen schwangen, bis die Überfallenen am Boden lagen.

»Schluss!«, rief Brennwald durch das geöffnete Fenster. Zwei Tritte noch zwischen die Beine der Verletzten, dann quetschte sich das Knüppelkommando wieder in den Wagen. Der Benz entfernte sich geruhsam, ohne dass jemand anders als die Überfallenen ihn wirklich wahrgenommen hätte. Am Ende ging's nach rechts, Richtung Wattenscheid.

In der Einfahrt der Gesamtschule reinigte man die präparierten Nummernschilder des Wagens: Aus DO wurde wieder BO, aus einer 3 eine 8, aus einer 8 eine 9.

»Mann, war das geil!«, flüsterte einer.

24

»Komm, Heinerle, es wird Zeit!«

Heinerle beeilte sich. Er schlüpfte in seine Schühchen, zog das Jackett über, prüfte den Sitz der Krawatte, schlang sich einen Seidenschal um den Hals und stürzte sich in seinen modischen dunkelblauen Filzmantel. Sanft drückte er den Hut aufs Haupt – und schon hatte sich Heinerle in Bochums Polizeipräsidenten verwandelt, der mit seiner Familie zum Kirchgang gerüstet war.

Seine Gattin hatte inzwischen den Benz aus der Garage geholt und die beiden halb erwachsenen Töchter saßen so brav auf dem Rücksitz, als wären sie erst zehn und zwölf. Im Prinzip hatten Heinerle und Helga die Kinder liberal erzogen und man war bei Flenners auch gewiss nicht prüde; aber wo immer die Mädchen am Wochenende ihre Nächte verbrachten – sonntags um zehn hatten sie dabei zu sein, wenn die Familie in der Dorfkirche von Stiepel auftrat. Im Presbyterium saßen immerhin zwei Mitglieder des Stadtparlaments, der grauhaarige Leitwolf aus der Industrie- und Handelskammer sowie zwei auch parteipolitisch aktive Professorinnen der Ruhr-Universität – Flenners hatten sich hier als intakte Familie zu präsentieren.

»Yvonne, du siehst heute schauderhaft aus!«, räsonierte Flenner, nachdem er seine Töchter kurz gemustert hatte. »Jeans in der Kirche ...«

»Ich kann auch zu Hause bleiben«, erwiderte die Achtzehnjährige. »Ich bin den Zirkus sowieso Leid ...«

»Von diesem Zirkus hängt dein Taschengeld ab!«, unterbrach Flenner die Tochter. »Fahr endlich, Helga!«

Ein oder zwei Minuten schwiegen alle Insassen des Wagens und schienen dem Surren des Scheibenwischers zu lauschen, der es in der Intervallschaltung nur mit Mühe schaffte, die Tropfen des Nieselregens von der Frontscheibe zu entfernen. Flenners wohnten auf der Ostseite der Kemnader Straße, wo der zugezogene Reichtum des Nobelvororts residierte, während sich die alte Kirche mit den berühmten Wandmalereien auf der Bauernseite befand – dort wurde entschieden, wer wirklich als Stiepeler galt.

»Schade, dass wir so einen verregneten Jahreswechsel hatten«, bemerkte die Gattin. »Etwas Schnee ...«

Flenner rümpfte die Nase: Schon einige Millimeter Schnee, die in Bayern keiner zur Kenntnis nahm, ließen im Ruhrgebiet den Verkehr zusammenbrechen. Ging es nach ihm, dann müsste hier immer Frühling sein.

»Fahr doch bitte durchs Dorf!«

Die Gattin sah kurz auf die Uhr und nickte; die Zeit würde reichen. Sie zog den Wagen hoch zur Ortsmitte, wo es ein gutes Dutzend Läden und einen ganz hervorragenden Italiener gab und dessen Optik gerade mit einigen Baumaßnahmen dem Steueraufkommen des Bezirks angepasst wurde.

Am Kiosk ließ Flenner halten und schickte die jüngere Tochter in den Regen: »Hol mal die BamS!«

Kaum saß das Kind, ging die Fahrt weiter. Während die Gattin zurück ins Tal steuerte, klappte der Präsident die Sonntagsausgabe von BLUT auf: *Neujahrsbombe von der PKK?*

»Die spinnen ja!«, entfuhr es dem Polizeipräsidenten, als er den Artikel überflogen hatte. Zwar dementierten die Journalisten die in der Schlagzeile gestellte Frage selbst, indem sie darauf hinwiesen, dass sich die PKK nicht als Rächerin für echte Türken fühle – aber Stichworte wie »rechtsradikal«, »Überfall auf Linken-Treff« und »dem Feuertod entronnen« reichten aus, um die Frage zu stellen, ob Blutrache nun als Mordmotiv in Deutschland heimisch werde.

Flenner zückte sein Handy und rief den Pressesprecher an. Stahl war, wie in solchen Situationen erforderlich, sofort zu erreichen.

»Woher hat BLUT die Infos?«

»Keine Ahnung«, bekannte Stahl. »Aber gestern kam ein Bericht in der Aktuellen Stunde. Die haben den Toten dem Volkssturm zugeordnet und auf diese Wattenscheider Geschichte verwiesen. Den Rest konstruiert das Blatt selbst ...«

»Jetzt haben wir genau die Medienlage, die wir vermeiden wollten!«

»Aber nicht konnten. Dennoch, glaube ich, ist die Sache halb so schlimm! Ich habe schon eine Presseerklärung vorbereitet. Moment ...«

Während Stahl offenbar nach dem richtigen Blatt suchte, berührte die Gattin Flenners Arm: »Heiner, wir sind da!«

»Höre ich«, knurrte Flenner. Durch die geöffneten Fahrzeugtüren dröhnten die Glocken der Dorfkirche. »Haltet mir einen Platz frei ...«

»Chef?«, meldete sich der Pressesprecher. »Kann ich?«

»Moment«, sagte Flenner und wartete, bis seine drei Frauen die Türen geschlossen hatten. Schlagartig wurde das Geläut leiser.

»In Ordnung«, sagte der Präsident und lauschte. In seinem Namen verwies Gaius Stahl darauf, dass Heckmanns Beteiligung an Brandstiftung und Vergewaltigung ebenso wenig erwiesen sei wie die Täterschaft des Freundeskreises, dem er zugerechnet wurde. Es sei sogar noch völlig ungewiss, ob Heckmann überhaupt von den Wattenscheider Ereignissen gewusst habe. Außerdem gebe es auch in der Umgebung der Familie Ö. genug Motive, die junge Frau zu attackieren, sodass die Ermittlungen wie immer völlig professionell und ergebnisoffen geführt werden würden.

An dieser Stelle unterbrach Flenner den Redefluss: »Können wir zu den Motiven etwas anbieten, wenn die Presse nachhakt?«

»Frau Hell sitzt noch dran, aber man kann jetzt schon andeuten, dass diese Nilgül bereits seit ihrer Kindheit einem Cousin versprochen ist. Und ob es dem Knaben gefallen hat, dass seine Zukünftige sich auf die bekannte Weise politisch exponiert …«

»Gut«, lobte Flenner und forderte: »Geben Sie der Kollegin doch mal einen Tipp: Sie soll sich den Burschen schnellstens abgreifen und prüfen, ob er was mit der Sache zu tun hat.«

»Werde ich tun, Chef. Schönen Sonntag noch. Ich bin sicher, wir kriegen die Sache in den Griff.«

Flenner schaltete das Handy auf Vibrationsalarm, verstaute es in der dafür vorgesehenen Manteltasche und eilte seiner Familie nach, die bereits auf den Kirchenbänken Platz genommen hatte. Wie es aussah, hatte Stahl die Lage wirklich noch unter Kontrolle.

Mit dem letzten Glockenschlag ließ sich Flenner neben seine Frau sinken und nahm das Gesangbuch an sich, das sie schon an der richtigen Stelle aufgeschlagen hatte. Das Mitsingen klappte, doch auf die Predigt konnte er sich nicht richtig konzentrieren. Lieber Gott, dachte er, lass Bochum nicht zu Hoyerswerda werden!

Der Gottesdienst war noch nicht vorbei, da waren seine Gebete schon erhört worden. Sein Handy tanzte in der Jackentasche und Flenner stahl sich nach draußen.

»Ja?«

»Chef!«, meldete sich Gaius Stahl und klang zum ersten Mal in seiner Laufbahn wirklich aufgeregt. »In Wattenscheid ist die Hölle los. Da fällt gleich jede Menge Presse ein.«

Der Polizeipräsident hatte das Gefühl, dass ihm der Boden unter den Füßen weggezogen würde.

»In Höntrop ist ein alter Bergwerksstollen eingestürzt. Zwei Garagen und ein Auto sind weg. Wir müssen die ganze Straße evakuieren. Ist das nicht prima?«

Flenner schwieg erschüttert. Was sollte daran prima sein?

»Ich schwöre es Ihnen: Morgen spricht keiner mehr von unserem kleinen Zimmerbrand!«

25

Die Sonntagsvisite zog der Chef der Intensivstation für Brandverletzte am späten Vormittag durch. Gefolgt von dem üblichen Schwarm von Oberärzten, Stationsschwestern und Studierenden fiel er in Nilgüls Zimmer ein, ersparte sich das »Wie geht's uns denn heute?« und sagte stattdessen: »Ich hoffe, Sie fühlen sich wohl bei uns!«

Nach einem kurzen Blick auf die Karteikarten tastete er fast automatisch nach dem Puls der Patientin und wandte sich dann an die auf der Station regierende Oberschwester: »Irgendwelche Komplikationen?«

»Nein«, sagte die Frau und schüttelte heftig den Kopf.

»Wunderbar«, sagte der Chef und sprach nun die Gruppe von Studentinnen und Studenten an, die sich eigentlich nichts mehr wünschten, als schnell wieder nach Hause entlassen zu werden. Aber diese Sonntagstermine gehörten zum Folter-Repertoire des Chefs, und wer irgendwann bei ihm promovieren wollte, heuchelte vorsorglich brennendes Interesse am Wohl der Patienten vor.

»Die junge Frau wurde Opfer eines Überfalls. Penetrationsverletzungen, Hämatome an Armen und Beinen, Rauchgasintoxitation, Verbrennungen zweiten Grades an den Unterschenkeln ...«

Nilgül brauchte einen Augenblick, bis sie den kalten Begriff »Penetrationsverletzungen« auf ihren Körper beziehen konnte, und schloss die Augen. So mussten sich die Tiere im Zoo fühlen, wenn die Leute vor den Käfigen standen und gafften. Und sie hatte nicht einmal die Möglichkeit, sich unter einer Decke zu verkriechen und die Ohren zu verschließen.

»Was ist mit dem Inhalationstrauma?«, fragte eine weibliche Stimme. Die Frau musste noch sehr jung sein, beherrschte aber bereits den geschäftsmäßigen Ton ihres Doktorvaters.

»Gute Frage«, lobte der Chef und ließ das Problem präzisieren: »Andreas, um was geht es dabei?«

Der Angesprochene brauchte nur wenige Sekunden, bis er die passende Antwort gefunden hatte: »Das Inhalationstrauma ist eine Folge des Einatmens heißer Gase. Die Hitze schädigt die Deckzellen der Atemwege. Und das kann, auch wenn die äußerlich erkennbaren Verletzungen nicht so schwer sind, zum Tod führen. Manchmal greift selbst die Intensivtherapie nicht, sodass es zu ARDS kommen kann.«

»Und was sagen uns diese vier Buchstaben?«

»Es geht um das Adult Respiratory Distress Syndrom, also letztlich um schwere Infektionen der Atemwege.«

»Sic«, bestätigte der Chef und strapazierte damit die Lateinkenntnisse seines Fußvolks. »In diesem Fall ist es so, dass wir bisher keine Anzeichen eines solchen Syndroms erkennen konnten. Können wir zur Entwarnung blasen?«

»Nein«, sagte der Examinierte. »Wir müssen mindestens bis zum einundzwanzigsten Tag …«

»Bene. Wenn ich nun auf den Verbrennungsgrad an den Beinen verweisen darf. Frau Ösran hat immerhin in einem brennenden Raum gelegen. Welche Schlussfolgerungen sind zu ziehen?«

Kurzes Schweigen, dann sagte eine andere, sehr dunkle weibliche Stimme: »Sie kann nur sehr kurz darin gelegen haben. Entweder konnte sie sich selbst retten …«

»Nein. Ohnmächtig.«

»Dann muss jemand sie bald nach Ausbruch des Feuers gerettet haben.«

»Primissimo. Sie könnten bei der Kriminalpolizei anfangen.«

Verhaltenes Gelächter, als hätte man ihr vorgeschlagen,

zur Müllabfuhr zu gehen. Aber Nilgül schlug die Augen auf und suchte nach der letzten Sprecherin: Was hatte die Frau gesagt?

»Der bedauerliche Vorfall hat sich vor drei Tagen ereignet. Worauf haben wir bei der Behandlung besonders zu achten?«

Die Augen des Chefs fixierten eine korpulente Studentin. Sie schien wegen der hohen Zimmertemperatur unter der sterilen Schutzkleidung besonders zu leiden. Oder war ihr Gesicht so rot und schwitzig geworden, weil der Vorschlag, zur Kripo zu gehen, ihr gegolten hatte?

»Wir treten jetzt in die zweite Krankheitsphase ein«, sagte die Frau bedächtig und Nilgül erkannte die Stimme wieder. »Gefahren für den Wasserhaushalt, Möglichkeiten des septischen Schocks. Deshalb ist es notwendig, regelmäßig Puls, Blutdruck und Urinabgabe zu kontrollieren, um Gefahren für Lungen und Nieren ...«

Der Boss nickte, ersparte sich aber die Lobeshymnen, die er der anderen Studentin gegönnt hatte. Stattdessen fasste er zusammen, was in den Krankenblättern stand: »All diese Werte sehen bisher ausgesprochen gut aus. Auch die Verbrennungen werden wir schnell wieder reparieren. Etwas Rückenhaut, den Rest heilt der liebe Gott, ein paar Narben korrigieren wir.«

»Und was ist mit den Penetrationsverletzungen?«, fragte der junge Mann, der sich so gut mit dem Infektionsrisiko auskannte.

Entsetzt schloss Nilgül die Augen wieder und hätte sich am liebsten noch die Ohren zugehalten.

»Die junge Frau war offenbar virgo intacta, der Vergewaltiger nicht sehr rücksichtsvoll. Kleiner Dammriss wie nach einer Geburt – die Patientin könnte eigentlich schon wieder aufstehen, damit es da nicht zu unerwünschten Vernarbungen kommt, die ein späteres gesundes Sexualleben behindern.«

Einen Augenblick herrschte ein eher peinlich wirkendes Schweigen, dann meinte die Oberschwester: »Wir sollten die psychologische Betreuung nicht vergessen. Der Dammriss ist eben nicht unter einer Geburt entstanden.«

Noch einmal so etwas wie eine atemlose Stille. Dann meldete sich der Chef in einem Ton, als wäre er dankbar für ein neues Stichwort. Aber Nilgül glaubte, ein Spur von Verärgerung herauszuhören: »Sicher doch. Aber das überlassen wir besser dem sozialen Dienst unserer Anstalt. Auch da haben wir, glaube ich, ein paar hervorragende Fachkräfte. Und die sind morgen wieder im Einsatz.«

Nilgül fühlte seine kühle Hand an ihrer Wange, als wollte er sie aufmunternd tätscheln, dann setzte das große Füßescharren ein. Als die Truppe wohl schon halb aus der Tür heraus war, hörte die Patientin noch einmal die kühle Stimme der Studentin, die nach dem Inhalationstrauma gefragt hatte: »Herr Professor, ich glaube, dass Frau Ösran alles in allem unglaubliches Glück gehabt hat.«

Nilgül drehte den Kopf zu Seite und heulte los.

26

Am zweiten Tag hatten sich die Arbeitsbedingungen für die Mordkommission Langer deutlich verbessert. Im ersten Stock der Polizeiwache an der Bahnhofsstraße gab es für die aus Hagen eingefallenen Ermittler nun zwei Büros und einen Besprechungsraum, in denen ihnen nicht nur die wichtigsten Kommunikationsmittel zur Verfügung standen, sondern auch Kühlschrank und Kaffeemaschine – und der Besitzer des Kiosks schräg gegenüber konnte für den Beginn des neuen Jahres einen erfreulichen Anstieg des Umsatzes an Kaffee, Dosenmilch und Würfelzucker verbuchen.

Der Essener Gerichtsmedizin hatten die Polizisten den ersten wirklichen Ermittlungserfolg zu verdanken. Laut DNA-Analyse war der Tote aus der Schützstraße mit an Sicherheit grenzender Wahrscheinlichkeit der Sohn des Ehepaars Heckmann. Davon zeugte auch ein Vergleich der in seinem Zimmer und im Kellerlabor gefundenen Fingerabdrücke mit Hautfetzen, die von den Händen des Toten stammten. Als alleiniges Identifizierungsmittel hätten sie nicht ausgereicht, aber zusammen mit der Genanalyse genügten die wenigen feststellbaren Übereinstimmungen. Der Tote war Daniel Heckmann.

Nun wurde es schwieriger. Zwar konnten erstmals die Eltern Heckmann vernommen werden, aber ihre Aussagen brachten die Ermittlungen kaum voran. Daniel sei ein guter Sohn gewesen, der seine Eltern unterstützt und ihnen nie wirklichen Ärger gemacht hatte: Realschulabschluss mit glänzenden Noten, Ausbildung als Chemielaborant, dann die stolze Festanstellung: »Er war noch keinen Tag arbeitslos.«

Was er im Keller und überhaupt in seiner Freizeit getrieben hatte, war den Eltern weitgehend verborgen geblieben. Ja, er hätte sich oft mit Leuten aus Wattenscheid und Witten getroffen. Nein, sie kannten keinen von ihnen wirklich. Ja, er hätte diese schwarze Kleidung gerne getragen und eine Zeit lang eine Glatze gehabt, bevor er sich vor zwei Jahren diesen kurzen Haarschnitt zugelegt habe. Aber welche Signale er mit seinem Outfit aussandte, interessierte sie nicht: »Klar, wär's uns lieber gewesen, er hätte sonntags auch mal was Freundliches getragen, weißes Hemd und Anzug und so – aber der Junge ist trotzdem immer sauber und ordentlich herumgelaufen.«

Wo er die letzten Nächte verbracht hatte, war den Eltern ebenfalls unbekannt: »Er ist doch schon erwachsen. Soll man da ständig hinter ihm herschnüffeln? Vermutlich hat er bei einem Freund übernachtet. Wie: im Polizeigewahrsam? Unser Sohn? Brandstiftung? Vergewaltigung? Also hören Sie, das muss eine Verwechslung sein!«

Auch über seine sexuellen Beziehungen wussten Heckmanns nichts, wobei sie natürlich annahmen, dass der Sohn heterosexuell veranlagt gewesen war: »Ab und zu hatte er wohl mal ein Mädel auf dem Zimmer, aber morgens waren die meist schon wieder weg.«

Die Vermutung, dass hier ein Motiv für die Tat liegen könnte, wiesen die Eltern voller Befremden zurück: »Er und in eine fremde Ehe einbrechen? Oder einem Freund das Mädchen abspenstig machen? Nein, so etwas hat er bestimmt nicht getan. So haben wir ihn nicht erzogen.«

Was denn mit den Bildern in seinem Zimmer sei?

Auch darin hatte das Ehepaar Heckmann nichts Kritikwürdiges gesehen, sondern in ihrer Antwort lag wieder eine Spur von Stolz: »Er hat eben nicht nur nach den Mädchen geguckt, sondern sich sehr für Geschichte interessiert. Die Wehrmacht und solche Sachen. War ja auch nicht alles schlecht damals. Immerhin konnte eine anständige Frau damals noch nachts allein nach Hause gehen ...«

An diesem Punkt hatte die Kollegin es aufgegeben: »Einzelkind und dann noch ein Sohn? Selbst wenn er vor ihren Augen gestohlen hätte – diese Eltern hätten das im nächsten Moment verdrängt ...«

Nicht viel aufschlussreicher waren die Erkenntnisse, die der Staatsschutz besaß – oder zugab. Dort war Daniel Heckmann erstmals als Mitglied einer Kameradschaft EN registriert worden, die längst nicht mehr existierte. Aus seiner Zeit im Volkssturm Ruhr datierten mehrere Festnahmen, eine Geldbuße wegen ruhestörenden Lärms, aber keine Verurteilung. Bei Haussuchungen waren zwar neonazistische Schriften und CDs gefunden worden, aber im Keller hatte der Staatsschutz nie nachgeschaut, sondern Heckmanns Angaben geglaubt, dieser unterliege der Verfügungsgewalt seines Vaters.

Auch die Fotosammlung des PB II ergab ein eher harmloses Bild des Toten: Daniel Heckmann, achtzehnjährig und noch mit Glatze, bei einem illegalen Konzert einer Fascho-Band in Solingen; zwei Jahre später als ›Ordner‹ bei einer NPD-Versammlung; vor einem Jahr, inzwischen durch das kurze Haar optisch verbessert, bei einem Gerangel mit Linken vor dem Bochumer Hauptbahnhof – ganz im Hintergrund, die Hände in der Tasche. Wirklich Kriminelles hatte man bisher nicht festgestellt.

Konkreter waren die Feststellungen des Landeskriminalamtes: Heckmann war durch eine Rohrbombe ums Leben gekommen, die sich jeder halbwegs versierte Mensch für dreißig bis vierzig Mark selbst basteln konnte: ein Stück Rohr, eine Schachtel Jagdmunition, deren Pulver ins Rohr geschüttet wurde, ans Ende der Boden einer Patrone mit dem Zündhütchen, dazu eine Feder und eine Haltevorrichtung aus Blech, in der hinteren Verschlusskappe ein Loch für den Nagel, der ins Zündhütchen schlägt: »Wie effektiv das ist, haben Sie ja gesehen.«

»Ein Profi?«

»Bestimmt nicht, wenn Sie davon ausgehen, dass nur Heckmann getötet werden sollte. Der Täter hat viel zu viel Pulver genommen. Wollte wohl auf Nummer sicher gehen ...«

»Können Sie etwas über die Herkunft des Pulvers oder der anderen Teile sagen?«

Der Mann zuckte die Achseln: »Alles aus irgendeinem Baumarkt und eben gängige Jagdmunition. Wird eine schöne Aufgabe für Sie sein, alle Händler abzuklappern, ob einer in den letzten Tagen solch eine Munition gekauft hat ...«

Auch die Tarnung der Bombe mit Sektflasche und Plastiktüte war den LKA-Leuten nicht verborgen geblieben: Spuren von geschmolzenem Polyethylen und grüne Glassplitter waren leicht zu deuten: »Heckmann sollte an ein Geschenk glauben, die Flasche herausziehen oder die Tüte abnehmen – und dadurch hat er die Explosion ausgelöst.«

»Keine Fernzündung?«

»Wir haben natürlich danach gesucht. Aber da war nichts. Eine reine Kontaktzündung.«

Es wurde Nachmittag, bis Martina Langer die nächsten Ermittlungsaufgaben zusammenfassen konnte: Wo hatte Heckmann die Zeit zwischen der Entlassung aus dem Polizeigewahrsam am Silvestermittag und seinem Tod verbracht? Wo hatte er sich, wie der vorläufige Obduktionsbericht verriet, in der Nacht so stark betrunken? Wie ist er nach Hause gekommen? Wer hat in der Neujahrsnacht am Hause der Heckmanns Verdächtiges bemerkt? Wo kommen die Sprengstoffe her? Wer könnte ein Motiv und die Möglichkeit für die Tat haben?

»Damit ergeben sich vor allem drei Ermittlungsbereiche: Nachfragen an Heckmanns Arbeitsplatz, bei seinen Kumpanen – und in seiner Familie.«

»Heute noch?«, fragte einer von den Älteren entsetzt. Er

war schon Großvater und wurde an solchen Tagen zu Hause besonders vermisst.

Langer schüttelte den Kopf: »Wir haben zwei freie Tage geopfert. Das reicht erst mal. Ruht euch aus – die nächste Woche bringt Arbeit genug.«

27

Der Montagmorgen war im Ruhrgebiet so kalt und feucht, dass ein Blick aus dem Fenster kaum dazu geeignet schien, die Arbeitsmoral der vielen Frühaufsteher zu heben.

Mehmet Ösran, der seit zwanzig Jahren in dem Bochumer Vorort Hamme wohnte und wie an jedem deutschen Werktag um vier Uhr aufstand, machte da keine Ausnahme. Ein Blick durchs Fenster in die düster-diesige Reichsstraße ließ für einen Augenblick in seinem Herzen die Vision einer anderen Landschaft aufleben. Dort waren lange, heiße Sommer und kurze, aber richtige Winter zu Hause. Aber er hatte seinen Lebensmittelladen hier, in einem alten Arbeiterstadtteil, dessen Zentrum früher wesentlich gepflegter ausgesehen haben musste. Jetzt wohnten hier viele Menschen, für die es sozial bergab ging oder die schon tief gefallen waren – und dennoch gab es hier immer noch mehr und bessere Kunden, als er sie in seinem Heimatstädtchen im Zentrum der Türkei gefunden hätte.

Allah will es so, dachte er, stand auf, wusch sich und verrichtete sein Morgengebet. Auch in Deutschland hätte er es nie zu diesem Laden, der schönen, großen Wohnung und dem bescheidenen Ansehen bei Türken und Deutschen gebracht, hätte er in seinem Leben je der Liebe zur Bequemlichkeit nachgegeben.

In der Küche hatte bereits sein Sohn Khan Platz genommen. Während der Ferien musste der Älteste im Geschäft helfen und das bedeutete auch, dass er mit zum Großmarkt zu fahren hatte: Die Arbeit von Familienhänden sorgte dafür, dass nicht zu viel von dem eingenommenen Geld in fremde Taschen floss.

Schweigend schlürfte Mehmet den heißen Tee, den seine Frau ihm bereitet hatte. Der Ärger mit seiner Nichte Nilgül ging ihm nicht aus dem Sinn. Eine Schande war das, eine Schande für die ganze Familie, und er hoffte sehr, dass ihn dieser Skandal nicht zu viele Kunden kostete. Aber die Hauptschuld trug nicht das Mädchen, sondern ihr Vater. Unverständlich, dass sein Bruder Hakan sich so uneinsichtig verhielt. Jetzt musste er doch erkennen, dass es Sinn machte, an den alten Traditionen festzuhalten …

»Vater!«

Mehmet schreckte auf.

»Es ist Zeit!«

Der Vater blickte zu der Wanduhr hoch und nickte. Entschlossen stand er auf und ging zum Korridor, um sich seinen Parka mit dem Lammfellfutter anzuziehen. Dabei musterte er den Sohn, der sich in sein modisches Jäckchen aus Kunstleder gezwängt hatte und roch, als wäre er in ein Fass mit Parfüm gefallen.

»Khan, du Dummkopf, wir fahren nicht zu einer Brautwerbung. Zieh dir etwas Warmes und Bequemes an!«

Seufzend wechselte der Sohn die Jacke, packte das Kaugummi, die Zigaretten und den Kamm in den ungeliebten Parka und nickte: »Ich bin bereit!«

Seinen Mercedes-Lieferwagen hatte Mehmet Ösran nicht vor dem Haus geparkt, sondern in einer Hinterhofgarage an der Dorstener Straße, gut zweihundert Meter vom Geschäft entfernt. Die ständige Lauferei störte ihn bisweilen, aber in diesem Stadtteil lebten neben den zahlreichen anständigen Bürgern auch Junkies und sozial Entwurzelte – zu viele, als dass man so etwas Wertvolles wie einen nur zwei Jahre alten Benz unbesorgt die Nacht über auf die Straße stellen konnte.

Als sie das Haus verließen, blieb Mehmet kurz stehen. Er sog die kühle Luft ein und schaute aus alter Gewohnheit die Straße auf und ab.

Alles war wie sonst: Die beiden langen Reihen geparkter Autos verengten den Fahrweg in der Mitte so weit, dass zwei breite Wagen nicht aneinander vorbei konnten. Im Moment war die Straße noch unbelebt. Nur ganz unten, kurz vor der Gahlenschen Straße, war wohl schon der Zeitungsbote unterwegs.

Mehmet wandte sich zum Gehen. Aus den Augenwinkeln nahm er schemenhaft eine Bewegung war. In dem Audi, der gegenüber parkte, saßen zwei Männer, von denen einer ein Handy ans Ohr zu halten schien. Aber keiner von den beiden sah zu Mehmet und zu seinem Sohn herüber. Beruhigt setzte der Kaufmann seinen Weg fort. Wahrscheinlich warteten die Leute auf einen Kollegen, den sie mit zur Arbeit nehmen wollten.

Der Kaufmann steuerte auf die nächste Straßenbahnhaltestelle zu. Zwar herrschte selbst auf der Dorstener Straße um diese Zeit nicht viel Verkehr. Doch er hatte es sich abgewöhnt, die breite Straße an einer beliebigen Stelle zu überqueren. Die Verkehrsinseln an der Haltestelle sparten Zeit und Nerven und verlängerten das Leben.

Ein Stück weiter parkten am Straßenrand zwei geschlossene Kastenwagen, die Mehmet zumindest zu dieser frühen Stunde noch nie dort gesehen hatte. Zwischen dem ersten und dem zweiten befand sich eine Lücke von gut zehn Metern, in der ein Pkw mit getönten Scheiben stand. Alle drei Fahrzeuge trugen unterschiedliche Farben und stammten von verschiedenen Fabrikaten. Aber Mehmet hatte den unbestimmten Eindruck, als gehörten sie zusammen.

Die Vermutung verstärkte sich, als er den ersten Wagen – einen Ford Transit – erreichte. Es knackte laut und vernehmlich – so, wie ein soeben noch benutzter Motor knackte, wenn er in der Kälte zu schnell abkühlte. Wer parkte so früh mit einem Lieferwagen vor diesen Häusern, in denen es kein Geschäft gab, in dem schon gearbeitet wurde?

Die Frage klärte sich, sobald Mehmet und sein Sohn den Ford passiert hatten. Ein metallenes Schleifen, die Seitentüren der Lieferwagen öffneten sich, aus jedem Fahrzeug sprang ein halbes Dutzend Gestalten heraus: alle behelmt, alle mit kugelsicheren Westen, alle mit Schießprügeln in der Hand.

»Vater!«, schrie Khan auf, wurde aber sofort übertönt: »Stopp! Polizei! Stehen bleiben! Hinlegen! Arme nach vorn! Schnauze halten!«

Bevor Mehmet Ösran dazu kam, diese Befehle auszuführen, hatten die schwarzen Gestalten ihn schon zu Boden geworfen, ein Fuß stemmte sich in seinen Rücken, seine Hände wurden nach hinten gerissen und zusammengeklammert. Schmerzhaft bohrte sich etwas Kaltes, Metallenes in seinen Nacken.

Allah, was ist das, dachte Mehmet. Fremde Hände tasteten seinen Körper und seine Kleidung ab. Dann rief eine harte Männerstimme: »Sauber!«

Derselbe Ruf kam Sekunden später von hinten – offenbar hatten die anderen Männer seinen Sohn auf die gleiche Weise behandelt. Was, zum Teufel, sollte das?

Kaum waren die beiden Türken überwältigt und durchsucht, öffnete sich die Beifahrertür des schwarzen BMW, der zwischen den Lieferwagen stand. Das Klacken von spitzen, harten Absätzen ertönte neben Mehmets rechtem Ohr. Eine Fußspitze stieß in seine Rippen und eine dunkle Frauenstimme fragte: »Mehmet und Khan Ösran?«

Ein weiterer Stoß machte dem Kaufmann klar, dass er antworten musste.

»Ja«, knirschte er zwischen den Zähnen hervor. Es war entwürdigend, so vor einer Frau zu liegen.

»Sie sind beide vorläufig festgenommen!«

»Und weshalb?«

»Sie stehen unter dem Verdacht, Ihren Sohn zum Mordversuch an Ihrer Nichte Nilgül angestiftet zu haben!«

Bevor Mehmet antworten konnte, hörte er das Lachen seines Sohnes: unnatürlich laut, mit viel Spott – und noch mehr Angst.

28

Das Erdbeben kam ohne Vorwarnung. Es setzte ganze Geröllhalden in Bewegung, die auf Klaus-Ulrich Mager zukamen und ihn mit gewaltigem Getöse unter sich begruben. Bevor der letzte Felsbrocken sein Grab verschloss, tauchte die höhnisch lachende Mutter seines Sohnes über dem Gequälten auf und schüttelte triumphierend einen gewaltigen Hexenbesen …

»Mensch, Klaus, was ist mit dir los? Hast du Schmerzen? Ist es das Herz?«, rief Karin Jacobmayer und rüttelte ihren Gatten aus dem Schlaf.

Aber Mager konnte nicht antworten. Er hatte genug damit zu tun, in die Wirklichkeit zurückzukehren, bevor er die Gegenfrage stellen konnte: »Was ist das denn für ein Lärm da unten?«

»Weiß nicht – baut Mechthild um?«

»Glaub ich nicht …«

Der Bärtige tastete nach seiner Brille, wälzte sich vom Bett und starrte auf den Hinterhof. Rechts und links vom Eingang zu Mechthilds Behausung türmten sich jene Möbel aus dem Plüschzeitalter, mit denen sich Magers Exgattin seit seinem Auszug eingedeckt hatte.

»Seltsam«, murmelte er. »Sieht so aus, als wollte sie ausziehen.«

»Und wovon träumst du nachts?«, fragte Karin. »Mechthild zieht nur aus, wenn sie vorher jeden Quadratmeter vermint hat …«

Eine halbe Stunde später saßen Karin und Mager in Susannes Küche und warteten auf Kalle. Der Sohn wohnte seit einigen Jahren in einer Altbauwohnung nahe dem Marktplatz von Dorstfeld und brachte gewöhnlich die Frühstücksbrötchen mit.

»Wahrscheinlich liegt er mit dieser blonden Tusse im Bett!«, grollte Mager und streckte den Arm nach seinem Handy aus. »Ich habe ihm das doch ausdrücklich ver…«

Mager ließ den Arm sinken: In Mechthilds Haustür tat sich etwas. Zuerst erschien die Unterseite eines gigantischen Polstersessels. Dann erkannte der Bärtige zwei Fäuste, die das Teil mühsam festhielten. Und als das Möbelstück endlich auf das Pflaster knallte, wurde der Träger sichtbar: ein Mann um die fünfzig, randlose Brille und Altersglatze, viel länger als Mager, aber zugleich so dünn, dass man sich wundern musste, dass er den Sessel überhaupt angefasst hatte.

»Wer ist denn das?«

Susanne lächelte: »Du solltest regelmäßig euer Hoffenster putzen. Der war nämlich schon öfter drüben. Scheint ihr neuer Lover zu sein.«

Mager starrte neugierig hinaus. Er hatte Mechthild längst hinter sich, wunderte sich aber immer wieder, dass in ihren Bettpfosten noch neue Kerben passten. Was konnten diese Typen bieten, was ihr an ihm gefehlt hatte?

»Fünfundzwanzig ist der auch nicht mehr«, meinte er endlich und goss sich die dritte Tasse Kaffee ein. »Und wenn Kalle nicht bald kommt ...«

Doch Kalle war schon da. Fast lautlos erschien der schwarze Golf auf dem Hof und wurde so flott eingeparkt, dass Mager um die Hofmauer fürchtete. Bevor der Sohn die Tür ins Schloss warf, klaubte er etwas vom Rücksitz und hielt es demonstrativ hoch: die übliche Tüte mit den Brötchen.

»Na, endlich!«, knurrte der Kameramann und wartete auf Kalles Ankunft

Doch auch der Sohn war nicht in die Geheimnisse des Hinterhauses eingeweiht, sondern fragte: »Was ist denn bei Mama los? Die will doch nicht ausziehen?«

»Keine Ahnung!«, meinte Mager. »Und jetzt gib schon die Tüte her. Bei Opel hättest du für diese Verspätung 'ne Abmahnung sicher.«

»Kann sein. Aber da hätte ich auch geregelte Arbeitszeiten.«

Kalle biss krachend in sein Brötchen und Mager starrte ein wenig neidisch auf das makellose Gebiss. Er konnte sich kaum noch an die glücklichen Zeiten erinnern, in denen er sein Konto noch nicht für Kronen und Brücken plündern musste.

»Was liegt heute an, Susanne?«

»Nicht viel. Kleines Interview in einem Seniorenheim. Machen Klaus und ich allein.«

Mager sah auf und wollte protestieren, aber Susannes Augen duldeten keinen Widerspruch.

Eine weitere Stunde später waren die Chefin und ihr Kameramann endlich aus dem Haus. Während Karin die Sachen packte, die sie im Krankenhaus für unverzichtbar hielt, brachte Kalle den Berg Müll, der von der Silvesterfete übrig geblieben war, zur nächsten Sammelstelle. Auf dem Rückweg hielt er an einer Tankstelle und brachte den Innenraum seiner Kutsche mit Staubsauger und angefeuchtetem Papier in einen etwas ansehnlicheren Zustand.

»Fertig?«, fragte er, als er in die Steinhammer Straße zurückgekehrt war.

Die Rote nickte: »Ich habe Susanne noch einen Zettel auf den Schreibtisch gelegt. Mit Adressen von Leuten aus Wattenscheid, die euch bei den Recherchen über den Volkssturm vielleicht weiterhelfen können. Stammen von einer Schulfreundin, die da immer noch wohnt.«

Kalle nahm ihr das Gepäck ab: »Dürfte für das nächste halbe Jahr reichen!«

»Idiot! Ich bleibe eine Woche.«

Langsam schoben sie sich von einem Stau zum anderen an Bochum heran. Beim Landesstraßenbauamt schien man um die Planstellen zu fürchten, falls es aus Versehen auf der A 40 mal freie Fahrt gab.

»Und was machen sie mit dir im *Bergmannsheil*?«, fragte Kalle, als sie die Bochumer City umkurvt und die Autobahn verlassen hatten. Auch auf der Königsallee kamen sie nur schrittweise voran. Ein paar Männer in Orange waren damit beschäftigt, die Haltebuchten für die Linienbusse zu liquidieren, die man erst fünfzehn Jahre zuvor mit großem Aufwand angelegt hatte.

»Die müssen noch was korrigieren«, erklärte Karin endlich.

»Und was?«

Sie verzog das Gesicht, als würde sie diese Penetranz ärgern.

»Und warum soll mein Alter nichts davon wissen?«

Karin brauchte noch fünf Minuten, bis sie sich entschieden hatte. Als Kalle den Wagen in der Tiefgarage des Krankenhauses geparkt hatte, fragte sie: »Kannst du die Klappe halten?«

Der Sohn ihres Mannes nickte.

Ein kurzes Zögern noch, dann knöpfte sie ihre Jacke auf, zog den Pullover hoch und sagte: »Guck!«

Verunsichert guckte Kalle hin. »Schöner BH. C oder D?«

»C«, sagte sie mit einer Stimme, als würde ihr jemand den Hals zudrücken. »Aber das rechte Körbchen ist halb leer!«

»Klar, die Schussverletzung. Und das wird jetzt korrigiert?«

»Ja«, sagte sie. »Sie schneiden das auf und schieben ein dickeres Plastikpolster rein. Wenn die Schnittstelle verheilt ist, ist angeblich alles wie früher!«

Kalle nickte erneut. Sein Alter, soviel hatte er mitbekommen, schätzte nicht nur Karins Verstand.

»Aber warum, zum Teufel, sollte ich Klaus nichts sagen?«

Karin schluchzte los und versteckte ihren Kopf an seiner Brust: »Meinst du, ich hätte ihm die kaputte Brust gezeigt?«

Automatisch streichelte Kalle ihr rotes Haar. Und brauchte drei Minuten, bis er die Konsequenzen begriffen hatte: »Heißt das, ihr habt seit Veere nicht mehr zusammen gepennt?«

Das Beben ihrer Schultern sagte alles.

»Hör mal, Karin, wenn mein Alter das durchgehalten hat – dann muss er dich wirklich lieben.«

29

»Ausgezeichnet!«, freute sich Polizeipräsident Flenner, nachdem sein Pressesprecher Gaius Stahl kurz vor der Mittagspause über die Medienlage berichtet hatte. Der Einsturz des Bergwerkstollens hatte mehr Journalisten in die Stadt gelockt, als der ortsansässige Fußballklub oder Deutschlands agilste Textilfabrikantin es jemals vermocht hatten. Alle Welt interessierte sich nur noch für den ›Krater‹ und je weiter man vom Ort des Ereignisses entfernt war, desto größer und bedrohlicher stellte man sich ihn vor. Von dem Feuer in der Westenfelder Straße war keine Rede mehr – selbst BLUT ging mit keiner Silbe auf die Spekulationen ein, die vierundzwanzig Stunden zuvor die Sonntagsausgabe des Blattes beherrscht hatten.

»Wunderbar!«, steigerte Flenner seine Begeisterung. »Ich habe es doch gleich gesagt: Dieser Krater ist ein Geschenk des Himmels!«

Stahl nickte. Er war klug genug, seinen Chef nicht daran zu erinnern, wer diese Entwicklung tatsächlich schon einen Tag vorher geahnt hatte.

»Fein, fein! Wie es aussieht, bleibt der Name unserer Stadt wirklich sauber.«

Der Pressesprecher stimmte abermals zu. Im Gegensatz zu dem Präses, den die in Bochum regierende Partei aus Bielefeld eingeflogen hatte, war er tatsächlich hier geboren.

»Und wenn Frau Hell jetzt noch ein Geständnis bekommt«, fuhr der Mann hinter dem breiten Schreibtisch fort, »dann ist das Problem ganz vom Tisch!«

Genau in diesem Punkt aber freute der Polizeipräsident sich entschieden zu früh. So sehr sich Oberkommissarin Hell und ihr Stellvertreter Essinger auch abmühten – sie schafften es nicht, Khan Ösran zu einem Geständnis zu bewegen. Stattdessen behauptete der junge Mann hartnäckig, dass er zur Tatzeit im Laden seines Vaters gearbeitet habe, und nannte sogar noch die Namen von einem halben Dutzend türkischer und deutscher Kunden, die ihn dort gesehen hätten.

Spätestens an diesem Punkt zweifelte Essinger nicht mehr daran, dass Khan die Wahrheit sagte. Doch Hell fragte, bohrte und drängte unverdrossen weiter – bis das Telefon klingelte.

»Übernimm ihn!«, wies sie ihren Stellvertreter an und legte sich das Gespräch in den Nachbarraum. Wenn man in der Vermittlung gegen ihre ausdrückliche Anordnung die laufende Vernehmung störte, brannte es irgendwo.

»Hell!«

»Tag. Sind Sie sicher, dass Sie die richtige Frau auf dem richtigen Posten sind?«

Auch das noch, dachte die Polizistin. Die beißende Stimme am anderen Ende musste jener forschen Staatsanwältin gehören, die seit einem Jahr für Straftaten gegen das Leben zuständig war. Mit ihren unerbittlichen Fragen verfolgte sie die Beamten der Kriminalgruppe I noch bis tief in die Albträume.

»Guten Tag auch!«, sagte Hell endlich. »Sind Sie sicher, dass sie selbst diese Frage richtig beantworten können?«

Die Frau am anderen Ende lachte spöttisch auf: »Zumindest weiß ich, wie eine ordentliche Ermittlungsakte aussieht. Diese paar Seiten Papier, die mein Fax ausgespuckt hat, haben den Namen Akte jedenfalls nicht verdient. Vielleicht nehmen Sie gelegentlich an einer Fortbildung zu diesem Thema teil.«

Hell ahnte plötzlich, warum die Sprechzeiten der Polizeipsychologin seit fast einem Jahr ausgebucht waren.

»Vorermittlungen gegen Unbekannt, lese ich hier. Wie passt das zu dem Bericht des Herrn Lohkamp, der Ihnen ein paar hochkarätige Verdächtige frei Haus geliefert hat?«

»Gut. Meine Beamten prüfen gerade, ob der Kollege nicht etwas vorschnell zugegriffen hat. Immerhin haben Lohkamps Verdächtige ein wasserdichtes Alibi.«

»Wasserdicht?« Die Staatsanwältin kicherte, als hätte sie einen guten Witz gehört. »Sie glauben doch nicht ernsthaft, dass Leute wie Brennwald bei diesem Wetter tatsächlich gegrillt haben.«

»Bisher können wir ihnen nicht das Gegenteil beweisen.«

»Schön. Was ist denn mit der Kleidung und dem Reservekanister, die Lohkamp beschlagnahmt hat?«

»Ein Unfall beim Grillen. Die Idioten wollten die Kohle mit Benzin anstecken.«

»Und der Grill? Haben Sie das Corpus Delicti sichergestellt? Ist es kriminaltechnisch untersucht worden? In Ihren Papieren finde ich keinen Hinweis.«

»Wochenende«, sagte Hell beiläufig und notierte sich auf der Schreibunterlage mit Rotstift das Wort Grill. »Notbesetzung. Da kann die KTU nicht alles erledigen.«

»Dann lese ich hier kein Wort von einer Genanalyse. Wie Sie vielleicht wissen, ist es üblich, bei Vergewaltigungsopfern nach entsprechenden Täterspuren zu suchen. Ein paar Tropfen Sperma stehen dabei hoch im Kurs.«

»Wenn Sie die Akte«, betonte Hell, »genau studiert haben, wissen Sie, dass der behandelnde Arzt sich darum kümmern wollte.«

»Und? Hat er das getan?«

Erneut griff Hell zum Rotstift. Noch während sie schrieb, sagte sie in einem Ton, der höchste Langeweile verraten sollte: »Wir sind hier bei der Kriminalpolizei. Wenn Sie wissen, was ich meine.«

»Das freut mich«, sagte die Staatsanwältin und ihre Stimme klang auch so. Offenbar liebte sie es, wenn ihre Kriegserklärungen erwidert wurden. »Aber wie ich höre, ist einer der Verdächtigen inzwischen tot. Und Sie haben den Mann am Freitag laufen lassen. Sollte sich irgendein Hinweis finden, dass diese Fälle in Zusammenhang stehen und Sie den Mann schutzlos ...«

Jetzt verlor die Oberkommissarin doch ein wenig von ihrer Lässigkeit: »Ich glaube, Sie ziehen da Verbindungslinien, die in dieser Form nicht existieren. Im Fall Ösran ist ein rechtsradikaler Tathintergrund bislang durch nichts bewiesen. Stattdessen sieht die ganze Sache eher nach einem Familienzwist aus. Wir haben in diesem Zusammenhang einen Verdächtigen festgenommen, der seit dem frühen Morgen pausenlos verhört wird.«

»Warum weiß ich davon nichts?«

»Vielleicht ist kein Papier in Ihrem Fax«, meinte Hell und notierte sich das dritte Stichwort. »Im Übrigen bin ich sicher, dass der Verdächtige ...«

»Das höre ich gern«, höhnte die Stimme im Hörer. »Aber sorgen Sie dafür, dass ich morgen eine vernünftige Akte vorliegen habe. Wenn die Angelegenheit so harmlos ist, wie Sie sagen, will ich das schwarz auf weiß lesen. Und wenn es sich doch um eine politisch motivierte Straftat handelt ...«

»Dann ist das nicht Ihr Fall!«, biss Hell zurück. »Wie Sie vielleicht wissen, gibt es dafür in Dortmund eine äußerst kompetente Sonderabteilung der Staatsanwaltschaft, die all diese Fälle an sich zieht.«

»Keine Bange, Frau Hell, ich bin froh, wenn ich einen Fall so billig loswerde. Aber wie ich den dortigen Leitenden

Oberstaatsanwalt kenne, können Sie auch ihm statt einer Akte keine Rolle Toilettenpapier zufaxen. Bringen Sie also Ihre Papierchen in Ordnung und entscheiden Sie sich.«

»In welcher Frage?«

»Ob das nun ein politischer Fall ist oder nicht!«

Hell schmiss den Hörer auf die Gabel und musste sich beherrschen, um nicht laut loszufluchen. Die Zwickmühle war aufgebaut: Falls sie Khan Ösran die Tat nachweisen konnte, hatte sie weiterhin diese Hexe auf dem Hals. Aber wenn der neue Leitende in Dortmund die Akten anfordern ließ, hatte sie die Entwicklung in Wattenscheid nicht mehr selbst in der Hand. So musste sie jetzt zwischen Pest und Cholera wählen. Eigentlich mochte sie keine der beiden Seuchen.

»Essinger?«

Ihr Stellvertreter unterbrach die Vernehmung und trabte an.

»Ist das Genmaterial aus dem *Bergmannsheil* bei der Gerichtsmedizin angekommen?«

Mit ausgebreiteten Armen deutete ihr Stellvertreter seine Ahnungslosigkeit an.

»Nachprüfen! Und dann holen Sie mir Klemm und Hardenberg ran ...«

Essinger deutete mit einer Kopfbewegung zum Vernehmungsraum hinüber: »Was ist mit dem jungen Mann?«

»Mit dem mache ich weiter!«, blaffte sie und eilte los.

Essinger seufzte stumm. Khan Ösran tat ihm Leid.

30

Nach Hattingen zu fahren und Heckmanns Grill als Beweismittel zu sichern – das war eigentlich eine Aufgabe für die Kriminaltechniker. Hardenberg schwankte für einen Augenblick, ob er seine neue Chefin auf diesen Fehler aufmerksam machen sollte. Aber ein Blick in Hells Gesicht reichte, um seinen Mund zu verschließen; die Oberkommissarin hatte ihre eigenen Auffassungen über die Loyalität ihrer Befehlsempfänger. Und so sah der Kriminalhauptmeister die Fahrt in die Nachbarstadt schließlich als eine gute Gelegenheit an, dem Präsidium für ein Stündchen zu entkommen. Das Wochenende, fand er, war viel zu kurz gewesen, um zu solch einem beschissenen Fall wie diesem genügend Distanz aufzubauen.

Als er vor dem Präsidium in seinen Wagen geklettert war, erschien Katrin Klemm und steuerte den blauen Polo an, der direkt neben seinem Fahrzeug parkte. Hardenberg drehte die Scheibe herunter: »Wohin hat sie dich denn geschickt?«

»Sperma holen!«, grinste die Anwärterin.

»Spannend«, sagte er. »Bekommt man das jetzt im Laden?«

»Woher soll ich das wissen? Bin ich ein Mann?«

Hardenberg betrachtete sie. Schon während des Hausbesuchs bei Ösrans war ihm aufgegangen, dass dieser peinliche Auftrag mit ihrer Unterstützung leichter zu erledigen war. Und je öfter ihm die Frau über den Weg lief …

»Steig ein!«, schlug er vor. »Wir fahren zuerst nach Hattingen und kassieren den Grill, anschließend holen wir dieses Zeug ab …«

»Und dann zeigst du mir deine Briefmarkensammlung?«, fragte sie. Der Spott war unüberhörbar, aber völlig abweisend hatte das nicht geklungen.

Er löste den Blick von ihren Augen und schaute auf die Uhr: »Nicht weit vom *Bergmannsheil* gibt es einen prima Griechen. Wahlweise einen guten Italiener am Schauspielhaus. Wenn wir uns beeilen, bekommen wir nachher noch was auf die Gabel.«

»In Ordnung«, lächelte sie.

Im Wendehammer vor Heckmanns Eigenheim war der Kleinlaster einer Baufirma aufgefahren. Zwei ziemlich lustlos wirkende Männer verputzten das Mauerwerk, in dem sie zwei neue Angeln verankert hatten. Ein heiles Türblatt lehnte unter der Regentraufe an der Wand.

»Tag. Sind Heckmanns da?«

Die beiden Männer sahen die Polizisten verständnislos an

und antworteten ihm in einer Sprache, die sehr slawisch klang. Eigentlich, dachte Hardenberg, müssten sie uns langsam mal Kurse in Polnisch und Russisch anbieten.

»Was wollen Sie?«, fragte ihn eine resolute Frauenstimme, die aus dem Innern des Hauses kam. Eine Frau Mitte dreißig kam auf sie zu, das Gesicht verschwitzt, dem Outfit nach auf Putzen eingestellt.

»Polizei«, sagte Hardenberg und zeigte seinen Ausweis. »Gehören Sie zur Familie Heckmann?«

»Ich bin die Nachbarin. Frau Heckmann hat sich hingelegt. Die letzten Tage haben sie sehr mitgenommen. Ihr Mann ist noch im Krankenhaus ...«

»Verstehe. Aber ich muss den Grill sicherstellen ...«

»Den was?«

»Den Grill«, grinste Hardenberg. »Fragen Sie mich nicht warum – das ist ein Fahndungsgeheimnis.«

Die Frau sah ihn noch immer so an, als hätte sie es mit einem Durchgeknallten zu tun. »Ich weiß nicht, ob Sie Frau Heckmann ...«

Klemm schob sich nach vorn: »Wir verstehen Sie. Wir haben wirklich nur ein paar kurze Fragen. Dann sind wir wieder weg ...«

Nach kurzem Zögern bat die Nachbarin die Polizisten ins Haus und schickte sie ins Wohnzimmer. Der Raum sah aus, als wäre ein Orkan durchgefegt. Zwei prall gefüllte Müllsäcke lehnten neben der Terrassentür, zwei Dutzend weitere lagen noch aufgewickelt auf dem Tisch. Hardenberg bezweifelte, dass eine Rolle von den blauen Säcken reichen würde, diese Mengen an Unrat zu verpacken.

Als er in dem Chaos einen Sitzplatz gefunden hatte, hörte er ein leichtes Klicken. Hardenberg sah sich um und entdeckte neben dem Durchgang zum Hausflur eine jener altertümlichen Telefonanlagen, an die man drei oder vier analoge Geräte anschließen konnte. Oben wurde telefoniert.

Endlich kam Heckmanns Nachbarin wieder herein, eine deutlich ältere Frau am Arm. Ihr Gesicht musste früher sehr hübsch gewesen sein, jetzt sah es nur noch abgearbeitet und überanstrengt aus. Zu allem Überfluss wurde es von einer dieser Vorortfrisuren umrahmt, die Frauen so alt machte, wie sie es nie werden würden.

»Was wollen Sie denn noch?«, fragte die Frau statt einer Begrüßung. »Wir brauchen unsere Ruhe ...«

Hardenberg nickte und seufzte: »Frau Heckmann, was Ihnen und Ihrer Familie passiert ist, tut uns furchtbar Leid.«

Er spürte, dass Katrin Klemm ihn ansah, und versuchte, sich davon nicht beeindrucken zu lassen.

»Aber wir wollen eine Wiederholung dieses Verbrechens vermeiden. Damit nicht noch einer Mutter so etwas passiert. Darum muss ich Ihnen noch ein paar Fragen stellen. Jetzt. Weil es sein kann, dass die Zeit drängt ...«

Die Frau brauchte etliche Sekunden, um nachzudenken, dann war die Botschaft angekommen und sie schien sich einen Ruck zu geben: »Fragen Sie.«

»Wir müssen uns zuerst Ihren Grill noch einmal ansehen ...«

»Der steht im Schuppen ...«

Hardenberg stand auf und ging hinaus. Zwei Sachen fielen ihm auf Anhieb auf: Erstens war das Gerät so neu, dass es höchstens drei- oder viermal im Einsatz gewesen war. Und zweitens hatte jemand es erst kürzlich so gründlich gereinigt, dass es kaum noch als Beweismittel taugen dürfte.

»Waren Sie das?«, fragte er, als er zu den Frauen zurückgekehrt war.

»Was?«

»Die den Grill so blank gewienert hat.«

Die Hausherrin schüttelte den Kopf und deutete auf den Wohnzimmertisch. Inmitten des Chaos lag eine Schachtel Zigaretten. Die Nachbarin zündete zwei an, reichte eine weiter und steckte sich die überzählige selbst in den Mund.

»Nein«, sagte Frau Heckmann endlich. »Ich weiß auch nicht, wann mein Sohn den Grill gekauft und benutzt hat. Als ich Freitagmittag vom Markt nach Hause kam, stand das Gerät plötzlich im Garten. Ich wollte Daniel fragen, aber ...«

Der Rest des Satzes ging in einem stummen Schluchzen unter. Hardenberg wartete geduldig, bis das Zucken ihrer Schultern aufgehört hatte und ihre Augen sich erneut auf ihn richteten. »Was hat dieser Grill eigentlich mit Daniels Tod zu tun?«

»Genau das müssen wir herausfinden. War es Ihr Mann, der den Polizisten den Grill gezeigt hat?«

»Wie bitte?«

»Am Freitagmorgen waren zwei Polizisten hier und haben nach dem Grill gefragt. Ein älterer Herr hat sie in den Garten geführt. Die Kollegen nahmen an, dass es Ihr Mann war.«

Ungläubig schüttelte Heckmann ihre Dauerwellen: »Mein Mann kommt freitags nicht vor vier nach Hause.«

Irritiert warf Hardenberg einen Blick auf seine Kollegin, aber da beugte sich die Nachbarin vor: »Meinen Sie so einen korpulenten Grauhaarigen?«

Hardenberg nickte vorsichtig.

»Ich habe ihn angesprochen, nachdem die Beamten wieder in ihren Wagen geklettert waren«, berichtete sie und sah die Hausherrin an. »Er hat sich als Ihr Bruder ausgegeben!«

»Ich habe keinen Bruder!«

Schweigen. Dann erklärte Klemm der Nachbarin, dass sie in den nächsten Tagen aufs Präsidium kommen müsse: »Wir brauchen ein Phantombild von dem Mann.«

Sie einigten sich auf einen Termin und die Polizisten standen auf. Hardenberg wies auf die blauen Müllsäcke: »Kann ich zwei davon haben?«

Die Mutter des ermordeten Chemikers senkte ihr Kinn.

»Danke!«

Der Hauptmeister riss zwei Plastiksäcke von der Rolle ab und stiefelte zusammen mit Klemm durch den Garten. Im Schuppen zog er Plastikhandschuhe aus der Tasche und streifte sie über, während Klemm den ersten Müllsack ausrollte. Als Hardenberg das Gerät schon halb hineinbugsiert hatte, schob sich eine Frau um die vierzig in sein Blickfeld: »Was machen Sie denn hier?«

Der Beamte schaute auf: Jeans, Wattejacke, ein nicht unsympathisches, aber doch entschlossenes Gesicht, garniert mit einer Stufenheckfrisur, die schon seit zehn Jahren aus der Mode war. Die Beule unter der Jacke bemerkte er erst auf den zweiten Blick. Eine Kollegin also. Als sie ihren Ausweis zückte, wurde deutlich, dass sie ein paar Sprossen höher auf der Leiter stand.

»Also: Das ist mein Revier. Können Sie mir mal erklären, was Sie hier wollen?«

Hardenberg konnte es, aber das überzeugte die Frau nicht: »Das ist unser Fall. Der Grill bleibt hier!«

31

Das Interview in dem anthroposophischen Altenheim riss PEGASUS in Rekordzeit ab und sammelte noch drei oder vier kurze Takes als Hintergrund für die kommentierenden Passagen: freundliche Flure, gepflegte Zimmer und friedlich lächelnde Seniorinnen und Senioren. Dann kehrten Susanne und ihr Kameramann auf dem direkten Weg über Barop und Eichlinghofen nach Kley zurück.

»Wie ich diese Pflichttermine hasse!«, bekannte Mager, als sie in die Steinhammer Straße einbogen. »Wenn wir die Kohle nicht brauchten …«

»Wir brauchen sie aber. Und dieses Altenheim – eines Tages landen wir auch da. Ist doch beruhigend, dass wir nicht mehr in einem Schlafsaal mit zehn anderen hustenden und stöhnenden Alten landen …«

»Ja«, sagte der Kameramann. »Aber ich ziehe Themen wie die Volkssturmstory vor.«

Susanne seufzte: »Klaus-Ulrich, wie oft habe ich dir das schon erklärt. Die Neonazi-Recherche, die du Lohkamp versprochen hast, muss finanziert werden. Wenn es sein muss, machen wir das auch mit einer Reportage über die Hundeausstellungen in der Westfalenhalle …«

Die Müllhalde vor Mechthilds Residenz war in der Zwischenzeit so hoch und ausladend geworden, dass sie bereits die Trennlinie zwischen dem PEGASUS-Quartier und dem Hinterhaus berührte. Mager seufzte, ersparte sich aber einen der Auftritte, die seine Ehemalige bei solchen Anlässen liebte. Doch kaum saß er wieder am Schneidetisch, reckte er den Hals und spähte so aufmerksam über den Hof, als hätte er das Ekel von Datteln im Visier. Dem Geheimnis, das sich hinter dieser seltsamen Aktion verbarg, kam er damit allerdings nicht auf die Spur.

Was ist das bloß, dachte er. Warum schiele ich dauernd da hinüber, anstatt endlich den beschissenen Film zu schneiden? Was geht mich diese alte Kuh noch an?

Er schaltete die Anlage an, starrte aber doch wieder nach draußen. Das muss dieser verdammte Voyeurismus sein, überlegte er schließlich, diese Über-Neugier, ohne die man als Reporter im Kampf um die gut dotierten Sendeplätze einfach nicht auskam – und die man auch privat, schien es, nicht mehr abschalten konnte.

Diese Erklärung beruhigte ihn dermaßen, dass er aufstand und nach vorn in sein Büro ging, um sich einen Calvados zu genehmigen.

Der Schnaps tat ihm gut und er hatte nicht wenig Lust, sich noch vor dem Zwölf-Uhr-Schlag ein zweites Gläschen zu gönnen. Aber schließlich siegte die Disziplin und er setzte stattdessen frischen Kaffee auf, bevor er sich wieder auf seinen Beobachtungsposten begab.

Lange Zeit geschah gar nichts. Und Mager ertappte sich bei der Frage, auf welch einem Möbelstück man im Hinterhaus wohl noch sitzen konnte.

Blödmann, dachte er und gab sich einen Ruck. An die Arbeit, sonst hast du gleich Susanne am Hals!

Tatsächlich schaffte er es, etwa zehn Minuten konzentriert durchzuarbeiten – bis ihm der Kaffee einfiel. Er stand auf, um das fertige Gebräu in eine Thermoskanne umzufüllen, und zapfte gleich ein Tässchen für sich ab.

In diesem Augenblick hielt vor dem Haus ein Lastwagen mit offener Ladefläche. Der Beifahrer sprang auf den Asphalt und dirigierte das Gefährt durch die enge Durchfahrt zum Hinterhof. Der schwere Diesel ließ die Mauern der PEGASUS-Zentrale erbeben, und Mager starrte besorgt auf die Außenwand. Doch keiner der zahlreichen Risse schien sich zu verbreitern.

Jetzt hatte der Lastwagen den Engpass überwunden und der Bärtige begab sich erneut nach hinten, in den Schneideraum. Mechthilds ältlicher Stangenspargel und die beiden werktätigen Menschen aus der Fahrerkabine wuchteten den aussortierten Plüsch auf die Ladefläche. Von der Mieterin selbst war nichts zu sehen: Entweder war die Weihnachtspause in ihrem Kindergarten schon beendet oder sie versteckte sich im Badezimmer, um nicht zusehen zu müssen, wie ihre heiligen Möbel bei dem harten Aufprall zerbrachen.

»Was macht der Film?«

Susanne stand plötzlich hinter ihm.

»Gleich fertig«, erklärte Mager, ohne ein Auge von dem Schauspiel vor dem Fenster zu wenden. »Das sieht doch nach einem Auszug aus.«

»Vergiss es!«, meinte Susanne. »Die bleibt da, bis du auf dem Friedhof liegst. Damit du nie mehr da einziehen kannst.«

»Wir«, sagte Mager. »Karin und ich ziehen da ein. Eines Tages ...«

Spätestens jetzt hätte Susanne wieder dienstlich werden müssen. Indem sie ihm zum Beispiel vorrechnete, wie viele Minuten Zeit sie noch bis zur Ablieferung des wertvollen Fernsehbeitrags hätten. Doch nichts geschah. Susanne blieb stumm und schaute weder auf den Monitor noch auf die Verladeaktion auf dem Hinterhof, sondern starrte ausgiebig zum trüben Januarhimmel hinauf.

»Wo – ist Karin eigentlich?«, fragte Mager, die reine Seele plötzlich voller Argwohn.

Susanne schwieg. Mit gerunzelter Stirn las sie nun derart intensiv in ihrem Script, als entzifferte sie die Handschrift einer Fremden.

»He, Susanne! Was ist mit Karin? Ich habe sie noch gar nicht gesehen, seit wir ...«

Die Blonde schien plötzlich mit Taubheit geschlagen, doch sie war eine schlechte Schauspielerin. Mager sprang auf sie zu und packte ihre Schultern: »Sag die Wahrheit!«

Drei Minuten später befand sich der Kameramann auf dem Weg nach Bochum, voller Ungeduld und zugleich froh darüber, dass eine Weltfirma aus Wolfsburg die guten alten Skodas zu Weltniveau aufgepeppt hatte. Das Getriebe seines roten Ladas hätte eine solche Hetzjagd nicht überlebt.

Dennoch dehnten sich Fahrt, Parkplatzsuche und die Erkundigung nach Karins Zimmernummer zu einer halben Ewigkeit und der Weg zur Plastischen Chirurgie entpuppte sich als ein Tunnel ohne Ende. Keuchend studierte Mager die Schilder, die ihm erklärten, dass im selben Gebäude auch die Brandverletzten behandelt wurden. Die kurze Fahrt im Aufzug reichte nicht aus, Magers Puls ruhig zu stellen, aber er war schon wieder gut bei Stimme, als er endlich die Tür mit der richtigen Zimmernummer aufriss: »Wieso weiß ich nichts davon?«

Die alte Dame im ersten Bett sah ihn erschrocken an. Mager nickte ihr zu, so freundlich es ging, und checkte die anderen Liegestätten. Direkt am Fenster war eine junge Brünette untergebracht, das mittlere Bett war leer. Aber die Bücher auf dem Nachttisch kamen ihm bekannt vor und mit dem Herrn, der in einem kleinen Plastikrahmen daneben parkte, war er sogar recht nah verwandt.

»Können Sie mir sagen, wo Frau Jacobmayer ist?«

Die Brünette am Fenster reckte sich genervt hoch und deutete auf die Tür in der Seitenwand. Ein Schild mit zwei Nullen erklärte, was Karin gerade trieb. Sich dem Unabänderlichen fügend, nahm Mager Platz und wartete, bis nebenan endlich die Wasserspülung rauschte.

»Machst du einen Lärm!«, sagte Karin, als sie den Raum betrat. »Komm, lass uns auf den Flur gehen.«

Gehorsam folgte er ihr zu einer Sitzecke, in der sie ungestört reden konnten.

»Also«, sagte er. »Wieso verkrümelst du dich klammheimlich nach Bochum?«

Sie schwieg und dachte nach. Schließlich rückte sie mit dem unverfänglichen Teil der Wahrheit heraus: »Die wollen noch etwas verbessern.«

»Was?«

»Na ja ...«

Sie verstummte und überlegte, während ihre Zähne eine

Kerbe in die Unterlippe wetzten. Mager hatte die Rote schon mitteilsamer erlebt.

»Mädchen, wir sind verheiratet. Ich liebe dich. Du kennst mich besser als jede andere. Gibt es irgendeinen Grund für dieses Theater?«

Eilige Schritte klapperten vorüber. Eine Krankenschwester trug einen Stapel Karteikarten spazieren. Als sie hinter der nächsten Tür verschwand, wurde es wieder still.

»Karin! Es gibt nichts, was ich nicht aushalte ...«

Sie starrte auf den Boden und sah nicht so aus, als wollte sie ihm verraten, weswegen sie sich in diesem Haus aufhielt.

»Rote!«, sagte er und tippte mit dem Zeigefinger leicht auf die Beulen in ihrem Bademantel. »Hat das was mit deinen Brüsten zu tun? Immerhin hat dir der Kerl die halbe Lunge weggeschossen. Und irgendwo ist die Kugel ja durch ...«

Sie starrte an ihm vorbei, ihre Lippen zitterten. »Ich will wieder aufs Zimmer«, flüsterte sie.

Wie er den Weg zurück nach Dortmund fand, wusste Mager später nicht so genau. Er kloppte die Aufnahmen aus dem Seniorenheim zusammen, ließ Susanne ohne einen einzigen Widerspruch den vorbereiteten Text aufs Band sprechen, packte das fertige Teil auf den Tisch und schaltete das Mischpult ab. In der Tür drehte er sich noch einmal um: »Für den Rest des Tages nehme ich Überstunden. Ganz egal, was passiert.«

32

Klemm und Hardenberg erreichten das *Bergmannsheil*, als Mager es gerade verlassen hatte. Den Fehlschlag in Hattingen hatten sie locker weggesteckt, aber jetzt bahnte sich der zweite Misserfolg des Tages an: Der Arzt, der Nilgül operiert hatte, war weder in der Notaufnahme noch in der Chirurgie zu finden. Erst nach einem Irrweg durch mehrere Flure erfuhren sie, dass der Mann in den lange geplanten Skiurlaub gefahren war.

»Und die Asservate im Fall Ösran?«

»Hä?«

Klemm erzählte der Krankenschwester, was sie wissen musste, doch die Frau sah die Beamtin ratlos an: »Keine Ahnung. Vielleicht steht ja was im Tagebuch ...«

Sie führte Klemm und Hardenberg zum Schwesternzimmer des OP-Bereichs. In der großen schwarzen Kladde, die auf dem Schreibtisch lag, fanden sie zwar Nilgüls Namen und Notizen zu den medizinischen Maßnahmen – aber von einer Spermaprobe stand dort nichts.

»Wir haben aber danach gesucht«, meinte eine der anderen Frauen, die sich dort aufhielten. »Es geht doch um die junge Türkin mit den verbrannten Beinen?«

Klemm nickte.

»Ja, klar, ich erinnere mich. Wir haben nach der OP ein paar von den Tupfern gefunden, die wir benutzt hatten. Und meine Kollegin hat noch mal die Oberschenkel der Frau gereinigt und das Material zu den Tupfern gepackt. Dann haben wir Klaus – also dem Oberarzt – alles auf den Schreibtisch gepackt.«

»Einfach so?«

»Wie meinen Sie das? Nein, wir haben alles in eine Plastikdose gesteckt. Sieht so ähnlich aus wie diese Becher, in denen man seine Urinproben abgibt ...«

Die Beamten erhoben sich, wurden über den Flur geleitet und man sah auf dem Schreibtisch im Arztzimmer nach – nichts. Auch auf der Fensterbank und in den Regalen stand kein Gegenstand, der dem gesuchten Behälter ähnelte.

»Falls Ihr Doktor Klaus das Material nicht mehr weitergegeben hat – wo könnte er die Dose geparkt haben?«

»Im Kühlschrank«, vermutete die Frau.

»In welchem?«

»Na, in unserem!«

Sie liefen zurück zum Schwesternzimmer und schauten nach. Doch das einzig positive Ergebnis dieser Aktion bestand darin, dass Schwester Janine eine Packung Wurst und eine Tüte Milch fand, die das Verfallsdatum deutlich überschritten hatten und sofort entsorgt wurden.

»Wohin könnte er die Plastikdose sonst gebracht haben?«

Achselzucken, gemeinsame Beratung der Schwestern, dann fragte man in der Notaufnahme und in der Fahrbereitschaft nach. Aber das Untersuchungsmaterial blieb verschwunden.

»Tut mir ja Leid. Dann müssen Sie wohl warten, bis der Doktor ...«

Um eine Hoffnung ärmer landeten Hardenberg und Klemm vor dem Haupteingang, umringt von einer Gruppe von Patienten, deren Status deutlich erkennbar war: Jogginganzug oder Bademantel, Gipsfuß oder Gehstützen, die meisten von ihnen mit der Blässe jener Menschen, die zu wenig Frischluft bekommen. Allen gemeinsam war das Bestreben, im Rekordtempo einen metallenen Aschenbecher mit Zigarettenkippen zu füllen.

»Was nun?«, fragte Hardenberg und zog die Kollegin ein Stück zur Seite. Dienstgespräche in aller Öffentlichkeit kamen nicht gut an.

»Ich dachte, du wolltest mit mir essen gehen ...«

»Klar doch. Aber ich habe das Genmaterial gemeint.«

»Keine Ahnung«, meinte Klemm. »Wir können schlecht eine Durchsuchung für die ganze Hütte beantragen.«

Sie dachten nach. Als der Hauptmeister ungeduldig in Richtung Besucherparkplatz blickte, fiel es ihr ein: »Und was ist mit den Klamotten der Frau?«

»Bringt nichts.«

»Wieso?«

»Weil sie Nilgül Ösran vor der Tat ausgezogen haben ...«

»Ich sehe trotzdem kurz nach ihr ...«

Hardenberg blieben einige lange Minuten, in denen er ausgiebig das Suchtverhalten der Krankenhausinsassen studieren konnte. Seine neugierigen Blicke wurden nicht gerade freundlich registriert: Wer Straßenkleidung trug und offenbar Nichtraucher war, hatte an dieser Stelle eigentlich nichts zu suchen.

»Wie geht es ihr?«, fragte Hardenberg, als Klemm wieder auftauchte.

»Beschissen.«

Deprimiert liefen sie auf das Parkdeck zu, als Hardenbergs Handy anschlug. Er griff mit einem Automatismus zu, für den er eine Sekunde später abgestraft wurde: »Wo bleiben Sie denn?«

»Ich bin gerade vorm *Bergmannsheil.*«

»Was haben Sie dort zu suchen?«, blaffte Hell.

»Klemms Wagen springt nicht an. Da hat sie mich angerufen und ich guck gerade nach, was der Kleine hat.«

»Und?«

»Die Kerzen sind lose. Ich hole eben einen Schlüssel, und dann haben wir das Problem ruck, zuck im Griff.«

»Wie lange dauert das noch?«

»Weiß nicht. Knappe Stunde vielleicht.«

»Kein Stück länger!«, bellte die Chefin und beendete das Gespräch.

Klemm sah ihm überrascht ins Gesicht: »Das hat sie geschluckt?«

»Offenbar. Das Problem ist, ich habe noch nie Kerzen festgezogen.«

»Viel schlimmer«, grinste Klemm. »Ich habe einen Diesel.«

»Macht nix. Er steht ja sowieso vor dem Präsidium!«

33

Mager missfiel dieser Dienstag von Anfang an.

Es begann damit, dass er die Schmerzen in seinem Schädel spürte, bevor er die Augen aufschlug. Jedes Fiepen des Weckers wirkte so, als stäche ihm jemand eine Nadel in die Kopfhaut. Verärgert warf er das Gerät durch das Zimmer, aber es landete nicht hart genug. Die Folter ging weiter und Mager musste in die Kälte hinaus, um seine Qualen zu beenden.

Er drehte die Heizung auf und starrte auf das zerwühlte Bett. Früher war das Durcheinander Indiz für eine aufregende Liebesnacht gewesen, jetzt zeugte es nur davon, dass er trotz der Flasche Calvados sehr unruhig geschlafen hatte. Mager fühlte sich mit einem Male fürchterlich einsam und verlassen. So schwierig das Zusammenleben mit der Roten manchmal auch war – das Alleinsein war schlimmer.

Als der Kaffee lief, suchte er seine Zigaretten, rauchte an und schaute zum Fenster hinüber. Der Regen hatte endlich aufgehört, aber es war noch dunkel draußen. Diesen Tag, dachte er, kannst du gleich wieder vergessen.

Im Bad drehte er das Thermostat der Dusche auf vierzig Grad. Je älter er wurde, desto tiefer kroch ihm jede Kältewelle in die Knochen. Er stellte sich vor, irgendwo im Süden zu wohnen, wo es richtige Sommer und milde Winter gab. Aber angesichts des Hungerlohns, den man bei PEGASUS verdiente, hatten solche Träume keine Chance. Vielleicht wäre es doch nicht so schlecht, wenn die Klimakatastrophe Europa noch zu seinen Lebzeiten erreichte.

Es war fast acht, als er fertig war, aber draußen noch immer nicht hell. Ohne jede Begeisterung trat er den Weg zum Frühstück an. Ein Blick in die Gesichter der anderen zeigte, dass er mit seinen Leiden bei ihnen kein Gehör finden würde.

»Morgen, Vadder!«

Mager erwiderte die Begrüßung mit einem kargen Knurren und setzte sich auf seinen Stammplatz am Fenster.

»Was ist?«, fragte Kalle. »Kommen die Zipperlein raus?«

Mager musterte den Sohn und malte sich einen Augenblick lang aus, wie der Kerl mit dem Kopf zuerst durch die Scheibe flog. Zum letzten Mal hatten ihn solche blutigen Wünsche überfallen, als der Bursche seine Eltern mit den Drei-Monats-Koliken an den Rand des Wahnsinns getrieben hatte. Damals hatte der Babybonus Kalles Weiterleben gesichert. Und jetzt war es, wie ein Blick auf die Schultern seines Sprösslings zeigte, für diese Art von Kindsmord viel zu spät.

»Lass ihn!«, sagte Susanne. »Er hat solche Phasen. Männer in den Wechseljahren sind so.«

Der Bärtige ignorierte diese Diskussion und wühlte in der Schüssel mit den Brötchen: »Kein Mohn?«

Der Sohn schüttelte den Kopf: »Hatten sie heute nicht.«

Resignierend griff Mager sich eins von den normalen Brötchen. Bald funktioniert in diesem Land gar nichts mehr, dachte er. Erst die Bahnen, dann der Straßenbau, jetzt die Brötchen. Mit den Ossis war das Chaos gekommen.

»Was meinst du«, fing Kalle an, »ob Karin schon ...«

Er fing einen warnenden Blick der Blonden auf, doch es war zu spät. Sein Vater warf das angebissene Brötchen auf den Teller zurück, goss sich – viel zu heftig – Kaffee ein und verließ Susannes Küche, ohne die Pfütze auf dem Tisch zu beseitigen.

Im Büro warf Mager seinen Computer an. Während das Gerät hochfuhr, begann der Bärtige damit, die Heizungen aufzudrehen. Als der Schneideraum an die Reihe kam, war es hell genug geworden, um draußen mehr zu erkennen als nur die beleuchteten Fenster in Mechthilds Hinterhaus. Die Sammlung Sperrmüll war verschwunden. Stattdessen parkte im Hof ein weißer Lieferwagen aus dem Hause Ford. Die Seitenwände waren mit bunter Reklame verschönert worden, die den Betrachter darauf aufmerksam machte, dass fleißige Maler ans Werk gegangen waren.

»Komisch«, flüsterte Mager und dachte nach – wie üblich nicht über das Wesentliche, sondern darüber, warum Mechthild diese Firma angeheuert hatte, die seit Generationen den Kreisligaverein Rot-Weiß Barop vor der Pleite bewahrte – vorausgesetzt, dass immer ein Spross der Malerfamilie in der 1. Mannschaft spielte.

»Verdammt!«

Es war, als hätte jemand das berüchtigte Brett vor Magers Stirn entfernt: Woher hatte Mechthild überhaupt das Geld, um ihre Wohnung von einer Firma renovieren zu lassen?

Ohne Zögern rannte Mager nach oben zurück, wo Kalle und Susanne noch immer beim Frühstück saßen: »Weißt du, woher deine Mutter die Kohle hat?«

Verwundert blickte der Sohn auf: »Welche Kohle?«

Mager deutete stumm auf den Hof. Der Sohn sah aus dem Fenster und kapierte im Gegensatz zu seinem Vater sofort: »Seltsam. Letztes Mal hat sie noch einen Trupp Polen angeheuert.«

»Eben!«, sagte Mager und sah den Sohn neugierig an.

Doch Kalle wusste immer noch nicht mehr, sondern vermutete schließlich: »Ist vielleicht gar nicht Mechthilds Kohle.«

Jetzt beobachteten sie zu dritt, wie der dünne Herr mit dem Haarproblem den Malern gestikulierend Anweisungen gab.

»Vielleicht«, sagte Susanne, »zieht der Mensch da hinten ein. Und finanziert die ganze Renovierung ...«

»Unmöglich. So bekloppt kann keiner sein. Würdest du Mechthild eine Mark für den Einkaufswagen leihen?«

Kalle schüttelte stumm den Kopf.

»Gibt nur eine Erklärung«, ließ sich Mager endlich hören. »Der Kerl ist entweder wirklich plemplem oder sexuell vollkommen ausgehungert.«

Susanne seufzte: »Scheißmänner. Ihr denkt wirklich nur mit eurem Genital.«

In Latein war Kalle immer eine Niete gewesen – aber die wichtigsten Begriffe hatte er sich doch gemerkt. So blickte er seine Chefin strafend an: »Bitte keinen Rassismus. Ich möchte mich von meinem Vorredner distanzieren. Und das nicht nur, weil es um meine Mutter geht.«

Empört musterte Mager seinen Erben. Verräter, dachte er. Laut sagte er: »Ich hoffe, dass ihr bald unten seid. Wir haben eine Menge zu tun. Vor allem müssen wir überlegen, wie wir mehr über diesen Volkssturm herausbekommen. Sonst kriegen wir nie etwas Brauchbares vor die Kamera!«

34

»Wie soll ich das verstehen: kein Sperma vorhanden? Ist die Ösran gar nicht vergewaltigt worden?«

Katrin Klemm zählte innerlich bis zehn und wiederholte den Kernsatz ihres Berichts: »In der Klinik ist keine Spermaprobe zu finden.«

»Kindchen, reden Sie Klartext!«

Eine Sekunde lang stellt die Anwärterin sich vor, sie würde ihm Gegenzug die Oberkommissarin mit »Muttchen« anreden, dann beherrschte sie sich. Vor der Verbeamtung auf Lebenszeit konnte sie sich solche Aufmüpfigkeiten nicht leisten.

»Die Krankenschwestern haben nach der Erstversorgung nach dem Sperma des Täters gesucht. Entgegen seinen ersten Anweisungen hat der Arzt die Asservate anschließend an sich genommen, aber niemand weiß, wo sie geblieben sind. Er selbst ist in den Skiurlaub gefahren und hat keine Adresse hinterlassen.«

»Hat der Mann kein Handy?«

»Er hat es nicht bei sich oder stellt es nicht an.«

Hell überlegte, dann winkte sie ab: »Ist im Moment sowieso nicht so dringend.«

»Wieso? Eine Analyse könnte Khan Ösran überführen oder entlasten. Dann hätten wir wenigstens diesbezüglich Klarheit ...«

Hell lächelte überlegen: »Wer redet denn noch von dem Cousin? Den haben wir laufen lassen! Sein Alibi stimmt. Die Kollegen haben mehrere Zeugen aufgetrieben.«

Klemm brauchte einige Augenblicke, um diese Wendung der Ereignisse zu begreifen. Dann sagte sie: »Und trotzdem könnten wir den Genvergleich gut gebrauchen. Zum Beispiel, um über diese Leute aus Wattenscheid Klarheit zu bekommen.«

»Sicher«, sagte Hell. »Das werden wir auch tun. Wenn die Asservate wieder auftauchen. Vorerst schreiben Sie Ihren Bericht so um, dass auch Uneingeweihte ihn verstehen können. Anschließend kümmern Sie sich mit den anderen um Jem Ösran. Ich will alles über den jungen Mann wissen.«

Erleichtert und verwirrt zugleich fand sich die junge Polizistin auf dem Flur wieder. Erleichtert, weil Hell nicht nach dem Auto gefragt hatte – sie war nicht sicher, ob sie unter diesen Augen so gut lügen konnte wie Ewald Hardenberg am Telefon. Und verwirrt, weil ihr absolut unklar war, warum Hell sich plötzlich auf den Bruder stürzte. Hielt sie jetzt etwa ihn für den Täter? So bescheuert konnte sie doch nicht sein ...

Sie suchte Hardenberg und fand ihn schließlich in der Kantine. Neben ihm saß ein Kollege vom Betrugsdezernat und wollte den langen Kriminalhauptmeister dazu überreden, bei ihm eine Lebensversicherung abzuschließen. Der Mann brauchte einige Minuten, bis er merkte, dass bei Hardenberg nichts zu holen war. Beinahe beleidigt trottete er davon.

»Was ist mit der Hell los?«, fragte die Kommissarin. »Ich soll Jem Ösran unter die Lupe nehmen.«

»Ich auch. Und es kommt noch besser: Die Chefin hat ein paar Mann Verstärkung vom PB II herangeholt, um die linke Szene in Wattenscheid umzukrempeln.«

»Verstehe ich nicht ...«

Hardenberg schob seinen Kaffee an die Seite, blickte sich nach allen Seiten um und raunte: »Sie will den ganzen Fall!«

»Was heißt das?«

»Sie war bei Flenner und hat ihm eine neue Theorie verkauft ...«

»Wieso geht die beim Präsidenten ein und aus? Der Dienstweg sieht anders aus.«

»Nicht für das Polizeibüro II. Die sind doch dem Boss direkt unterstellt. Jedenfalls glaubt sie, dass diese Bombe in Hattingen ein Racheakt der Linken oder der Verwandtschaft gewesen ist. Darum will sie, dass der Leitende Oberstaatsanwalt beide Fälle zusammenlegt und sie an die Spitze einer großen Sonderkommission stellt. Weil sie ja die möglichen Tätergruppen viel besser kennt als die Tötungsexperten aus Hagen.«

»Da könnte was dran sein«, platzte Klemm heraus.

»Woran?«

»Dass die Fälle zusammenhängen.«

»Vielleicht. Aber Hell als Leiterin einer solchen Sonderkommission? Die Frau ist doch größenwahnsinnig!«

»Was sagt Flenner dazu?«

»Weiß man nicht. Will sich die Sache angeblich überlegen. Ich vermute, dass er erst noch seinen Pressechef fragen will. Ohne Gaius Stahl ist der Präses doch völlig überfordert.«

35

»Watten Scheiß!«, fluchte Kalle Mager, als er sich der zentralen Kreuzung im Wattenscheider Vorort Höntrop näherte. Hätte er jenen Krater gesucht, den der Ruhrbergbau dem neuen Jahrhundert hinterlassen hatte, wäre er schon fündig geworden: Der lange Rückstau vor der Ampel und zugeparkte Straßenränder verrieten die Nähe des Objekts, das seit zwei Tagen die Schlagzeilen beherrschte.

Die Wartezeit vor der Ampel reichte aus, um einen Blick in den Ruhrgebiets-Atlas zu werfen. Aber von hier aus gab es keine Abkürzung mehr in den Vorort Eppendorf. So kämpfte Kalle sich Stück für Stück weiter vor, bis er endlich wieder freie Bahn hatte. An S-Bahnhof, Aldi und der Realschule vorbei steuerte er die Holzstraße an: eine schmale, aber sehr lange Straße, die von zweigeschossigen Eigenheimen gesäumt wurde. Die meisten waren vor dem Flachdach-Boom entstanden, aber spannender sah es deshalb in dieser Straße nicht aus.

»Frau Duisburg?«

»Ich heiße Tina. Was gibt's?«

Kalle zeigte seinen Presseausweis. Schlagartig gingen vor den Augen der jungen Frau die Jalousien herunter. Sie packte die Kante der Tür, um das Teil in den Rahmen zu knallen.

»Verstehe«, lächelte Kalle und schob den rechten Fuß in den Türspalt. »Aber ich komme nicht von BLUT. Wir brauchen Kontakt zur Wattenscheider Antifa.«

»Woher willst du wissen, dass du hier an der richtigen Adresse bist?«

»Die Frau meines Vaters kommt aus Wattenscheid. Und die hat sich bei ihren alten Schulfreundinnen umgehört. Eine von denen ist Lehrerin bei euch.«

Noch zögerte das Mädchen und Kalle redete weiter. Er kam sich dabei wie einer jener Zeitschriftenvertreter vor, die ihre Opfer nicht mehr losließen, sobald sie ihnen die Tür geöffnet hatten.

»Die Frau meint, du könntest Leuten helfen, die in Wattenscheid wirklich recherchieren wollen. Um Brennwald und Konsorten das Handwerk zu legen.«

Tina Duisburg brauchte noch einen Augenblick, um sich zu entscheiden.

»Gib mal den Ausweis«, sagte sie und knallte ihm dann doch die Tür gegen den Fuß. »Nimm ihn weg. Ich muss telefonieren.«

Kalle lehnte sich gegen die Hauswand und steckte sich eine an. Wenn die Frau mit den Sommersprossen seinen Presseausweis ins Feuer warf, würde er sich vor Wut in den Arsch beißen. Und wenn sie ein paar schwergewichtige Kumpels zur Hilfe holte?

Er hatte noch nicht aufgeraucht, da öffnete sich die Tür wieder. Ein missbilligender Blick traf seinen Glimmstängel, ein etwas milderer sein Gesicht: »Wenn du aufgeraucht hast, kannst du reinkommen.«

Kalle schnipste seine Kippe über den Vorgarten hinweg auf den Bürgersteig und musterte sie etwas genauer. Keine der in schwarzen Stretch gehüllten Diskomäuse, die seit einiger Zeit die Oberstufen der Gymnasien überschwemmten: Schlabberpulli, verwaschene Jeans, dicke Stricksocken – die Einheitstracht der Friedensinitiative Wackersdorf. Die Haare hätten allerdings eine neue Behandlung mit Henna gebraucht.

»Komm endlich!«

Sie führte ihn in ins Wohnzimmer. Ein Esstisch, wie für die Ewigkeit gebaut, eine gemütliche Sitzecke, ein Breitwand-Fernseher – aber den Schränken konnte man noch die Ikea-Vergangenheit seiner Besitzer ansehen. Hinter der Glasfront ein weitläufiger Garten mit verödeten Beeten und kahlen Bäumen. Am Ende jedoch ein Kunstobjekt, wie es überraschender nicht sein konnte: Unter einer vom Regen glänzenden Persenning zeichneten sich die Umrisse eines Segelbootes ab.

»Ich wusste gar nicht, dass Wattenscheid einen Hafen hat.«

Tina grinste: »Meine Eltern arbeiten seit vier Jahren daran. Ostern pflanzen sie den Mast ein und bringen das Boot zum Ijsselmeer ...«

»Verstehe«, sagte Kalle. Es gab kein Hobby, das im Ruhrgebiet zu abartig war.

»Was willst du wissen?«, fragte Tina, nachdem sich der Besucher in einem der Sessel niedergelassen hatte.

»Was wisst ihr über die Brennwald-Truppe?«

»Es gibt da einen Rechtsanwalt, der bereits mehrere Leute gegen Brennwald vertreten hat ... Der hat sogar so 'ne Art Dokumentation.«

»Und er hat Schweigepflicht ...«

Sie nickte, dachte nach und stand auf: »Warte einen Moment ...«

Sie verschwand im Korridor und Kalle hörte, wie sie die Treppe in den ersten Stock hinaufpolterte. Am liebsten hätte er sich wieder eine angesteckt, aber er wollte es mit der Tochter des Hauses nicht verderben. Stattdessen musterte er das Gemälde über der Couch. Eine große weiße Fläche, mit Ölstrichen leicht uneben strukturiert, ein schemenhafter senkrechter Streifen in verwaschenem Grau, eine scharfe Querlinie als T-Strich darüber, in der Ecke ein paar dahingekritzelte Worte: *Under My Umbrella.*

»Hast du das gemalt?«, fragte er, als Tina zurückkehrte.

Erschrocken folgte sie seinem Blick. Dann lächelte sie: »Unser Kunstlehrer. Dieser Song hat irgendetwas mit der Vorgeschichte meiner Eltern zu tun ...«

Busstop, fiel es Kalle ein. Gehörte zu den Songs, bei denen sein Vater den Oldie-Kanal von Radio Luxembourg lauter drehte. Offenbar waren ihre Erzeuger auf die gleiche Art sozialisiert worden ...

»Hier«, sagte Tina und legte einen Aktenordner auf den Tisch.

Die meisten Blätter sorgsam eingeheftet, aber etliche lose Zeitungsausschnitte schoben sich an den Seiten heraus. Kalle beugte sich vor und öffnete die Pappe. Brennwalds Wasseraugen sahen ihn forschend an. Ganz am Ende fanden sich einige wenige Artikel über den Brandanschlag. Kalle überflog sie, aber sie enthielten nicht viel Neues. Bis auf einen Hinweis in einem Anzeigenblatt, das kostenlos an alle Haushalte verteilt wurde: Die Polizei suchte als Zeugen den

Fahrer eines grünen Golf IV, der zur Tatzeit in der unmittelbaren Nähe der Brandstätte gewesen sein musste.

»Darf ich …?«

Sie schüttelte den Kopf. »Nein. Aber wir können zusammen zum nächsten Copy-Shop fahren.«

Auf dem Rückweg fragte Tina: »Du fährst nicht zufällig nach Bochum?«

»Das kann ich machen.«

»Setzt du mich am *Bergmannsheil* ab?«

Kalle nickte langsam.

»Ich will Nilgül besuchen.«

Volltreffer, dachte er.

36

Nach Mitternacht waren die stillen Nebenstraßen zwischen Höntrop und dem alten Walzwerk des Bochumer Vereins wie leer gefegt. Die Siedlung hinter dem ehemaligen Junggesellenheim galt nicht gerade als eine feine Adresse: Staub und Lärm hatten den Wohnwert und die Mieten niedrig gehalten. Inzwischen waren mit diesen Belästigungen auch die Ströme der Schichtarbeiter verschwunden, die sich dreimal täglich durch das Tor 19 geschoben hatten. So war diese Ecke ausgesprochen ruhig und nahezu idyllisch geworden, und zu den hundert Jahre alten Mietskasernen und den Sozialbauten aus den Fünfzigern hatten sich etliche Ein- und Zweifamilienhäuser gesellt. Sie hatten der ehemaligen Bronx von Höntrop wieder so viel Leben eingehaucht, dass der kleine Laden und die Kneipe in der Mitte der Siedlung weiter existieren konnten. Auf der Strecke war lediglich die Eckkneipe schräg gegenüber dem stillgelegten Werkstor geblieben, in der einst die Stahlarbeiter ihren Durst gelöscht hatten.

Genau vor dieser ehemaligen Kneipe parkte kurz nach Mitternacht ein schwarzer Espace. Auf der falschen Straßenseite hatte er sich Schnauze an Schnauze so dicht vor einen alten Lada Kombi gestellt, als wollte er dem anderen Fahrzeug den Fluchtweg abschneiden. Die schwarzen Spiegelscheiben ließen keinen Blick ins Innere zu, sodass der Wagen für flüchtige Betrachter den Eindruck der Verlassenheit erwecken konnte. Doch hinter der breiten, gewölbten Frontscheibe hockte ein blonder junger Mann mit gepflegtem Scheitel. Ungeduldig starrte er mal die Straße entlang und dann wieder auf den schmalen Raum, den er zwischen den beiden Wagen gelassen hatte. Tief unten, gegen das Laternenlicht abgeschirmt, ragten ein Paar Jeans und zwei Springerstiefel unter der Front des Museumsautos hervor.

»Mach schon, Klopper!«, flüsterte der Blonde und biss sich vor Aufregung auf die Fingernägel. Im Normalfall würden weder sein Fahrzeug noch der am Boden arbeitende Mann irgendjemandem auffallen – hier kümmerte sich jeder nur um seinen eigenen Kram. Doch wenn es der Teufel wollte und einer der Anwohner ausgerechnet jetzt seinen Hund vors Haus führte …

Fast geräuschlos öffnete sich die Beifahrertür. Der Mann am Steuer schrak auf. Eine massige Gestalt wälzte sich auf den Beifahrersitz: »Alles klar, fahr los!«

Horvath zog den Wagen sachte zurück in die Straße Am Vogelspoth und gab Gas. Während sie Abstand zum Lada gewannen, zog der Beifahrer seine schwarze Skimütze vom Kopf. Der bullige Schädel mit der Glatze und dem riesigen Ohrring leuchtete auf.

»Und? Alles klar?«

Klopper Koslowski nickte: »Wenn der Olle morgen Gas gippt, isser geliefat. Ärste haate Bremse – und wumm. Schade um die Latärne oder den Baum …«

Auf der breiten Essener Straße angekommen, wählte der Glatzköpfige eine neue CD an. Harte Gabba-Rhythmen hämmerten durch den Wagen und der Fahrgast traktierte die Türverkleidung im Takt.

»Lass den Wagen heile!«, schrie Horvath.

»Wenn die Kiste dat nich abkann …«, grinste der andere und deutete voraus auf die Straße: »Da foane iss 'ne Ampel …«

Geduldig wartete der Fahrer, bis es Grün wurde, musste aber vor dem Donezk-Ring erneut bei Rot stoppen. Dann ließ er den Wagen nach Westen, in Richtung Opel, rollen. Puls und Atem hatten sich normalisiert und auch sein Adrenalinspiegel war weit genug gesunken, dass er sich ohne Mühe an das vorgeschriebene Tempo halten konnte.

»Schon erstaunlich!«, sagte Horvath, als sie das Automobilwerk passiert hatten und auf die A 44 in Richtung Süden bogen.

»Was?«

»Dieser Arsch von der Kommune. Wie oft haben wir ihn gewarnt. Hätte einfach aufhören sollen, gegen uns zu stänkern. Sollte lieber sein Enkelkind nehmen und mit ihm spazieren gehen. Aber nein, stellt sich uns in den Weg. Starrköpfig ...«

Klopper Koslowski sah den Blonden an und schüttelte den Kopf: »Mann, äh, watt du für Soagn hass. Moargn iss das Probleem sowieso ärledicht ...«

In Witten-Annen bogen sie ab. Für eine Sekunde leuchtete das kleine ockergelbe Holzkreuz auf, das kurz vor dem Scheitelpunkt der Kurve stand. Ein Mädchen namens Andrea hatte hier den Tod gefunden. Dann war der Namenszug wieder im Dunkeln verschwunden.

»Morgen watt Besonderes?«, fragte Klopper seinen Vize-Chef.

Der Gescheitelte schüttelte den Kopf: »Ab und zu muss ich mich mal an der Uni sehen lassen. Aber am Wochenende ist was geplant. Zuerst die neue Zeitung, dann machen wir ein Fass auf.«

»Iss auch bessa so«, meinte die Glatze. »Die Sauferei am Wochenende hat ganz schön geschlaucht. Muss auffe Aabeit zur Abwekslunk mal wieder richtich reinkloppen. Sonss habbich blitzschnell die Papiere ...«

Sie näherten sich dem nördlichsten Vorort Wittens, der in einer Talsenke zwischen zwei Hügelketten lag. Obwohl Annen seine Blütezeit längst hinter sich gelassen hatte, konnte man bei Sonnenschein noch Spuren des einstigen Charmes erkennen: ein paar Straßenzüge mit gepflegten

Siedlungshäusern, eine Ansammlung von protzigen Jugendstilhäusern im alten Ortskern, das ehemalige Verwaltungsgebäude eines Stahlkonzerns, in dem Deutschlands erste Privatuniversität untergebracht war.

»Nächste rechts ...«

Vorsichtig ließ Horvath sein teures Gefährt über die Bodenwellen am Anfang der Freiligrathstraße rollen. Linker Hand schimmerten die Fassaden eines großen Wohnhausblocks, der von drei verschiedenen Straßen aus betreten werden konnte. Ein unebener Sandsteinsockel reichte bis zur ersten Etage hinauf und umrahmte die Hauseingänge, sodass sie im Scheinwerferlicht wie kleine Festungstore aussahen.

»Links!«

Horvath nickte und steuerte die Hamburgstraße an. Auf der Fahrerseite wurde die Straße von der Sandsteinfestung gesäumt, gegenüber schraubte sich die dunkle Silhouette eines rund hundert Jahre alten Schulgebäudes in den Winterhimmel. Ohne Zweifel hatte dieses eher locker bebaute Viertel einst zu den besseren Wohnlagen des Ortes gehört, an die sich nur selten ein paar Unbefugte verirrten. Doch die jetzigen Bewohner der einstigen Bürgerhäuser und Ärztevillen verrammelten ihre Türen am Abend mit Stahlriegeln, die so dick wie Kinderarme waren.

»Danke!«, sagte Klopper, als er schon neben dem Wagen stand.

»Keine Ursache! Sieg!«

»Sieg!«

Klopper wartete ab, bis der Espace hinter der nächsten Ecke verschwunden war, und suchte im fahlen Laternenlicht nach seinen Hausschlüsseln. Dann wandte er sich dem letzten Eingang des Wohnblocks zu, der nicht mehr vorn an der Straße lag, sondern an der Seite des Gebäudes. Ein langer, tunnelartiger Gang gestattete es den Bewohnern, trockenen Fußes die Haustür zu erreichen.

Zielsicher tastete Klopper nach dem Schalter, der die Beleuchtung in Eingang und Hausflur in Gang setzen sollte. Aber nichts geschah. Irgendjemand hatte den Knopf entfernt und etwas Klebriges in die entstandene Lücke gedrückt.

»Scheiß-Asis!«, flüsterte Klopper, beugte sich ein wenig vor und suchte fast blind nach dem Schlitz des Türschlosses.

Der Rest ging schnell.

Leichte Schritte, kaum lauter als ein Lufthauch. Ein gewaltiger Schlag gegen den Hinterkopf und Koslowskis Schädel prallte gegen den Türrahmen. Bevor er in seiner Benommenheit auf den Schmerz reagieren konnte, traf ihn ein zweiter Hieb so heftig, dass ein paar Knochen splitterten.

Ächzend ging Klopper in die Knie und rutschte schließlich ganz zu Boden. Ob er noch merkte, wie ihn jemand auf den Rücken drehte, ist ungewiss – aber gelebt haben muss er zu diesem Zeitpunkt noch. Eine starke Hand packte sein Gesicht und drückte den Hinterkopf fest auf den Boden. Etwas Langes, Spitzes zischte durch die Dunkelheit und fraß sich schon beim ersten Versuch durch Kloppers Kehlkopf und die Speiseröhre. Sein kräftiges Herz schlug noch. Es pumpte etliche Milliliter Blut aus dem massigen Leib und tauchte das untere Drittel der Haustür in ein tiefes Rot. Noch bevor die letzte Regung in dem bulligen Körper erlosch, startete vor dem nächsten Haus ein Auto.

37

Der Tag begann deutlich milder als sein Vorgänger. Unter einer leichten Wolkendecke hatten sich die Temperaturen ein Stück von der Frostgrenze entfernt; der Regen, der den Leuten unter die Haut kroch, war ausgeblieben, stattdessen sollten sich im Laufe des Tages tatsächlich noch ein paar Sonnenstrahlen nach Wattenscheid verirren.

»Endlich mal 'ne positive Nachricht«, brummte Hennes Trieben, als er die bebilderte Wettervorschau seiner Tageszeitung gefunden hatte. Den Rest der Titelseite schenkte er sich – den hatte der Krater von Höntrop geschluckt. Immer mehr Menschen im Ruhrgebiet fürchteten, dass sich auch in ihrem Vorgarten die Erde auftat.

»Panikmache«, brummte Trieben, der nur einen Kilometer von dem Schauplatz entfernt wohnte. Er trank seinen Kaffee aus und weckte seine Enkelin, die ihn immer dann besuchte, wenn ihre Mutter Nachtschicht hatte: »He, Jenny, aufstehen! Du kommst sonst zu spät in den Kindergarten ...«

Drei bis vier Ermahnungen später hatte sich die Sechsjährige gewaschen und angezogen und kam an den Frühstückstisch, wo bereits ein warmes Aufbackbrötchen aus Deutschlands größter Ladenkette auf sie wartete: »Opa, schmierst du mir Nutella drauf ...«

»Hab ich nicht. Vergessen. Quark und Gelee?«

Die Kleine nickte und griff zu ihrer bunten Kindertasse, in der warmer Kakao dampfte. Wie immer schlang sie ihr Frühstück in Rekordtempo herunter: »Opa, fährst du mich?«

»Eigentlich wollte ich laufen«, brummelte er. »Dann bekommst du noch ein wenig frische Luft, bevor du ...«

»Ach, bitte!«, quengelte sie. »Zu Fuß, das ist uncool.«

Der Mann seufzte: Die Wünsche des Kindes wuchsen schneller als die Ansprüche der Fischergattin in dem Märchen der Gebrüder Grimm. Demnächst musste er sie wohl mit dem Hubschrauber zum Spielplatz bringen.

»Fertig? Dann komm.«

Zufrieden schlüpfte die Kleine in den Mantel und ging mit nach draußen, wo es inzwischen richtig hell geworden war. Sie bestieg den altersschwachen Lada-Kombi, schnallte sich auf der Rückbank an und wartete gespannt, ob der Wagen ansprang. Opa konnte so schön fluchen, wenn es mal wieder nicht klappte.

Doch an diesem Morgen wurden die Hoffnungen des Mädchens enttäuscht. Das Auto setzte sich ohne Probleme in Bewegung.

Bedächtig steuerte Trieben das Fahrzeug um die Kurve und hängte sich an den Linienbus, der in Richtung Bebelplatz kroch. Dass ihnen ein grüner Golf folgte, der am Tor 19 geparkt hatte, fiel dem Rentner nicht auf.

An der Südstraße hatte er das langsame Tempo satt. Als der 386er anhielt, um ein paar Rentnerinnen einzusammeln, setzte Trieben den Blinker, kam aber dennoch nicht an dem

Ungetüm vorbei: »Mist auch! Erst kommt einem den ganzen Tag keiner entgegen, und dann …«

»Opa, du bist ja gar nicht angeschnallt!«

»Gleich, Schätzchen, gleich.«

»Aber wenn die Polizei …«

»Hast du hier schon mal Polizei gesehen?«

Während das Kind noch an dieser schweren Frage kaute, fuhr der weiße Wagen wieder an. Ungeduldig fuhr Trieben hinter dem roten ›S‹ her, mit dem die Sparkasse Bochum auf dem Heck des Busses warb. Doch der Fahrer lag wohl noch immer gut im Rennen und ließ sich eine Menge Zeit, als er der Bahnlinie in Richtung Essen folgte und sie schließlich unterquerte. Trieben fluchte, aber vorerst gab es keine Chance mehr.

Als sie die Lohackerstraße erreichten, leuchtete den Fahrern das Schild mit der rot eingekreisten dreißig entgegen. Dennoch drückten Busfahrer und Opa fast gleichzeitig ein wenig stärker aufs Gas.

»Opa, hast du mir ein Brötchen für den Kindergarten geschmiert?«

»Ach, Kind, du hättest mich doch auch daran erinnern …«

In diesem Augenblick brach der Dachdecker, der ausgangs der nächsten Kurve wohnte, zur Arbeit auf. Wie jeden Morgen zog er seinen Pritschenwagen mit einer Art Alarmstart rückwärts auf die Straße und fand gewöhnlich den Vorwärtsgang schnell genug, den Weg wieder frei zu geben. Doch an diesem Mittwoch blieb der Kleinlaster mitten auf der Fahrbahn stehen.

Als dicht vor ihm die Rücklichter des Linienbusses aufleuchteten, war es für Trieben zu spät. Er trat zwar heftig auf die Bremse und durfte eine Viertelsekunde lang hoffen, dass er den alten Kombi noch stoppen konnte. Doch dann gab das Pedal nach und schlug auf der Bodenplatte auf. Unmittelbar danach dröhnte der Lada gegen die weiße Blechwand mit dem riesigen roten ›S‹.

Einige Augenblicke blieb er benommen sitzen. Dann raffte er sich auf und kletterte aus dem Wagen. Mit dem Handrücken wischte er sich das Blut aus dem Gesicht und sah nach seiner Enkelin. Die starrte schreckensbleich nach vorn und öffnete den Mund, als wollte sie gleich losschreien.

»Nicht weinen, Schätzchen!«, flüsterte der Großvater und zog das Kind vom Rücksitz. »Nicht schreien. Ist ja nichts passiert.«

Er nahm sie auf den Arm und drückte sie an sich, musste sich aber bald erneut die Augen frei wischen. Blut tropfte auf den Mantel des Mädchens.

»Macht nichts, Jenny«, sagte er. »Wir kaufen einen neuen. Hauptsache, dir ist nichts passiert.«

Während der Busfahrer ausstieg, um sich den Schaden an seinem Fahrzeug anzusehen, sammelten sich ein paar Schaulustige an der Unfallstelle. Den grünen Golf, der sich auf der anderen Straßenseite entgegen der Fahrtrichtung auf den Parkstreifen gequetscht hatte, bemerkte immer noch niemand.

38

Es war fast neun Uhr, als Klemm und Hardenberg in Witten-Annen eintrafen. Die Hamburgstraße und der Tatort selbst waren vorbildlich abgesperrt, aber sowohl die Beamten der örtlichen Kriminalwache als auch die Besatzungen der Streifenwagen schienen darüber erleichtert zu sein, dass sie die Verantwortung an Vertreter des Polizeipräsidiums abgegeben konnten – für richtige Verbrechen waren die Bochumer zuständig.

Kloppers Leiche war eine gute Stunde vorher entdeckt worden. Die stillen Nebenstraßen von Annen lagen noch im letzten Dunkel der Winternacht, als eine Nachbarin Koslowskis sich ihr Frühstück vom Kiosk holen wollte: ein paar Brötchen und die BLUT-Zeitung. In der ersten Sekunde hatte die Frau geglaubt, Koslowski sei einfach nur betrunken. Doch dann entdeckte sie den grünen Plastikgriff, der aus dem Hals des Liegenden ragte, und all das Blut, mit dem der Eingangsbereich des Hauses voll gespritzt war.

Zu behaupten, dieser Anblick hätte ihr seelisches Gleichgewicht erschüttert, wäre eine maßlose Übertreibung. Kaum hatte sie erfasst, was geschehen war, rannte sie in ihre Wohnung zurück und rief die 110 an. Anschließend kramte sie nach der BLUT-Ausgabe vom Vortag, um die Telefonnummer der Redaktion zu suchen. Als sie auch diesen Anruf getätigt hatte, weckte sie ihren achtzehnjährigen Sohn: »Benni, fix, zieh dich fix an. Foto machen!«

»Was für 'n Foto?«, fragte der Sohn.

»Frach nicht, tu's einfach!«, befahl sie und ordnete vor dem Spiegel ihre Haare.

Als der junge Mann die Leiche erblickte, geriet sein Kreislauf ins Stocken, aber seine Mutter kannte kein Erbarmen: »Hab dich nich so! Stell dich auf den Bürgersteig! Vorsicht, dasse dich nich dreckig machs. Ich stell mich neben Kloppa und du tust aufs Knöppken drücken!«

Proteste halfen nichts, der junge Mann musste sich an der Leiche vorbeiquetschen. Er nahm auf dem Gehweg Aufstellung: »Mama, das ist da doch viel zu dunkel da!«

»Dann machet mit Blitzlicht!«

Genervt suchte der Sohn nach dem Schalter für die Blitzlicht-Automatik. Als er endlich den Apparat vors Auge hob, rollte schon der erste Streifenwagen heran. Die Beamten besaßen überhaupt kein Verständnis für den Wunsch der Frau, sich neben der Leiche verewigen zu lassen, und jagten sie samt Nachwuchs in die Wohnung zurück. Beleidigt zog die Dame von dannen und fühlte sich um das Recht des Bürgers betrogen, sein Fotoalbum nach eigenem Geschmack zu füllen.

»Mit einem Schraubenzieher?«, fragte Klemm staunend, als sie den Leichnam erblickte.

»Schraubendreher«, verbesserte Hardenberg automatisch.

»Danke«, grinste sie und ging in die Hocke. »An diesen Begriff werde ich mich nie gewöhnen …«

»Musst du auch nicht«, sagte er. »Aber wenn du dich an ein paar andere Sachen gewöhnen würdest …«

Sie sah auf und blickte ihm in die Augen: »Gerne. Aber jetzt ist die Nacht vorbei und wir sind im Dienst. Kannst du das trennen?«

»Klar«, sagte er. »Ich bin doch Profi.«

Während sie den Firmennamen auf dem Plastikgriff entzifferte, betrachtete Hardenberg den Toten von der anderen Seite. Als er das Gesicht erkannte, nickte er: »Stimmt. Klopper Koslowski.«

Klemm stand auf und atmete durch, bearbeitete einen Moment lang mit den Zähnen ihre Unterlippe. »Bin gespannt, wie die Hell den Fall angeht.«

»Ich auch«, sagte er und beugte sich vor: »Aber sie hat noch nie was mit Mord zu tun gehabt. Wenn die die Ermittlungen leitet, suchen wir noch bis zum Weltuntergang ...«

»Woher wusste die eigentlich ...?«

»Keine Ahnung. Vielleicht hatte die Leitstelle Anweisung, alle Meldungen über Volkssturm-Leute sofort an sie weiterzuleiten. Wenn das Polizeibüro II etwas wirklich will, erfüllt man ihm jeden Wunsch.«

Klemm antwortete nicht.

»Außerdem«, fuhr er fort. »Gibt es doch diesen Mordfall in Hattingen. Jede Wette: Die beiden Toten gehören in dieselbe Ermittlungsakte.«

»Da müssten Profis ran!«, seufzte Klemm.

Wortlos zog er sein Handy und bearbeitete die Tasten.

»Rufst du etwa in Hagen an? Wenn das rauskommt, kannst du dein Leben lang im Präsidium den Müll trennen.«

»Nein. Aber Lohkamp kennt diese Langer von früher. Wenn er ihr einen Tipp gibt ...«

Während er telefonierte, trafen der Arzt und die Spurensicherung ein. Wie üblich jagten die Kollegen alle Unbefugten von dem Untersuchungsobjekt fort. Hardenberg registrierte, dass der Doc auch den Technikern einen kurzen Blick zuwarf. Gehorsam stellten sie sich neben ihn und Klemm an die Absperrung, beobachteten aber jede Bewegung des Gerichtsmediziners so argwöhnisch, als wollte er ihnen die Leiche stehlen.

»Willkommen im Klub«, grinste Hardenberg. »Endlich kriegt ihr auch mal die gelbe Karte.«

Die Kollegen grinsten zurück: »Aber ihr habt Rot!«

Schließlich war Brettschneider fertig und winkte Hardenberg und Klemm heran: »Todesursache ist der Stich in den Knorpel.« Er deutete auf seinen Kehlkopf.

»Aber er hat vorher was auf den Schädel bekommen. Genauer gesagt: gegen den Hinterkopf. Stumpfer Gegenstand, große Wucht, zweimal. Das ist das Praktische an diesen Glatzköpfen: Wenn sie tot sind, liegen alle Spuren offen vor dir ...«

Er zog einen Zigarillo hervor. »Bevor ihr mit euren dummen Fragen kommt: Es ist irgendwann im Laufe der Nacht passiert. Wann das genau war ... Bei diesen Temperaturen setzt die Leichenstarre schnell ein.«

Er rauchte an und deutete mit der brennenden Lunte zu dem Wohnhaus hinüber: »Mich wundert nur, dass die den erst so spät gefunden haben.«

»Die Leute aus dem Erdgeschoss sind für eine Woche im Sauerland, der Mann aus der ersten Etage ist auf Montage, der Sohn hat frei, ganz oben wohnte Koslowski. Keiner im Haus hat eine Zeitung abonniert, die morgens zugestellt wird, und wenn einer von den wenigen Fußgängern einen Blick in diesen Eingangstunnel wirft, sieht er nachts sowieso nichts.«

Brettschneider brummte etwas Unverständliches, aber Hardenberg war nicht so vermessen, diesen Laut für eine Art Lob zu halten.

»Viel Spaß dann noch«, sagte Brettschneider, griff sein Köfferchen und gab den Technikern den Weg frei. Auch sie bereiteten ihre Arbeit mit einem Aufwand vor, als zelebrierten sie ein mittelalterliches Ritual. So grenzte es an ein Wunder, dass sie Klemm noch ins Haus ließen, um die Nachbarin des Toten beim Frühstück zu stören.

Angeber, dachte Hardenberg, ist doch auch alles nur Routine. Er trat näher und winkte einen der Kollegen heran: »Wenn ihr fertig seid, brauche ich die Schlüssel des Toten.«

»Alles klar. Und jetzt geh Kaffee trinken!«

Der Vorschlag war verlockend, aber Hardenberg wandte sich dem Nachbarhaus zu und probierte die Türklingeln aus. Niemand öffnete.

»Die sind alle auffe Arbeit«, rief einer der Schaulustigen vom Schulhof herüber. Der Mann hielt eine Bierflasche in der Hand und kicherte während des Sprechens so ausgiebig, als hielte er die Berufstätigkeit der Nachbarn für eine abartige Veranlagung.

»Und Sie?«

»Wohne einen Eingang weiter. Von da aus sieht und hört man überhaupt nix!«

»Kennen Sie den Mann?«

»Klar. Klopper Koslowski. War 'nen feinen Kumpel. Bis er mit der Glatzerei anfing.«

»Wieso? Haben Sie was gegen die Glatzen?«

Der Mann sah den Polizisten unsicher an und trank, um besser nachdenken zu können, erst einmal einen kräftigen Schluck.

»Eigentlich nich«, gestand er schließlich. »Aber seitdem säuft er nich mehr mit uns …«

Die ersten Journalisten liefen auf. Da sie ihre Autos schon abgestellt hatten, ließen die Kollegen an der ersten Absperrung sie ohne weiteres passieren. Augenblicklich begann eine wilde Knipserei und dabei rückten die Leute dem Tatort immer näher. Hardenberg scheuchte sie schließlich auf die andere Straßenseite und bat die Leitstelle per Handy um zwei weitere Streifenwagen. Es konnte nicht seine Aufgabe sein, hier Posten zu schieben.

»Herr Hardenberg?« Hell war eingetroffen und winkte ihn heran.

Der Kriminalhauptmeister ging gemessenen Schrittes auf seine Chefin zu: Nicht langsam genug, dass sie ihm Lahmarschigkeit oder Meuterei vorwerfen konnte, aber auch nicht so eilig, dass einer der Kollegen oder die Hell selbst sein Tempo als Schleimerei auslegen konnten.

»Erzählen Sie!«

Hardenberg spulte ab, was er wusste, verzichtete aber auf jeden eigenen Kommentar. Die Verbindung zu Hattingen musste ihr von allein klar werden.

»Danke«, sagte sie. »Nur noch mal zur Sicherheit: Das ist wirklich derselbe Koslowski, der in Brennwalds Verein mitmacht?«

»Ja«, sagte Hardenberg und fragte sich, warum die Frau nachfragte. Sie kannte jeden Mann aus dem Volkssturm von Angesicht zu Angesicht. Doch dann fand er die Erklärung für ihre Nachfrage.

»Vielleicht gucken Sie sich den Toten mal selbst an«, sagte er. »Sie kennen die Truppe doch viel besser als ich.«

Sie warf einen entsetzten Blick auf den leblosen Körper, der inzwischen mit einer Plane zugedeckt war.

Schiss vor Leichen, dachte Hardenberg. Aber will dem KK 11 Konkurrenz machen.

»Als Nächstes«, überbrückte sie die peinliche Pause, »sollten wir nach Zeugen suchen.«

»Haben wir schon. Klemm vernimmt die Frau im ersten Stock. Die Gaffer hier unten haben nichts gesehen – und die Leute aus den Nachbarhäusern erwischen wir wohl erst nach Feierabend.«

»Und was ist mit den Leuten in dem frei stehenden Haus nebenan?«

»Das ist ein Kindertreff«, erläuterte Hardenberg. »Die machen nur nachmittags auf. Und die beiden oberen Etagen scheinen leer zu stehen.«

»Und gegenüber?«

Hardenberg seufzte unhörbar. Gegenüber – das war unverkennbar eine Schule, in der sich nachts niemand aufhalten dürfte. Gut, dass die jetzt Ferien haben, dachte Hardenberg. Sonst stünden auch noch die Kinder auf der Straße herum.

Ratlos schaute Hell in die Runde. Dann kam sie von selbst auf die Idee: »Die Wohnung …«

»Unterm Dach«, sagte Hardenberg.

»Und warum sind Sie noch nicht drin?«

»Weil der Schlüssel neben der Leiche liegt. Da bleibt er, bis die Kollegen mit der Tatortaufnahme fertig sind.«

Die Chefin sah ihn einen Augenblick ungläubig an. Aber ihr schien zu dämmern, dass es hier um mehr ging, als fremde Telefone anzuzapfen und die Post anderer Leute zu lesen.

Es wurde fast elf, bis die Techniker den Weg ins Haus freigaben. Hardenberg probierte ein paar Schlüssel durch, dann öffnete sich die Tür zu Koslowskis Wohnung, ohne dass er umschließen musste. Dafür, dass der Mann allein wohnte und an einem Unternehmen wie dem Volkssturm beteiligt war, hatte er sein Domizil nur sehr nachlässig gesichert. Offenbar vertraute er der Signalwirkung seiner Glatze und seiner körperlichen Überlegenheit. Aber letzte Nacht hatte ihm all seine Kraft nichts mehr genützt.

Hardenberg und Hell traten ein. Die Behausung bestand aus drei kleinen Räumen mit schrägen Wänden und einer Nasszelle. Hätte die gleiche Ordnung wie bei Brennwalds geherrscht, wäre eine Orientierung leicht gefallen. Aber Koslowski schienen das Bedürfnis aufzuräumen und der Bedarf an Aufbewahrungsmöbeln fremd zu sein: Ein paar Haken an der Wand des Schlafraums und eine große Seemannskiste ersetzten den Kleiderschrank. Der Wandschmuck beschränkte sich auf eine Auswahl von Damen aus dem Pirelli-Kalender und ein paar Fotos von Edelschlitten, die sich ein Kerl wie er nie hätte leisten können – und martialische Bilder von den Golfkriegs-Einsätzen der Militärversion des Hummer.

»Was ist das denn für ein Ungetüm?«, fragte Hell.

»Der teuerste Geländewagen der Welt. Die zivile Version gibt es ab 139.000 Dollar.«

Koslowskis Bibliothek war nicht ergiebiger: Sie bestand aus ein paar Landser-Romanen und einem Stapel Hochglanzzeitschriften, deren Bilder auch als Reklame für Silikonpolster benutzt werden konnten. Und statt des Führers hing über dem Sofa ein Poster von Silvester Stallone: Bis an die Zähne bewaffnet war der Held damit beschäftigt, im Alleingang nachzuholen, was die US-Air Force in Vietnam nicht geschafft hatte ...

Enttäuscht blickte die Oberkommissarin auf die Ausbeute ihrer Suche. Hier waren kaum heiße Hinweise auf den Tathintergrund zu finden. Stattdessen stießen sie am Ende auf eine Sammlung von Videos, die allesamt nicht für den Kinderkanal gemacht waren.

»Was war der Mann eigentlich von Beruf?«, fragte Hardenberg.

»Autoschlosser.«

»Darum ...«

»Was, darum?«

»Die Tatwaffe«, erklärte Hardenberg. »Heckmann, der Sprengstoffexperte, wurde in die Luft gejagt. Und der Autoschlosser mit einem Schraubendreher gekillt. Wenn dieser Mini-Goebbels dran ist, werden sie ihm wahrscheinlich die Zunge herausschneiden.«

Hell starrte ihn an. Doch ehe sie reagieren konnte, meldete sich eine andere Frauenstimme: »Gute Theorie. Aber woher wissen Sie, wer als Nächster dran sein wird?«

Eine Frau um die vierzig war eingetreten: nicht besonders groß, nicht besonders schmal, das dunkelblonde Haar in eine Form gebracht, die seit mehr als zehn Jahren out war.

»Was wollen Sie denn?«, fauchte Hell. Mit einem Instinkt, den nur die Karrierebesessenen besitzen, hatte sie in der anderen die Feindin erkannt.

»Langer«, sagte die Frau und zeigte ihren Dienstausweis. »Mordkommission Hagen. Wir untersuchen den Mord an Heckmann.«

»Tja«, meinte Hell, »dann auf Wiedersehen. Das hier ist Bochumer Revier.«

»Gewesen«, sagte Langer. »Die Sonderstaatsanwaltschaft Dortmund hat den Volkssturm-Komplex übernommen und die Ermittlungen am mich übertragen. Schönen Tag noch, Frau Kollegin.«

39

Die Ereignisse in Wattenscheid und Witten sorgten auch bei PEGASUS für einen hektischen Tag. Ausgelöst wurden die Aktivitäten durch jenen Freak namens Atze, der seit Jahren in seiner privaten Radarstation rund um die Uhr den Polizeifunk der Ruhrgebietsstädte abhörte und inzwischen fünfzig Mark für einen brauchbaren Tipp und hundert für einen guten kassierte. An diesem Tag warf er Kalle Mager schon um acht per Telefon aus dem Bett. Der Sohn des Kameramannes hatte sich eigentlich auf einen freien Vormittag eingerichtet und brauchte nun etliche Sekunden und all seine Kräfte, um sich aus Vanessas Armen zu befreien.

»Ja?«, keuchte er endlich.

»Meine Güte – habe ich dich in deiner Muckibude aufgestöbert?«

»So ähnlich. Schieß los!«

»Klopper Koslowski. Volkssturm Ruhr. Sagt dir das was?«

»Klar, Mann.«

»Kannst du abhaken: ermordet. Schraubenzieher durch die Gurgel. Die ersten Bullen, die am Tatort waren, haben das Kotzen gekriegt.«

Hätte ich auch, dachte Kalle. Schraubenzieher durch die Gurgel – das muss ausgesehen haben wie auf dem Schlachthof.

»Nix mehr los mit der Trachtengruppe«, philosophierte Atze in ungewohnter Geschwätzigkeit weiter. »Hart im Austeilen, aber einstecken? Die stellen nur noch Warmduscher ein.«

In dieser Schärfe teilte Kalle die Einschätzung nicht, aber er hatte keine Lust, darüber mit Atze zu diskutieren: »Hast du die Adresse?«

Atze diktierte die Anschrift und bat um schnelle Bezahlung.

»Eisern!«, versprach Kalle und plante auf dem Weg nach Kley gleich einen Umweg durch die Zechensiedlungen von Dorstfeld ein. Das Honorar des Funkfans hinterlegte er immer an einem Kiosk an der Wittener Straße. Ob der türkische Pächter der Bude für diesen Service Prozente einstrich, war unklar und interessierte Magers Sohn auch nicht wirklich; auf jeden Fall funktionierte diese Art der Weitergabe schneller und zuverlässiger als eine Überweisung von Bank zu Bank.

Kalle legte auf und wollte Susannes Nummer wählen. Aber Vanessa hatte sich für den Vormittag ein anderes Programm ausgedacht.

»Liebste, lass, die Nacht ist vorbei. Warte zumindest, bis …«

Der Griff des Mädchens lockerte sich nicht. Sie hatte sich an ihm festgesaugt, als stammte sie von einem Blutegel ab, und ließ keine Bereitschaft erkennen, ihre Beute wieder loszulassen.

»Vanessa, ich muss arbeiten!«

»Gleich«, nuschelte sie endlich, »noch fünf Minuten.«

Kalle war zu dieser frühen Stunde noch viel zu schwach, um solchen Verlockungen widerstehen zu können. Und da er als gut erzogener Mensch eine Wohltat nicht einfach ohne Gegenleistung hinnahm, dauerte es immerhin noch eine weitere halbe Stunde, bis er endlich zu seinem Anruf kam.

»Danke«, sagte Susanne, als Kalle seine Botschaft durchgegeben hatte.

Sie tippte sofort die Nummer des Senders ein, um die Auftragslage zu checken. Vanessas Papi befand sich zwar schon im Büro, hatte aber von dem Mord in Witten noch nichts gehört.

»Schön, dass ihr so gute Drähte habt!«, sagte er. »Geht klar, die Sache kommt in die Aktuelle!«

Gewöhnlich war nach solch einem Satz sein Gesprächsbedarf gedeckt, aber dieses Mal blieb der gehetzte Nachrichtenmanager in der Leitung.

»Ist was?«, fragte Susanne.

»Ach«, sagte er und zögerte. »Sorgen. Mein Töchterchen. Treibt sich rum. War heute Morgen um sechs noch immer nicht zu Hause.«

»Wie alt ist sie denn?«, fragte Susanne und hoffte, dass ihre Stimme genügend mitfühlend klang.

»Erst siebzehn.«

»Ach, Ludger«, sagte die PEGASUS-Frau. »Mit siebzehn sind die Kids heute alle unterwegs. Hast du vergessen, wie wir in diesem Alter waren?«

Hatte er nicht. Aber genau dieses Wissen konnte seine Zweifel nicht ersticken: »Bei uns war das was anderes. Wir wussten in diesem Alter schließlich schon, was wir wollten.«

»Ludger, das weiß deine Vanessa sicher auch. Und in einem Jahr kannst du ihr sowieso keine Vorschriften mehr machen. Gewöhne dich am besten jetzt schon daran …«

Sie legte auf und wählte das Telefon an, das in Magers

Dachkammer stand: »Beeil dich. Einsatz. Die haben wieder einen von diesen Glatzköpfen gekillt.«

»Schön«, sagte Mager, »dass es in dieser Welt auch noch gute Nachrichten gibt.«

»Zyniker. Vergiss nicht: Jeder Mensch ist ein Mensch!«, widersprach Susanne.

»Ja. Aber ein Faschist ist ein Faschist!«

Meine Güte, dachte sie, warum fange ich nur immer wieder an, mit diesem Kerl zu diskutieren: »Beeile dich. Ich mach uns Kaffee und bestell an der Tanke ein paar Brötchen, du packst die Ausrüstung ein. Sind die Akkus voll?«

»Wenn du den Stecker nicht ...«

»Gut. Und Kalle brauchst du nicht anzurufen, der ist schon unterwegs.«

Als Susanne Ledig die Dusche abstellte, liefen die letzten Tropfen Kaffee durch. Fürs Anziehen brauchte sie fünf Minuten, das Make-up würde sie während der Fahrt auftragen. Mit der vollen Thermoskanne in der Hand lief sie die Treppe hinunter und trat auf den Hof, wo der Skoda schon warm lief.

Viel schneller als der Wagen hatte Mechthild Brause ihre Betriebstemperatur erreicht. Sie stand auf der Treppe des Hinterhauses und wies mit dem nackten Zeigefinger auf den qualmenden Auspuff: »Susanne! Kannst du deinen Angestellten nicht endlich dazu bringen, dass er diese Art von Umweltverschmutzung sein lässt! Außerdem ist das ruhestörender Lärm, und über den kann ich mich vor Gericht beschweren.«

»Du hast ja so Recht!«, rief Susanne, verstaute ihren warmen Mantel auf dem Rücksitz und stellte die Thermoskanne vorsichtig im Fußraum des Beifahrersitzes ab. »Aber Klaus-Ulrich hat bestimmt gedacht, du wärst schon auf Arbeit. Warum bist du das nicht?«

»Urlaub«, rief der Racheengel. »Auch ich darf mal Urlaub machen oder hast du etwas dagegen?«

»Aber nein«, versicherte Susanne und stellte den Motor ab. »Ist es so gut?«

Statt einer Antwort knallte Magers Ehemalige die Haustür zu. Erleichtert setzte Susanne sich und wühlte im Handschuhfach nach ihrem Lippenstift. Als sie den Schminkspiegel richtig eingestellt hatte, warf sich ein schwerer Körper auf den Rücksitz: »Morgen, Susanne. Alles klar?«

»Ja«, meinte sie. »Aber sag Vanessa, sie soll ab und zu mal zu Hause anrufen, wenn sie bei dir übernachtet. Sie muss ja nicht unbedingt sagen, wo sie ist – ihr Vater freut sich schon über ein schlichtes Zeichen, dass sie überhaupt noch lebt.«

»Ist in Ordnung«, sagte Kalle. »Tu mir mal den Kaffee!«

40

Vor Wut kochend fuhr Brigitte Hell ins Bochumer Präsidium zurück. Ohne sich mit Formalitäten aufzuhalten, tauchte sie im Vorzimmer des Präsidenten auf und verlangte sofort ein persönliches Gespräch: »Es brennt!«

Ihr Ton war so entschieden, dass Flenners Sekretärin es gar nicht erst mit den üblichen Ausreden versuchte. Stattdessen drückte sie auf die Taste der Sprechanlage: »Frau Hell. Dringend.«

Sekunden später durfte die Oberkommissarin vom Staatsschutz in den Tempel des obersten Gottes eintreten. Flenner saß hinter seinem Ungetüm von Schreibtisch und hatte sich hinter Aktenbergen verschanzt wie ein Burgherr hinter seiner Mauerkrone. Mit einer anklagenden Geste auf all die Papiere sagte er: »Frau Kollegin, mehr als fünf Minuten kann ich aber nicht ...«

Sie nickte und nahm unaufgefordert vor der hölzernen Barrikade Platz.

»Also?«

»Mord in Witten. Wieder einer aus dem Volkssturm.«

Flenner nickte. Solche Nachrichten erreichten ihn sofort.

»Die Sonderstaatsanwaltschaft Dortmund hat sich den Fall gekrallt.«

Auch darin konnte Flenner nichts Außergewöhnliches erkennen; schließlich waren die Dortmunder für Leute wie

Brennwald und Co. zuständig – zudem hatte Oberstaatsanwalt Hempelmann das Thema ›Rechtsextremismus‹ offiziell zur Chefsache erklärt.

»Ermitteln soll aber diese Kommission aus Hagen. Und wir sind raus.«

Jetzt runzelte der Präsident doch die Stirn. Dass sich fremde Truppen unkontrolliert in seinem Herrschaftsgebiet bewegten, konnte auch er nicht hinnehmen.

»Ich ersuche Sie dringend, alle Ihre Verbindungen zu nutzen, damit unsere Soko im Rennen bleibt.«

»Einverstanden«, sagte Flenner und kraulte seinen Bart. Augenblicklich regnete es kleine weiße Schuppen, die einen schönen Kontrast zu dem Kragen seiner nachtblauen Jacke bildeten. »Aber ich glaube nicht, dass die Staatsanwaltschaft Sie als Leiterin ...«

»Ist mir egal«, unterbrach ihn die Frau vom Polizeibüro II. »Von mir aus mache ich da die Putze. Hauptsache, wir haben Kontrolle über den Fall und können Schaden von unseren Ermittlungen abwenden.«

Der Polizeipräsident sah Hell überrascht an: Dass sie freiwillig auf die Leitung von irgendetwas verzichtete, war neu.

»Wir haben hier zwei Jahre lang relative Ruhe gehabt«, erläuterte Hell. »Unsere Deeskalationsstrategie hat dazu geführt, dass wir mit diesem Brennwald reden können. Der Mann ist gar nicht so unvernünftig. Und es muss schon einen besonderen Grund haben, dass die ganze Sache im Moment aus dem Ruder läuft. Solange ich den nicht kenne, kann ich das Feuer nicht löschen.«

»Überzeugt«, nickte Flenner. »Aber wie soll das gehen? Sie können nicht gleichzeitig zwei Jobs erledigen.«

»Dann lösen Sie unsere Soko einfach auf. Solange Ösran nicht vernehmungsfähig ist, treten wir sowieso auf der Stelle.«

»Guter Vorschlag«, lobt der PP und lächelte plötzlich. »Aber die Umschulung zur Putzfrau können Sie vergessen. Akten sortieren sitzt mindestens drin.«

Hell hatte gar nicht gewusst, dass der Chef eine humoristische Ader hatte.

41

Rein körperlich gesehen, ging es Nilgül Ösran inzwischen ein wenig besser: Die Wunden heilten, wie man es sich in dieser kurzen Zeit nicht besser vorstellen konnte, und die Infektionsgefahr schien weitgehend gebannt zu sein – auch wenn die nach Rauchvergiftungen anzusetzende kritische Phase noch nicht vorüber war. Die Ärzte jedenfalls zeigten einen vorsichtigen Optimismus.

Schlimmer sah es mit der psychischen Verfassung der jungen Frau aus. Zwar versetzten die Schmerzmittel sie meist in eine Art Dämmerzustand, in dem es keine Zeit gab und außerhalb des Krankenzimmers keine Welt. Dennoch gab es Momente, in denen ihr bewusst wurde, dass ihr Leben sich tief greifend verändert hatte. Am deutlichsten merkte sie es daran, dass ihr die Familie fehlte. Während andere türkische Menschen im Krankenhaus regelmäßig von ihren Verwandten besucht wurden, tauchte hinter dem Sichtfenster vor ihrem Bett immer nur ein und dasselbe Gesicht auf: das ihres Bruders. So dankbar sie war, dass Jem regelmäßig kam – das Fehlen der anderen war schmerzlich und verletzend.

»Verurteile sie nicht«, sagte Jem jedes Mal. »Vater steht enorm unter Druck. Onkel Mehmet zieht die ganze Show ab: Familienehre und so weiter. Vater versucht, hart zu sein, aber Mehmet und der Hodscha wiegeln die Leute im Viertel gegen uns auf.«

»Warum kommt wenigstens Mama nicht mehr?«

»Sie wird wieder kommen«, meinte der Bruder und versuchte ein Lächeln. »Lange hält sie das nicht aus.«

Gegen Mittag wurde Nilgül ein Mundschutz umgehängt und das Bett samt Patientin und den verschiedenen Ampullen, an die sie angeschlossen war, in Richtung OP geschoben. Unterwegs erklärte ihr Schwester Elvira, dass man ihr ein paar Fäden ziehen und am Damm eine winzige Naht neu legen müsse – was so schnell und unkompliziert gehe, dass man nur eine oberflächliche lokale Betäubung brauche: »Ein bisschen Eisspray und drei Minuten später ist alles in Butter.«

Wirklich beruhigt war Nilgül durch diesen Redeschwall nicht, aber sie sah zum ersten Mal seit einer Woche bewusst eine andere Kulisse als ihr Krankenzimmer. Zu behaupten, der Wechsel der Aussicht hätte sie aus der Lethargie gerissen, wäre falsch. Aber ein wenig wacher war sie schon – und hatte endlich wieder einen Blick für etwas, das über ihre eigenen Leiden hinausging.

Vor dem OP kam es zu dem üblichen Bettenstau, und Nilgül musste warten. Als Schwester Elvira sich entfernt hatte, wurde es auf dem Flur für einige Augenblicke still.

Nilgül versuchte, sich zu entspannen, aber dann ging erneut eine Tür und eilige Schritte hämmerten ein Stakkato auf das Linoleum. Ähnlich forsch waren die Brennwald-Leute im Nachhilfeladen herummarschiert.

Voller Furcht hob Nilgül den Kopf. Hier hatte sie nicht mal eine Klingel, um Hilfe zu holen. Was konnte sie tun?

Ein anderes Krankenbett wurde in ihr Blickfeld geschoben. Ein zugedeckter Körper, dann das Gesicht einer Frau in den Dreißigern. Kurzes, rotes Haar. Grüne Augen, die fast geschlossen waren. Offenbar kam sie gerade aus dem Aufwachraum.

Nilgül atmete erleichtert auf und entspannte sich. Eine Leidensgefährtin. Die junge Frau betrachtete das Gesicht der Nachbarin.

Als hätte diese den Blick gespürt, schlug sie die Augen ganz auf. Ein paar Sekunden lang musterte sie die Türkin und schien bemüht zu begreifen. Dann lächelte sie und flüsterte: »Musst du noch da rein?«

Nilgül nickte.

»Schlimme Sache?«

»Geht. Ich werde es überleben. Und du?«

Die andere schien Mühe zu haben, sich auf die Antwort zu konzentrieren. Dann sagte sie leise: »Schussverletzung. Lunge geht wieder, aber meine rechte Brust. War nur noch halb so groß wie die andere.«

»Kriegen die das wieder hin?«

»Offenbar«, lächelte die Rothaarige. Ihr Optimismus verlieh Nilgül plötzlich etwas Mut. »Und was ist mit dir?«

»Vergewaltigt. Und die Beine verbrannt.«

Die andere richtete sich plötzlich ein wenig auf, als würden sie diese Stichworte an etwas erinnern: »Wie heißt du?«

»Nilgül.«

Die Frischoperierte nickte: »Die schöne Rose ...«

Überrascht schaute Nilgül auf: Es gab nur wenige Deutsche, die wussten, was ihr Name bedeutete.

»Kopf hoch!«, flüsterte die Rote. »Wir sehen uns, sobald wir aufstehen dürfen. Okay?«

Nilgül nickte. Eine Krankenschwester trat an ihr Bett und begann, die Patientin in Richtung Operationssaal zu schieben.

»Wie heißt du?«, fragte Nilgül noch. Aber die rothaarige Frau konnte sie nicht mehr hören.

42

Die Arbeit in Witten-Annen erwies sich als zäh und aufwändig. Als PEGASUS eintraf, hatte man die Fotojournalisten bereits an den Zaun des Schulhofes verbannt, wo sie die besten Plätze – genau gegenüber dem Tatort – besetzt hielten. Susanne und den Magers blieb nur der Trost, das erste Fernsehteam vor Ort zu sein, aber das half ihnen auch nicht viel weiter: Die Posten an den rot-weißen Gittern zeigten nicht die geringste Neigung, beim WDR ein paar neue Freunde zu gewinnen. Umso gesprächiger erwiesen sich die zahlreichen Einheimischen, doch deren Kommentare waren zumeist weder druck- noch sendereif. Als Volltreffer entpuppte sich jedoch ein schon äußerlich unsympathischer Typ, der vor laufender Kamera die Todesstrafe für Mörder, Asylanten und Asoziale gefordert hatte. Eine Stunde nach dem Interview hing er sturzbesoffen an einem Torpfeiler und kotzte die Einfahrt zum Schulgelände voll.

»Perfekt«, sagte Kalle.

»Ludger wird das nur senden, wenn wir einen schwarzen

Balken über die Augen legen«, meinte Susanne, doch Kalles Vater grinste nur: Die karierte Jacke des Mannes war so auffällig, dass ihn die Nachbarschaft wiedererkennen würde.

Mit besonderer Begehrlichkeit hielt das Team immer wieder Ausschau nach den Fenstern im ersten Stock. Dort wohnte, wie inzwischen jeder wusste, die Frau, die den Toten gefunden hatte. Um den Namen der Dame zu erfahren, brauchte PEGASUS nur einen Sechserpack zu opfern, den Rest erledigte die Telefonauskunft. Dann wurde die Sache zäh: Der Anschluss war unendlich lange besetzt. Als man schließlich durchkam, erfuhr Susanne, dass die Frau inzwischen bei BLUT unter Vertrag stand und ihr Honorar nur bekam, wenn sie niemandem etwas sagte.

»Gut«, sagte Susanne. »Sagen müssen Sie auch nichts. Aber vielleicht gucken Sie mal kurz aus dem Fenster. Dann sind Sie nicht nur in der Zeitung, sondern auch im Fernsehen. Ihre Freundinnen und alle Bekannten werden Sie beneiden ...«

Die Dame fand das Argument verlockend genug, um für ein paar Sekunden die Gardine im Wohnzimmer zur Seite zu ziehen. Bevor die anderen Presseleute gemerkt hatte, um was es ging, war das liebliche Antlitz mit dem Siegerlächeln schon wieder verschwunden.

»Wunderbar«, grunzte Mager. Er trank den letzten Schluck Kaffee und reichte seinem Sohn die leere Thermoskanne und die Wagenschlüssel: »Kalle, such 'ne Tanke und besorg neuen.«

Der Sohn betrachtete ihn, als sollte er nackt über den Westenhellweg laufen.

»Zier dich nicht, du bist der Jüngste. Und der Jüngste muss immer Bier und Kaffee holen. Ein paar neue Brötchen wären auch nicht schlecht ...«

Kalle rührte sich nicht. Da nahm Susanne seine Hand: »Hör mal, Kalle, es wäre wirklich sehr nett von dir, wenn du uns diesen Gefallen tun würdest.«

»Weiber«, murmelte Kalle. Widerstrebend nahm er die Schlüssel entgegen und überließ seinen Vater und Susanne der Langeweile des Wartens.

Diese hielt an, bis in der Straße ein Leichenwagen auftauchte und von den Polizisten bis vor das Tathaus gewunken wurde. Zwei Männer in Schwarz luden einen Zinksarg aus und strebten auf den Hauseingang zu.

Die Abwechslung versetzte die gesamte journalistische Meute in Hysterie. Kameras wurden hochgerissen und über die Köpfe gehalten, zugleich brach ein heftiges Schieben und Drücken aus, um den eigenen Platz zu verteidigen oder einen besseren zu erobern – Bilder und Filme mit Leichen brachten Quote und Honorar. Doch bevor die Leute mit dem Sarg mit ihrer Arbeit ernsthaft begannen, stellten sich zwei Kriminalpolizisten vor den Eingang des Tunnels und nahmen allen Lüsternen die Sicht.

Enttäuscht ließ Mager die Kamera sinken und suchte nach einem Platz, an dem er sie ablegen konnte. Da stieß ihm Susanne den Ellenbogen in die Rippen. Ihre Augen wiesen stumm in Richtung Leichenwagen.

Einer der Wittener Polizisten näherte sich der Fahrerkabine, eine Zigarette in der Hand, und blickte den Mann hinter dem Steuer fragend an.

»Aufnahme!«, zischte Susanne. »Aus der Hüfte ...«

Während alle anderen Augen auf den Tunnel gerichtet waren, fing Magers Linse eine scheinbar alltägliche Handlung ein: Ein Raucher bat einen anderen um Feuer, doch der andere hielt sein Feuerzeug so ungeschickt, dass die Aktion misslang. Also streckte der Polizist seine Hand aus, um sich den Brenner auszuleihen. Bevor er Rädchen und Feuerstein betätigte, verschwand seine rechte Hand für einen Augenblick in der Hosentasche.

»Hast du?«

Mager nickte: »Und warum?«

Susanne zog den Kopf des Bärtigen zu ihrem Mund herab: »Was meinst du, was sich der Bulle in die Tasche gesteckt hat?«

Der Kameramann wusste es nicht.

»Die Prämie. Weil der Polizist ihn und nicht einen anderen Leichengräber angerufen hat.«

Mager war sprachlos. Mehr noch als die Schlechtigkeit der

Welt ärgerte ihn, dass Susanne Bescheid wusste und er wieder einmal völlig arglos und ahnungslos gewesen war.

Zehn Minuten lang geschah wieder nichts – abgesehen davon, dass Kalle endlich mit dem Kaffee auftauchte. Doch kaum hatte Mager den ersten Schluck getrunken, traten die vor dem Hauseingang postierten Beamten zur Seite und ließen die Träger mit dem Sarg passieren. Blitzlichter flackerten auf, Kameras surrten.

Mager ließ den Kaffeebecher fallen, riss seine JVC hoch und bekam noch drei Sekunden von der Aktion aufs Band. Viel Beweiswert hatte die Sequenz nicht: Statt des Toten hätten auch ein paar Pflastersteine in der Kiste liegen können. Aber ohne diese Aufnahme hätte der Beitrag wie eine Katze ohne Schwanz ausgesehen.

Jetzt näherte sich eine Frau um die vierzig den Absperrgittern. Mager staunte, als er Langer erkannte. Was machte sie im Bereich des Bochumer Präsidiums?

Die Hauptkommissarin winkte die Presseleute heran. Die Polizistin verschwand hinter einer wogenden Traube aus Köpfen, Kameras und Mikrofonen. Das übliche Geschrei ertönte: Fragen, die kein Mensch mehr verstehen konnte, begleitet von den zuckenden Blitzen der Fotoapparate. Die Frau ließ eine Weile alles regungslos über sich ergehen und hob schließlich die Hand. Lohkamps Schule, dachte Mager.

Als auch der letzte Reporter seine Klappe hielt, sagte sie knapp: »Wir machen um vierzehn Uhr eine Pressekonferenz im alten Polizeipräsidium.«

Erneut setzte ein Trommelfeuer von Fragen ein, aber sie drehte einfach ab und ging.

»Coole Frau«, lobte Mager und lud Kalle die Ausrüstung auf die Schultern. »Wo überbrücken wir die Pause?«

»Beim Italiener«, schlug Susanne vor und die Männer waren ausnahmsweise einverstanden.

Auf dem Weg legte das Team ein paar Zwischenstopps ein und schoss einige Schnittbilder, mit denen man den Stadtteil illustrieren wollte: die Druckerei eines bekannten Neonazis in der Nähe des Bahnübergangs, die Jugendstilhäuser im alten Ortskern, wo es sogar ein Kneiporant namens *Multikulti* gab, die große Investitionsbrache, die ein bekanntes Möbelhaus bei seinem Umzug ins Gewerbegebiet hinterlassen hatte – und zum Schluss ein Blick auf das nahe Ardeygebirge, das ohne Schnee und Grün einfach nur grau aussah.

»Ihr könnt sagen, was ihr wollt«, meinte Mager, »aber das hier ist der Arsch der Welt.«

Kalle schüttelte den Kopf: »Wenn das hier der Arsch ist, was ist dann die Steinhammer Straße?«

Sein Vater grinste: »Die wäre ein brauchbarer Enddarm. Aber da gibt es immer noch PEGASUS.«

Das Essen war gut und teuer, die Pressekonferenz kurz und knapp, der Weg zurück nach Dortmund-Kley um diese Jahreszeit so öde wie ein Nachtflug. Während Mager in seinem Bastelraum verschwand und das Material auf zwei dreißig zusammenschnitt, setzte Susanne sich an den PC, um ihren Text zu entwerfen.

Kalle störte beide, als er die Bürotüren öffnete und vom Flur aus mit einem Fax winkte: »Antifa Wattenscheid. Die veranstalten morgen früh eine Pressekonferenz. Es hat da offenbar einen Anschlag gegeben ...«

»Tote?«, fragte Mager.

»Nein.«

»Trag's in den Terminkalender ein«, sagte Susanne und schrieb weiter. »Wir haben noch eine Stunde ...«

Doch nur Sekunden später sprang sie auf und rannte in den Schneideraum: »Klaus, ist der Hunni zu sehen?«

»Welcher ... Moment ...«

Er ließ die Kassette vorlaufen und stoppte an der richtigen Stelle. Drückte die Zeitlupenfunktion und zoomte die Hand mit dem Feuerzeug heran. Das blaue Leuchten war unverkennbar.

»Nimm's rein – aber leg einen Balken über die Gesichter.«

43

Der Bericht lief am Ende des Vorabendprogramms in der Aktuellen Stunde. Während die meisten Zuschauer vor der Tagesschau noch einmal zum Kühlschrank oder zum Klo liefen, rührte sich im Wattenscheider *Berghof* niemand von seinem Platz. Fassungslos starrte Brennwalds ausgedünnte Truppe auf den riesigen Bildschirm. Als der Blechsarg aufblitzte, heulte Brennwald los: »Diese Türkenschweine! Ich mach sie alle! Kommt, wir fackeln das Falkenheim ab.«

Alles sprang auf, doch der blonde Bursche mit der Nickelbrille zog seinen Chef beiseite: »Rudolf, mach keinen Scheiß! Die Bullen liegen draußen auf der Lauer!«

»Dann gehen wir hinten raus!«

»Mann, da sind die auch. Du kannst heute Abend keinen Schritt gehen, ohne dass das auffällt.«

»Ich will Blut sehen!«

»Ich auch – aber nicht deins!«

Einige Atemzüge lang starrten sich die beiden an. Dann legte Brennwald seine Pranken um den Hals des Blonden: »Sag mal, Gernot, wer knipst mir die Leute ab?«

Horvath zog seine Schultern hoch: »Ich weiß nicht, Rudolf. So was hat es noch nie gegeben. Zumindest nicht seit 1933.«

Der Chef überlegte, dann winkte er einen jungen Glatzkopf heran: »Ich bin schon zu blau. Fährst du mich, Dennis?«

Der Bursche schlug die Hacken zusammen.

»Mach keinen Scheiß, Rudolf!«, warnte Horvath noch einmal.

»Mach ich nicht. Ich will nur nach Dortmund ...«

Der Blonde atmete fast unmerklich auf: In Dortmund wohnte jene Frau, die für den Volkssturm so manche Aufgabe erledigte und bei der Brennwald hin und wieder übernachtete. War vielleicht nicht schlecht, wenn der Chef sich ausheulen und mal wieder richtig vögeln konnte. Pech war nur, dass gegenüber ein paar Antifas wohnten, denen man nicht über den Weg trauen konnte.

»Tu das, Rudolf. Aber nimm noch jemanden als Begleitung mit. Puma vielleicht, der ist gut.«

Mit aufflackerndem Misstrauen sah Brennwald seinen Chefideologen an: »Gernot, wie ist das: Stehst du zu mir? Oder wetzt du hinter meinem Rücken schon das Messer? Wer zwei umbringt, der legt auch einen Dritten um. Oder lässt ihn umlegen …«

Im Saal war es plötzlich totenstill.

Horvath hielt dem Blick seines Anführers stand. Er legte seinen linken Arm auf den Tisch: »Rudolf, hol ein Beil und sag mir, ich soll mir die Hand abhacken. Ich tu's und frage nicht mal warum.«

»Und du, Puma?«

Ein Typ mit kurzem schwarzem Haar legte seine Dartpfeile weg und kam heran. Er war längst nicht so groß wie Brennwald und wirkte nicht so kräftig, wie Klopper ausgesehen hatte. Aber an seinen Muskeln und seinen Bewegungen konnte man sehen, dass er absolut durchtrainiert war. Wie üblich machte er auch jetzt keine großen Worte, sondern setzte sich neben Horvath und legte seinen rechten Arm neben dessen linken: »Tu's!«

Langes, atemloses Schweigen. Helge Weiß stand wie angenagelt hinter seinem Tresen und polierte ein Saftglas, als wollte er ein Loch hineinscheuern. Ein falsches Wort, dachte er, und Brennwald schickt mich in den Keller.

Dann packte der Chef die beiden Sitzenden, zog sie zu sich hoch und rammte seine und ihre Schläfen zusammen: »Ich vertraue euch wie kaum einem sonst. Aber wenn ihr mich verratet …«

»Erzähl keinen Scheiß!«, flüsterte Horvath und bog das Gestell seiner Brille wieder zurecht.

»Also gut!« Brennwald musterte seine Truppe und war wieder Kommandeur. »Ihr geht jetzt raus und spielt ein bisschen Theater. Schaukelt die Kiste mit den Plattwichsern von Bullen durch, grölt ein paar Sachen, die nicht strafbar sind, tanzt einen kleinen Pogo – und sobald die Leute vom

Hintereingang als Verstärkung auflaufen, klopft einer an die Scheibe und ich haue mit Dennis und Puma ab. Ihr macht dann höchstens noch eine Minute weiter und setzt euch wieder friedlich hier rein. Die nächste Runde geht auf mich!«

44

Schon von der Straße aus sah Kalle, dass in seiner Wohnung Licht brannte. Sein Herz machte einen solchen Sprung, dass er beim Einparken fast den grünen Golf gerammt hätte, der vor ihm stand. Einen Augenblick überlegte er, ob er noch einmal losfahren und ein zweites Hähnchen vom Imbiss holen sollte, aber dann siegte seine Ungeduld. Er sprang aus dem Wagen und schloss auf. Schon im Treppenhaus hörte er die Scorpions mit ihrem Bekenntnis *Still Lovin' You.* Vanessa hatte einen seiner Lieblingssongs ausgewählt.

Als Kalle in seinen Korridor trat, wurde in der kleinen Wohnküche eine Kerze angesteckt. Fast im selben Augenblick roch er den Lammbraten. Neugierig spähte er um den Türpfosten und war hin und weg: Auf einem weißen Tischtuch, das garantiert nicht ihm gehörte, stand edles Geschirr, das er in seiner Wohnung noch nie gesehen hatte. Eine entkorkte Flasche Rotwein mit einem schlichten Etikett, zwei zu dem Getränk passende Gläser, eine rote Rose in einer richtigen Vase – und am Kühlschrank lehnte Vanessa. Sie trug eines dieser hauchdünnen Kleidchen mit Spagettiträgern, offenbar nichts darunter und gab, die nackten Beine leicht gespreizt, den verruchten Vamp.

Kalle ließ die Tüte mit dem Brathähnchen fallen, schüttelte seine schwere Lederjacke ab und beeilte sich, das Mädchen in die Arme zu nehmen. Der Duft ihres Parfüms nahm ihm fast den Atem.

»Was möchtest du zuerst?«, fragte sie. »Lamm oder Liebe?«

»Duschen!«

Es dauerte seine Zeit, bis sie alle drei Programmpunkte erledigt hatten und rauchend nebeneinander auf dem Bett lagen.

»Geht's dir gut?«, fragte sie.
»Bestens. Und dir?«
»Es könnte nicht besser sein ...«
»Wunderbar«, sagte er und reichte ihr den Telefonhörer. »Dein Alter macht sich Sorgen um dich. Hat sich schon bei Susanne ausgeheult. Ruf ihn an, sag ihm, dass es dir gut geht und dass du heute Nacht nicht nach Hause kommst.«
»Überflüssig«, sagte sie und küsste Kalle auf den Mund. »Meinst du, ich habe das ganze Zeug, das in der Küche steht, allein hier heraufgeschleppt?«

45

Für Dennis Czerny und Puma war die Nacht zum Donnerstag alles andere als angenehm: Nachdem sie einige Stunden in Brennwalds Auto gesessen hatten, verwandelten sich auch die Sitze des teuren Offroaders in Folterstühle. Gleichzeitig boten die engen Straßen in der Mitte von Dorstfeld kaum etwas, was der Abwechslung diente und das Wachbleiben erleichterte. Radio zu hören oder die Zeitung zu lesen verbot sich von selbst – schließlich wollten sie möglichst unentdeckt bleiben.

Diese Widrigkeiten wären erträglicher gewesen, wenn die beiden einen Gesprächsstoff gefunden hätten, der für mehr als fünf Minuten reichte. Doch die beiden Morde waren schnell abgehakt – Puma zeigte nur wenig Neigung, die im Volkssturm kursierenden Theorien auszudiskutieren. Auch das Schicksal der Bundesligavereine interessierte den Zweiundzwanzigjährigen nur beiläufig, und an Autos schien ihm nur wichtig zu sein, dass die Kisten fuhren. Bald ging Puma das Geschwätz des Achtzehnjährigen auf die Nerven und Dennis wiederum hielt den wortkargen Sportler für ein überhebliches Arschloch.

So wagte der Jüngere es auch nicht, diejenige Frage anzuschneiden, die ihn seit einer Woche bewegte: Wer hatte die Türkin ausgezogen und vergewaltigt? Nach allen anderen Aktionen hatten die Beteiligten lautstark mit ihren Heldentaten gestrunzt. Aber dieses Mal hielten sich alle, die den Laden betreten hatten, vollkommen bedeckt – ganz so, als hätte der Chef sie zur Verschwiegenheit verdonnert.

»Wie wär's mit Schnick-Schnack-Schnuck?«, schlug Dennis Czerny schließlich vor und hielt dem anderen die Hand unter die Nase. »Schere schneidet das Blatt, aber zerbricht am Stein, das Blatt deckt den Brunnen und umwickelt den Stein, der schluckt …«

»Mann, wir sind hier nicht im Kindergarten. Ich drehe jetzt mal 'ne Runde um den Block. Du rührst dich nicht von der Stelle.«

Puma schlug die Wagentür hinter sich zu und verschwand in dem Zwielicht aus Winternacht und städtischer Sparbeleuchtung. Blödmann, dachte Dennis, schaltete die Standheizung aus, drehte die Scheibe herunter und steckte sich eine an. Die Glut der Zigarette versteckte er in der hohlen Hand, aber ein genauer Beobachter hätte den Qualm entdeckt, der in regelmäßigen Abständen über dem Fahrzeugdach aufstieg. Das Handy einschalten und eines der neuen Spiele ausprobieren? Aber dann konnte er nicht mehr den Hauseingang beobachten.

Dennis beugte sich vor und sah an dem alten Haus auf der anderen Straßenseite hoch. War schon ein schlechter Witz, dass ausgerechnet da so ein Roter wohnte. Aber vielleicht auch nicht: Wer würde den Chef des Volkssturms schon hier vermuten, nur durch eine schmale Straße und zwei Fensterscheiben von dieser Zecke entfernt?

Zecke. Wer diesen Ausdruck wohl aufgebracht hatte? In der Schule hatten sie gelernt, dass Zecken Krankheiten verbreiten konnten. Deshalb erzählten Brennwald und der blonde Gernot auch immer, dass man diese Schädlinge ausmerzen musste, bevor sie das ganze Volk krank machten. Aber der Bursche da oben hatte ziemlich normal ausgesehen, als er mit seiner Imbisstüte über die Straße gelaufen war. Und vielleicht tat er im Augenblick auch nichts anderes als der Boss …

Einen Augenblick lang kam es Dennis ziemlich blöd vor, hier unten Wache zu schieben, während der Chef oben vögelte. Wozu das ganze Indianerspiel? Er würde jetzt auch gerne in einem warmen Bett liegen. Unwillkürlich tastete er nach dem Amulett in seiner Brusttasche. Mit der Besitzerin dieses Anhängers zum Beispiel. Aber bei der hatte er mit Sicherheit keine Chance.

Andererseits, dachte Czerny jetzt, war es nach den Vorkommnissen der letzten Tage gut möglich, dass jemand auch Brennwald ans Leder wollte. Und ohne den Chef war die Truppe tot und erledigt. Wo sollte Dennis dann seine Zeit verbringen? Mit wem? Vor allem aber: Wer setzte ihn dann noch als eine Art Privatchauffeur ein und ließ ihn solche Autos fahren? Wer würde so blind auf seine Verschwiegenheit bauen? War es nicht geil, dass der Chef gerade ihn immer wieder für solche Aufgaben aussuchte? Wer sonst würde einem Dennis Czerny so sehr vertrauen?

Auf dem Dorstfelder Hellweg rollte eine der letzten Straßenbahnen des Tages vorbei. Die Geräusche der Räder und Schienen brachen sich wie ein fernes Donnergrollen an den Häuserwänden der engen Nebenstraßen, bevor sie in der Ferne verhallten. Dennis hätte sich gerne eine Cola und eine Pizza geholt, aber Puma war noch unterwegs. Wenn er nicht bald zurückkam, war der Imbiss an der Hauptstraße zu.

Die Zigarette war aufgeraucht. Dennis wollte die Kippe schon mit großer Geste aufs Pflaster schnippen, hielt sich aber im letzten Moment zurück. Auf eine dümmere Weise konnte man sich einem zufälligen Beobachter nicht verraten.

Als Puma die Beifahrertür öffnete, zuckte Dennis erschrocken zusammen. Er hatte den Älteren weder gesehen noch gehört. Ich muss besser aufpassen, dachte er, sonst bin ich selbst vielleicht der Nächste.

»Hier!«, sagte Puma und stellte eine Coladose auf die Ablage und reichte Dennis ein flaches Päckchen. »Mit Schinken und Ananas. Isst du doch sonst so gerne …«

Überrascht sah der Junge den Älteren an. Ihm war noch nie aufgefallen, dass der andere je auf ihn geachtet hatte. Und jetzt das!

»Danke«, sagte er.

»Wenn du mal schiffen musst«, meinte Puma. »Die Kneipe am Markt ist noch auf.«

Dennis nickte, aß, trank, brachte die Cola weg und setzte sich wieder neben Puma.

Die nächsten Stunden waren sie vor allem damit beschäftigt, sich gegenseitig wach zu halten. Als Brennwald gegen vier Uhr morgens aus der nächsten Haustür trat, atmeten sie auf. Der Chef warf sich ächzend auf den Rücksitz und klopfte beiden Leibwächtern kurz auf die Schulter: »Auf geht's! Und: Danke, Jungs!«

Der Stimme nach war er deutlich aufgeräumter als am Abend zuvor.

46

»Kolleginnen und Kollegen – wie Sie sehen, haben wir Verstärkung bekommen. Ich freue mich, zunächst meinen früheren Chef begrüßen zu können, Hauptkommissar Lohkamp aus Wattenscheid …«

Zustimmendes Gemurmel, einige Leute aus Martina Langers Kommission klopften mit den Fingerknöcheln Beifall auf die Tischplatte.

»Im Laufe des Tages werden weitere Kollegen aus Bochum zu uns stoßen, um uns mit ihrer Erfahrung und ihrer Ortskenntnis zu helfen. Damit sind wir ab jetzt die Sonderkommission Klopper …«

Gelächter unterbrach sie und sie wartete ab, bis die Leute sich beruhigt hatten: »Der Begriff stammt nicht von mir, sondern vom Leitenden Oberstaatsanwalt Hempelmann in Dortmund, der die Ermittlungen in der Hand hat. Unser Auftrag beschränkt sich natürlich nicht auf den Fall Koslowski, sondern schließt das Attentat von Hattingen ein. Und jetzt möchte ich Ihre Berichte hören.«

Die Beamten nickten. Die meisten von ihnen hatten am Mittwoch bis zum späten Abend in Witten-Annen Klinken geputzt und waren anschließend sofort nach Hause gefahren. So kamen sie erst jetzt dazu, ihre Ergebnisse vorzutragen – und zeichneten dabei ein nahezu widerspruchsfreies Bild von Stefan Koslowski.

Der Junge war in der Familie eines Gießereiarbeiters aufgewachsen. Während seine beiden wesentlich älteren Schwestern die Schule glatt durchlaufen hatten, fiel Stefan schon in der Grundschule durch mäßige Leistungen auf. Nachdem er auf der Realschule die sechste Klasse gedoppelt hatte, schickten ihn seine Eltern zur Hauptschule, wo er den Abschluss der neunten Klasse schaffte – was er weniger seinen Leistungen als vielmehr seinem Verhalten verdankte. Faulheit, Beleidigungen und Prügeleien sorgten dafür, dass seine Lehrerinnen und Lehrer ihn zum Schluss einfach nur noch loswerden wollten.

Das Einzige, was Stefan Koslowski in seiner Schulzeit wirklich interessiert hatte, waren Autos gewesen. So begann er mit sechzehn eine Ausbildung als Kfz-Mechaniker. Die Gesellenprüfung legte er mit einem schwachen Befriedigend ab, wurde aber dennoch übernommen: »Theoretisch eine Null, aber in der Praxis findig und schnell.«

Hatte er als Schüler noch in der Jugend des SuS Annen gekickt, flog er im ersten Lehrjahr aus der Mannschaft, da er sich meist schon vor der Halbzeitpause eine rote Karte einfing. Während dieser Zeit legte er sich den Glatzenschnitt zu und zog nur noch mit Bomberjacke und Springerstiefeln durch den Ort. Kurz darauf setzten ihn die Eltern vor die Tür und brachen jeden Kontakt ab. Er hatte den Wagen seines Vaters abgefackelt und *Scheis sozi* an die Hauswand geschrieben. Weitere Gewaltdelikte folgten. »Aber eingefahren ist er nie – die Höchststrafe bestand in zwanzig Stunden Sozialarbeit.« Seit drei Jahren gehörte er zu Brennwalds Truppe – und was die drauf hatte, wusste man.

Der Kollege, der sich im Schnelldurchgang ein Dutzend von Koslowskis Videos angetan hatte, meldete sich: »Alle Filme schildern härteste Gewaltakte, viele mit sexueller Komponente. Drei bis vier illegale Bänder mit realen Vergewaltigungen, eines mit einem echten Mord irgendwo in Asien. Erspart mir Einzelheiten, aber das Sterben des Mädchens muss Stunden, wenn nicht gar einen ganzen Tag gedauert haben.«

»Hast du die Sachen weitergereicht?«

»Mache ich noch. Doch ich glaube nicht, dass wir den Herstellern auf die Spur kommen. Koslowski hat zweimal in Thailand Urlaub gemacht und sich die Videos offenbar dort besorgt ...«

»Nachbarschaft?«

In der Nähe seiner Wohnung hatte Koslowski sich deutlich zurückgehalten und ein paar deutsche Nachbarn fanden ihn sogar ganz umgänglich. Die Ausländer des Viertels machten lieber einen großen Bogen um ihn: Glatze, Kleidung und Umgangston reichten aus, um ihnen Angst einzuflößen.

»Frauen?«

»Nichts Festes. Die meisten haben schnell das Weite gesucht. Zu egoistisch, zu brutal. Suchte häufig irgendwelche Puffs auf. Nach einigen Hausverboten bevorzugte er den Straßenstrich ...«

»Mit einem Wort: ungebildet und gewalttätig«, zog Langer das Fazit der Berichte. »Ist das richtig?«

Die meisten Kollegen signalisierten Zustimmung, nur der Psychologe, den man dem Team zugeordnet hatte, warf ein: »Ich finde, wir sollten es nicht mit diesen nackten Fakten bewenden lassen. Er scheint vielmehr das gewesen zu sein, was man hier im Ruhrgebiet – Sie verzeihen mir den derben Ausdruck – als eine *arme Sau* bezeichnet ...«

Gemurmel kam auf, aber Martina Langer hatte die Truppe im Griff. Kaum hatte sie ihren Zeigefinger auf die Lippen gelegt, trat wieder Ruhe ein.

»Hat mal jemand untersucht«, fuhr der Psychologe fort, »was es für Stefans Persönlichkeit bedeutete, dass die Eltern das Kind ablehnten und die erste Gelegenheit nutzten, den Jungen abzuschieben? Mit sechzehn?«

Wieder setzte allgemeines Murren ein und steigerte sich zu offener Empörung: »Schon wieder diese Tour! – Jetzt kommen die mildernden Umstände. – Bedauernswertes Unterschichtkind! – Die bösen Eltern! – Der Täter ist das eigentliche Opfer!«

»Bitte, Kollegen!«, unterbrach Langer die Proteste und klopfte mit dem Löffelstiel gegen ihre Kaffeetasse. »Völlig egal, was Sie von dem Mann halten und was er selbst verbrochen hat: Er ist ermordet worden und wir müssen den oder die Täter finden.«

Die Begeisterung hielt sich in Grenzen. Die Kollegen auf den hintersten Plätzen schienen sogar Zeitung zu lesen oder Käsekästchen zu spielen, während der Psychologe seine Ausführungen zu Ende brachte. In der weiteren Diskussion ging niemand auf den Vortrag ein. Für die Polizisten gehörte der Akademiker zu jenem Clan von Weichspülern, die auch die übelsten Täter wieder auf die Piste schickten und damit die Polizeiarbeit sabotierten.

»Noch etwas«, sagte ein Kollege. »Ich wollte mir das Strafregister von Koslowski ansehen. Aber die verlangen ein Passwort, das ich nicht kenne. Wer hat den Daumen auf der Akte? Der Staatsschutz?«

Wie auf ein Stichwort öffnete sich die Tür und drei Leute schoben sich herein. Langer erkannte auf Anhieb den Angela-Merkel-Verschnitt vom Bochumer Staatsschutz wieder – und die Kollegin und den Kollegen, die als Erste in Witten-Annen ermittelt hatten.

»Schön, dass Sie da sind! – Kolleginnen und Kollegen, das sind Oberkommissarin Hell vom Polizeibüro II, Kommissarin Klemm vom KK 12 und Kriminalhauptmeister Hardenberg vom Kommissariat Wattenscheid. Willkommen – und nehmen Sie Platz!«

Hell setzte sich als Erste und erklärte sofort: »Ich möchte betonen, dass wir auf ausdrücklichen Wunsch unseres Polizeipräsidenten hierher abgeordnet worden sind.«

Die Temperatur im Raum sank um mehrere Grade. Nicht nur Lohkamp empfand diese Wichtigtuerei als eine Kampfansage.

Langer stellte die Hackordnung sofort wieder her: »Für den Fall, dass Ihr Präsident noch ein paar Kollegen übrig hat – sagen Sie ihm doch bitte, dass wir hier im Normalfall um acht Uhr beginnen und nicht um neun. Einverstanden?«

Hells Gesicht verzog sich zu einem spöttischen Grinsen.

»Da wir gerade beim Fall Stefan Koslowski sind: Wissen Sie, warum seine Akte gesperrt ist?«, fragte Langer.

»Staatsschutzangelegenheit. Ich habe Ihnen aber einen Ausdruck der Daten mitgebracht, die für unsere Arbeit relevant sein dürften.«

»Wie schön, dass Sie schon mal alles vorsortiert haben.«

Die Augen der Staatsschutz-Frau blieben ausdruckslos, aber Langer hatte eine klare Vorstellung von dem, was sich hinter der Stirn der anderen abspielte.

»Hat noch jemand was nachzutragen?«

Ein Mann aus ihrer Stammtruppe meldete sich: »Ich habe noch ein paar Informationen von den Kollegen in Annen bekommen«, sagte er. »Im Übrigen ganz ohne Passwort ...«

Ein leichtes Glucksen. Von wem es stammte, konnte Langer nicht feststellen. Aber in den Mundwinkeln der jungen Kollegin, die neben Hell saß, zuckte es. Die beiden sind auch keine Freundinnen, dachte die Chefin.

»Koslowski hat sich im letzten November auf dem Straßenstrich eine Nutte gezogen ...«

»Prostituierte!«, korrigierte Langer. »Halten wir uns doch an die neutralen Begriffe ...«

»Gut. Er hat sich von ihr einen blasen lassen, war aber nicht zufrieden. Daher hat er die Frau verprügelt und ihr das Nasenbein gebrochen. Das gefiel dem Zuhälter der Dame überhaupt nicht und er wollte bei Koslowski Schadenersatz eintreiben. Anschließend musste der Mann selbst zum Arzt. Als er die anderen Zuhälter um Hilfe bat, haben die ihn im Stich gelassen: Koslowski war ihnen wegen der Verbindung zum Volkssturm zu gefährlich. Der Mann hat geschworen, er werde es Koslowski eines Tages heimzahlen ...«

Ein Raunen waberte durch den Raum. Auch wenn solche Ankündigungen in der Regel folgenlos blieben – hier zeichnete sich zumindest für den Mord an Koslowski ein Motiv ab. Ob und wie der Zuhälter zum Fall Heckmann passte, musste man später klären.

»Haben Sie die Adressen?«

Der Mann legte ein Blatt auf den Tisch: »Es ist nur eine Adresse. Die beiden wohnen zusammen!«

»Gut«, sagte Langer und stellte einen Greiftrupp aus vier Leuten zusammen. »Holen wir uns die beiden.«

47

Als Kalle Mager auf die Straße trat, schoss eine kräftig gebaute Brünette aus dem Hauseingang gegenüber. Dem Styling nach hatte sie irgendeinen Bürojob mit Publikumsverkehr, dem Tempo nach schien sie spät dran zu sein. Im Vorbeiflug gönnte sie Kalle ein kurzes Lächeln und warf sich in den Golf, den er am Abend beim Einparken fast gerammt hätte. Erst als sie startete, fiel es Magers Sohn ein: Er hatte die Frau ein paarmal vom Fenster aus gesehen – sie wohnte auf gleicher Höhe in dem schicken Neubau gegenüber. Dass sie ihn erkannte, wunderte ihn, aber manche Leute achteten eben genauer auf ihre Nachbarschaft als er.

Nun startete Kalle seinen eigenen Golf – rund acht Jahre älter als der Schlitten der Dame aus dem Neubau, aber bestens in Schuss. Quer durch den Fußgängerbereich fuhr er zu seinem Lieblingsbäcker, besorgte, was von ihm erwartet wurde, und gab Gas. Auf der langen, öden Geraden zwischen Dorstfeld und Marten dachte er über den nervigen Brötchenjob nach. Dass jemand einkaufte, der sowieso unterwegs war, ging im Prinzip in Ordnung. Aber ihn setzte diese tägliche Pflicht unter Druck. Vatter, vermutete er, Vatter hat sich das ausgedacht. Erzieherische Maßnahme, damit ich nicht versumpfe. Na, warte …

»Morgen!«, sagte Kalle und legte die Brötchen auf den Tisch. Susanne grüßte in gewohnter Freundlichkeit zurück, sein Vater richtete als stumme Anklage seinen Blick auf Susannes große Küchenuhr.

»Nächste Woche bist du dran«, sagte Kalle. »Wir wechseln uns demnächst ab.«

Vater Mager vergaß vor Schreck das Atmen und Susannes spöttische Augen verrieten ihm, dass er verloren hatte.

»Was liegt heute an?«, fragte Kalle, als seine Verdauungszigarette brannte. »Pressekonferenz der Wattenscheider Antifa?«

»Ist auf zwei Uhr verschoben«, sagte Susanne. »Hilfst du mir so lange im Büro?«

Kalle nickte. »Und was macht Klaus?«

»Ich fahre ins Krankenhaus.«

»Morgens? Wenn sie dich überhaupt reinlassen, sitzt du da nur im Weg herum.«

Kalles Prognose stimmte. Als Mager im *Bergmannsheil* auftauchte, wurden Karins jüngerer Bettnachbarin gerade neue Verbände angelegt. Kaum war das erledigt, passierte der alten Dame, die gleich hinter der Tür lag, auf Grund einer altersbedingten Schließmuskelschwäche ein kleines Malheur, sodass man die Bettwäsche wechseln und die Patientin waschen musste. Als die Pflegerinnen mit dieser Arbeit fertig waren, rauschten die weiß gekleideten himmlischen Heerscharen zu ihrem Morgenbesuch heran. Mager hoffte, dass sie ihre Visite beendeten, bevor die Rosen in seiner Hand verwelkt waren.

»Danke!«, flüsterte Karin, als ihr Mann die Blumen endlich auf den Nachttisch stellen konnte. »Lieb von dir.«

»Nicht der Rede wert! Wie geht es dir?«

»Gut«, meinte sie, aber der Tonfall und die Blässe in ihrem Gesicht verrieten das Gegenteil.

»Was haben die Medizinmänner denn nun mit dir angestellt?«

»Nichts Schlimmes. Erzähle mir lieber, was die anderen machen.«

Mager musste schlucken. Die Geheimniskrämerei ging weiter. Irgendwann musste sie doch mit diesem Blödsinn aufhören.

»Erzähl!«

Mager seufzte: »Heute Morgen Bürokram. Aber am Nachmittag müssen wir wieder raus …«

Ausführlich berichtete er der Roten von den Ereignissen der letzten beiden Tage. »Der Tipp von deiner Schulfreundin war übrigens goldrichtig. Kalle hat bei dieser Tina eine Menge Material über Brennwald und seine Scheißkerle abgestaubt.«

Karin nickte zufrieden.

»Auf jeden Fall bekommen wir endlich unsere große Reportage. Vanessas Papi hat uns ganz offiziell den Auftrag gegeben, über das Treiben des Volkssturms eine richtige Film-Doku zu machen.«

»Wie war das noch mit dem Ruhrgebiets-Filz?«, fragte die Rote spöttisch, aber Mager ignorierte den Einwand, schwelgte stattdessen in Einzelheiten: »Dreißig Minuten zu einer passablen Sendezeit. Gibt jede Menge Knete und die Chance auf Wiederholung in den anderen Dritten Programmen. Ludger hat uns sogar einen satten Vorschuss angewiesen. – Hörst du mir überhaupt zu?«

»Klar«, sagte Karin und öffnete die Augen wieder. »Ihr habt Vorschuss bekommen. Und die Hälfte davon hast du gleich für diesen Blumenstrauß verpulvert.«

48

Die Prostituierte Chantal Szepanski und ihr ›Verlobter‹ wohnten in einem teuer aussehenden Appartementhaus am Rande des Wittener Stadtteils Stockum. Das Bauwerk stand rund hundert Meter neben der Landstraße nach Bochum auf einem sanft ansteigenden Berghang, von dem aus man sicher einen schönen Fernblick hatte. Zum Ausgleich dafür bestand die Außenanlage aus einer lieblosen Ansammlung kahler Büsche und Bäume, zwischen denen ein vernachlässigter Sandkasten vor sich hin moderte. Umso sorgfältiger waren auf dem geräumigen Parkplatz die Stellplätze markiert worden. Als die vier Beamten gegen halb elf mit zwei zivilen Fahrzeugen über die Zufahrt rollten, waren zwei Drittel der Parkbuchten leer, die anderen mit gepflegten Fahrzeugen der höheren Preisklassen besetzt. Das Geld, das ein ordentlicher Spielplatz mit Rutschen und Schaukeln gekostet hätte, hatten die Eigentümer der einzelnen Wohnungen und Appartements lieber für meterbreite Spoiler, großkalibrige Auspuffanlagen und getönte Scheiben ausgegeben.

Schweigend eilte der Greiftrupp auf den Hauseingang zu.

Neun von zehn Menschen hätten auf Anhieb erkannt, dass es sich um Polizisten handelte, aber angesichts der Gegebenheiten hatten sie sowieso keine Chance, den Block unbemerkt zu erreichen.

Die beiden Beamten, die zuerst unter dem Vordach standen, ließen ihre Finger suchend über die vier Reihen mit den rund zwei Dutzend Namensschildern gleiten. Ein Marcel Waschkowitz war nicht verzeichnet.

»Aber hier steht die Frau«, flüsterte Katrin Klemm.

Der Name der Prostituierten fand sich in der zweiten Reihe von unten – ein Hinweis darauf, dass die Wohnung im zweiten Stockwerk lag? Der Leiter des Greiftrupps legte seinen Zeigefinger auf den Klingelknopf.

Nichts geschah. Achselzucken. Der zweite Versuch. Diesmal drückte der Kollege gleich mehrmals. Hardenberg glaubte, den schwachen Widerhall des Gongs im Hausflur zu hören.

Etwa eine halbe Minute später knackte es in der Sprechanlage. Eine verschlafene Frauenstimme verriet den Unwillen über die Störung: »Ja, was ist denn?«

»Schneider, Stadtwerke. Die Zähler hier im Haus müssen überprüft werden ...«

»Zähler? Weiß ich nix von. Hätten Sie das nicht ankündigen ...«

»Haben wir doch. Vorige Woche habe ich selbst den Zettel ...«

Endlich wurde aufgedrückt. Ein helles, geräumiges Treppenhaus, ganz in Weiß und Blau gehalten. Stufen und Geländer bildeten ein Quadrat, in dessen Mitte sich ein geräumiger Lichtschacht befand, durch den man bequem hinauf-, aber ebenso gut hinuntersehen konnte. Nacheinander hetzten die Beamten die Stufen hoch – der erste suchte nach den Namensschildern neben den Türen, die anderen hatten die Augen nach oben gerichtet. Noch zehn Sekunden, dann hatten sie es geschafft ...

Da beugte sich eine Blondine im Morgenrock über das Geländer. Und sie erfasste sofort, was geschah: »Marcel, die Bullen!«

Als die Beamten die Tür erreichten, war sie längst ins Schloss geschlagen worden.

»Aufmachen, Polizei!«

Während der Anführer des Greiftrupps mit der Faust gegen das Türblatt hämmerte, wandte er den Kopf und nahm Blickkontakt zu Hardenberg auf: »Hinten ...«

Der Kriminalhauptmeister machte auf der Stelle kehrt und rannte die Treppe wieder hinab, während die Kollegen weiter gegen das Holz hämmerten. Hardenberg riss die Haustür auf und wollte losstürmen, blieb aber, noch von dem kleinen Vordach geschützt, stehen: Wenn dieser Waschkowitz die Fliege machte – wohin würde er sich wenden? Den Hügel hoch zu dem Wäldchen? Von der Rückseite des Hauses quer über das Feld zur Bushaltestelle an der Hauptstraße?

Waschkowitz selbst beantwortete die Frage schneller, als es Hardenberg genehm war. Denn plötzlich entdeckte der Polizist einen hünenhaften Kerl, der quer durch die Außenanlage in Richtung Parkplatz stürmte: in Jeans, den Oberkörper nackt, das wilde Haupthaar wie eine Fahne hinter sich herziehend. Er hatte gut zwanzig Meter Vorsprung, musste aber noch die Wagentür öffnen, den Schlüssel in die richtige Öffnung stecken und starten. Hardenberg rannte los.

Er erreichte das Mercedes Coupe, als der Riese seine Beine bereits hinter dem Steuer verstaut hatte, und riss die Tür auf: »Polizei. Kommen Sie heraus!«

Der Mann erstarrte in seinem Bemühen um den Zündschlüssel. Dann nickte er und machte Anstalten, aus dem Wagen zu klettern.

Hardenberg trat zurück, war aber nicht schnell genug. Aus der Bewegung heraus schickte der Kerl seine Faust herüber. Der Polizist drehte den Kopf zur Seite und der Schlag streifte nur sein Kinn. Mit dem Rücken knallte Hardenberg gegen ein anderes Fahrzeug, hatte jedoch keine Zeit zum Atemholen. Der Halbnackte kam auf ihn zu und holte erneut aus. Hardenberg tauchte seitlich weg. Der Hieb des anderen ging ins Leere, sodass er selbst ins Taumeln geriet.

Als Waschkowitz sich aufrichtete, blickte er in die Mündung einer Pistole: »Hände hoch! Umdrehen! Abstützen! Beine auseinander!«

Der Rest war Routine. Und eine Sache für den Zahnarzt.

49

Karin Jacobmayer fühlte sich an diesem Morgen deutlich besser. Die Wunde schmerzte nicht mehr und schien gut zu verheilen. Außerdem sah es ganz so aus, als hätte ihr der Doc die Silikonpölsterchen genau an die richtigen Stellen geschoben. Und ein Blick aus dem Fenster hob ihre Laune zusätzlich. Es hatte so weit aufgeklart, dass die Wintersonne ihren milden Schein über dem Ruhrgebiet ausbreiten konnte.

Kurz entschlossen stand sie auf, wickelte sich in den Bademantel und steckte ihr Geld ein. Vielleicht hatte das Café ja schon geöffnet. Sie meldete sich im Schwesternzimmer ab und machte sich auf den Weg in Richtung Ausgang.

Unterwegs fiel ihr die junge Türkin ein, deren Krankenbett vor dem OP neben ihr geparkt hatte. Sie kehrte um und hielt nach der Station für Brandverletzungen Ausschau. Ein kurzes Gespräch an der Eingangsschleuse, dann durfte sie passieren: »Aber gehen Sie nicht rein. Neben der Tür ist ein Schalter für die Sprechanlage ...«

Sekunden später stand die Rote vor dem Sichtfenster und starrte in Nilgüls Zimmer. Das Mädchen lag apathisch in ihrem Bett, schien aber wach zu sein. Karin klopfte an die Scheibe.

Nilgül brauchte ein paar Sekunden, dann schien sie sich an Karin zu erinnern. Für einen Moment blitzten ihre Augen erfreut auf: »Hallo. Dachte schon, du kommst nicht.«

»Versprochen ist versprochen. Aber gestern ging's mir noch nicht so gut. Und wie geht es dir?«

»Siehst du doch. Ich muss noch ein paar Tage liegen bleiben.«

»Schade. Ich hätte dich gerne auf einen Kaffee eingeladen. Müssen wir nachholen, wenn du da raus darfst.«

Die Türkin nickte schwach.

»Sag mal«, fragte Karin. »Du bist doch aus Höntrop. Wo wohnst du?«

»In der Nähe der Kirche.« Sie nannte den Namen der Straße. »Schräg gegenüber der Eisdiele.«

»Kenne ich. Und auf welcher Schule warst du?«

»Ich bin auf dem Hellweg.«

Karin lächelte: »War ich auch. Müssen wir mal ausführlich drüber reden. Wahrscheinlich haben wir eine Menge gemeinsamer Bekannter.«

»Kann sein.«

»Ist der Günna noch da? Der mit den Locken? Philo und ...«

»Ja«, sagte Nilgül und ein freundlicherer Schimmer huschte über ihr Gesicht. »Der ist richtig süß ...«

Das war doch schon was, dachte Karin. Sie erinnert sich immerhin noch an ein paar angenehme Sachen. »Brauchst du etwas? Möchtest du was lesen? Oder etwas anderes?«

Nilgül überlegte einen Moment. Dann sagte sie mit deutlichem Zögern: »Ich weiß nicht. Ist hier vielleicht zu teuer.«

»Sag's schon.«

»Ich trinke unheimlich gerne Kirschsaft mit Banane.«

»Da haben wir ja was gemeinsam. Ich guck mal nach, ob ich welchen kriege. Falls nicht – was anderes?«

Nilgül verneinte: »Aber – wie heißt du eigentlich?«

Karin sagte es ihr.

50

Gegen zehn ließ sich Hauptkommissarin Langer den Zuhälter vorführen. Der Mann sah genau so übernächtigt aus wie die vier Beamten, die sich bei der stundenlangen Vernehmung abgelöst hatten.

»Setzen Sie sich, Herr Waschkowitz ...«

Es waren die freundlichsten Worte, die er seit seiner Festnahme gehört hatte.

»Also, wir haben Ihre Angaben überprüft ...«

Der Mann beugte sich interessiert vor. Seine verschwitzten Haare schwangen nicht mal halb so fotogen mit wie bei der Flucht am letzten Vormittag.

»Wie es aussieht, haben Sie für die Tatzeit in Witten-Annen ein Alibi. Aber wir ermitteln weiter. Es wäre außerordentlich unpassend, wenn Sie Ihren Jahresurlaub ausgerechnet jetzt antreten würden.«

»Jahresurlaub? Als Selbstständiger?«

Gleich erzählt er mir, wie viele Arbeitsplätze er geschaffen hat, dachte Langer. Und wie viele Frauen seine Verlobte davor bewahrt, von Männern mit Hormonstau vergewaltigt zu werden ...

»Außerdem haben Sie mit einer Anzeige zu rechnen: Widerstand gegen die Staatsgewalt, tätlicher Angriff, schwere Körperverletzung. Wenn Sie Glück haben, kommen Sie mit einer Geldbuße und Bewährung davon.«

Jetzt sah der Unternehmer auf der anderen Seite ihres Schreibtisches geradezu zerknirscht aus: »Sie wissen, dass mein Strafregister sauber ist ...«

Ja, dachte Langer, weil die Jugendstrafen gestrichen wurden.

»Und es tut mir außerordentlich Leid, dass ich mich gegenüber ihrem Kollegen zu den Tätlichkeiten habe hinreißen lassen.«

»Erzählen Sie das dem Richter.«

Er lächelte: »Ich würde mich freuen, wenn Sie es ihm erzählen würden. Außerdem möchte ich mich gerne bei Ihrem Kollegen entschuldigen ...«

»Geht nicht. Ist außer Haus. Ich werde es ihm aber mitteilen. Er wird sich sowieso noch mal bei Ihnen melden.«

Waschkowitz blickte sie fragend an.

»Wenn er die Zahnarztrechnung schickt.«

»Kein Problem. Werde ich selbstverständlich übernehmen.« Waschkowitz schickte sich an, seine einhundertfünfundneunzig Zentimeter in die Senkrechte zu bringen, doch Langer schüttelte den Kopf.

»Warten Sie. ... Weshalb sind Sie denn gestern wirklich geflohen?«

Er sah sie zerknirscht an: »Das muss so eine, wie heißt

das, bedingte Reaktion sein. Als meine Verlobte Ihre Kollegen ankündigte, bin ich vor Schreck abgehauen. Tief sitzendes Misstrauen gegenüber der Polizei, weil mich einer Ihrer Kollegen mal etwas unfair angefasst hat. Tut mir Leid.«

»Oder hat es damit zu tun?«

Sie öffnete eine Schreibtischschublade und hielt ein kleines Päckchen hoch: »Haschisch. Aus Ihrer Wohnung.«

»Wenn Sie es sagen«, meinte er. »Ist aber nur für den persönlichen Bedarf. Geschäftlich hatte ich noch nie was mit diesem Zeug zu tun.«

Wer's glaubt, dachte sie. Aber es gab keine Hinweise auf das Gegenteil. »Ist beschlagnahmt.«

»Verstehe.« Er nickte ergeben – die Aussicht, in wenigen Minuten frei zu kommen, machte ihn lammfromm. Aber noch sorgte er sich um seine Haupteinnahmequelle: »Was ist mit meiner Verlobten?«

»Wartet draußen auf Sie.«

»Prima«, sagte er. »Und die andere Sache vergessen Sie nicht?«

»Welche?«

»Ihrem Kollegen zu sagen, dass ich mich entschuldigen wollte?«

Langer hatte Mühe, ein Lächeln zu unterdrücken. Der Bursche hatte es drauf.

»Sag ich ihm.«

In der Tür stieß der lange Zuhälter beinahe mit Lohkamp zusammen. Ausgesprochen höflich ließ er dem Beamten den Vortritt und zog von außen die Tür hörbar ins Schloss.

»Darf er gehen?«

Sie nickte. »Aus lauter Bosheit könnten wir ihn ja noch ein paar Stunden festhalten. Aber das ist Tüddelkram, der uns nur von der Arbeit ablenkt. Was gibt's?«

Der Hauptkommissar lächelte: »Ich brauche für den Rest des Tages frei. Will nach Marburg. Meinen neuen Enkel besichtigen. Und der Tochter gratulieren.«

»Oh, prima. Mann, jetzt bist du schon zweifacher Opa. Alles glatt gegangen?«

»Ja«, sagte er. »Ein Junge, acht Pfund. Heißt Theo und trinkt alle Milchkannen in Hessen leer. Also, was ist?«

»Zehn Minuten. Hast du noch so viel Zeit?«

Er setzte sich und schaute sich suchend um. Langer verstand und goss ihm den Kaffee eigenhändig ein.

»Bitte. Sag mal, was hältst du von dem Fall?«

Lohkamp massierte sich den Nacken, während er nachdachte. »Die Sache hat schon Seltenheitswert. Innerhalb so kurzer Zeit zwei Tote aus derselben Gruppe von Neonazis. Ich fürchte, das war noch nicht alles.«

»Und warum wurden die beiden umgebracht?«

»Das ist der Knackpunkt.«

»Machtkampf im Volkssturm? Oder irgendeine Rivalität mit anderen Gruppen aus Dortmund oder Essen?«

Der Polizist hob die Schultern: »Dazu müsstest du die Kollegin Hell befragen.«

»Ja«, seufzte Langer. »Und Hell müsste mit offenen Karten spielen.«

»Vergiss es. Die kocht ihr eigenes Süppchen. Wenn die so Knall auf Fall ihre eigene Soko auflösen lässt und sozusagen als Fußsoldat bei dir mitmacht – ich traue ihr nicht.«

»Passt denn der Überfall auf die junge Türkin zu den beiden Morden an Heckmann und Koslowski?«

»Ich meine ja. Das könnte sogar der Schlüssel sein. Aber nicht so platt, wie Hell und unser Präses sich das vorstellen. Die haben alle Hinweise auf Brennwald und seine Leute an die Seite geschoben und stattdessen die Tour mit dem Cousin versucht.«

Martina Langer sah ihren früheren Chef fragend an, und der berichtete ihr, wie Hells Leute Khan Ösran in die Mangel genommen hatte. »Hardenberg meint, das wäre der größte Quatsch aller Zeiten gewesen. Und ich halte das auch für zu simpel. Aber wie es wirklich war – ich habe keinen Schimmer. Auf jeden Fall brauchst du die Ermittlungsakten.«

»Rückt Hell die raus?«

»Nein. So ohne weiteres nicht.« Er zögerte eine Sekunde, verwarf seine Bedenken. Langer war ihm gegenüber immer loyal gewesen und schiss niemanden in den oberen Etagen an, der etwas Richtiges getan hatte. »Aber frag Hardenberg. Dem kannst du vertrauen.«

»Gut«, sagte Langer. »Also, viel Spaß mit dem Enkel! Und grüße Frau und Tochter von mir.«

51

Der PEGASUS-Einsatz in Wattenscheid begann komplikationsfrei und erfolgreich. Nach der Pressekonferenz mit dem Rentner Trieben, der von den angesägten Bremsleitungen und seinem Unfall berichtete, graste das Team etliche der Stätten ab, an denen Brennwald und seine Truppe bislang gewütet hatten oder sich häufig versammelten. Dabei fingen sie ein paar interessante Interviews und etliches Schnittmaterial ein, mit dem sie ihre Reportage anschaulich garnieren konnten.

Danach hätten sie eigentlich zufrieden in den Feierabend fahren können. Aber da fiel Mager jener Grieche ein, den er mal zusammen mit Karin besucht hatte und der, nach seiner Meinung, das beste Zaziki zwischen Nordkap und Kap Tänaron anrührte: »Wie wäre es: Gönnen wir uns heute mal ein richtiges Abendessen?«

Kalle schwankte – Vanessas Zuwendungen zog er dem besten Zaziki der ganzen Welt vor. Aber Susanne nickte, und damit war Magers Sohn überstimmt. Missmutig überlegte Mager junior, ob er allein mit der S-Bahn nach Dortmund fahren sollte, doch dann hatte er eine bessere Idee: »Was machen wir denn, bis dieser Grieche seine Kneipe öffnet?«

Mager blickte auf die Uhr: Sie hatten tatsächlich noch eine halbe Stunde Zeit. Irgendwo nutzlos am Straßenrand zu parken und die Sekunden zu zählen – dazu hatte niemand an Bord des Skodas Lust. Aber ganz in der Nähe gab es noch eine Gaststätte völlig anderer Art: »Um fünf laufen diese Glatzen doch immer am *Berghof* auf. Wie wäre es, wenn wir uns dieses Schauspiel einmal aus der Nähe ansehen?«

Kurz darauf standen sie mit blank polierten Wagenfenstern schräg gegenüber dem *Berghof* und wartete darauf, dass die ersten Brennwald-Jünger auftauchten. Mager hatte dem Sohn das Steuer überlassen und lauerte, die Kamera schussbereit neben sich, auf der Rückbank. Keiner sagte etwas, aber selbst Kalle war inzwischen vom Jagdfieber gepackt.

Punkt fünf ging in der Kneipe das Licht und über dem Eingang die Neonschrift an, dann wurde die Tür geöffnet. Ein stämmiger Mann um die fünfzig trat hinaus, schien ein paar Mal kräftig durchzuatmen und blickte prüfend die Straße hinauf und hinab. Den silberfarbenen Skoda musterte er nicht länger als die anderen Fahrzeuge, aber das Tempo, mit dem er in seiner Hütte verschwand, missfiel Susanne.

»Türen zu«, sagte sie und drückte bereits die Sperre auf ihrer Seite herunter.

»Schiss?«, fragte Mager.

»Weiß nicht. Aber etwas Vorsicht kann nicht schaden.«

Da Mager sich nicht rührte, sperrte sie auch seine Tür, Kalle folgte ihrem Beispiel. Aber der skeptische Blick sagte alles.

Fünf Minuten vergingen, ohne dass etwas geschah. Dank des klaren Himmels war es noch fast hell und sie konnten die Bürgersteige auf beiden Seiten gut überblicken. Keiner der Passanten sah aus wie ein Volkssturm-Mitglied, niemand betrat die Kneipe.

»Kommt schon«, knurrte Mager. »Ich will was essen …«

Während er nach seinen Zigaretten kramte, guckte der Sohn suchend in den Rückspiegel. Von hinten näherte sich in flotter Fahrt ein wuchtiger Offroader, am Bug den berühmten Stern mit den drei Strahlen. Jetzt verlangsamte sich das Tempo des Wagens, als ob der Fahrer nach einer ausreichend großen Parklücke Ausschau hielt. Als höflicher Mensch prüfte Kalle Mager automatisch seine Position und fand, dass er mit dem Skoda zwei Parkplätze blockierte. Er drehte den Zündschlüssel, um den Wagen zwei Meter nach vorne zu fahren; dann konnte der andere bequem einparken – hinter ihnen, damit er ihnen nicht die Sicht auf den *Berghof* nahm.

Doch genau das hatte der Benz-Pilot offenbar vor. Er blieb schräg vor dem Skoda stehen. Und während Kalle darauf wartete, dass das Manöver weiter ging, öffneten sich die Türen des Geländewagens und spuckten vier Figuren in Springerstiefeln, Jeans und schwarzen Lederjacken aus. Fast gleichzeitig rissen sie ihre Baseballschläger hoch.

»Kalle, fahr!«, schrie Mager.

Das Kommando war völlig überflüssig: Der Sohn hatte bereits in den Rückwärtsgang geschaltet, als der erste Keulenhieb die Kühlerhaube verbeulte. Mager schrie auf, als hätte es ihn selbst getroffen, und Susanne hielt sich, die Lippen zusammengepresst, an ihrem Sitz fest.

Weitere Schläge, offenbar mit der Faust, ließen das Dach des Wagens dröhnen. Ein massiger Körper verdunkelte die Aussicht auf der Fahrerseite, dann beugte sich ein breites Gesicht herab und gönnte den Insassen ein höhnisches Grinsen.

»Kamera!«, zischte Susanne. »Nimm die Fresse auf!«

Eine lange Sekunde verging, weitere Schläge trafen das Blech des Wagens.

Brennwald, dachte Kalle. Die Wasseraugen des Mannes mit den Segelohren starrten ihn an. Brennwalds Lippen verformten sich und rotzten eine volle Ladung gegen die Scheibe vor Kalles Gesicht.

Der ließ die Kupplung kommen. Mit jaulenden Reifen schoss der Skoda rückwärts aus der Parklücke – so schnell, dass Kalle kaum gegensteuern konnte. Mit Millimeterabstand wischten sie an dem Wagen vorbei, der hinter ihnen stand, und rasten auf die nächste Querstraße zu. Instinktiv duckte sich Mager tief auf die Rückbank, damit der Sohn freie Sicht hatte. Noch dreißig Meter, dann waren sie gerettet.

Aus! Kalle trat so heftig auf die Bremse, dass Mager die Kamera aus der Hand gerissen wurde. Aus der Querstraße eilte ein dunkelbrauner Lieferwagen heran, auf dessen Bug drei goldene Buchstaben glänzten: Die Konkurrenz der Deutschen Post hatte ihnen den letzten Fluchtweg abgeschnitten.

»Hau ab!«, schrie Kalle und rückte dem Lieferwagen um ein paar Handbreiten näher, aber die Hupe des UPS-Fahrers verriet, dass er keinen Rückwärtsgang kannte.

»Schöne Scheiße!«, keuchte Kalle. »Wie kommen wir hier raus?«

»Weiß nicht«, sagte Susanne. Die Schlägertruppe schob sich in die schmale Lücke, die der Benz gelassen hatte, und lauerte auf ihre Beute.

»Fahr sie platt!«, schrie Mager, um das ständige Hupen des Paketboten zu übertönen. »Das ist Notwehr!«

»Bloß nicht!« Susannes Hand blockierte den Schaltknüppel. »Das ist Mord!«

Der Chef der Faschos sorgte für die Entscheidung. Er baute sich vor seinen Leuten auf der Fahrbahn auf, gab ein Kommando, und dann marschierten sie im Gleichschritt los: mit erhobenen Keulen die Befehlsempfänger, der Boss mit ausgestrecktem Stinkefinger voraus.

Für einen Augenblick war es Kalle, als stierte er in einen roten Nebel. Er wischte sich über die Augen, um die Vision loszuwerden. Sah wieder klar. Hatte nur noch ein Objekt im Blick: den Mittelfinger des Volkssturm-Bosses.

Jetzt! Kalle schaltete das Fernlicht an und gab Gas. Visierte über den Bug des Wagens den ausgestreckten Finger an. Stieß das Pedal bis auf den Boden. Wollte Brennwalds Blut auf seiner Frontscheibe sehen …

Die Männer auf der Fahrbahn starrten ihnen entgegen, als könnten sie nicht glauben, was ihnen drohte.

»Nein!«, schrie Susanne und stemmte ihre Fäuste ausgerechnet gegen den Deckel des Airbags. »Nein!«

Doch Kalle fuhr.

Brennwald raffte es als Erster. Mit einem wuchtigen Sprung flog er zur Seite, tauchte zwischen zwei parkenden Autos unter. Und da, endlich, reagierten auch seine Glatzen. Sie ließen ihre Prügel fallen und hechteten nach rechts und links weg. Nur einer von ihnen schaffte es nicht mehr ganz. Ein heftiger Schlag, als der Bug des Wagens gegen die in der Luft schwebenden Füße prallte. Ein Schrei, als der Mann sich beinahe überschlug.

Dann raste die Einmündung in die Hauptstraße auf das PEGASUS-Team zu.

Kalle trat auf die Bremse. Der Wagen schlingerte, aber Kalle bekam ihn in den Griff. Ein kurzer Blick nach rechts, ein zweiter zur anderen Seite – dann schoss der Skoda in Richtung Lohrheidestadion auf die Friedrich-Ebert-Straße. Zwanzig, vierzig Meter weit musste er noch auf den Straßenbahnschienen bleiben, dann tat sich ein Loch in der langen Schlange auf der rechten Seite auf. Kalle warf den Blinker an und quetschte den Skoda darein. Hinter ihnen kreischten Reifen, der Fahrer drückte auf seine Hupe – aber ein Krachen blieb aus. Stattdessen schaltete die Ampel an der Ecke auf Grün und Kalle konnte sich als Letzter gerade noch in die Lyrenstraße schieben. Hundert Meter weiter fuhr er rechts ran und zog die Handbremse.

»Meine Fresse …« Er wischte sich den Schweiß aus der Stirn, schüttelte ungläubig den Kopf, blickte seinen Vater im Rückspiegel an: »Fluppe!«

Mager gab dem Sohn, was er verlangt hatte, und stieg aus, um den Schaden zu besichtigen. Während er losjammerte, brauchte Kalle drei Versuche, bis die Zigarette brannte. Seine Hände bebten, als hätte ihn ein Anfall von Schüttelfrost gepackt.

»Habe ich den einen Typen schlimm erwischt?«, fragte er Susanne.

»Weiß nicht«, sagte sie. »Einen Fuß hat er auf jeden Fall kaputt.«

Kalle nahm einen weiteren Zug und pustete den Qualm gegen die Scheibe. »Hätte ich nicht gedacht, dass es das wirklich gibt«, sagte er.

»Was?«, fragte sie.

Er antwortete nicht, sondern stieg aus und lief um den Wagen, öffnete ihre Tür: »Fährst du?«

Wortlos rutschte sie hinters Steuer, verstellte Sitz und Spiegel, suchte aber vor dem Start noch einmal Kalles Blick: »Dass es was gibt?«

»Blutrausch«, sagte er und warf die Kippe hinaus.

52

»Sie müssen aber auf dem Flur bleiben!«, sagte die Oberschwester. »Es besteht immer noch Infektionsgefahr.«

Sie verschwand in Nilgüls Zimmer und stellte die Saftflaschen auf den Nachttisch, spülte ein Glas aus und mixte der Patientin einen Cocktail aus Kirsch- und Bananensaft. »Stimmt die Mischung?«

Nilgül nickte schwach. Die Schwester richtete ihre Rückenlehne ein wenig auf und drückte ihr das Getränk in die Hand: »Wohl bekomm's! Ist von der jungen Frau da draußen!«

»Danke«, sagte Nilgül und wandte den Kopf so weit zur Seite, dass sie Karin durch die Glasscheibe ansehen konnte: »Und du?«

Die Rote hob ein Wasserglas. Der dickflüssige gelbe Saft enthielt leuchtend rote Spritzer: »Ich habe mir selbst auch zwei Flaschen geholt ...« Sie stieß ihr Gefäß leicht gegen das Fenster: »Prost auch!«

Die beiden schauten sich an, tranken einen Schluck und Karin begann zu lachen.

»Was ist?«

»Na ja, ist schon 'ne komische Situation. Komme mir vor wie bei einem Besuch im Gefängnis.«

»Da bin ich doch auch«, flüsterte Nilgül. »Während du herumlaufen kannst.«

Die Krankenschwester mischte sich ein: »Welch ein Unsinn! Im Gefängnis dürfte ich Ihnen den Saft gar nicht so geben. Ich müsste erst einmal probieren. Ob auch kein Schnaps drin ist!«

»Schnaps«, sagte Nilgül und fing an zu kichern. »Ich doch nicht.«

Die Frau im Kittel blickte sie überrascht an: »Mädchen, wenn du jedes Mal ein bisschen lachst – dann bringe ich dir jeden Tag einen ganzen Eimer von diesem Saft!«

53

Es war lange her, dass Mager allein vom Sonnenschein geweckt worden war. Aber genau das passierte an diesem Samstag und dieser Umstand erfüllte den Bärtigen mit Übermut: Einige gefährlich lange Augenblicke erwog er allen Ernstes, den Tag mit ein paar Freiübungen zu beginnen und diese Tätigkeit im Laufe des Frühjahrs zu einem echten Fitness-Training auszubauen. In ein paar Wochen wäre er ein völlig anderer Mensch …

Optimistisch, wie er war, öffnete er die Tür zur Nasszelle und betrachtete sein Abbild in dem Ganzkörperspiegel, der an der Innenseite angebracht war. Hölle, dachte er, das bin ich?

Mutlos ließ er sich auf den nächsten Stuhl sinken. Unmöglich – mit diesem Schwabbelbauch konnte er nicht an den Erdgeschossfenstern der Nachbarn vorbeikeuchen. Die Spottlust in der Steinhammer Straße war einfach gnadenlos …

Nee, dachte er und verzichtete darauf, seinen alten Trainingsanzug und die Turnschuhe zu suchen. Stattdessen warf er sich in seinen Bademantel, holte die Zeitung herauf und zündete sich die erste Lunte an.

Als er das Blatt auseinander faltete, stöhnte er auf: Wattenscheid stand immer noch ganz oben. Neu war nur, dass die Landesregierung beschlossen hatte, das ganze Ruhrgebiet nach vergessenen Stollen und Schächten abzusuchen. Mager hoffte, dass sie die Steinhammer Straße erst nach seinem Tod erreichten. Die Vibrationen der Bohrmaschinen würden das PEGASUS-Domizil endgültig in eine Ruine verwandeln.

Angesichts der Spielpause in der Bundesliga ließ er den Sportteil aus und widmete sich den Nachrichten aus der Bierstadt. Der *Feuerteufel von Hörde* hatte drei Gartenlauben abgebrannt, die Anwohner des Nordmarkts protestierten gegen die Fixer, die sich nach der Vertreibung aus der

Innenstadt dorthin zurückgezogen hatten, und der neue Oberbürgermeister kündigte einen Polit-Krimi aus eigener Feder an – Dortmund wie gewohnt.

Ganz zum Schluss entdeckte Mager eine Reportage seiner alten Freundin Maria Grappa. Die Starreporterin hatte einen Privatdetektiv aus Münster bei seiner Arbeit begleitet und dabei kein Risiko gescheut: Ein dreispaltiges Foto zeigte sie, wie sie sich von Georg Wilsberg Feuer für einen Zigarillo reichen ließ …

»Das issen Dingen«, murmelte Mager und griff zum Telefon. Er hätte eher darauf gewettet, dass Bochum Tabellenführer würde, als dass Grappa jemals rauchen würde – und brannte darauf, Susanne die Sensation zu verkünden: »Sanne, ich lade dich zum Frühstück ein. Bist du in einer halben Stunde fit?«

Die Chefin zögerte: »Ist etwas knapp. Ich … Wir … Inner Stunde?«

Die Pluralform des Personalpronomens brachte Mager endgültig in Form. Susanne entledigte sich ihrer Hormonprobleme sonst nur mit äußerster Diskretion.

»Soll ich zwei Brötchen mehr holen?«, fragte er.

Die Blonde deckte das Mikro ab und Mager verging vor Ungeduld, bis sie sich endlich wieder meldete: »In Ordnung. Mohn.«

Meine Güte, dachte er, ist das aufregend. Und sprang auf, um alles Notwendige zu tun.

Siebenundfünfzig Minuten später polterte eine halbe Elefantenherde die Treppe herauf. Mager spähte gespannt zur Tür. Mit einem beinahe glücklichen Lächeln kam Susanne herein und zog ihren Begleiter über die Schwelle: »Ihr kennt euch, glaube ich …«

»Du?«, fragte Mager, als er den Mann erkannte. »Wenn du deine Tochter suchst …«

»Er kapiert mal wieder gar nichts«, sagte Susanne und Ludger Erdmann grinste: »Keine Bange, ich weiß, wo Vanessa ist. Nur – falls sie mich sucht …«

»Ja?«, fragte Mager.

»Ich will es ihr selbst sagen.«

Es wurde ein äußerst angenehmes Frühstück und Mager vergaß völlig, das Sensationsfoto von der rauchenden Maria Grappa zu zeigen. Stattdessen holte er, als die Kaffeekanne leer war, eine Flasche Sekt aus dem Kühlschrank: »Einverstanden?«

»Klar«, sagte Susanne und auch der Mann vom Sender nickte.

Sie stießen an und Mager fand wieder einmal, dass solche freien Tage auch ihre guten Seiten hatten.

Da röhrte in der schmalen Schlucht zwischen PEGASUS-Hauptquartier und Nachbarhaus wieder einmal ein kräftiger Diesel auf.

»Der spinnt doch!«, rief Mager. »Hier ist doch auch alles unterhöhlt!« Er beugte sich aus dem Giebelfenster und erblickte das Dach eines Lastwagens, der sich rückwärts auf den Hinterhof schob. »Die zieht ja doch aus ...«

»Hä?«, machte Susanne und stürzte zur Dachluke auf der Nordseite: »Nix mit raus – da zieht einer ein.«

»Der Stangenspargel?«, fragte Mager und stellte sich neben seine Chefin auf die Matratze.

Gemeinsam sahen sie zu, wie Mechthild und ihr neuer Lover die Möbelpacker ins Hinterhaus geleiteten, um sie mit den Örtlichkeiten vertraut zu machen. Unmittelbar darauf schnappten sich die Werktätigen die ersten Teile einer hypermodernen Wohnungseinrichtung, in der Glas und Metall dominierten. Mechthild stand daneben und dirigierte die armen Kerle, als kommandierte sie eine Entscheidungsschlacht.

»Der Kerl muss lebensmüde sein«, meinte Mager. »Mit solch einem Drachen unter einem Dach ...«

Eine Fahrradklingel ertönte. Ein blondes Zopfmädchen tauchte auf, das in elegantem Schwung den Möbelwagen umkreiste, vom Rad sprang und es an die Hauswand lehnte.

»Morgen, Mechthild!«, rief sie.

»Morgen, mein Kind«, antwortete Magers Ex und schloss das Mädchen in die Arme. »Willkommen in deinem neuen Zuhause!«

»Ich fass es nicht«, flüsterte Mager. »Die schafft sich gleich eine ganze Familie an. Weißt du, was das bedeutet?«

Susanne nickte und blickte auffordernd auf die Flasche Sekt: »Es gibt Dinge, die kann man nur im Suff ertragen.«

»Falsch«, sagt Erdmann und legte einen Arm um die schmalen Schultern der PEGASUS-Chefin: »Es gibt Ereignisse, die muss man im Suff – genießen.«

54

»Hallo, Jem«, sagte Nilgül. »Schön, dass du gekommen bist!«

Überrascht sah der junge Mann seine Schwester an: Ihr Zustand hatte sich in den letzten drei Tagen ohne Zweifel deutlich gebessert. In den Augen und in der Stimme lag ein Hauch von ihrem alten Optimismus.

»Was ist passiert?«, fragte er.

»Eigentlich gar nichts. Ich habe mich nur ein wenig mit einer anderen Patientin angefreundet …«

Wie soll das denn gehen, fragte er sich. Alleine kommt sie doch gar nicht hier heraus.

»Reiner Zufall. Unsere Betten standen vor dem OP nebeneinander. Genau so, dass wir uns in die Augen gucken konnten. Es ging ihr genauso mies wie mir. Irgendein Typ hat ihr ein Stück von der Brust weggeschossen, und das haben sie hier repariert … Wir haben vielleicht drei Sätze gewechselt. Aber sie hat sich meinen Namen gemerkt und mich besucht.«

Mit den Augen deutete sie auf ihren Nachttisch. »Der KiBa ist von ihr. Wir machen jetzt jeden Tag Cocktailparty.«

»Schön«, sagte er. »Was ist das für eine Frau?«

Nilgül überlegte: »Anfang dreißig, schätze ich. Arbeitet als Sekretärin bei so einem privaten Nachrichtenbüro.«

»Bist du sicher, dass sie eine Patientin ist?«

»Wie bitte?«

»Na ja, vielleicht ist das alles nur ein Trick. Dass sie sich an dich ranschmeißt. Um dich auszuhorchen.«

Nilgül sah ihn entsetzt an. »Karin? Die ist Patientin. Genau wie ich. Mensch, die kam aus dem OP. Hat da wie alle anderen Patientinnen auf dem Tisch gelegen.«

Der Bruder war nicht überzeugt, das war ihm deutlich anzusehen.

»Du kannst sie ja besuchen und testen.«

Sie nannte ihm die Zimmernummer.

»Mal sehen«, meinte er. »Kann ja wirklich ein Zufall gewesen sein. Aber wer sagt dir, dass sie diese günstige Gelegenheit nicht ausnutzt?«

Er öffnete die Sporttasche, die er mitgebracht hatte, und packte aus: »Neue Wäsche. Deine Schminksachen. Ein Brief von der Schule an dich ...«

Sie ließ sich den Umschlag öffnen und bat Jem, ihr den Text vorzulesen.

»Ist von Biggi«, sagte er und grinste. Dr. Birgit Seidel, bei den Schülern nur »Biggi« genannt, war auch seine Stufenleiterin gewesen. »Liebe Nilgül, wir haben mit Entsetzen gehört, was dir passiert ist. Du kannst sicher sein, dass deine Lehrer und die Mitschülerinnen und Mitschüler auf deiner Seite stehen ...«

Jem richtete seine Augen auf seine Schwester und bemerkte die Veränderung in ihrem Gesicht. Ein paar Minuten lang hatte sie vergessen gehabt, was sie hierher gebracht hatte, aber der Anfang des Briefes hatte diesen Zustand wieder aufgehoben.

»Soll ich aufhören?«

Sie überlegte und schüttelte schließlich den Kopf.

»Lies«, flüsterte sie.

»Ich selbst«, las er Seidels Text weiter, »würde dich gerne besuchen und dich fragen, was ich für dich tun kann. Wenn dir ein solcher Besuch zurzeit noch unangenehm ist, verstehe ich das. Aber zögere nicht, mich anzurufen, wenn ich dich irgendwie unterstützen kann oder wenn du einfach nur mal mit jemandem reden willst, den du kennst. Du kannst dich immer auf mich verlassen. Ganz liebe Grüße und beste Wünsche ...«

Einen Moment lang schwiegen sie, dann meinte Jem:

»Komm, ist doch in Ordnung. Wenn Biggi sagt, dass sie helfen will, tut sie das. Sie hat sogar ihre Telefonnummer darunter gesetzt.«

Aber wobei will sie mir helfen, dachte Nilgül. Die Schule und alles, was damit zusammenhing, war für sie so weit weg, als stammte das aus einem fremden Leben.

»Ist ganz nett«, sagte sie und sah zu, wie er das Blatt zusammenfaltete und zurück in den Umschlag schob. »Und zu Hause?«

Jem zuckte zusammen.

»Erzähl schon, was gibt es?«

»Was soll schon sein? Alles wie immer. Papa arbeitet, Mama macht sich Sorgen ...«

»Jem!« Nilgül richtete sich auf. »Red nicht solch einen Blödsinn. Wir haben uns immer die Wahrheit gesagt.«

Er wich ihrem Blick aus.

»Du bist immer ein echter Bruder gewesen. Ein Freund und nicht so ein Macho-Typ, der auf seine kleine Schwester aufpasst und ständig einen Grund sucht, sich aufzuspielen oder eine Prügelei anzufangen. Wir wollten diesen ganzen alten Dorf-Mythos nicht mehr mitmachen. War's so? Ist es noch so?«

Er blickte sie an und sie entdeckte die Verzweiflung in seinen Augen. So hatte sie ihn noch nie gesehen. Nicht ihren klugen, zielstrebigen Bruder Jem.

»Erzähl mir endlich, was ist!«

»Was soll schon sein?«, fragte er zurück. »Onkel Mehmet hat dich eine Hure genannt und Papa hat ihm das Haus verboten. Doch jetzt ist die ganze Dorf-Mafia alarmiert und regt sich fürchterlich auf, dass du die Ehre der Familie besudelt hättest. Du weißt doch, wie sie sind.«

Nilgül wusste es. Und sie spürte die Tränen, die hinaus wollten. Klimperte verzweifelt mit den Augen, um das zu verhindern.

»Sag, was sie wollen«, flüsterte sie, obwohl sie das Prinzip kannte.

»Du sollst Onkel Erkan heiraten.«

Erkan? Es gab keinen Onkel Erkan in ihrer Familie. Weder in Bochum und Hattingen noch bei den Verwandten in Duisburg und in Köln.

»Den Bruder von Mehmets Frau ...«

»Das – das kann doch nicht wahr sein. Der ist – wie alt ist der?«

»Weiß der doch selbst nicht mehr«, meinte Jem. »Sechzig, fünfundsechzig ...«

»Den alten Bock? Diesen zahnlosen Analphabeten, der's mit seinen Ziegen treibt?«

»Genau den. Und ich sage dir: Es vergeht kein Tag, an dem sie Vater nicht unter Druck setzen.«

Nilgül fiel in die Kissen zurück. Sie heulte los und Jem wusste nicht, was er machen sollte.

So plötzlich, wie die Tränen geflossen waren, verschwanden sie auch wieder. Nilgül suchte nach einem Taschentuch, wischte sich die Augen und die Nase, schluckte den Kloß in ihrem Hals herunter und sagte sehr fest: »Hör zu, das kannst du denen sagen. Aber wörtlich: Bevor ich diesen Ziegenficker heirate, bringe ich mich um.«

Jem schwieg. Diese Lösung würde Mehmet noch besser gefallen.

55

»Ihr könnt sagen, was ihr wollt – das war reine Beschäftigungstherapie«, erklärte einer von Langers Verhörspezialisten am zweiten Montag nach Neujahr. »Genau so wie dieser Quatsch von der Rache der Ösrans oder den Freunden der Friedenstaube, die plötzlich Bomben basteln. Und warum? Um uns von dem wahren Sachverhalt abzulenken.«

Stimmengewirr, darunter der Einwurf eines Hattinger Beamten: »Wer soll denn an so etwas ein Interesse haben?«

Hauptkommissarin Langer stoppte das Durcheinander: »Ich verstehe deinen Frust. Aber vielleicht berichtest du zuerst der Reihe nach. Die Schlussfolgerungen ziehen wir dann gemeinsam.«

Der Mann nickte, goss sich einen halben Pott Kaffee ein

und zündete sich aus alter Gewohnheit eine Zigarette an. Ohne auf vereinzelte Proteste zu reagieren, rauchte er ein paar Züge und schaltete einen Beamer ein. Auf der Wand erschien das Bild eines etwa fünfzigjährigen Mannes, dem man ansah, dass seine Vorfahren nicht aus dem Sauerland oder der Soester Börde stammten.

»Mustafa Sharit, fünfundvierzig, geboren in einem Flüchtlingslager in Libanon, dessen Namen ich immer noch nicht auswendig kann. Anerkannter politischer Flüchtling, lebt seit zehn Jahren in Hattingen. Mit einer Deutschen verheiratet, eine Tochter, acht Jahre alt ...«

Er nahm noch einen Schluck von der schwarzen Brühe in seinem Becher, tötete die Zigarette ab und schaltete seine Stimme einen Gang zurück.

»Samstagmorgen kam ein Fax aus Köln. Vom Staatsschutz. Sharit werde von der Mossad verdächtigt, Bombenbastler zu sein. Man habe Erkenntnisse, dass der Mann sich weiterhin in militanten Kreisen bewege. Und Sekunden später ein zweites Fax aus Dortmund, von Hempelmann: Haftbefehl, sofort festzusetzen ...«

Unruhe kam auf, legte sich aber wieder, als der Mann seinen Bericht fortsetzte.

»Um es kurz zu machen: Alles Blödsinn. Katrin Klemm und Ewald Hardenberg haben Sonntag die Alibis überprüft. Der Mann hatte nicht die Spur einer Gelegenheit, einen der beiden Brennwald-Jünger zu töten. Silvester war er in Holland, auf Texel. Und als Klopper Koslowski starb, saß er aufgrund einer Verwechslung im Polizeigewahrsam Münster. Aber wir Idioten haben vierundneunzig Überstunden gekloppt. Noch Fragen?«

Es dauerte eine Weile, bis Langer wieder Ruhe hergestellt hatte und Oberkommissarin Hell ihren Arm herunternehmen konnte: »Ist es nicht denkbar, dass dieser Mann die Bombe gebastelt und jemand anders damit losgeschickt hat, während er sich auf Texel ein Alibi ...«

»Verstehe«, meinte Lohkamp. »Methode Pizza-Taxi: Anruf genügt und wir deponieren Ihre Bombe, wo Sie es wünschen. Meinen Sie das?«

Gelächter, einer sagte: »Also haben wir wieder einmal nix in der Hand.«

»Wie man's nimmt«, sagte Langer. »Vielleicht sollten wir endlich mal die richtigen Spuren verfolgen. Es muss einen Zusammenhang geben zwischen dem Attentat auf Nilgül Ösran und diesen beiden Morden. Leider können wir die Türkin noch nicht auf sachlich angemessene Weise befragen. So bleiben uns zunächst zwei Aufgaben: Wir müssen noch mehr Einzelheiten über die Morde sammeln und sichten. Und zweitens alles über den Volkssturm herausfinden, was wir herausfinden können. Wie ist das, Frau Hell: Bekommen wir die Akten?«

»Welche Akten?«

»Die über Brennwalds Gang und die über Ihre Ermittlungen im Fall Ösran.«

Hell wand sich. Schließlich sagte sie: »Die Ermittlungsakte im Fall Ösran kann ich kopieren ...«

Aber tu's vollständig, dachte Langer.

»Was jedoch die Unterlagen des Polizeibüros II angeht, so kann ich darüber nicht befinden. Das müssen meine Vorgesetzten entscheiden ...«

Miststück, dachte Lohkamp und legte einen braunen Umschlag auf den Tisch. Er zog einen Stapel Fotos heraus und ließ sie herumgehen.

»Im Fall Ösran gab es ein Alibi-Problem, bei dem ein Grill eine große Rolle spielt.«

Er blickte Hardenberg auffordernd an und der setzte die Kollegen ins Bild.

Dann schaltete sich Lohkamp wieder ein: »Lusebrink und Haggeney haben den Mann in Heckmanns Garten zwar ganz anders beschrieben, aber die Nachbarin hat ohne zu zögern bestätigt, dass dies der Herr mit dem Grill gewesen sein muss.«

»Und wer ist das?«

»Brennwald senior. Der Vater des Volkssturm-Chefs, den Frau Hell nach dieser Geschichte wieder hat laufen lassen!«

Die ganze Runde sah die Staatsschutz-Frau an, die ungerührt in ihren Unterlagen las.

»Wer holt ihn?«, fragte Langer.

Mehrere Leute meldeten sich freiwillig, aber die Wahl der Chefin fiel auf Lohkamp und Hardenberg: »Sie kennen den Mann und die Örtlichkeiten. Vielleicht fahren Sie auch mit, Frau Hell.«

»Und was soll ich da?«

»Deeskalation. Weiblicher Charme kann in solch einer Situation nicht schaden. Außerdem kennt der Mann Sie. Vielleicht können Sie ihn dazu bringen, dass er ohne großes Getöse mitkommt.«

56

Den ganzen Sonntag über hatte Karin nichts von Nilgül gehört. So oft auch das Telefon neben ihrem Bett klingelte, ihre türkische Bekannte war es nicht. Obwohl die Rote inzwischen wusste, dass bei ihrer neuen Freundin noch rund zehn Tage lang plötzliche Rückschläge möglich waren, sorgte sie sich nicht wirklich; was medizinisch möglich war, wurde offenbar getan. Aber sie begann, die Gespräche zu vermissen. Sobald sich am Montag die Gelegenheit ergab, machte sie sich auf den Weg.

»Wie geht es dir?«

»Wie immer«, sagte Nilgül.

»Ich dachte, du hättest dich gestern Abend mal gemeldet. Besuch gehabt?«

Nilgül schüttelte den Kopf.

»Was hast du denn?«

Die Türkin druckste eine Weile herum, dann überwand sie ihre Hemmungen: »Sag mal, Karin ...«

»Ja?«

»Die Firma, bei der du arbeitest. Was machen die genau?«

»Fernsehreportagen über aktuelle Ereignisse im Ruhrgebiet.«

»Was für Ereignisse?«

»Eigentlich alles, was der WDR von uns haben will. Von spektakulären Mordfällen und Korruptionsprozessen bis zum

Neubau eines Altenheims oder dem Jubiläum einer Kaufhauskette.«

Ihr fielen die ersten Monate bei PEGASUS ein. Damals ging es der Firma so schlecht, dass Karin für kurze Zeit als Schauspielerin agierte: »Wir haben sogar schon Werbevideos für Baumärkte und Sanitätshäuser gemacht.«

»Und ...«, begann Nilgül, verstummte aber und überlegte. Von der Antwort auf die nächste Frage würde eine Menge abhängen.

Karin ahnte mit einem Mal, was kommen würde: »Unser Team hat auch über deine Sache berichtet. Und die Kollegen recherchieren weiter über diesen Brennwald und seinen Volkssturm. Weil sie helfen wollen, dass diese Gangster hinter Gitter kommen.«

Nilgül wandte sich ab. Also doch! Jem hatte Recht gehabt.

»Hör mal, Nilgül. Ich weiß, was du jetzt glaubst.«

Hau ab, dachte die junge Frau. Hau bloß ab. Du willst mich nur ...

»Sieh mich doch mal an!«

Die Türkin reagierte nicht. Da stieß Karin die Tür zu Nilgüls Zimmer auf. Die Wärme des Raums überfiel sie wie eine Flutwelle und trieb ihr augenblicklich den Schweiß unter die Achseln. Doch das war jetzt völlig egal. Zwei Schritte, dann stand sie neben dem Bett und berührte das Gesicht der türkischen Frau.

»Nilgül, meine Kollegen wissen zwar, dass du hier liegst. Deine Freundin Tina hat es ihnen erzählt. Aber ich habe ihnen kein einziges Wort gesagt. Dass wir uns kennen und angefreundet haben, weiß keiner von ihnen. Nicht mal mein Mann. Und alles, was wir besprochen haben, bleibt unter uns – wie das unter Freundinnen sein muss. Ich schwöre ...«

Die Tür flog auf und die Oberschwester schoss herein: »Frau Jacobmayer, das geht zu weit. Raus, aber Tempo. Sonst hole ich den Oberarzt ...«

57

Der alte Brennwald saß noch keine Stunde im Verhörraum, da tauchte bereits ein Wuppertaler Anwalt auf: »Ich bestehe darauf, dass Sie die Vernehmung sofort beenden. Und dann brauche ich einen abhörsicheren Raum …«

Langer kannte die Nummer und nickte.

»Vielleicht teilen Sie mir schon mal mit, was Sie meinem Mandanten vorwerfen!«

Die Hauptkommissarin schob die Ermittlungsakte hinüber: »Uneidliche Falschaussage zur Verdeckung einer Straftat, Irreführung der Behörden, Hausfriedensbruch, Beweismittel-Unterschlagung. Wenn Sie mich etwas nachdenken lassen, kommen noch ein paar Delikte hinzu.«

»Und wo kann ich mit meinem Mandanten …«

»Was wollen Sie denn nun zuerst: Akteneinsicht oder das Gespräch?«

»Das zweite.«

»Kein Problem. Augstein?«

Ein älterer Hattinger Polizist führte den Advokaten und Brennwald in den Keller des Hauses: »Hier, der Duschraum ist garantiert abhörsicher.«

Kaum waren sie allein, schob der Jurist dem Drucker eine Vollmacht hin: »Unterschreiben Sie. Die Rechnung geht zwar offiziell an Sie, aber damit gehen Sie zur Stillen Hilfe. Die geben Ihnen das Geld und Sie …«

Brennwald nickte. Er kannte sich aus. Und konnte den Mann auch gleich in einer anderen Frage beruhigen: »Ich habe außer zu meiner Person kein Wort zu den Bullen gesagt …«

Unterdessen organisierte Langers Team im Bochumer Präsidium eine Gegenüberstellung.

Dass man diese Aktion nicht in Hattingen oder Schwelm durchführte, hatte zwei Gründe: Einerseits gab es in der Polizeiwache an der Bahnhofstraße keinen Raum, der dafür geeignet war. Man hätte in die Hauptstadt des Ennepe-Ruhr-Kreises ausweichen können, aber Bochum lag deutlich näher als Schwelm.

Der zweite Grund war ohne Zweifel der gewichtigere: Langer wollte unter allen Umständen vermeiden, dass Lusebrink und Haggeney von der Gegenüberstellung Wind bekamen; nicht auszudenken, was geschähe, wenn diese beiden sich berufen fühlten, ihre außerordentliche Intelligenz in das Verfahren einzubringen.

Schließlich hatte man im Präsidium acht Leute aufgetrieben, die sich bereit erklärten, für den guten Zweck eine halbe Stunde lang ihre Schreibtische im Stich zu lassen. Einige von ihnen waren dem Wattenscheider Drucker in Alter, Figur oder Aussehen ähnlich genug, um der Zeugin eine echte Entscheidung abzuverlangen. Die Konstellation würde jedem Einspruch standhalten.

Die Nachbarin des getöteten Heckmann wartete in einem Nebenraum auf den großen Moment. Aber es dauerte noch drei Stunden, bis der Verdächtige endlich vorgeführt werden konnte. Sein Anwalt nutzte jeden Trick, um das Verfahren in die Länge zu ziehen – so, als würde er nach Stunden bezahlt. Schließlich musste er aber doch vor der Strafprozessordnung kapitulieren.

»Ich will sehen!«, sagte er und ließ sich vorab in den Raum hinter den Einwegscheiben führen. Er musterte die acht Kandidaten, denen die Verärgerung über den verdorbenen Arbeitstag deutlich anzusehen war.

»Nein«, sagte er dann, »ich protestiere schärfstens. Die Aufgabe ist viel zu leicht. Die beiden Herren am Ende könnten ja ohne weiteres die Enkel meines Mandanten …«

»Ihre Meinung in allen Ehren«, fiel ihm Hauptkommissarin Langer ins Wort, »Sie können gerne hinterher Beschwerde einlegen. Aber das zieht nicht. Wir kennen die Vorschriften auch. Und wollen jetzt endlich unsere Arbeit tun.«

»Dann bestehe ich darauf, dass der Platz meines Mandaten ausgelost wird.«

»Selbstverständlich.«

Als der grauhaarige Drucker sich endlich an die achte Position geschoben hatte, wurde die Zeugin in den Beobachtungsraum geführt.

»Die Männer können Sie nicht sehen und nicht hören. Schauen Sie sich die Leute gut an und sagen Sie uns ...«

Die Frau nickte – sie kannte diese Prozedur aus dem Fernsehen. Und erklärte nach dem ersten Blick auf die Garde der Auserwählten: »So bringt das nichts. Die Leute müssen Hut und Mantel tragen. Die Frisuren bringen mich nur durcheinander.«

»Kein Problem«, sagte Langer.

Was die Mäntel anging, so stimmte das angesichts der Jahreszeit. Schwieriger gestaltete sich die Suche nach geeigneten Kopfbedeckungen. Selbst in einem so konservativen Verein wie der Polizei gingen die meisten Männer schon längst ohne Hut. So dauerte es eine weitere halbe Stunde, bis sich die Kollegen im Präsidium ein paar Leihgaben zusammengebettelt hatten.

»Wem sollen wir die Hüte aufsetzen?«

Sofort fuhr der Anwalt dazwischen: »Allen. Und wenn Sie nicht genug Hüte haben ...«

Langer holte Luft: »Ist es nach Recht und Gesetz, wenn wir zuerst den Nummern eins bis fünf einen Hut verpassen?«

Dem Juristen fiel dazu kein seriöser Einwand ein. Dann war die Zeugin wieder an der Reihe. Sie brauchte höchstens fünfzehn Sekunden, um den Kopf zu schütteln. Also gaben die ersten vier in der Reihe ihre Hüte an die letzten ab.

»Nun?«

»Ich glaube, ich erkenne den Mann ...«

»Glauben reicht nicht, gnädige Frau«, raunzte der Anwalt.

Langer pfiff ihn sofort zurück: »Noch ein Wort und Sie warten draußen!«

Mit beleidigtem Gesicht zauberte er ein Notizbuch und einen Kugelschreiber hervor und kritzelte etwas aufs Papier. Währenddessen bat die Zeugin: »Können Nummer sieben und acht mal die Hüte tauschen?«

Langer schaltete das Mikrofon ein und gab die Order in den Spiegelsaal weiter. Grinsend gab Nummer acht einen flotten, bunt karierten Deckel ab und bekam einen dunkelgrauen Hut mit breiter Krempe. Kaum hatte er ihn aufgesetzt, nickte die Frau: »Nummer acht. Ohne jeden Zweifel!«

»Wie können Sie so sicher sein?«, bellte der Advokat.

»Im Gegensatz zu Ihnen war ich dabei!«

»Wenn Sie irgendwelche Zweifel haben«, meldete sich Lohkamp aus dem Hintergrund, doch Heckmanns Nachbarin schüttelte energisch den Kopf. Die Miene des Anwalts verdüsterte sich.

»Gut«, sagte Langer, »wir setzen nun ein kurzes Protokoll auf, Sie lesen es durch, und wenn alles stimmt …«

Die Zeugin war auch dazu bereit. So griff Langer zum Mikrofon, um die acht Kollegen im Saal zu entlassen. Da hörte man auf dem Flur ein paar polternde Stimmen, eine Tür wurde aufgestoßen – und Lusebrink und Haggeney stiefelten in den verspiegelten Saal.

»Wer hat die denn geschickt?«, zischte Langer.

Lohkamp sah fragend in Richtung Himmel und breitete die Arme aus.

»Da isser ja!«, dröhnte Haggeney und stiefelte zielsicher auf den Mann mit der Nummer sieben zu. Der Mann trug nicht nur den falschen Hut, sondern war auch einen halben Kopf größer und mindestens ein Jahrzehnt jünger als der Drucker. »Watt hasse dir dabei gedacht, uns so …«

»Haggeney!«, brüllte Lohkamp ins Mikrofon. »Schnauze halten und sofort raus da!«

Der kantige Polizist zuckte zusammen und blickte sich suchend um. Bevor er begriffen hatte, wer da etwas zu ihm gesagt hatte, war Hardenberg im Spiegelsaal und zog ihn und Lusebrink wieder heraus. In dem kurzen Flur zwischen dem Saal mit den Kandidaten und dem Beobachtungsraum zischte er: »Das war der Falsche! Nummer acht!«

»Was war das denn für ein Schauspiel?«, fragte der Anwalt grinsend und bemühte sein Gedächtnis. »Waren das nicht die beiden Beamten …«

Die Tür flog auf und die Todeskandidaten traten ein.

»Kalla, wie kannst du nur …«, raunzte Lusebrink.

»Ruhe!«, rief Langer, doch Haggeneys Streifenführer sah sie durchdringend an.

Im Gegensatz zu seinem Untergebenen verfügte er nicht nur über Grundkenntnisse in Hochdeutsch, sondern auch über jenen Rest menschlicher Intelligenz, den man gewöhnlich als Bauernschläue bezeichnete. Dieser Instinkt ermöglichte es ihm, in Extremsituationen außerordentliche Gefahren zu wittern: »Nee, Frau Bange, das kann ich Kalla nicht durchgehen lassen. Bloß weil der Kollege mit der Sieben uns mal auf Privattour ein Knöllchen verpasst hat ...«

»Ach ja?«, pfiff der Anwalt. »Wann soll denn das gewesen sein?«

»Och«, druckste Lusebrink herum und überlegte eilig, wie lange wohl die Unterlagen über Parksünden aufbewahrt wurden. »Vier, fünf Jahre. Eher mehr als weniger.«

Der Anwalt sah ihn nachdenklich an: »Nun, wenn Sie ein solch gutes Personengedächtnis haben ...«

»Habe ich!«, meinte Lusebrink und führte den verunsicherten Haggeney wie einen sehbehinderten Menschen an die Spiegelwand: »Kuckse dir an, Kalla. Nummer eins bis fünf? Nä. Sechs? Zu dünn. Sieben? Der Kollege, den wir zufällig kennen? Auch nich. Nummer neun? Dieses Geiergesicht? Hättesse dir gemerkt. Also, wo ist der freundliche Mann mit dem dunklen Hut?«

»Ich protestiere!«

»Was denn?«, fragte Lusebrink, ohne seinen Streifenwagenpartner aus dem Klammergriff zu entlassen: »Dass mein Kollege hier mental und emotional überfordert ist, sehen Sie doch selbst. Aber ich nicht. Die acht – das war der Mann mit dem Grill. Woll, Kalla?«

Erst als Haggeney, nun tatsächlich überfordert, genickt hatte, ließ Lusebrink ihn los. Er packte in die Seitentasche seines Uniformrocks, zog eine Tüte Gummibärchen heraus, warf ein paar ein und hielt dem Anwalt die Tüte hin: »Auch welche?«

Der Mann wehrte entsetzt ab und Lusebrink hielt die Tüte unverdrossen Lohkamp hin: »Hier, als Entschuldigung. Wo ich Sie doch mal festnehmen wollte.«

Lohkamp starrte Lusebrink entgeistert an. Der Vorfall, auf den er anspielte, war gut zwölf Jahre her. Er hätte nicht vermutet, dass der Mann nach solch einem Zeitraum seine eigene Mutter wiedererkennen würde.

»Sie können gehen, Herr Lusebrink«, sagte Langer und Lohkamp merkte ihrer Stimme die Erleichterung an. Dann musterte sie den Anwalt: »Das wär's dann wohl.«

»Damit kommen Sie nicht durch!«, polterte der Jurist los. »Diese Nummer war doch eindeutig getürkt!«

Bevor die Hauptkommissarin etwas erwidern konnte, tapste Lusebrink auf den Advokaten zu und hielt ihm den Zeigefinger vor die Nase: »Bitte, dieser Ausdruck ist bei der Polizei schon lange aus der Mode. Das ist einfach ausländerfeindlich. Und das dulden wir nicht mehr!«

Er drehte ab, kniff Lohkamp dabei ein Auge zu, zog seinen Kumpel mit und haute beim Hinausgehen Hardenberg auf die Schulter: »Und du, Jungchen, musst uns einen ausgeben!«

58

Irgendwann nach acht Uhr abends meldete sich neben Karins Bett das Telefon. So schnell die Rote auch reagierte, das Klingeln riss die junge Zimmernachbarin aus dem Schlaf.

»Ich werde mich beschweren«, giftete sie. »Ich habe noch nie jemanden erlebt, der so viel telefoniert. Wie soll man da gesund werden ...«

»Tut mir Leid«, heuchelte Karin. »Soll nicht wieder vorkommen.«

»Das sagen Sie jedes Mal. Aber wir sind hier nicht im Büro. Und ich brauche meinen Schlaf.«

Hysterische Ziege, dachte Karin. Dich hätten sie besser in die Klapse gesteckt. Dann nahm sie ab: »Ja?«

»Karin?«

Es war Nilgüls Stimme. Sie klang so erschöpft und deprimiert wie bei ihrer ersten Begegnung.

»Ja. Wie geht es dir?«

»Gut, danke!«, flüsterte sie. »Du, Karin, ich habe nachgedacht. Ich glaube dir. Aber ich kann nur deine Freundin sein, wenn du das trennen kannst. Uns – und eure Firma. Geht das?«

»Ich verspreche es dir. Ich habe kein Problem damit. Du bist meine Freundin und ich sage nur das weiter, was du mir ausdrücklich erlaubst. Okay?«

»Okay«, flüsterte Nilgül. »Danke!«

59

Gegen Abend lagen Kalle und Vanessa in Wattenscheid vor dem *Berghof* auf der Lauer. Ihr Auftrag war klar: Sie mussten mehr über das Treiben des Volkssturms und über die Gewohnheiten seiner Mitglieder herausfinden. Die Nummer eins auf der Liste war Brennwald und Kalle Mager war das recht: Der Mann hatte bei ihm eine Rechnung offen.

Während Observationen im Normalfall für Detektive jeglicher Couleur eine Art beruflicher Höchststrafe darstellten, lagen die Dinge bei den PEGASUS-Kundschaftern völlig anders: Langeweile kam zwischen Kalle und Vanessa keineswegs auf – nie hatte jemand, der sein wahres Tun verschleiern wollte, überzeugender die Rolle eines Liebespaars gespielt. Allerdings wuchs bei all der Knutscherei und Fummelei die Gefahr, dass ihnen wesentliche Veränderungen in ihrer Umgebung entgingen.

Genau das wäre beinahe passiert, als direkt vor dem Eingang zum *Berghof* ein dunkler Wagen einparkte. Erst etliche Sekunden, nachdem die Scheinwerfer erloschen waren, fiel Kalle auf, dass niemand ausstieg.

»Lass mal!«, flüsterte er und löste seine Lippen von Vanessas Mund. Über ihre Schulter spähte er hinüber. Die Person am Steuer des anderen Fahrzeugs – der Silhouette nach eine Frau – hatte offenbar ein Handy gezückt und telefonierte.

»Bin gespannt, was passiert«, verriet Kalle und ordnete seine derangierte Kleidung.

Doch in den beiden nächsten Minuten geschah draußen gar nichts, was mit ihrem Job zu tun hatte, und Kalles Hände tauchten bereits wieder unter Vanessas Kaschmirpullover. Da wurde die Tür der Kneipe aufgestoßen. Im hellen Lichtschein wurden zwei Gestalten sichtbar, die sich rechts und links des Eingangs auf die Vortreppe stellten und angestrengt die Straße musterten. Schließlich verließ einer der beiden Männer seinen Posten und schien seine Beobachtungen drinnen zu melden. Sekunden später verdunkelte die unverkennbare Gestalt des jungen Brennwald die Tür. Auch er prüfte kurz die Lage – und ging dann entschlossen auf den dunklen Golf zu, dessen Tür von innen geöffnet wurde.

»Na, also!«, sagte Kalle und tastete nach dem Zündschlüssel, ohne seinen Blick von der Nazikneipe zu lösen. Als der Wagen, in dem Brennwald Platz genommen hatte, startete, zogen sich die Posten von der Vortreppe in den *Berghof* zurück. Kalle fuhr los und folgte dem Golf, der gerade auf die Hauptstraße bog. Erst kurz vor der Einmündung schaltete Kalle die Beleuchtung seines Wagens an.

»Bin gespannt, wohin der will«, sagte Magers Sohn. »Hast du die Nummer?«

»Nein«, flüsterte Vanessa und räusperte sich. Dann sagte sie lauter: »Weiß nur, dass der Wagen aus Dortmund kommt.«

Kalle setzte den Blinker nach links, bevor die Fahrerin des Golfs das Gleiche tat. Er hatte Glück – sie fuhr tatsächlich nach Süden. Aber ob sie auf die A 40 wollte oder bis zu Brennwalds Druckerei durchfuhr, war noch nicht raus.

In Richtung Essen wollte Brennwald jedenfalls nicht. Seine Fahrerin ließ die erste Auffahrt zur Autobahn rechts liegen und tauchte in den dunklen Stollen, der die A 40 unterquerte. Dann flammten vorne die Blinklichter auf.

Schön, dachte Kalle. Dann fahren wir eben in Richtung Dortmund. Auf der Autobahn würde eine Verfolgung weitaus weniger auffällig sein. Und dass ihn dieser simple Golf IV abhängen würde, war zu bezweifeln – zumal die ständigen Geschwindigkeitsbeschränkungen jede Raserei zu einem Risiko machten.

So trotteten sie hinter dem anderen Wagen her, ließen ihm ab und zu einmal zwei Fahrzeuge Vorsprung, bevor sie selbst überholten, und passten vor allem darauf auf, dass der Golf nicht plötzlich in einer der zahlreichen Abfahrten verschwand.

Nichts Unerwartetes geschah: Man passierte das Bochumer Kreuz, die Abfahrten Ruhrpark, Provinzialstraße und Borussiastraße, von wo aus man in weniger als zwei Minuten am PEGASUS-Hauptquartier gelandet wäre, und überfuhr auch das Dortmunder Westkreuz. Gleich danach kündigten die gelben Blinklichter des anderen Golfs den nahen Abschied von der Autobahn an.

»Is 'n Dingen«, murmelte Kalle.

»Mensch, der will nach Dorstfeld«, sagte Vanessa.

»Stimmt«, sagte Kalle und ahnte plötzlich, wem der Wagen gehörte.

An der nächsten Ampel fuhr er dichter zu Brennwalds Privattaxi auf. Die Insassen schienen sich völlig sicher zu fühlen und schenkten Kalles Gefährt keine spürbare Beachtung.

»Erkennst du die Farbe?«

»Dunkelgrün.«

»Sagt dir das was?«

Vanessa überlegte, und als auch die Ampel auf Grün schaltete, fiel es ihr ein: »Ich habe diese Akten und Zeitungsartikel gelesen, die bei dir herumliegen. Da ist doch auch von einem grünen Golf die Rede. In einem Bericht über den Brandanschlag in Wattenscheid.«

»Jau«, sagte Kalle und pfiff durch die Zähne. Ihm war dieses Detail völlig entfallen. Wie war das noch mit dem Vorurteil, dass blonde Frauen nur schön sein können? Er löste seine rechte Faust vom Lenkrad und suchte ihre Hand.

Während sie mitten durch die alte Bergwerkssiedlung der Zeche Dorstfeld rollten, ließ Kalle dem grünen Wagen einen deutlicheren Vorsprung. Der Sicherheitscheck, den Brennwalds Leute vor dem *Berghof* veranstaltet hatten, hatte sicher vor allem die Aufgabe, seine jungen Fans zu beeindrucken. Aber das durfte ihn nicht zu der Vorstellung verleiten, dass der Mann da vor ihm völlig beknackt und sorglos war.

»Pass auf, dass er uns nicht abhaut«, warnte Vanessa, doch

Kalle schüttelte den Kopf: »Keine Bange. Ich weiß, wo wir die Karre gleich wiederfinden …«

Er ließ Brennwald und der Brünetten zwei Minuten Zeit zum Aussteigen, dann bog er selbst in die Thusneldastraße ein. Der grüne Golf stand vor dem Backsteinbau gegenüber und im zweiten Stock ging gerade das Licht an.

»Tatsächlich, der vögelt mit meiner netten Nachbarin. Hätte ich nicht gedacht …«

»Was? Dass er vögelt?«

»Quatsch. Aber die Frau wirkt eigentlich ganz normal und freundlich. Dass sie es mit solch einem Tier treibt – das ist schon unglaublich.«

Kalle betrachtete den Wagen und hatte die zweite Eingebung: »Komm schnell. Ich muss noch etwas erledigen!«

Oben durchwühlte er seine Besteckschublade, suchte in der kleinen Abstellkammer nach einer Plastiktüte und verschwand im Treppenhaus: »Bin gleich zurück.«

Vanessa löschte das Licht, trat ans Fenster und schaute hinab. Was Kalle da unten veranstaltete, konnte sie besser ahnen als sehen: Der große Kerl kauerte vor der vorderen Stoßstange des grünen Wagens und schabte vorsichtig ein paar Lackspäne ab.

60

»Ja, Frau Jacobmayer, das wäre es dann. Wenn Sie mich fragen, sieht aus wie neu. Oder?«

In einem Spiegel betrachtete Karin ihre Brüste. Bis auf die rote Narbe an der Unterseite sah die rechte jetzt fast wieder aus wie die linke. Fast. Denn die gedehnte Haut über dem neuen Silikon-Polster war deutlich straffer, während die linke Brust ohne die stützende Hilfe der Textilindustrie ein wenig tiefer sank.

»Keine Sorge, das gibt sich!«, beruhigte sie der Arzt. »Die Narbe verblasst und die Haut darüber passt sich den neuen Gegebenheiten an. Außerdem gibt es das in der Natur sowieso nicht, dass zwei Brüste vollkommen gleich sind. Wenn so eine Hollywood-Diva nackt auf dem Rücken liegt und ihre Brüste ragen immer noch in den Himmel wie Ätna und Vesuv – dann war nicht der liebe Gott am Werk, sondern ein Chirurg und die Kunststoffindustrie.«

Mit krauser Stirn versuchte Karin sich vorzustellen, wie sie vor den Schüssen ausgesehen hatte, aber die Erinnerung daran war verschwunden.

»In zehn Tagen sehen wir uns dann zur Nachsorge wieder. Und bis dahin sollten Sie die rechte Seite noch ein wenig schonen. In Ordnung?«

»In Ordnung«, krächzte Karin und zog sich wieder an. Statt der Leere spürte sie auf ihrer rechten Seite jetzt diesen Fremdkörper unter ihrer Haut. Die große Erleichterung, auf die sie so gehofft hatte, wollte sich nicht einstellen.

»Tschüss«, sagte sie, nahm den Entlassungsschein und verschwand.

Im Zimmer packte sie ihre Sachen und verabschiedete sich von den Schwestern, bezahlte unten ihre Telefonrechnung und rief bei PEGASUS an, damit sie jemand abholte. Dann fuhr sie hinauf zu Nilgül.

Die Türkin hatte Besuch. An der Sprechanlage stand eine Frau mit kurzen dunklen Haaren, recht stabil gebaut, aber keineswegs dick, schwarze Lederjacke, Jeans und robusten Stiefelchen.

»Klemm«, sagte sie. »Kriminalkommissarin.«

»Jacobmayer. Guten Tag. Nilgül, wie geht es dir?«

»Danke. Aber es gibt ein Problem.«

Die Kommissarin wandte sich an Karin: »Es wäre nett, wenn Sie mich noch ein paar Minuten mit Frau Ösran allein ...«

»Nein, bleib. Ich brauche deinen Rat.«

Die Polizistin zog die Schultern hoch und trat ein Stückchen zur Seite.

»Die Polizei möchte mich zu einer Gegenüberstellung holen. Aber erstens lassen mich die Ärzte noch nicht, und zweitens ...«

Statt den Satz zu beenden, kaute sie an ihrer Unterlippe und sah ihre Freundin fast flehend an.

»Und zweitens hast du Angst, diesen Kerlen gegenüberzustehen«, erriet die Rote Nilgüls Hemmungen.

Die Türkin nickte und Klemm schaltete sich ein: »Ich weiß, dass das schwer ist. Aber wir können Frau Ösran diese Begegnung nicht ersparen. Ohne ihre Aussage kommen wir nicht weiter. Und wir wollen die Täter hinter Gitter bringen.«

Sie schaute Nilgül an, bevor sie fortfuhr: »Frau Ösran, diese Männer werden Sie nicht sehen können. Sie werden nicht einmal wissen, dass Sie es sind, die hinter der Spiegelwand steht. Wir werden Sie davor schützen, dass diese Kerle sie angaffen oder etwas zu Ihnen sagen können.«

»Bekommt Nilgül psychologische Unterstützung?«

»Ich will keine Psychologin«, rief Nilgül. »Erst recht keine von der Polizei.«

Klemm seufzte und blickte Karin an: »Wir haben eine sehr kompetente Frau, die sich um Frau Ösran kümmern würde. Aber das geht nur, wenn Frau Ösran zustimmt.«

Karin fiel ihre alte Schulfreundin Sibylle ein, die Therapeutin geworden war und in Bochum eine Praxis hatte. Bei ihr hatten zahlreiche vergewaltigte Frauen und Mädchen Hilfe gefunden. Aber Nilgül wollte auch davon nichts hören: »Ich mache das nur, wenn du dabei bist. Niemand anders.«

»Was sagt die Polizei dazu?«

»Weiß ich nicht. Ich werde die Bitte weiterleiten. Es könnte aber ein Hindernis geben, Frau Jacobmayer.«

»Und zwar?«

»Die Firma, bei der Sie arbeiten – überrascht es Sie, dass es Polizisten gibt, bei denen PEGASUS unbeliebt ist?«

Karin schluckte. Woher wusste diese Frau davon?

Klemm lächelte: »Wir haben zwar niemanden, der hier vor dem Zimmer Wache schiebt. Aber die Oberschwester schreibt auf, wer zu Besuch kommt. Und wir hängen die Liste nicht aufs Klo.«

»Wenn der Datenabgleich bei Ihnen so gut klappt – warum vergleichen Sie nicht einfach die Spermaproben des Täters mit den genetischen Merkmalen der Volkssturm-Leute?«

»Sie haben keine«, verriet Nilgül. »Irgendwer hat sie verschlampt.«

Zwanzig Minuten später holte Kalle die Frau seines Vaters in der Cafeteria des *Bergmannsheils* ab.

»Gut siehst du aus«, sagte er. »Können wir?«

Er trug ihr Gepäck zum Wagen, der in der Hochgarage am Rand des Krankenhausareals lag. Kaum hatten sie Platz genommen, fragte er: »Darf ich sehen?«

»Nein«, sagte Karin und ihre Stimme klang dabei gar nicht gut.

»Was ist passiert? Haben die Weißkittel es verpfuscht?«

»Das kann man so nicht sagen«, beschied Karin ihn. »Warum ist Klaus-Ulrich nicht gekommen?«

»Du kennst ihn doch. Sitzt in der Schmollecke. Ich hab dich weggebracht, also soll ich dich auch wieder holen. Ich nehme mal an, er ist sauer, weil er nicht Bescheid weiß – und ich verstehe auch nicht so ganz, warum das so ist.«

Kalle setzte seine Stiefmutter vor der PEGASUS-Zentrale ab und lenkte den schwarzen Golf II wieder in Richtung Autobahn. Das Wiedersehen zwischen Karin und seinem Vater wollte er lieber nicht miterleben und außerdem hatte er Wichtigeres zu tun. Am Bochumer Kreuz wechselte er auf die A 43 und fuhr nach Südwesten. Bald sah das Ruhrgebiet etwas freundlicher aus.

Hinter dem Kemnader Stausee verließ er die Piste, kämpfte sich über eine verstopfte Landstraße zur Hattinger City durch und betrat zum ersten Mal in seinem Leben freiwillig eine Polizeiwache. Nachdem die Männer hinter der Theke seinen Ausweis geprüft und ausgiebig nach seinem Begehr geforscht hatten, führten sie mindestens drei Telefongespräche, bis sie ihm verrieten, dass Lohkamp nicht im Haus war: »Was wollen Sie denn von ihm?«

»Ich möchte Hauptkommissar Lohkamp oder einem anderen Mitglied der Soko etwas übergeben.«

Misstrauisch lehnte sich der Beamte über den Tresen und schielte auf den Plastikbeutel in Kalles Hand: »Eine tote Ratte?«

»So ungefähr«, meinte Kalle und musste sich beherrschen, um nicht von einem toten Rindvieh oder von einem frisch geschlachteten Bullen zu sprechen. Der Typ vor ihm wirkte nicht so, als hätte er für solche Späße genug Mutterwitz.

»Sie müssen uns schon genauer sagen, um was es geht«, meinte der Uniformierte dann. »Wir sind hier schließlich kein Fundbüro.«

Die beiden anderen Polizisten hinter dem Tresen kicherten, während sie weiter an ihren Frühstücksbroten kauten. Kalle war auf einmal froh, dass er in seinem Leben noch keinen Pfennig an Steuern bezahlt hatte. So lange solche Typen mein Geld verfressen, kann ich weiter Student bleiben, dachte er.

»Hören Sie«, sagte er, »ich möchte ein Beweismittel abgeben und dazu brauche ich jemanden von der Soko ...«

Eine hoch gewachsene Frau betrat den Raum. Sie war fast so modisch gekleidet wie Angela Merkel und trug sogar fast die gleiche Frisur.

»Ich bin von der Soko«, sagte sie. »Um was geht es?«

Drei Sätze genügten und die Frau setzte sich mit Kalle in den nächsten freien Raum an einen Schreibtisch.

»Also«, sagte sie. »Ich brauche Ihre Personalien, den Ort und die Uhrzeit sowie das Kennzeichen des Wagens, von dem Sie die Lackspuren haben.«

Wenn ich Pech habe, dachte Kalle, kriege ich noch eine Anzeige wegen Sachbeschädigung.

»Und jetzt Ihre Unterschrift«, sagte die Frau schließlich. Dann erhob sie sich und geleitete ihn zur Tür. »Danke, dass Sie sich diese Mühe gemacht haben. Wäre schön, wenn alle Mitbürgerinnen und Mitbürger uns so helfen würden ...«

Erst als er wieder in seinem Wagen saß, kam Kalle der Verdacht, dass die Sache nicht ganz rund gelaufen war. Weder wusste er den Namen der Kripofrau noch hatte sie ihm so etwas wie eine Quittung gegeben. Ob er noch einmal hineingehen und danach fragen sollte?

Dann fiel sein Blick auf die Digitaluhr an seinem Armaturenbrett. Wenn er sich beeilte, konnte er Vanessa von der Schule abholen.

61

Hauptkommissarin Langer erlebte an diesem Mittag eines der heißesten Verhöre ihrer Laufbahn – allerdings sah es die Rollenverteilung vor, dass sie die passenden Antworten zu geben hatte.

»Das ist alles, was Sie in über einer Woche herausgefunden haben?«, raunzte der Leitende Oberstaatsanwalt und pochte auf die Kopie der Ermittlungsakte. »Zwei Kilo Papier – und nichts dabei, was uns weiterbringt?«

Langer erwiderte nichts.

»Zwanzig Leute im Einsatz, jede Menge Verhöre, jede Menge Ermittlungen, aber nicht eine einzige konkrete Spur. Haben Sie zumindest eine brauchbare Hypothese, wie all diese Verbrechen zusammenhängen könnten?« Abermals pickte er mit dem Zeigefinger auf den dicken Stapel, als wollte er ein Loch hineinbohren.

Der hat gerade mal zwei Stunden Zeit gehabt, sich die Papiere anzusehen, durchfuhr es die Polizistin. Der kann noch gar nicht durch sein.

»Haben Sie die Zeitungen gelesen? Wenn Sie so weitermachen, verdrängen Sie noch dieses Wattenscheider Loch von den Titelseiten.«

Kann sein. Aber das wirst du nie schaffen, glaubte die Polizistin.

»Und dann das hier!« Hempelmann öffnete eine Schreibtischschublade und fischte ein Blatt heraus – so vorsichtig, dass die Manschette seines mustergültig gebügelten Markenhemdes keine Falten bekam. »Eine Beschwerde von Rechtsanwalt …« Er stockte und musste den Namen des Brennwald-Advokaten ablesen. »Der Mann ist renommierter Strafrechtler. Und das, was er über die Gegenüberstellung schreibt, lässt jedem Fachmann die Haare zu Berge stehen …«

Langer richtete ihren Blick demonstrativ auf die perfekte Frisur des Leitenden. Dessen Haare lagen weiterhin brav nebeneinander.

»Diese Nummer mit den beiden Hattinger Polizisten. Völlig durchsichtig. Irgendwer hat diesen, na, wie heißt er noch, Lu-se-brink, geimpft. Ich habe mich erkundigt. Das sind die letzten Nieten. Die erkennen ihre eigene Mutter nicht, wenn die vom Friseur kommt!«

»Herr Hempelmann«, ergriff Langer endlich das Wort. »Mir können Sie ja alles Mögliche vorwerfen. Aber auf unsere Kollegen in Uniform lasse ich nichts kommen. Gerade Lusebrink ist ein erfahrener Beamter, zuverlässig und flexibel. Über dreißig Jahre im Dienst. Absolut untadelig. Wer Ihnen etwas anderes gesagt hat, muss den Kollegen verwechseln ...«

Der Leitende sah sie misstrauisch an, aber Langer hatte noch nie im Leben so gut gelogen. In ihrem Blick lag nichts als Aufrichtigkeit, und das brachte Hempelmann für einige Sekunden aus dem Konzept.

Irritiert befragte er seinen Stichwortzettel und kam wieder auf Kurs. »Ich glaube, verehrte Kollegin, dass Sie es sind, die da etwas verwechselt. Oder mir einen Bären aufbindet. Auf jeden Fall muss ich sagen, dass ich von diesen dürftigen Ergebnissen schwer enttäuscht bin. Doch ich glaube, es gibt eine Erklärung dafür. Sie ermitteln viel zu einseitig. Und viel zu zögerlich. Wenn ich zum Beispiel an diese Weichei-Methoden denke: Warum haben Sie diese Ösran noch nicht zu einer Gegenüberstellung mit den Rechtsradikalen geholt? Ich bestehe darauf, dass ...«

An dieser Stelle hielt Langer den Sermon nicht mehr aus: »Die Frau ist schwer krank. Sie ist noch zehn Tage lang Risikopatientin. Von der psychischen Seite einmal ganz zu schweigen. Wenn Sie es riskieren wollen, dass die Frau einen Infekt kriegt ...«

»Was macht Sie so sicher, dass hinter all diesem Getue nicht die Angst steht, bei einer großen Schwindelei ertappt zu werden? Vielleicht ist sie geistig verwirrt, hat das Feuer selbst verursacht und sich dann dekorativ auf die Vortreppe dieses Ladenlokals gelegt? Oder haben Sie inzwischen den großen Unbekannten gefunden, der sie angeblich aus dem brennenden Haus geholt hat?«

Langer stand auf: »Wenn Sie mich für unfähig halten, können Sie mich ablösen. Ich mache gerne meine gewohnte Arbeit weiter. Da wirft mir wenigstens nicht jeden Tag jemand Steine in den Weg. Und was die Vergewaltigung angeht – so kann nur ein Mann reden, dem jede Sensibilität für dieses Delikt fehlt. Vielleicht machen Sie sich mal sachkundig. Literatur darüber gibt es ja genug.«

Hempelmann war deutlich angeschlagen und suchte nach einer passenden Antwort.

»Bevor es aber so weit ist, besorgen Sie mir bitte einen Haftbefehl gegen Brennwald senior.« Langer kramte ein Vernehmungsprotokoll aus der Tasche.

»Er hat zugegeben, zum fraglichen Zeitpunkt in Hattingen gewesen zu sein. Angeblich wollte er den Eltern Heckmann einen Kondolenzbesuch abstatten. Da die Türklingel defekt war, habe er versucht, von der Terrasse aus zu erkennen, ob jemand zu Hause sei. Und dabei seien ihm die offene Schuppentür und dieser Grill aufgefallen. Den Polizisten, die plötzlich auftauchten, habe er nur helfen wollen. Er streitet ab, einen falschen Namen genannt zu haben. Aber das riecht nach einer Schutzbehauptung. Er hat den Grill dort präpariert.«

»Hat er das gestanden?«

»Nein. Aber im Kofferraum seines Wagens haben wir Spuren gefunden: verbrannte Grillkohle, etwas Asche. Nach Ansicht der Techniker reicht das als Beweis.«

»Wofür?«

Sie nannte ihm die gleichen Delikte, die sie schon Brennwalds Anwalt aufgezählt hatte.

»Und? Dafür wollen Sie einen Haftbefehl? Der Mann hat einen festen Wohnsitz und eine eigene Firma. Sie können von mir aus alle Dortmunder Richter abklappern. Von denen gibt Ihnen keiner einen Haftbefehl.«

Langer nahm ihre Schultertasche so heftig auf, dass die Pistole dumpf gegen das Stuhlbein schlug und sie an die Wirksamkeit der Munition erinnerte, mit der die Waffe geladen war. Wäre auch eine Lösung, dachte die Hauptkommissarin, ging zur Tür und zog sie sanft hinter sich ins Schloss.

Draußen überlegte sie einen Augenblick. Dann zückte sie ihr mobiles Telefon und rief in Hattingen an: »Wer ist dran? – Frau Hell? Sagen Sie doch bitte Bescheid, dass ich noch einen Arzttermin habe. Ich komme erst morgen wieder rein.«

62

»Ich gehe mal kurz zu Mehmet und sehe nach, wie weit er mit dem Wagen ist«, sagte Mager, nachdem er den Begrüßungssekt geschlürft hatte. »In zwanzig Minuten bin ich wieder da.«

Er beugte sich zu Karin hinunter, um sich mit einem Kuss zu verabschieden, doch die Rote drehte ihren Kopf ein wenig zur Seite, sodass er nur bis zu ihrer Stirn kam. Ein leichter Seufzer, dann schnappte er seine schwarze Lederjacke und ging. Die Frauen hörten, wie die Haustür ins Schloss fiel, und eine halbe Minute später polterten Magers Schritte am Fenster vorbei auf die türkische Autowerkstatt zu, die ein paar Schritte entfernt auf der anderen Straßenseite lag.

»Wie geht es dir wirklich?«, fragte Susanne und füllte die Gläser noch einmal auf. Wie gut es PEGASUS ging, konnte man wie immer an der Sektmarke ablesen, die im Büro bevorratet wurde. Statt des Rieslings von Aldi gab es zurzeit den prickelnden Spanier mit dem schwarzen Etikett.

Karin schwieg und schien dem Rumoren der Frau aus Bosnien zu lauschen, die seit ein paar Monaten zweimal pro Woche den gröbsten Dreck bei PEGASUS beseitigte. Noch nicht einmal vierzig, war sie Witwe und hatte Mühe, ihre vier Kinder über die Runden zu bringen. Das Geld, das sie in der Firma verdiente, ging offiziell an Kalle – der konnte als Student seine Steuern vom Staat zurückholen.

»Ich weiß nicht«, seufzte Karin endlich. »Ich dachte, mit dieser OP wäre alles wieder in Ordnung.«

»Zeig mal!«

Magers Frau zögerte, bevor sie den Pullover und das T-Shirt hochzog. Susanne betrachtete den Körper der Freundin und schüttelte den Kopf: »Verstehe ich nicht – das sieht doch alles sehr gut aus. Und von der Narbe wirst du bald nicht mehr viel sehen.«

»Hat der Professor auch gesagt. Trotzdem: Ich fühle mich einfach beschissen. Schleppe jetzt ein Stück Plastik herum, das gar nicht zu mir gehört.«

»Wer weiß das schon?«

»Ich!« Karin blickte zum Fenster hinaus, doch der Anblick der Steinhammer Straße in einem Regenwinter war alles andere als ermutigend.

»Kann ich heute Nacht bei dir schlafen?«

Susanne brauchte einen Atemzug, um sich von der Überraschung zu erholen. »Natürlich. Die Couch im Wohnzimmer ist ganz bequem. Darf ich fragen, warum?«

Die Antwort ließ auf sich warten und die Blonde hatte den Eindruck, als hätte Karin die Frage gar nicht gehört – oder dächte an etwas ganz anderes.

»Wenn du seinen Blick gesehen hättest«, flüsterte sie schließlich.

»Wessen Blick?«

Karin trank mit einem Zug ihr Glas aus. Ein Schwindelgefühl überfiel sie, aber sie schenkte sich trotzdem wieder ein.

»Von diesem Kerl, in Veere. Als er abdrückte. Ich habe ihm genau in die Augen gesehen ... Da war nichts als pure Geilheit. Männliche Geilheit. Nur, dass er mich nicht mit seinem Schwanz penetrierte, sondern mit seinen Kugeln ...«

Geschosse heißt das, dachte Susanne und erschrak über ihre Reaktion – jetzt kam es wirklich nicht auf militärische Fachausdrücke an.

»Und seitdem – ich ertrag's einfach nicht, wenn mich einer berührt.« Sie schniefte, versuchte zu lächeln und heulte dann endgültig los.

Susanne saß da und ließ ihr Zeit. Als Karins Schultern etwas weniger heftig bebten, rutschte sie rüber und nahm die Rote in den Arm: »Aber Klaus hat nicht auf dich geschossen.«

»Weiß ich doch.«

»Und früher, wenn ich das richtig mitbekommen habe, war dir das absolut nicht unangenehm, wenn dich ein Mann anfasste.«

»Früher …«

Au, Scheiße, dachte Susanne. Das wird eine lange Therapie.

63

»Was soll das denn?«, fragte Langer, als sie am Mittwoch an ihren Schreibtisch trat. Inmitten der Akten lag eine blauweiße Tragetasche aus Kunststoff.

»Keine Ahnung«, sagte ihr Stellvertreter. »Die ist gestern Mittag abgegeben worden. Für dich persönlich!«

»Hä?«, machte die Hauptkommissarin und beäugte das Objekt. Die Tüte schien so gut wie leer zu sein. »Wer hat das abgegeben?«

»Weiß nicht«, wiederholte der Kollege. »Hell hat das Zeug angenommen und auf deinen Tisch gelegt.«

»Wann?«

»Irgendwann am Nachmittag. Du warst doch weg. Dieser Arzttermin …«

Langer griff zum Hörer und telefonierte sich durch die halbe Hattinger Wache, bis sie die PB-II-Frau erwischte.

»Diese Plastiktüte? Ach ja, irgendwelche Lackspuren. Angeblich im Zusammenhang mit den Wattenscheider Ereignissen. Wurde gebracht, als Sie auf dem Weg nach Dortmund waren …«

Woher weiß die, dass ich in Dortmund war?

»Haben Sie den Zettel nicht gefunden? Liegt direkt darunter.«

Vorsichtig hob die Chefin die Tragetasche an – tatsächlich, da lag ein Asservatenzettel, penibel ausgefüllt und unterschrieben: »Danke, Frau Hell. Alles in Ordnung …«

Sie überflog die Angaben auf dem Karton. Überbringer war ein Karl Mager aus Dortmund. Mager kannte sie, aber der Vorname erwies sich als Stolperstein für ihr Gedächtnis – bis sie das Geburtsdatum entdeckte. Muss der Sohn von diesem Kameramann sein, dachte sie und las weiter, bis sie auf den Namen der Halterin des Fahrzeugs stieß: Anita

Grunia. Langer war sich sicher, dass sie diesen Namen nie zuvor gehört oder gelesen hatte.

»Sieh mal nach, ob diese Frau irgendwo erfasst ist!«

Sie schob den Zettel zu ihrem Stellvertreter hinüber und der Kollege nickte. Er legte den Aktenordner beiseite, in den er gerade ein paar Gramm Papier einheftete, klinkte sich in das Datennetz der Polizei ein und hackte den Namen der Frau in den PC.

»Positiv. Rechtsradikale Szene. Mehrere kleinere Vorstrafen wegen ...«

»Druck alles aus, was du findest: Daten, Arbeitgeber, Register. Wir brauchen die Sachen für die Morgenrunde ...«

Um neun versammelte sich die Soko im Besprechungsraum. Es hatte sich als nützlich erwiesen, allen Beteiligten morgens zunächst Zeit dafür zu geben, die am Vortag angefallene Schreibarbeit zu erledigen – die mündlichen Berichte fielen danach bei den meisten Kolleginnen und Kollegen kürzer und prägnanter aus.

»Es hat sich ja schon rumgesprochen, dass ich gestern beim neuen Leitenden war«, begann Langer und berichtete betont sachlich von dem Gespräch bei Hempelmann. »Im Übrigen hat Herr Hempelmann es abgelehnt, gegen Vater Brennwald einen Haftbefehl zu beantragen. Keine Fluchtgefahr, keine Chance, diese Angelegenheit noch zu vertuschen. Ob er ein offizielles Ermittlungsverfahren einleiten wird, entzieht sich meiner Kenntnis ...«

Mehrere Kolleginnen und Kollegen schüttelten resignierend ihre Köpfe. In dieser Situation wäre eine Verhaftung des Druckereibesitzers ein klares Signal gewesen – aber seine Freilassung war auch eins. Es würde die Truppe seines Sohnes wieder mutiger machen.

Hell meldete sich: »Nachdem das Alibi des jungen Brennwald für den mutmaßlichen Überfall ...«

»Ich gehe weiterhin davon aus, dass es kein mutmaßlicher, sondern ein tatsächlicher Überfall war, Frau Kollegin.«

Die Frau vom Polizeibüro II sprach so ungerührt weiter, als hätte sie die Zurechtweisung nicht gehört: »Warum beantragen wir gegen Brennwald und die anderen Verdächtigen keinen Haftbefehl?«

Ist das ein Aas, dachte Lohkamp und bemerkte, dass Katrin Klemm einen Blick mit Hardenberg wechselte und dabei den ausgestreckten Zeigefinger in ihre Wange bohrte: Seine Tochter hatte als Schülerin diese Geste benutzt, wenn es aus taktischen Gründen unklug war, mit der Spitze des Fingers gegen die Stirn zu tippen.

»Brennwald und die anderen«, erwiderte die Chefin, »müssen wir wohl noch schmoren lassen, bis Frau Ösran in der Lage ist, eine Gegenüberstellung durchzustehen. Erstens sparen wir uns dadurch eine gelbe Karte des Haftrichters, und zweitens haben die Brennwald-Leute die Chance, inzwischen einen Fehler zu begehen, der uns weiterhilft. – Einwände? Wenn ja, dann auf den Tisch damit. Jetzt.«

Hardenberg meldete sich. Bei solchen Besprechungen hielt er sich ansonsten zurück: Die Kommissare stellten die Mehrheit in der Soko und etliche von ihnen nahmen die Leute aus dem Mittleren Dienst nach wie vor nicht ganz für voll. Aber Katrin hatte ihn wegen dieser Minderwertigkeitskomplexe bereits auf die Rolle genommen.

»Sollten wir Frau Ösran nicht besser schützen als bisher? Je näher der Termin einer Gegenüberstellung rückt …«

Die Langer nickte und ihr Stellvertreter schrieb mit.

»Weiter: Wie verhindern wir, dass Brennwalds Truppe in der Zwischenzeit weitere Straftaten begeht? Ist es nicht denkbar, dass der Chef des Volkssturms nach den beiden Morden besonders aggressiv reagiert – allein schon, um seine Führungsrolle zu behaupten?«

Hardenberg verstummte und war nicht sicher, ob er nicht Blödsinn geredet hatte. Aber Katrin warf ihm einen anerkennenden Blick zu und Langer nickte erneut: »Frau Hell, Ihre Behörde kennt sich da am besten aus …«

Lohkamp sah Langer an und versuchte abzuschätzen, ob ihr die Tragweite der Wortwahl bewusst war: Mit dem Begriff »Ihre Behörde« grenzte sie den so genannten Staatsschutz von der Polizei ab. Oder wollte Langer die Oberkommissarin absichtlich provozieren?

Hell wirkte bekümmert, ging aber nur indirekt auf die Formulierung Langers ein: »Unser Kommissariat«, sagte sie mit Betonung, »ist wie viele andere unterbesetzt und überlastet. Vielleicht können wir in Zusammenarbeit mit der Polizeiinspektion Wattenscheid etwas tun: mehr offene und zivile Streifen im Gebiet des Stammlokals dieser Truppe ...«

»Gut«, sagte Langer. »Im Übrigen gibt es noch eine Frage im Zusammenhang mit dem Anschlag auf Ösran, die wir bisher vernachlässigt haben: Wer hat die Frau aus dem brennenden Raum geholt? Wir müssen Zeugen auftreiben – am besten den unbekannten Retter selbst. Ich schlage vor, dass wir einen Aufruf um Mithilfe der Bevölkerung an die Presse geben und dann in Wattenscheid noch mal Klinken putzen. Einwände?«

Als sich niemand meldete, legte sie die Tragetasche auf den Tisch, die Kalle Mager abgegeben hatte: »Vielleicht erinnern Sie sich an die grünen Lacksplitter, die in Wattenscheid gefunden wurden. Wir haben möglicherweise das Fahrzeug entdeckt, von dem sie stammen. Der Wagen gehört nicht Brennwald oder einem seiner Leute, sondern Brennwalds Freundin, die in Dortmund wohnt. – Das Zeug muss sofort zur KTU.«

Ihr Stellvertreter schaltete den Beamer ein und das Porträt von Kalle Magers Nachbarin leuchtete an der Wand auf.

»Anita Grunia, 8.8.75.«

Gelächter kam auf und Langer stockte irritiert.

»Sorry«, sagte Klemm. »Aber wir wissen jetzt, was Brennwald an der Frau fasziniert ...«

Die Chefin schaltete immer noch nicht.

»Der achte Buchstabe im Alphabet«, erläuterte Hell. »Die doppelte Acht steht bei den Rechtsradikalen für HH. Heil Hitler.«

»Mein Gott, ja«, sagte Langer und tippte sich an die Stirn. »Wenn man erst mal über vierzig ist ...«

64

Bei PEGASUS war an diesem Morgen die Welt noch mehr in Unordnung als gewöhnlich. Mager starrte mit einer Verbissenheit auf den Hof, als wollte er die Falten in Mechthilds neuen Wohnzimmerstores zählen. Susanne und Karin hingegen mimten Normalität und tauschten zum Beweis dafür beim Kaffeekochen den letzten Dorfklatsch aus der Steinhammer Straße aus. Als Kalle mit den Brötchen erschien, spekulierten sie gerade darüber, ob das Vertreterhotel ein paar Häuser weiter nicht in Wirklichkeit eine gut getarnte Absteige für Callgirls sei. Den ›Beweis‹ brachte ausgerechnet die sonst so coole Firmenchefin: »Beim Friseur habe ich letzte Woche deutlich gehört, wie Emma Balke zu der neuen Friseuse sagte: Kindchen, wenn dich dein Verlobter besuchen tut, dann lass ihn bloß nicht in dieser Absteige übernachten …«

»Seid ihr eigentlich bescheuert?«, fragte Kalle und packte seine Beute aus.

Die beiden Frauen reagierten nicht und Kalle blickte irritiert auf seinen Erzeuger. Doch offensichtlich war auch der Alte geistig völlig von der Rolle.

»Papi, hier sind deine Mohnbrötchen!«, lockte der Sohn und legte sie behutsam auf Magers Teller.

Der Duft des frischen Backwerks weckte den Mann so weit auf, dass er zumindest sprechen konnte: »Du merkst doch: Diese Hühner da sind völlig gaga.«

»Gut«, sagte Kalle. »Dann fällt ja heute wohl die Arbeit aus. Ich weiß schon, was …«

»Nix da!«, unterbrach ihn sein Erzeuger. »Du fährst mit Susanne nach Wattenscheid und ich werde in der Zwischenzeit ein ernstes Wort mit Karin reden.«

Der Dialog der beiden PEGASUS-Frauen brach schlagartig ab. Karin sagte: »Tut mir sehr Leid, Klaus. Aber ich bin heute Morgen mit meiner Mutter verabredet. Nehmt ihr mich mit?«

Eine Stunde später setzten Susanne und Kalle die Rote mitten in Eppendorf ab – die letzten fünfhundert Meter wollte sie trotz des trüben Wetters zu Fuß gehen.

»Aber fall nicht in einen Krater!«, rief Kalle ihr nach und kurbelte eilig wieder das Beifahrerfenster hoch. »Sag mal, was war heute Morgen eigentlich los?«

Susanne tat so, als müsste sie sich auf den Weg in Richtung Stadtmitte konzentrieren, doch der Berufsverkehr mit seinen Staus war eigentlich schon vorbei.

»Susanne! Ich habe keine Lust, der Blödmann zu sein, der die Neuigkeiten aus Firma und Familie erst aus der Zeitung erfährt.«

Die Chefin seufzte: »Was soll schon sein? Karin hat nicht bei Klaus-Ulrich, sondern bei mir übernachtet. Sie wollte es so. Und dein Vater ist natürlich ein wenig von der Rolle.«

»Wäre ich an seiner Stelle auch. Ich dachte, nach der OP wäre alles wieder in Lot.«

»Dachte ich auch«, sagte Susanne. »Aber die Dinge sind eben manchmal komplizierter, als Außenstehende es sich vorstellen können.«

»Mit diesem Satz kannst du dich als Regierungssprecherin bewerben …«

Dem Büro des Rechtsanwalts, dessen Namen ihnen Tina Duisberg verraten hatte, sah man es an, dass der Inhaber der Kanzlei nicht von den gut dotierten Aufträgen der Wattenscheider Geschäftswelt lebte: ein flacher Schuppen am äußersten Rand der Fußgängerzone, abgetretener Billigflor auf dem Boden, die Büromöbel von Trends oder Ikea, an den Wänden ein paar preiswerte Drucke von Picasso – und im Vorzimmer keine aufgetakelte Tussi mit Perlenkette und Chiffonkleidchen, sondern eine noch junge Jeansfrau, deren Vorfahren eher aus dem Libanon oder dem Iran stammten als aus Gelsenkirchen-Buer oder Essen-Steele. Als die PEGASUS-Abordnung den Justizpalast enterte, war die Frau gerade damit beschäftigt, eine türkische Familie in das Zimmer des Chefs zu lotsen.

»Tut mir Leid«, sagte sie. »Sie müssen leider ein paar Minuten warten. Eine nicht vorhersehbare Terminsache.«

Die Kanzleiangestellte öffnete ihnen die Tür zum Warteraum. Das Ambiente glich dem des Vorzimmers, aber auf dem unvermeidlichen Literaturtisch lagen statt *Stern* und *Auto-Motor-Sport* das Straßenmagazin der Wohnungslosen und das Mitteilungsblatt des Bochumer Mietervereins. An der Querwand hing eine überdimensionale, grob gerasterte Version des berühmten Zeitungsfotos von der jungen Frau im schwarzen Abendkleid, die sich über den tödlich verletzten Benno Ohnesorg beugte.

»Und einen Aschenbecher haben sie hier auch«, sagte Kalle und zückte seine Zigaretten. »Fehlt nur noch …«

Die Tür öffnete sich und die Empfangschefin trat ein. Sie sammelte ein paar benutzte Tassen und eine offenbar leere Kaffeekanne ein und brachte Sekunden später ein Tablett mit Ersatz herein: »Wenn Sie einen Kaffee möchten? Ich könnte Ihnen auch ein Mineralwasser …«

»Danke, ist schon gut«, sagte Susanne und goss sich und Kalle einen Schluck ein.

»Der Mann gefällt mir jetzt schon«, verriet Kalle. »Wenn er alles andere auch so regelt …«

Hatte er. Ein leicht überarbeitet wirkender Mittvierziger, als Anwalt eher harmlos erscheinend, aber als Mann verdammt gut aussehend, wie Susanne fand. Sportpolitisch war er allerdings völlig inakzeptabel: Zwischen all seinem Juristen-Zubehör entdeckte Kalle einen Schalke-Wimpel.

»Tut mir Leid, dass ich vorige Woche keine Zeit für Sie hatte«, sagte er. »Was kann ich für Sie tun?«

»Wir arbeiten an einer Hintergrundreportage über die Neonazi-Szene«, erläuterte Susanne. »Und nach dem Anschlag auf Nilgül Ösran haben wir dabei besonders den Volkssturm Ruhr im Auge …«

»Und ich soll Ihnen ein paar Einzelheiten über Brennwalds Truppe erzählen«, schloss der Mann und blickte auf die Wanduhr gegenüber seinem Schreibtisch: »Eine halbe Stunde. Wenn das nicht reicht, müssen wir das abends privat beim Bier fortsetzen. Aber da das jetzt meine reguläre Arbeitszeit ist, müssen Sie was abdrücken.«

Susanne seufzte und der Anwalt lächelte.

»Die Abschiebungsgeschichte, die ich gerade hereinbekommen habe, sieht finanziell noch äußerst defizitär aus. Wie wäre es, wenn Sie sich mit zweihundertfünfzig Mark daran beteiligten?«

Guter Vorschlag, dachte Kalle und hoffte, dass Susanne keine Zicken machte, doch die Chefin zog schon das Scheckbuch.

»Nee«, sagte der Rechtsanwalt, »schicken Sie das Geld an Herrn Trieben. Kennen Sie, ja? Der eröffnet noch heute ein Sonderkonto. Ich werde mich gelegentlich erkundigen, ob Ihre Spende eingegangen ist. Apropos Trieben ...«

Er bückte sich und packte ein Bündel Papier auf den Tisch. Ganz oben lag eine Ausgabe der Zeitung *Freies Wattenscheid*: »Das Blatt kennen Sie? Hier, die letzte Nummer. Wie immer im Hause Brennwald gedruckt. Schauen Sie!«

Auf der Titelseite prangte ein Foto, das zeigte, wie Rentner Trieben seine verstörte Enkelin aus dem beschädigten Lada hob.

Darunter stand:

Das passiert, wenn kommunistische Rentner sich hinter das Steuer altersschwacher Ostblock-Autos setzen. Sie sind auch im Straßenverkehr eine Gefahr für unsere Bevölkerung.

»Dass die Bremsleitungen vorher präpariert worden sind, brauche ich Ihnen wohl nicht zu erzählen. Können Sie im Übrigen behalten – ich habe noch mehr Exemplare.«

Der Anwalt schob Susanne und Kalle einen Stapel gehefteter Blätter hinüber: »Hier ist die neueste Dokumentation über Brennwalds Truppe. Samt Vorgeschichte. Können Sie zu Hause lesen. Was nicht so darin steht, wie ich es Ihnen jetzt sage: Der Brandanschlag auf den Nachhilfeverein und der Überfall auf Nilgül Ösran fallen ein wenig aus dem bisherigen Bild. Brennwalds Leute haben sich in letzter Zeit eigentlich eher stiekum verhalten. Toben sich dafür an den Wochenenden manchmal in Mecklenburg aus. Als ob sie hier im Umfeld des Schulungszentrums Günnigfeld keine neue Munition für einen Verbotsantrag liefern wollten. Aber wer mit denen ein solches Stillhalteabkommen geschlossen hat – keine Ahnung.«

»Und warum dann dieses plötzliche Ausrasten?«, wollte Susanne wissen.

»Schwer zu sagen. Es gibt Gerüchte, dass Brennwald bei einigen seiner Anhänger als zu zahm gilt. Vielleicht wollte er mal demonstrieren, dass er kein Pardon kennt. Vielleicht waren sie aber auch nur ein Stück mehr besoffen als gewöhnlich ...«

Er öffnete einen Ordner und breitete ein paar Fotos aus: »Das sind sieben oder acht Leute, die aus dem Mitläuferalter heraus sind. Zum Teil schon länger dabei. Der ganze Rest hier – junges Gemüse. Orientierungslose Kids, die Brennwald mit einer Kiste Bier geködert hat. Der zum Beispiel.«

Er zeigte auf einen schmächtigen Burschen mit Glatze, der fast in seiner Bomberjacke verschwand. Dem Aussehen nach war er höchstens sechzehn.

»Kevin Kleinert – ob Leute wie der in ein paar Monaten noch dabei sind? Bestimmt noch keine gefestigten Neonazis. Die Regel ist, dass ein paar Mutproben fällig werden, wenn dieser Goebbels-Verschnitt – hier der Blonde mit dem deutschen Scheitel und dem ungarischen Namen – sie genug bearbeitet hat. Kann gut sein, dass die Ösran-Geschichte auch eine Mutprobe sein sollte. Wissen wir nicht.«

»Und die Ermordung von Heckmann und Koslowski?«

»Muss ich passen. Wenn ich's wüsste, wäre ich besser als die Polizei. Aber dass die im Umfeld der Ösrans sucht oder gar bei der Wattenscheider Antifa, ist Quatsch. Ich wüsste in dieser Szene keinen, der die Neigung und das Know-how dazu hätte, eine Bombe mit Kontaktzünder zu basteln oder jemandem mit einem einzigen Stich in den Hals zu töten.«

Der Anwalt überlegte einen Augenblick und stopfte sich dabei eine Pfeife. Den Rauch begleitete ein Duft, der weitaus angenehmer war als die Vorgartengewächse, die Kalle Mager und sein Vater bevorzugten.

»Interessant ist eines: Die Polizei hat nach allem, was man hören und lesen kann, bis heute keine brauchbare Spur. Und das bekommt kein Amateur hin.«

Kalle hatte sich die Fotos genau angesehen. Jetzt fischte er zwei heraus und legte sie dem Anwalt auf den Tisch. »Schauen Sie mal, hier …«

Der Jurist warf nur einen kurzen Blick darauf: »November letzten Jahres. Im Bochumer Bermudadreieck. Bei einer Protestaktion der Linken gegen die beiden Kneipen, in denen sich regelmäßig Neonazis treffen. Und das andere ist auf einer Demonstration der Neonazis in Rathenow entstanden.«

Er ahnte Kalles Frage und lächelte: »Eine Stadt in Brandenburg. Was wollen Sie wissen?«

»Der Typ hinter Brennwald. Beide Male nur halb zu sehen. So, als wollte er unter keinen Umständen auf ein Foto kommen. Aber immer dicht bei seinem Boss. Er muss zur Führung der Truppe gehören.«

Der Anwalt betrachtete den Mann: kurze schwarze Haare, kleiner als Brennwald, aber mit einem sehr durchtrainiert wirkenden Körper.

»Könnte auch eine Art Bodyguard sein«, meinte der Jurist und schüttelte den Kopf: »Tut mir Leid. Kenne ich nicht. Kann also noch nicht lange dabei sein. Allerdings ist er für einen dieser dumpfen Mitläufer schon zu alt.«

65

»Ich finde, die Langer hat immer schöne Jobs für uns!«, sagte Hardenberg und hielt die Wagenschlüssel hoch. »Wer fährt?«

»Ich bin dran«, behauptete Katrin Klemm und schnappte sich den Schlüsselbund. »Aber Ehre, wem Ehre gebührt: Verkuppelt hat uns die Hell …«

Während sie den Dienst-Focus durch Hattingen in Richtung A 43 lenkte, faltete Hardenberg noch einmal den polizeilichen Lebenslauf der Anita Grunia auseinander: in Dortmund geboren, Realschule, Bürokauffrau, jetzt eine Art Sekretärin bei einem Wittener Drucker, der neben Totenbriefen und Geburtsanzeigen auch neonazistische Zeitungen druckte und ein scheinbar unpolitisches Anzeigenblatt, in dem die Wittener Bürger gebrauchte Möbel anboten und freie Wohnungen suchten – in dieser Kombination schien es der Firma besser zu gehen als dem Brennwald-Unternehmen, das kaum ein legales finanzielles Standbein besaß.

»Musste dir mal überlegen«, sagte Hardenberg. »Mit fünfzehn hat die Frau sich den Kopf rasiert und zum ersten Mal Türken geklatscht. Eine Art nationale Weiberkampftruppe gegen Türkenluder gegründet. Zwei Jugendstrafen auf Bewährung wegen Körperverletzung, Beleidigung und Verbreitung von ausländerfeindlichen Hetzschriften. Aber mit achtzehn plötzlich wieder scheinbar bürgerlich und seitdem sauber ...«

Klemm lenkte den Wagen nach Blankenstein hoch. Ein paar Schneeflocken trieben durch die Luft und sie sah besorgt zu dem grauen Himmel hinauf.

Ihr Partner bemerkte den Blick: »Gut, dass wir nicht weiter nach Süden müssen. Wenn es in Bochum hitzefrei gibt und in Hattingen Regen, dann kannste in Sprockhövel schon Ski fahren ...«

Sie bemerkte das Grinsen, nahm aber dennoch etwas Gas weg und orientierte sich auf der Abfahrt ins Ruhrtal streng an den runden weißen Schildern mit dem roten Rand und den hässlichen schwarzen Zahlen.

»Und was hat die Frau mit fünfzehn auf diesen rechtsradikalen Trip gebracht?«

»Steht hier nicht«, meinte Hardenberg. »Aber sie war mit einem Typen aus der Borussenfront zusammen.«

»Kenne ich«, sagte Klemm. »Eine Klassenkameradin von mir. Intelligente Frau, selbstbewusst, hübsch. Zieht sich plötzlich so einen Macker von den Skinheads an Land. Und lässt sich von dem Typen alles verbieten: Döner, Teestube in der Kirchengemeinde, Sozialpraktikum in einem Heim für geistig Behinderte. Sogar von ihrer Nachbarin hat sie sich weggesetzt, weil der Vater Türke war. Und warum? Weil er der erste Kerl war, der nicht darauf wartete, dass ihre Eltern endlich in Urlaub fuhren ...«

»Sondern?«

»Er hat's ihr in der Schule gemacht. Im Heizungskeller.«

In Dortmund kämpften sich die beiden zunächst durch den Innenstadtverkehr bis zu der Sonderstaatsanwaltschaft vor, die abseits der Gerichtsgebäude in einem unauffälligen Bürohaus am Ostwall untergebracht war. Lange aufzuhalten brauchten sie sich nicht: Der richterliche Beschlagnahmebeschluss für den grünen Golf lag bereits vor. Sie steckten den Wisch ein, umkreisten die City bis zum Westentor und steuerten von da aus die Rheinische Straße entlang nach Westen.

»Die ist jetzt bestimmt nicht zu Hause«, meinte Klemm. »Normale Menschen arbeiten um diese Zeit.«

»Klar. Aber erst nach Witten und dann hierher zurück – dann wären wir den ganzen Tag unterwegs …«

In Dorstfeld kam es, wie die Kommissarin es vermutet hatte: Vor dem Haus in der Thusneldastraße war kein grüner Golf zu sehen und auf die Türklingel drückten sie zehn Minuten lang vergeblich. Schließlich versuchten sie es bei den Nachbarn, aber von den wenigen Leute, die genug Deutsch konnten, um sie zu verstehen, kannte keiner die Grunia näher.

»Auf nach Witten«, stöhnte Hardenberg.

Also mussten sie jetzt doch nach Süden, hatten aber, was das Wetter betraf, Glück: Witten-Annen lag tiefer als Sprockhövel.

»Meine Güte«, sagte Klemm. »Vor einer Woche habe ich kaum gewusst, dass es dieses Dorf überhaupt gibt.«

»Du solltest dir endlich Möbel für deine Wohnung kaufen«, erwiderte Hardenberg. »Dann kommst du an diesem schönen Ort nicht mehr vorbei …«

Er stieg aus. Warf einen kurzen Blick auf die Gebäude beiderseits der Straße und entdeckte das Firmenschild von Grunias Arbeitgeber an einer ehemaligen Direktorenvilla. Doch auch hier keine Spur von einem grünen Golf.

»Wenn wir schon mal hier sind«, sagte sie und stieß das schmiedeeiserne Tor auf. Sorgfältig geharkter Kies knirschte unter ihren Füßen, als sie die zehn Schritte bis zum Haupteingang zurücklegten. An der Doppelflügeltür hatten sich ein Drechsler und ein Glasbläser verewigt, deren Gräber seit mindestens einem halben Jahrhundert eingeebnet waren. Die Sprechanlage in den Seitenpfeilern war deutlich jünger.

»Ja, bitte?«, sang eine weibliche Bürostimme.

»Polizei.«

Die Altistin war unbeeindruckt und setzte ihre Arie in gleichem Tonfall fort: »In welcher Angelegenheit?«

»Es geht um den grünen Golf«, sagte Klemm und erntete einen heftigen Rippenstoß ihres Partners. Doch die Reaktion der Stimme aus dem Türpfeiler fiel anders aus, als zu befürchten war: »Oh, wie schön«, flötete sie. »Treten Sie ein!«

Der Öffner summte kaum weniger melodisch als die Dame. Sie betraten einen hell gefliesten Flur. Eine modisch gekleidete Brünette kam ihnen entgegen.

»Frau Grunia?«

»Ja. Guten Tag auch. Sagen Sie bloß, Sie haben den Wagen schon gefunden?«

Klemm und Hardenberg hatten Mühe, Haltung zu bewahren, und Anita Grunia bemerkte die Verwunderung: »Ich habe den Wagen doch erst heute Morgen als gestohlen gemeldet. Ich komme aus der Haustür – und weg ist das schmucke Ding. Ich hatte ihn noch nicht mal voll abbezahlt …«

»Ja«, räusperte sich der Kriminalhauptmeister. »Das müssen Sie uns alles noch einmal von vorne erzählen. Dürfen wir das im Sitzen hören?«

Sie durften. Bekamen dazu einen Kaffee serviert, von denen man auf Polizeidienststellen nicht einmal zu träumen wagte. Aber auch ein paar Geschichten, die genau so unglaublich waren.

»Geklaut?« Die Lippen der Hauptkommissarin wurden plötzlich so schmal wie Bleistiftstriche. Aber das Fax der Dortmunder Polizei war genau so eindeutig wie der Bericht von Klemm und Hardenberg: Brennwalds Freundin hatte eine formal korrekte Diebstahlsmeldung abgegeben. Zwischen abends um zehn und morgens um halb acht müsse jemand den Wagen entwendet haben.

»Die Dortmunder haben den Wagen inzwischen zur Fahndung ausgeschrieben«, berichtete der Kriminalhauptmeister und grinste: »Aber nützen wird das nichts. Vermutlich ist die Karre schon umgespritzt und auf dem Weg nach Osten.«

»Horst!« Langer holte Lohkamp hinzu und zeigte ihm das Fax aus der Bierstadt.

Er blickte nur kurz darauf und begriff. »Scheiße, verdammte. Wäre ja auch zu schön gewesen. Irgendwo ...«

Er behielt den Rest des Satzes für sich und dachte einen Augenblick nach: »Was hat sie denn für den fraglichen Nachmittag vor Silvester als Alibi vorgebracht?«

»Sie habe bis fünf gearbeitet und sei um halb acht zum Frauenturnen gegangen. Sie ist Mitglied in so 'nem Verein.«

»So ein Quatsch«, meldete sich Langers Stellvertreter. »Das war doch noch in den Ferien. Da sind die Turnhallen in den Schulen alle geschlossen.«

Klemm meldete sich: »Wegen der Arbeitszeit haben wir sofort Grunias Chef befragt. Er selbst war an dem Nachmittag unterwegs, aber wenn Grunia das sage, müsse es stimmen. Sie hätte eine Vertrauensstellung und ...«

Langer winkte ab.

»Besuche oder Telefonate, die in die fragliche Zeit fielen, konnte sie übrigens nicht benennen«, meinte Hardenberg. »Wir sind noch mal nach Dortmund gefahren und haben die Stelle überprüft, wo der Wagen angeblich gestanden hat ...«

»Sinnlos«, meinte Lohkamp.

»Ja. Aber wir wollten nichts auslassen. Ergebnis war auch wirklich gleich null: keine Glassplitter, keine Lackspuren. Wir haben noch ein paar Anwohner befragt, aber die konnten nichts sagen. Gehört hat heute Nacht keiner etwas. Außerdem würden sie sowieso nicht wegen jeden Lärms auf der Straße gleich zum Fenster rennen. Dorstfeld sei eben Dorstfeld, und da wären nachts immer ein paar Besoffene unterwegs ...«

»Gut gemacht«, sagte Langer und dachte nach. »Wo ist die Frau jetzt?«

»Auf Arbeit«, vermutete Klemm nach einem Blick auf die Uhr.

»Dann fahrt noch mal los und holt sie euch. Legen wir eben eine Nachtschicht ein …«

Kaum waren die beiden weg, bat Lohkamp die Hauptkommissarin mit einem Kopfnicken, ihm auf den Flur zu folgen. Doch sie wehrte ab: »Ich weiß, was du sagen willst, und das kannst du ruhig in seiner Gegenwart tun …«

Ihr Stellvertreter tippte ungerührt weiter an einem Bericht, als hätten sie von jemand anderem gesprochen.

»Irgendwo«, sagte Langer, »haben wir eine undichte Stelle. War's das?«

»Auch. Aber ich habe eine Theorie, wie der grüne Wagen ins Bild passt.«

»Ich höre.«

»Die Leute, die das Ladenlokal überfallen und Ösran misshandelt haben – die sind ja wohl aller Wahrscheinlichkeit nach in Brennwalds Geländewagen gekommen.«

Langer nickte.

»Kann es nicht sein, dass in dem anderen Wagen jemand saß, der die ganze Aktion absichern sollte? Melden, falls ein Streifenwagen kommt oder sonst eine Gefahr droht. Als die anderen den Tatort verließen, hat der Posten das Feuer gesehen. Er wusste, dass Ösran noch im Ladenlokal war. Lief rein, zog die Frau bis auf die Treppe und verschwand. So eilig, dass er den anderen Wagen gestreift hat …«

Langer überlegte, sah ihn zweifelnd an: »Die Grunia etwa? Während eine Frau draußen Schmiere steht, vergewaltigen sie da drinnen eine andere?«

»Es muss ja keine Frau gewesen sein«, meinte Lohkamp. »Die Grunia hat den Wagen verliehen und ist mit der S-Bahn von der Arbeit nach Hause gefahren. Von Witten-Annen aus ist das überhaupt kein Problem, nach Dorstfeld zu kommen …«

66

Am dreizehnten Tag nach seinem Tod wurde Daniel Heckmann beerdigt – genauer gesagt das, was von dem Bombenbauer noch auffindbar gewesen war. Auf den Weg zur Trauerhalle machten sich nicht nur die Verwandten und einige Nachbarn, die den immer noch verstörten Eltern Beistand leisten wollten oder einfach der Sensation wegen gekommen waren. Hinter ihnen marschierten auch ungefähr zweihundert jüngere Leute in Springerstiefeln und schwarzen Jacken, die meisten männlich, fast alle mit Glatze oder auf Millimeterhöhe gestutzten Haaren. Einige von ihnen trugen schwarzweiß-rote Fahnen oder große Fotos mit den Porträts von Heckmann und Klopper Koslowski und Bildunterschriften wie *Rotmord* und *Wer schützt uns vor Terroristen?*

Vor dem Hattinger Waldfriedhof standen drei Einsatzhundertschaften Polizei aus den benachbarten Städten. Sie hatten den braunen Block der Volkssturm-Anhänger flüchtig nach Waffen abgesucht und passieren lassen – dann wurden die Eingänge abgeriegelt. Draußen blieben nicht nur mehrere Fernsehteams, sondern auch einige Dutzend vornehmlich jüngerer Leute mit Jeans und bunten Haaren, die auf mitgebrachten Transparenten *Tod dem Faschismus* oder einfach nur *Nazis raus!* forderten. Eine weitere Hundertschaft Polizisten sowie ein martialisch aufgerüstetes Sondereinsatzkommando wurden vorerst dezent im Hintergrund gehalten.

Während in der Trauerhalle ein nüchterner Gottesdienst begann, ließ der Einsatzleiter der Polizei vor dem Friedhof unter den Gegnern des Volkssturms alle Plakate und Transparente einsammeln – und die Träger der Losungen gleich mit. Der Rest wurde samt einigen Fernsehteams und etlichen Schaulustigen »aus Sicherheitsgründen« bergab in Richtung Altstadt gedrängt.

»Und was ist mit den Reichskriegsflaggen?«, fragte Hauptkommissar Lohkamp. Eine Antwort bekam er erst, nachdem mindestens drei Polizeiräte seinen Dienstausweis studiert und schließlich für echt befunden hatten: »Das geht Sie nichts an! Das hier ist unser Job!«

Etwas weniger ruppig ging man mit der Leiterin der Sonderkommission um, aber das wohl auch nur, weil Langer eine Frau war: »Wir werden doch keine Beerdigung stören!«

»Aber das sind verfassungsfeindliche Symbole eines diktatorischen Staates!«

»Wo denn? Sehen Sie ein Hakenkreuz?«

»Aber …«

»Wenn Sie Beschwerden haben, Kollegin, dann wenden Sie sich an den Staatsschutz. Der gibt hier die Befehle!«

Das Trauerdefilee zur Gruft und das Beisetzungsritual verliefen ohne Zwischenfälle. Aber kaum hatten Pfarrer und Familie dem offenen Grab den Rücken gekehrt, sprangen Brennwald und Horvath nach vorn. Zwei ihrer Anhänger folgten ihnen – der eine mit der Reichskriegsflagge und der andere mit einem riesigen Heckmann-Foto.

»Kameraden!«, brüllte Brennwald. »Volkstreue Deutsche!«

Während die Nachbarn ihre Schritte beschleunigten, um den Angehörigen des Toten zu folgen, scharten sich die Volkssturm-Anhänger und ein paar Neugierige enger um die Grube mit dem Sarg.

»Fassungslos und empört stehen wir hier am Grab eines unserer beiden ermordeten Mitkämpfer. Sie starben für ein freies Deutschland, das nicht von Elementen fremden Blutes beherrscht, verführt und verdorben werden will. Gemordet von dieser multikulturellen, ostisch und orientalisch durchrassten Multikulti-Clique, die sich erdreistet, als Sprecher des deutschen Volkes aufzutreten …«

Langer hatte endlich den Chef des Staatsschutzes für den Ennepe-Ruhr-Kreis ausgemacht. In feinen dunkelblauen Zwirn gehüllt, stand er mit einigen seiner Leute abseits und schien Brennwalds Tiraden beinahe amüsiert zuzuhören.

»Und das darf der einfach so in aller Öffentlichkeit sagen?«

Der Mann lächelte: »Man merkt, dass Sie nicht vom Fach sind. Das ist doch harmlos. Sie müssten ihn mal hören, wenn er nicht weiß, dass er unter Beobachtung steht.«

»Und die Polizei sieht zu?«

»Junge Frau«, sagte er mit einem mitleidigen Blinzeln, »wir können doch nicht jedes Mal einen Aufstand machen, wenn ein Idiot Blödsinn erzählt. Außerdem sind wir doch nicht untätig …«

Sein Blick deutete zu einer dichten Gruppe von Ilexen, Koniferen und anderen immergrünen Gewächsen hinüber, die in der Nähe des Grabes wucherten.

»Unser Dokumentationstrupp zeichnet alles auf. Und bei Bedarf halten wir den Leuten ihr Sündenregister unter die Nase ...«

Was für eine Pfeife, dachte Lohkamp. Wenn diese Nazis wirklich einmal die Chance bekommen, die Macht an sich zu reißen, laufen die Knallköppe vom Staatsschutz als Erste zu ihnen über.

»Volksgenossinnen und Volksgenossen!«

Gernot Horvath stand jetzt an Brennwalds Stelle und ließ die Gläser seiner Himmler-Brille aufblitzen. Dann schwenkte er eines jener kleinen gelben Hefte durch die Luft, mit denen deutsche Schüler mehrfach pro Schuljahr gequält oder gelangweilt wurden.

»Der große deutsche Freiheitsdichter Friedrich Schiller hat in seinem Schauspiel *Wilhelm Tell* gezeigt, wie ein unterdrücktes Volk seine Freiheit wieder erlangt und wie man sich seiner Feinde entledigen kann ...«

»Das könnte man auch als Aufforderung zum Mord deuten«, meinte Langer, doch der Staatsschutzbeauftragte blies empört die Backen auf: »Das ist reine Rhetorik, solange er nicht sagt, was er meint. Damit kommen Sie vor Gericht nicht durch. Und seit der Heiligsprechung dieses Stauffenberg ist Tyrannenmord sowieso vom Grundgesetz geschützt!«

Man sollte die Brocken einfach hinschmeißen, überlegte Lohkamp. Und wusste im nächsten Moment, dass er das nicht tun würde.

»Schillers Schauspiel ist über zweihundert Jahre alt, aber einige Stellen lesen sich, als hätte der große Dichter geahnt, was seinem Volk widerfahren sollte«, redete Horvath weiter und zitierte aus dem Auftakt zum Rütli-Schwur der unterdrückten Schwyzer:

Unser ist durch tausendjährigen Besitz
Der Boden – und der fremde Herrenknecht
Soll kommen dürfen und uns Ketten schmieden

Und Schmach antun auf unsrer eignen Erde?
Abtreiben wollen wir verhassten Zwang,
Die alten Rechte, wie wir sie ererbt
Von unsern Vätern, wollen wir bewahren.
Die Vögte wollen wir mit ihren Knechten
Verjagen und die festen Schlösser brechen …

Geschickt gekürzt, dachte Lohkamp. Für diese Knallköppe muss sich das so anhören, als hätte Schiller vor der Türkengefahr gewarnt. Aber die Mahnung zur Gewaltfreiheit hat dieser Mini-Goebbels vorsorglich unterschlagen.

Wir wollen sein ein einzig Volk von Brüdern
In keiner Not uns trennen und Gefahr.
Wir wollen frei sein, wie die Väter waren,
Eher den Tod, als in der Knechtschaft leben …

Kaum hatte Horvath Bomber Heckmann und Klopper Koslowski mit Schillers Hilfe zu Freiheitskämpfern ernannt, deren Opfer man rächen müsse, traten vier Leute vor – in einer schwarzen Kluft, deren Schnitt an die Uniformen der Hitler-Jugend und der Wiking-Jugend erinnerte. Drei von ihnen hatten eine Trommel umgehängt, der Vierte setzte eine Trompete an den Mund. Von einem dumpfen Trommelwirbel untermalt, erscholl das Lied vom guten Kameraden. Zehn oder zwanzig Leute sangen oder summten mit, der Rest schwieg mit sichtlicher Verlegenheit. Alle noch ungedient, dachte Lohkamp. Oder haben nach der Vereidigung beim Großen Zapfenstreich nicht aufgepasst …

Er wechselte einen kurzen Blick mit Langer und die beiden setzten sich zum Ausgang an der Friedrich-Straße ab: Brennwald hatte die ›nationalen Kräfte‹ per Internet und Mailinglisten zu einer Demonstration durch die Stadt aufgerufen. Nach dem üblichen juristischen Hickhack hatte das Oberverwaltungsgericht in Münster das Vorhaben unter strengen Auflagen genehmigt und die eingesetzten Polizeikräfte sollten sicherstellen, dass der Volkssturm sich daran hielt.

Als die beiden Kriminalpolizisten den Friedhof verließen, hatte die hier postierte Einsatzhundertschaft die Nazi-Gegner komplett abgeräumt und umstand nun den Ausgang in einem weiten Halbkreis – Helme und Schlagstöcke am Gürtel, ganz auf Deeskalation und Kooperation eingestellt.

Doch Brennwalds Leute hatten nicht vor, sich an die Auflagen zu halten. Im Laufschritt durchquerten sie den Friedhof bis in jenen äußersten Winkel, welcher der Altstadt am nächsten lag. Dort walzten sie einen morschen Zaun nieder, stiegen über eine Ziegelsteinmauer und gelangten auf ein Privatgrundstück. Sie trabten durch den Garten, liefen seitlich an dem Zweifamilienhaus vorbei und standen jetzt mitten auf der Friedrichstraße – rund dreihundert Meter näher an der Innenstadt als die Polizisten, die ihnen den Weg versperren sollten. Bevor die Einsatzleitung geschaltet hatte, rissen die Neonazis an mehreren parkenden Wagen die Kofferraumdeckel auf und holten heraus, was ihrer Ansicht nach für eine Demonstration nötig war: Zaunlatten, Baseballschläger und Gymnastikkeulen.

»Rotmord – wir kommen!«, brüllten sie und rannten auf die Innenstadt zu.

67

»Es geht los!«, rief Kalle Mager und sein Vater nahm die Kamera hoch. Der Standort des Teams konnte nicht besser sein: PEGASUS stand auf jener Fußgängerbrücke, die von der Altstadt zur Endhaltestelle der S-Bahn führte und dabei den Busbahnhof und die Martin-Luther-Straße überquerte. Wer vom Hauptfriedhof in die Fußgängerzone wollte, würde mit hoher Wahrscheinlichkeit so nahe vorbeikommen, dass man ihn mit einer guten Kamera erwischen konnte.

»Da!«

Eine schwarz gekleidete Horde wälzte sich jenseits der Hauptstraße heran. Der Vorsprung zu den verfolgenden Polizisten hatte sich halbiert, aber es reichte: Die Brennwald-Leute stürmten auf die Fahrbahn und zwangen etliche

Autofahrer zu Vollbremsungen oder riskanten Ausweichmanövern, überwanden den Mittelstreifen und trafen Sekunden später am Busbahnhof ein. Einige von ihnen gingen sofort auf eine Gruppe von Jugendlichen los, die offenbar den Greiftrupps der Polizei entkommen waren, andere stürzten auf die Wartehäuschen zu, wo neben deutschen auch zahlreiche ausländische Menschen standen. Furcht einflößendes Gebrüll, ein Teil der Überfallenen wurde zur Seite gestoßen oder niedergetrampelt, auf den Rest hämmerte man mit Fäusten oder Schlagwaffen ein. Die Schreie der Getroffenen gellten über den Platz.

Sekunden später waren die ersten Polizisten da und stürzten mitten in das Getümmel. Es dauerte gerade zwei Minuten, da waren die beiden Gruppen voneinander getrennt. Die Baseballschläger und Zaunlatten flogen auf den Boden, dann formierten sich die Neonazis auf Brennwalds Kommando zu einer Marschkolonne und verschwanden grölend in der Passage, die zwischen Karstadt und einem Pornoshop hindurch in die Altstadt führte. Ein Teil der Polizisten rückte dem Volkssturm ohne besondere Eile nach, der Rest sperrte den Weg zur Altstadt ab, sodass niemand der Demonstration folgen konnte.

»Unglaublich!«, schimpfte Mager und richtete die Kamera wieder auf das Geschehen zu seinen Füßen. Einige der Überfallenen redeten auf die Polizisten ein und präsentierten ihnen blutende Wunden an Kopf und Händen, andere wiesen auf zwei Verletzte hin, die noch am Boden lagen, doch die Beamten drehten sich brüsk ab. Als ein junger Mann sich nicht abweisen ließ, sondern einen Polizisten am Ärmel festhielt, wurde er gepackt und abgeführt.

»Pfui!«, schrien ein paar der Nazigegner. Das brachte einen Uniformträger in Bewegung, der keinen Kampfanzug und keinen Helm trug. Er marschierte, von ein paar Leibwächtern begleitet, auf die Protestierenden zu. Man sah ihnen scharf in die Augen – und dann streckten die Polizisten die Arme aus. Ihre Hände wiesen weit weg vom Ort des Geschehens. Die Opfer der Nazischläger hatten Platzverbot.

»Hast du alles?«, fragte Susanne.

Mager nickte und blickte voller Wut hinab. Vielleicht macht Kalle es doch richtig, dachte er. Wer keine Steuern zahlt, muss diesen Scheiß nicht auch noch finanzieren.

68

Das Gebrüll der Brennwald-Leute noch in den Ohren, kehrten Langer und Lohkamp zu Fuß zur Polizeiwache an der Bahnhofstraße zurück.

»Schon erstaunlich«, sagte der Hauptkommissar. »Brennwald ist doch nur auf Bewährung draußen. Aber er benimmt sich, als hätte er einen Garantieschein darauf, dass er nie wieder einfährt.«

»Diese Staatsschutzleute verpfuschen alles«, vermutete Langer. »Wenn die Polizei das Kommando hätte, wären einige der Schläger jetzt auf dem Weg ins Gewahrsam.«

Lohkamp hatte seine Zweifel. Aber der Platz vor dem Hattinger Amtsgericht war die falsche Stelle, Martina Langer die Illusionen zu nehmen.

Bei der Sonderkommission war inzwischen der Bericht der Kriminaltechniker eingetroffen: Mit einer Sicherheit von über fünfundneunzig Prozent stammten die Lacksplitter, die Kalle Mager abgeliefert hatte, von demselben Fahrzeug, das in Wattenscheid zur Zeit des Überfalls vor dem Nachhilfeladen gewesen war.

»Reicht nicht für einen Haftbefehl«, schätzte Lohkamp.

Langer teilte seine Meinung: »Aber vielleicht können wir ihr damit ein wenig Angst einjagen ...«

Die Hoffnung trog. Das sah die Hauptkommissarin auf den ersten Blick, als sie den Vernehmungsraum betrat, in dem man Anita Grunia seit dem Morgen in der Mangel hatte. Die beiden Kollegen, die gerade die Vernehmung leiteten, sahen genauso erschöpft aus wie die Verdächtige und hatten die schlechteren Karten: Fünf Prozent Zweifel würden keinen Richter in dieser Frage zu dem berühmten roten Zettel greifen lassen – und Grunia wusste das.

»Überlegen Sie doch!«, redete sie gerade auf die Beamten ein. »Die malen bei VW die Autos doch nicht mehr von Hand an. Das sind industriell gefertigte Lacke. Ich schätze, dass Sie bei ein paar tausend Autos zu demselben Ergebnis kommen werden.«

»Aber wo waren Sie am Tatabend? Die Turnhalle des Gymnasiums war wegen der Weihnachtsferien geschlossen.«

»Tut mir Leid. Ich habe mich vertan. Weil ich sonst jeden Donnerstag zum Turnen gehe ...«

Um halb fünf ließen sie die Frau laufen.

69

»Stopp!«, sagte Kalle Mager. »Kannst du das Bild etwas stärker zoomen?«

Vater Mager konnte. Auf dem Monitor vibrierte das Standbild einer Szene vom Vortag: Die Neonazis rannten auf die Wartehäuschen am Hattinger Busbahnhof zu. Die Gesichter in der ersten Reihe waren trotz der Vergrößerung noch deutlich genug zu sehen: Neben zwei bekannten Neonazis aus Dortmund stürmte Brennwald auf eine Gruppe ausländischer Menschen zu.

»Den würde man nur an seinen Segelohren erkennen«, meinte Mager. »Aber wer ist das daneben?«

Kalle blätterte in der Dokumentation, die sie von dem Anwalt aus Wattenscheid bekommen hatten: »Das muss dieser Dennis Czerny sein. Noch ziemlich jung, darf aber bei Brennwald häufig schon den Chauffeur spielen. Aber ich sehe ihren Propagandachef nicht, diesen Horvath.«

»Wenn es nach den Namen geht, ist Brennwald der einzige reinrassige Deutsche«, grinste Mager.

»Mach mal weiter auf!«, bat Kalle. Für Witzchen hatte er an diesem Morgen kein Ohr. »Da hinten, das könnte er sein. Ein Mann des Wortes. Beim Laufen fehlt ihm aber die Puste.«

»Oder der Mut!«

»Schon möglich ...«

Mager ließ die Szene weiter wandern, bis Kalle erneut den Finger ausstreckte: »Da! Direkt hinter Brennwald!«

»Ich sehe nur ein paar kurz geschnittene schwarze Haare!«, gab der Kameramann zu.

»Eben. Das ist wieder dieser Typ, von dem es in der Dokumentation kein vernünftiges Foto gibt. Hält sich dicht an den Boss, aber scheint ihn auch als Deckung zu benutzen. Nicht dumm, der Kerl!«

Sie ließen die Sequenz Bild für Bild weiterlaufen und konnten den namenlosen Volkssturm-Typen schließlich wenigstens von der Seite betrachten.

»Bewaffnet ist er nicht«, sagte Mager. »Verlässt sich wohl auf seine Fäuste.«

Die Szene ruckte weiter. Brennwalds Kumpane walzten ihre Gegner nieder oder droschen mit den Baseballschlägern auf sie ein. Der sportliche Typ mit den kurzen Haaren hielt sich immer zwei oder drei Schritte hinter dem Boss des Volkssturms auf. Hin und wieder wurde sein Gesicht auch von anderen Neonazis ganz oder teilweise verdeckt. Und wenn er einmal in voller Größe zu sehen war, war die Aufnahme nicht scharf genug, damit sie ein wirklich gutes Porträtfoto herausschneiden konnten.

»Der Bursche bewegt sich viel zu schnell«, meinte Mager schließlich. »Oder wir sind zu weit weg gewesen. Bei dieser Auflösung kann ich nicht mehr machen.«

Kalle seufzte. »Der Typ ärgert mich. Ich finde, wir sollten herauskriegen, wer er ist. Und dazu brauchen wir ein richtig gutes Foto.«

»Dann besorg eines«, sagte der Kameramann. »Aber mach dich auf ein Geduldspiel gefasst. Vielleicht verhält sich der Typ privat genauso vorsichtig!«

»Kann sein«, seufzte Kalle. Er stand auf und seine Augen glitten flüchtig über den Hinterhof. Plötzlich packte er die Schulter seines Vaters: »Ach, du schöne Scheiße!«

»Bullen?«, fragte Mager ironisch, bevor er selbst hinausschaute. Auch er erstarrte und schüttelte sein Haupt: »Sind die bekloppt? Oder drehen die einen Kostümfilm? Karin! Susanne! Schaut euch das mal an!«

Die Frauen drängten herein und betrachteten die Szene auf dem Hinterhof: Auf der Vortreppe des Hinterhauses hatte sich Mechthild Brause, geschiedene Mager, aufgebaut, von einem langen weißen Rüschenkleid verhüllt und mit einem weichen Hut beschirmt, dessen Durchmesser an ein Mühlrad erinnerte.

»Göttin, hilf!«, flüsterte Karin.

Neben Mechthild posierte ihr Studienrat, die dünnen Haare mit Pomade gesträhnt, einen schwarzem Gehrock um den Leib, in der Hand einen echten Zylinder.

»Ey, Vatter, so möchte ich dich mal sehen!«, stöhnte Kalle.

Vor den beiden Erwachsenen stand das Töchterchen des Kavaliers: ein rosafarbenes Kostüm, Hütchen, Seidenbluse und Stöckelschuhe katapultierten sie weit aus dem Teenie-Alter heraus, das für sie noch gar nicht richtig begonnen hatte.

»Wirklich«, meinte Mager, »die drehen ein Remake von *Vom Winde verweht.*«

Dass er damit zumindest zeitlich verkehrt lag, wurde deutlich, als der Fotograf, der die Szene abgelichtet hatte, sein Stativ zur Seite zog: Ein leiser Motor ließ die Scheiben sacht vibrieren, dann rollte ein silbergraues Fahrzeug auf den Hof, das deutlich länger und teurer war als jeder Wagen, den Mager je berühren durfte.

»Ein Royce?«, staunte Susanne. »Ich glaub, ich spinne!«

Andächtig sah das Team zu, wie die ehrenwerte Gesellschaft nun von einem livrierten Chauffeur mit gezogener Mütze und zahlreichen Bücklingen in das Gefährt dirigiert wurde.

»Sach mal, wat geht da ab?«, fragte Mager.

Die Frauen zögerten, dem Kameramann die Wahrheit zu eröffnen. Diese schwere Aufgabe blieb dem Sohn vorbehalten: »Mensch, Papa – dieser Studienrat heiratet Mama!«

70

Am Freitagmittag versammelte Langer ihre Kommission im Besprechungsraum. Auf den Tischen standen frischer Kaffee und Säfte sowie ein paar silberne Tabletts mit kalten und warmen türkischen Vorspeisen.

»Ich weiß nicht, wie das in den anderen Präsidien gehandhabt wird«, sagte Langer, »aber in Hagen feiern wir die runden Geburtstage immer. Neujahr war es dafür leider zu ungemütlich, aber ich will nicht so lange warten, bis eine Fünf vor der Null steht. Also: Greifen Sie zu – reden werden wir danach.«

Beifälliges Gemurmel, ein paar Leute klopften auf die Tischplatte, aber drei oder vier misstrauische Gesichter gab es trotzdem.

»Alles frisch von dem Türken an der Ecke. Ich finde die Sachen lecker – und gestorben ist noch keiner daran.«

Langers Stellvertreter stellte eine Riesenflasche Sekt auf den Tisch und gratulierte der Chefin im Namen der Truppe.

»Danke. Meine Lieblingsmarke«, sagte sie. »Ich weiß gar nicht, wie du darauf gekommen bist. Ich schlage vor, die trinken wir zusammen, wenn wir mit dieser Aufgabe fertig sind.«

Erneuter Beifall, dann stürzten sich alle auf die Speisen und versuchten, die Müdigkeit und den Frust für einige Minuten zu vergessen. Den Rauchern war es ausnahmsweise gestattet, die Verdauungsdrogen in aller Öffentlichkeit zu inhalieren.

Dann kehrte wieder der Alltag ein. Langers Stellvertreter ließ den Raum verdunkeln. Über eine eilig aufgestellte Leinwand flimmerte das Video, das der Dokumentationstrupp der Schwelmer Polizei auf der Demonstration aufgenommen hatte. Ähnlich wie Mager und sein Sohn ließ Oberkommissarin Hell den Film hin und wieder stoppen und zeigte den Kollegen die wichtigsten Leute aus dem Volkssturm Ruhr.

»Die genaue Auswertung werden meine Kollegen aus dem Ennepe-Ruhr-Kreis vornehmen«, erläuterte Hell.

»Und ich hoffe, dass wir davon profitieren können«, ergänzte Langer. »Unter Umständen haben wir den Mörder, den wir suchen, gerade auf der Projektionsfläche gesehen.«

»Oder sein nächstes Opfer«, meldete sich Hell wieder.

Einen Augenblick schwiegen alle. Dann sagte Katrin Klemm: »Wir waren uns doch schon einig, dass der Überfall auf Ösran möglicherweise der Schlüssel in diesem Fall ist. Die Morde sind erst danach verübt worden. Wir brauchen also Ösrans Aussage. Soll ich versuchen, sie möglichst bald zu einer Gegenüberstellung zu bewegen? Auch wenn die Ärzte dagegen sind?«

»Glauben Sie, das klappt?«

»Weiß nicht. Sie lässt im Moment niemanden an sich ran und hat Aversionen gegen die Polizei. Sie will eine Gegenüberstellung auch nur mitmachen, wenn sie eine Freundin mitbringen darf ...«

Langer nickte: »Das kriegen wir hin.«

»Gut«, sagte Klemm. »Aber halten Sie bitte den Leitenden Oberstaatsanwalt und alle anderen Männer von ihr fern. Wenn die sich einmischen, können wir Ösrans Mithilfe vorerst vergessen.«

Lohkamp hielt einen Augenblick den Atem an: So weit wagten sich Neulinge selten vor. Aber Martina Langer schien den Mut zu honorieren: »Ich will's versuchen. Sprechen Sie mit der Frau. Nur für heute hilft uns das leider nicht weiter ...«

»Haben wir eine Chance, jemanden festzusetzen?«

»Brennwald«, sagte Langers Stellvertreter. »Er hat gestern eindeutig gegen die Auflagen verstoßen und den Marsch in die Stadt angeführt. Und die Aufforderung zu den Gewaltakten, die wir gerade gesehen haben, müsste eigentlich schon für eine Anklage reichen. «

Hell meldete sich: »Brennwald hat ja noch Bewährung. Sie müsste aber erst widerrufen werden.«

»Wer ist dafür zuständig?«

»Detmold.«

Irgendwer in der Runde stöhnte auf. Die meisten Polizisten hielten die Richter in der Provinz für so dynamisch, dass eine Nacktschnecke sie überholen konnte.

»Ich rufe trotzdem den Leitenden an«, verkündete Langer. »Vielleicht kann der da etwas in Gang setzen ...«

Hell lächelte plötzlich, war aber offensichtlich nicht bereit, den Grund dafür zu erläutern.

»Hat noch jemand einen Vorschlag?«

Lohkamp meldete sich: »Wir sollten uns die Leute aus dem Volkssturm der Reihe nach gründlich vorknöpfen. Selbst wenn alle gewieft oder stur sind – ich kann mir nicht vorstellen, dass wir dabei gar nichts Neues erfahren. Zumal die Chance besteht, dass gerade jüngere Mitglieder bei der Konfrontation mit der Polizei noch kalte Füße bekommen.«

»Mit wem sollen wir deiner Meinung nach anfangen?«

»Mit den Hauptverdächtigen für das Verbrechen an der jungen Türkin. Frau Hell hat uns ja dankenswerter Weise einige Unterlagen des Polizeibüros II zur Verfügung gestellt. Immerhin kennen wir vier Leute, die für die Tatzeit kein Alibi haben, weil sie angeblich gegrillt haben: Heckmann und Koslowski, Brennwald und Horvath.«

»Da fehlt immer noch mindestens einer«, sagte Klemm. »Ösran hat mir gegenüber mal von fünf bis sechs Leuten gesprochen.«

»Egal«, sagte Lohkamp. »Wir kennen nur diese vier. Zwei sind tot, Brennwald werden wir uns sowieso noch holen, wenn der Leitende mitspielt. Warum fangen wir nicht mit diesem Horvath an?«

»Heute noch?«, fragte jemand.

»Ja. Uns rennt die Zeit weg«, meinte Langer. »Wer holt ihn?«

Klemm, Lohkamp und Hardenberg meldeten sich. Langer bestimmte aber statt der Anwärterin einen Mann aus ihrer Hagener Truppe und sah Brigitte Hell an: »Sie kennen den Kerl doch von uns allen am besten.«

Seufzend stand die Frau auf.

71

»Prima, Frau Ösran«, lobte der Chef während der Nachmittagsvisite. »Wenn alle unsere Patientinnen so schnell wieder gesund würden, brauchten die in Berlin sich keine Sorgen um die Krankenkassenbeiträge zu machen.«

Nilgül lächelte schwach. Über die Gesundheitspolitik der Bundesregierung hatte sie in den zwei Wochen seit der Einlieferung gar nicht nachgedacht.

»Wer weiß«, sagte der Mann in Weiß, »vielleicht können wir in einer Woche schon wieder nach Hause ...«

Nilgül schluckte. Zum ersten Mal stellte ein Mediziner ihr ein konkretes Entlassungsdatum in Aussicht. Aber so angenehm diese Vorstellung war – wenn sie erst draußen war, drohten die nächsten Probleme. Mit der Verwandtschaft.

»Wie ist das?«, fragte der Oberarzt. »Haben wir inzwischen Nachricht wegen der psychologischen Betreuung?«

Sein Chef schüttelte den Kopf: Die Krankenkasse hatte sich geweigert, die Kosten zu übernehmen, da Ösran auch vom Sozialen Dienst des Krankenhauses oder von der Polizeipsychologin betreut werden konnte. »Und solange unsere Nilgül so bockig ist und diese Hilfe ablehnt, springt auch die Krankenkasse nicht ein.«

Unsere bockige Nilgül! Redet, als wäre ich gar nicht da. Dabei hat er mich nicht ein einziges Mal gefragt, warum ich das nicht will. Das interessiert den überhaupt nicht ...

»Die spinnen doch«, meinte der Oberarzt, aber sein Chef widersprach: »Die müssen genau so rechnen wie wir.«

Er blickte noch mal auf das Krankenblatt, bevor er es der Oberschwester zurückgab, und nickte der Patientin zu: »Wie ich gesagt habe: Eine Woche, vielleicht auch zehn Tage. Wenn es keine Komplikationen gibt ...«

Der Pulk zog weiter. Nilgül legte sich bequemer zurecht und schloss die Augen. Vielleicht kam sie ja dazu, ein paar Minuten zu schlafen. Doch schon knisterte in der Sprechanlage und sie sah auf. »Jem!«

Der Bruder winkte mit einem Kasten Pralinen – wenn sie alles äße, was er anschleppte, wäre sie bald rund und fett wie ein Heringsfass.

»Wie geht's dir?«

»Gut!«, sagte sie pflichtgemäß, doch er fiel nicht darauf herein: »Das sagst du noch, wenn sie dir gerade beide Arme amputiert haben. Erzähl.«

Nilgül überlegte: »Der Chefarzt hat gesagt, dass ich eventuell schon in einer Woche raus kann.«

»Ist doch prima«, sagte Jem.

»Weiß nicht. Eigentlich möchte ich gar nicht. Wenn ich daran denke, dass Vater nicht ein einziges Mal hier war ...«

»Verstehe ich auch nicht«, gestand der Bruder. »Er ist nämlich der Einzige, der hinter dir steht und dich verteidigt.«

Vielleicht verteidigt er sich damit aber auch nur selbst, dachte Nilgül. Um dem Druck der anderen aushalten zu können.

»Wenn ich genau überlege – eigentlich möchte ich gar nicht nach Hause. Ich würde am liebsten alleine wohnen.«

Ihr Bruder verzog das Gesicht: »Was meinst du, was dann erst in der Verwandtschaft los ist. Als Mädchen allein leben! Die würden im Dreieck springen und alle Hodschas aus dem Ruhrgebiet um Hilfe bitten.«

Er schwieg einen Augenblick und dachte nach.

»Ich kann dir eine Zwischenlösung anbieten: Du kommst zu mir. Ich räume mein Schlafzimmer für dich.«

»Und du?«

»In der Küche, auf der Couch. Eine Zeit lang wird das gehen. Und dann finden wir eine andere Lösung.«

»Das würdest du tun?«

Er blickte sie fast beleidigt an.

»Danke, Jem.«

Als er ging, war es Nilgül deutlich wohler. Zum ersten Mal freute sie sich sogar auf die Entlassung. Ein klein wenig zumindest ...

72

Die Kriminalpolizisten steuerten in den Süden Dortmunds, nach Hombruch. Brennwalds Propagandachef wohnte auf halber Höhe zwischen der Bahnlinie nach Hagen und dem Einkaufszentrum in der Mitte des Ortes. Links dehnte sich eine wilde Industriebrache, die das Walzwerk des Hoesch-Konzerns hinterlassen hatte; genau gegenüber begann die stille Kiefernstraße, in der Horvath zu Hause war.

»Mein Gott, sieht das hier traurig aus«, sagte Lohkamp, als die Straße den traurigen Überresten des Baroper Bahnhofes auswich und sie an einer Reihe von heruntergekommenen Wohn- und Geschäftshäusern vorbeiführte.

Hardenberg nickte, verschwendete aber keinen Blick auf die Umgebung, sondern steuerte den Wagen über den Bahnübergang, hinter dem Hombruch und die Harkortstraße begannen.

Im Rückspiegel kontrollierte er, ob der zweite Wagen mit Frau Hell und dem Hagener Kollegen noch folgte. Dann trieb er sein Fahrzeug den steilen Berg hoch.

»Langsamer!«, mahnte Lohkamp. »Du denkst dran: Einmal vorbeifahren und die Lage checken, dann …«

Hardenberg schenkte sich eine Bestätigung. Stattdessen stellte er befriedigt fest, dass auch Lohkamp vor dem Einsatz nervös wurde. Sonst würde er nicht solche Plattitüden erzählen.

»Da!«

Der Hauptmeister bog beim Griechen ab und warf im Vorüberfahren einen Blick auf das nächste Haus. Das schmale Gebäude sah so aus, als hätten die Gebrüder Grimm darin eine Märchenhexe versteckt.

Die beiden anderen Polizisten hielten mit laufendem Motor neben Hardenbergs Wagen. Hell kurbelte das Fenster herunter: »Sollen wir um den Block fahren und von der Hauptstraße kommen?«

Lohkamp nickte. Wenn sie in einem geschlossenen Block

mit vier Leuten anrückten, wusste halb Hombruch, was geschehen würde.

»Drei Minuten!«

Der zweite Wagen fuhr weiter und verschwand hinter der nächsten Ecke. Lohkamp blickte auf die Uhr, verstaute den Ruhrgebietsatlas in der Ablage und zündete sich eine Zigarette an: »Hoffentlich ist der Mensch überhaupt zu Hause. Sonst müssen wir ein Observierungsteam hierher schicken. Und noch mehr Überstunden produzieren.«

Sie stiegen aus und machten sich auf den Weg. Als sie sich dem Hexenhaus näherten, kamen ihnen die beiden Kollegen entgegen.

»Bin nur froh«, sagte Hardenberg, »dass die Langer für solche Jobs nicht jedes Mal nach einem Einsatzkommando schreit. Die würden erst einmal drei Stunden brauchen, um den ganzen Stadtteil abzusperren.«

Lohkamp nickte befriedigt. Das war eben noch die gute alte Schule. Seine Schule ...

Fast gleichzeitig durchquerten die vier Polizisten den Vorgarten und verschwanden unter der Regentraufe.

Vier Augenpaare richteten sich nun auf das Klingelbrett: drei Tasten, drei Namensschilder, klar gegliedert: Horvath wohnte oben.

»Lassen Sie mich vorgehen!«, schlug Hell plötzlich vor. »Ich war schon mal hier!«

Die anderen sahen sie überrascht an, doch die Frau vom PB II nahm es gelassen. Sie drückte Horvaths Klingeltaste: »Unser neues Deeskalationsprogramm ...«

Heiliger Otto, dachte Lohkamp. Seitdem Schily Innenminister war, fuhr der Staatsschutz gegenüber den Neonazis die väterliche Tour: Suchte die Leute zu Hause auf und machte sie freundlich darauf aufmerksam, dass sie unter Beobachtung standen und es deshalb nicht so wild treiben sollten. Soweit Lohkamp wusste, hatte das die Zahl der Gewalttaten nicht im Geringsten gesenkt – aber die Überstundenkonten beim PB II in astronomische Höhen getrieben.

Eine gute halbe Minute verging, ohne dass Horvath reagierte. Hell versuchte es ein zweites Mal, aber nichts geschah.

»Loser«, sagte der Hagener Kollege, drängte die Frau sacht zur Seite und probierte es ganz unten. Zwanzig Sekunden Pause – keine Reaktion. Noch ein Versuch – wieder nichts.

»Selber ausgeschieden!«, stellte Lohkamp fest und versuchte es nun in der Mitte. Nach einer Viertelminute summte der Öffner.

Der Hauptkommissar grinste die anderen an, drückte die Tür auf und ging voraus. Die anderen drei folgten ihm bis zum Fuß der Holztreppe, wo sie abwarteten, wie sich die Dinge entwickelten. Schon so mancher friedliche Mitbürger war ausgerastet, wenn plötzlich eine ganze Kolonne fremder Leute auf ihre Wohnungstür zurückte.

Kaum hatten sie die Haustür passiert, hörten sie von oben harte Technomusik durch den Flur dröhnen. Das Rasseln der Türkette im ersten Stock ging darin beinahe unter. Hoffentlich sind die Leute schwerhörig, dachte Hardenberg. Wer die Anlage so weit aufdreht, hat echt einen Schuss ...

Jetzt war Lohkamp im mittleren Stockwerk angekommen: »Guten Tag, Frau Krause. Darf ich Ihnen meinen Ausweis zeigen?«

»Po...«

»Ja, genau. Die gute, alte Post. Sagen Sie, ist Herr Horvath ...«

»Sie können ruhig lauter sprechen. Bei dem Lärm da oben hört der sowieso nicht, was wir sagen ...«

»Geht das mit der Musik schon lange so?«, fragte Lohkamp.

»Seit gestern Abend«, sagte die Frau und blickte auf die anrückende Verstärkung. »Ich habe zweimal bei ihm geschellt, aber er hat nichts gehört. In der Nacht habe ich dann Ohropax-Stöpsel und jede Menge Baldrian gebraucht, um schlafen zu können.«

»Kommt das häufiger vor?«

Frau Krause schwenkte ihre grauen Dauerwellen von rechts nach links. Sie mochte Mitte sechzig sein und machte nicht den Eindruck, als hätte sie jemals im Leben ihre Fenster selbst putzen müssen.

»Nein, Herr Horvath ist ein ruhiger und freundlicher Nachbar. Ich habe schon angefangen, mir Sorgen zu machen.«

»Sie haben nicht zufällig einen Schlüssel von der Wohnung?«, fragte Hell.

»Doch, ja. Aber ich weiß nicht …«

»Frau Krause, es ist wirklich nötig. Was meinen Sie, wie lange es dauert, wenn wir einen Schlüsseldienst rufen müssen.«

Sie schien noch einen Moment zu schwanken, dann nickte sie und verschwand hinter der Tür. Hardenberg hörte das typische Geräusch, das beim Öffnen einer leicht klemmenden Schranktür entstand. Dann klirrte ein Schlüsselbund.

»Ich komme mit«, sagte sie. »Hoffentlich ist ihm nichts …«

Ist die naiv, dachte Hardenberg. Wir sind doch nicht vom Malteser Hilfsdienst.

»Warten Sie lieber hier«, sagte Lohkamp und nahm der Dame den Schlüssel aus der Hand. »Wenn es nötig ist, rufen wir Sie.«

Hintereinander, die Hell am Schluss, schlichen sie die Treppe bis zum Ende hoch. Mit jedem Schritt wurde das Dröhnen der Techno-Rhythmen lauter. Vor der Tür blieb Lohkamp stehen. Das dicke Wellglasfenster in der Mitte war von innen blickdicht zugeklebt – unmöglich vorauszusagen, was sie dahinter erwartete. Hardenberg zog seine Pistole und nickte Lohkamp zu. Ganz sacht schob der Hauptkommissar den Schlüssel in den Schlitz, packte den kupferfarbenen Knauf und zog die Tür zu sich heran, ehe er den Schlüssel drehte. Das Bopp-Bopp-Bopp schwoll schlagartig auf die doppelte Lautstärke an.

Ein kurzer Blickwechsel, während auch der Hauptkommissar seine Waffe zog. Kaum war Lohkamp in dem dunklen Korridor verschwunden, sicherte Hardenberg an der Tür. Als er den Atem des Hageners in seinem Nacken spürte, folgte er dem Hauptkommissar. Die Pistole schien im Takt der Gabba-Schläge zu vibrieren – oder hatte sich sein eigener Puls dem Rhythmus angepasst?

Jetzt stieß Lohkamp die erste Tür auf. Spähte in den Raum. Rückte weiter vor, von den anderen gefolgt. Der nächste Versuch. Wieder nichts. Jetzt schaute Lohkamp durch das schmale Fenster in der nächsten Tür. Plötzlich ließ er die Waffe sinken und winkte die anderen heran. Mit der Fußspitze schob er die Tür weiter auf …

Hardenberg kam heran und stöhnte. Horvath lag mitten im Wohnzimmer. Er trug nichts außer einem geblümten Morgenmantel – und einem roten, verschrumpelten Etwas in der rechten Hand. Der Schwanz war es nicht, wie Hardenberg ohne Mühe feststellen konnte. Dann trat er trat zwei Schritte vor. Erst jetzt registrierte er das Blut im Gesicht des Toten und kam auf die Lösung. Es war Horvaths Lieblingswaffe. Seine Zunge.

»Boaah!«, machte es hinter ihm. Brigitte Hell stürzte an Hardenberg vorbei und riss das Fenster auf. Hemmungslos kotzte sie in den Vorgarten hinab.

73

»Mensch, Klaus, war das ein Lärm heute Nacht«, klagte Susanne. »Ich habe kaum ein Auge zubekommen!«

Mager starrte finster auf die Stelle in seiner Dachschräge, hinter der sich das Hinterhaus verbarg. Während er emotional auf dem Trockenen saß und befürchten musste, alle Gemeinsamkeiten mit Karin zu verlieren, hatte Mechthild ein rauschendes Hochzeitsfest gefeiert: Büffet-Service, Live-Gitarrist und ganze Hühnerscharen exaltierter Single-Frauen, denen man von weitem ansah, wo Magers Ehemalige sie aufgegabelt hatte: Bauchtanzkurs, Weight-Watchers und Elefantinnen-Ballett.

»Und dann noch dieses Pauker-Gesocks!«, nickte er. Mechthilds Neuer hatte es sich nicht nehmen lassen, auch etliche seiner Kolleginnen und Kollegen an seinem späten Unglück Anteil nehmen zu lassen. Einige von ihnen kannte Mager noch von jenen peinlichen Sprechtagen, an denen sie ihm die Sünden seines Sohnes vorgerechnet und seinen eigenen Mangel an Erziehungsfähigkeit beklagt hatten. »Ein Wunder, dass die alle ins Hinterhaus gepasst haben, ohne dass die Außenwände platzten!«

Susanne nickte, während Karin abwiegelte: »Aber ab halb fünf war's ruhiger. Ich habe noch ganz gut geschlafen!«

Mager sah ihr entsetzt ins Gesicht. Dass sie Mechthild in Schutz nahm, war neu. Doch bevor ihm eine ironische Antwort eingefallen war, entstand auf der Treppe ein Lärm, als käme eine Bisonherde heraufgepoltert. Alarmiert blickte der Bärtige zur Tür: »Mechthild?«

Die Klinke wurde getätigt und Mager konnte das Adrenalin in seinen Blutbahnen wieder ins Depot schicken: Statt der frisch Vermählten erschien sein Sohn, die obligatorische Brötchentüte in der linken Hand, Vanessa an der rechten: »Morgen, Leute. Hoffe, ihr hattet eine angenehme Nacht!«

Arsch, dachte Mager und fragte: »Warst du etwa auch da drüben?«

»Unsinn«, sagte Kalle und zog ein paar lilafarbene Briefumschläge aus der Innentasche seiner Lederjacke. »Die lagen unten auf der Vortreppe. Wir sind alle am Sonntag zum Kaffee eingeladen. Zur Nachfeier sozusagen.«

»Nachfeier!«, maulte sein Vater. »Bei uns im Dorf hieß diese Art von Veranstaltung immer nur Krümelessen. Und meist stimmte es auch.«

Sein Blick fiel auf die Freundin des Sohnes, die unschlüssig herumstand: »Setz dich, Vanessa. Und von dieser Hochzeit will ich jetzt nichts mehr hören.«

Einträchtig machte die Gesellschaft sich über das Frühstück her. Als Kalle sein Frühstücksei aufklopfte, spielte Karins Handy den Refrain eines patriotischen Liedes, das Bochums bekanntester Musiker seiner Heimatstadt gewidmet hatte.

»Nilgül!«, rief die Rote, nachdem sie das Gespräch angenommen hatte. »Schön, dass du dich meldest. Ich komme aber heute Nachmittag sowieso ...«

Sie lauschte eine Weile und nickte: »Klar. Versprochen bleibt versprochen. Eisern. – Ja, du solltest es tun. Und wenn du willst, dass sie bestraft werden, musst du es tun. – Doch, es wird gehen. Ganz bestimmt. – Bis um drei, ja? – Mach's gut ...«

Susanne sah auf: »Gegenüberstellung?«

»Ja«, sagte Karin. »Diese junge Kommissarin ist gerade bei ihr.«

»Am Samstag?«, fragte Mager. »Die Bullen müssen mächtig unter Druck stehen.«

»Nehme ich auch an. Auf jeden Fall brauchen sie dringend Nilgüls Aussage. Um Brennwald und die Mittäter endlich festsetzen zu können.«

»Und wann?«

»Die Bullen wollen es am liebsten schon Montag machen – aber der Chefarzt hat abgelehnt. Vor Mitte der Woche spielt sich nichts ab. Das Risiko ist ihm noch zu hoch.«

»Wahnsinnig geschickt von den Bullen«, meinte Mager. »Jetzt weiß das Mädchen fünf Tage im Voraus, dass sie diese Verbrecher wiedersieht. Die kriegt doch nachts kein Auge mehr zu ...«

Die Runde merkte auf. Solche Ausflüge in die Gefilde der Sensibilität kamen bei dem Kameramann nur äußerst selten vor.

»Was liegt heute an?«, fragte Kalle und leitete damit zum Dienstlichen über.

»Hombruch«, verkündete Susanne. »Das Haus, in dem dieser Horvath gewohnt hat. Ein paar Statements von Nachbarn. Dreißig Sekunden für die Aktuelle.«

Karin lächelte Vanessa an: »Wie du siehst, geht es PEGASUS nicht besser als den Polizisten.«

74

Langer und Lohkamp hatten wieder eine kurze Nacht hinter sich. Am Samstagmittag ließen sie sich in der Hattinger Altstadt beim Italiener nieder. Die Hauptkommissarin sah blass aus und wirkte ungeheuer müde. Die Ermittlungen in Dortmund-Hombruch waren mindestens so deprimierend wie die Pleite mit dem verschwundenen Golf und die gescheiterte Verhaftung Brennwalds. Hinzu kam nicht nur der Druck, den der Leitende Oberstaatanwalt mit seinen ständigen Anrufen ausübte; auch in der Soko meldeten die ersten

Gesichter Protest gegen die ständige Überziehung der Arbeitszeiten an. Und während der Besprechung vor einer halben Stunde hatten drei Leute nichts Besseres zu tun gehabt, als in letzter Minute ihre Lottoscheine auszufüllen.

»Und wie fühlst du dich?«, fragte sie und löffelte die Knoblauchsoße, in der eben noch ihre Weinbergschnecken gebadet hatten.

»Privat kann ich nicht klagen«, meinte er. »Die Tochter hat ihr Leben und ihren Mann im Griff, die Enkel gedeihen und meine Frau bereut es noch immer nicht, mich geheiratet zu haben.«

Sie lächelte bitter: »Du hast mit Gaby einen gigantischen Glückstreffer gelandet.«

Er nickte, ohne sich weiter zu diesem Thema zu verbreiten. Martinas private Bilanz sah zweifellos schlechter aus. Die wenigen Kerle, von denen Lohkamp wusste, hatten sich den Nestbau anders vorgestellt oder waren abgeschwirrt, sobald sie die gewünschte Kerbe in den Bettpfosten schnitzen konnten: mit einer Polizistin im Bett gelegen zu haben, hielten sie für einen ganz besonderen Kick oder zumindest für einen Bonuspunkt am Stammtisch. Während Martina sich vor Frust meist ein paar neue Kilos zulegte, die sie vor der nächsten Affäre mühsam wieder herunterhungern musste.

»Was meinst du: Brauchen wir einen richtigen Profiler?«, fragte sie, nachdem sie ihren Seeteufel angeschnitten hatte. »Es ist doch immer derselbe Täter – oder?«

Lohkamp deutete stumm auf seinen Mund: Sein Rehrücken war deutlich zäher als das Fischlein auf ihrem Teller.

»Vielleicht«, sagte er dann. »Bestimmt sogar. Die Taten sind sich viel zu ähnlich. Und dass er ein Profi ist, dürfte feststehen. Drei Morde ohne handfeste Spur. Bisher auch keine Zufallszeugen. Der Mann hat nichts falsch gemacht. Rein technisch zumindest.«

»Vielleicht. Aber wir werden ihn auf Grund seiner Arroganz packen. Diese Botschaften: Sprengsatz, Schraubendreher, Zunge. Die Spur ist so breit wie die Ruhr: Er kennt seine Opfer. Weiß genau, was sie getan haben. Die Tatorte verraten das Gleiche. Horvath muss ihn so gut gekannt haben, dass er ihn ohne Verdacht hereingelassen hat. Der ist aus der Szene – und weist uns sogar ausdrücklich darauf hin.«

»Meinst du, er spielt mit uns? Bietet sich den Katzen als Maus an, die das Raubtier austricksen will?«

»Kann sein«, meinte sie. »So eine Art Sport. Nur: Er ist keine Maus. Sondern selbst ein Raubtier.«

Lohkamp brach ab und horchte in sich hinein: Noch ein Tiramisu oben drauf? Dann rief er sich zur Ordnung: Eigentlich war er satt. Er tröstete sich mit der Vorstellung, dass er ohne Dessert den Geschmack der Champignonsoße länger auf den Lippen spüren konnte.

»Sag mal: Warum laufen die Ermittlungen so zäh? Was mache ich falsch?«

Die Frage musste Langer eine Menge Überwindung gekostet haben und zeugte von ihrem Vertrauen. In Recklinghausen hatte sie Jahre lang unter seiner Führung gearbeitet, eine Menge bei und mit ihm gelernt und nie quer geschossen. Abgesägt hatten ihn andere. Jetzt hatte sich die Hierarchie umgekehrt: Er führte ihre Anweisungen aus. Und fügte sich ins Team ein, ohne eine Sonderrolle oder Privilegien zu beanspruchen. Sie kannte jede Menge Bullen, die sich in seiner Situation krankgemeldet hätten.

»Du machst nichts falsch«, sagte er schließlich. »Aber die Ermittlungen werden immer vertrackter. Jedes Mal, wenn wir an den Anfang gehen und diesen ersten Fall systematisch aufrollen wollen, ich meine das Verbrechen an Ösran – dann passiert ein neuer Mord und wirft unsere Pläne über den Haufen. Als würde man die Feuerwehr dadurch am Löschen hindern, dass man stets woanders neue Brände legt.«

Er winkte dem Kellner und bestellte sich ein Wasser, mit dem er den Rest seines Rotweins verlängerte.

»Außerdem legt jemand systematisch falsche Fährten. Lenkt uns vom Schlüsselpunkt ab. Das hat uns mindestens eine Woche gekostet.«

»Die Sache mit dem gestohlenen Auto«, begann sie.

»Ja?«

»Der junge Mager hatte die Lackspäne dir persönlich geben wollen, aber du warst gerade unterwegs.«

Er dachte kurz nach und nickte.

»Dann tauchte Hell auf und hat die Asservate an sich genommen – Mittwochmittag um fünf vor zwölf. Auf den Tisch gelegt hat sie mir die Sachen aber erst zweieinhalb Stunden später. Nachdem ich bei der Soko angerufen hatte, dass ich von Hempelmann direkt zum Arzt fahren würde. Rate mal, wer den Anruf entgegengenommen hat …«

Sie brauchte gar nicht weiter zu reden. Bis Langer am nächsten Tag zurückgekehrt war, wurde der grüne Golf gestohlen. Wie auf Bestellung.

»Warum macht die das? Neid? Karrieregeilheit?«

»Ich weiß nichts Bestimmtes. Und im Übrigen halte ich achtzig Prozent der Kollegen für karrieregeil. Aber bei ihr gibt es noch etwas: eine merkwürdige Vertrautheit zwischen dem PB II und der rechten Szene. Diese angebliche Deeskalationsstrategie: Wir kennen unsere Jungs, wir haben sie besucht und ermahnt, wir haben sie voll unter Kontrolle … Demnächst behauptet sie, diese Neonazis fräßen ihr aus der Hand.«

Lohkamp zündete sich eine Zigarette an und wagte sich noch weiter vor. Selbst wenn Langer in keinem Punkt mit ihm einer Meinung wäre – sie würde nicht zum nächsten Präses laufen und sich lieb Kind machen.

»Ich bin sicher: Da läuft ein Deal. So eine Art Koexistenz: Ihr seid in Bochum friedliche Jungs und dafür lassen wir euch in Frieden. Aber Brennwald hat mit der Ösran-Geschichte gegen den Deal verstoßen. Und Hell steckt in der Klemme: Sie möchte ihn für diese Regelverletzung gerne lang machen, um ihm die Grenzen zu zeigen. Aber dabei darf sie nicht übertreiben: Wenn der Deal bekannt wird, muss sie noch länger auf den dritten Stern warten. So haben sich beide gegenseitig in der Hand …«

»Und wir stören mit unseren Ermittlungen diese Idylle«, schloss Martina Langer.

Lohkamp nickte: »Du musst vorsichtig sein. Lass die Hell nicht aus den Augen. Und wenn du besondere Aktionen planst, gegen Brennwald und diese anderen Schurken – dann stelle Hell unauffällig kalt. Schick sie früh genug mit einem Sonderauftrag los, der ihr Ego befriedigt. Sei nett zu ihr – und sei misstrauisch, wenn sie nett zu dir ist …«

»Du hättest Philosoph werden sollen. Oder Polizeipräsident«, meinte die Hauptkommissarin, doch Lohkamp wehrte ab: »Alles, was ich noch will, ist meine Rente. Aber die will ich mir ehrlich verdienen.«

75

Für den Samstagabend hatte Kalle geplant, den *Berghof* zu beobachten, doch er hatte Pech. Die Gaststätte war dunkel und an der Tür hing ein Stück Pappkarton: *Wegen Trauerfall geschlossen!*

»Da müsste der Genitiv hin«, sagte Kalle. »Dieses Pack kann nicht mal richtig Deutsch …«

»Ist doch schön«, sagte Vanessa. »Da können wir uns einen netten Abend machen …«

Kalle stimmte ihr sofort zu, aber die Blonde hatte etwas anderes vor: »Eine Freundin von mir gibt eine Party. Sollen wir mal vorbeifahren?«

Auch ’ne Idee, dachte Magers Sohn. »Und wo ist das?«

»Kurz vor der Bittermark …«

Kalle rümpfte die Nase. Im waldreichen Süden der Stadt wohnte ein großer Teil der Dortmunder Prominenz – oder zumindest solche Leute, die gerne dazu gehört hätten. Aber zu sehen, mit welchen Gestalten Vanessa in ihrem Alltag umgeben war, war ihm dieses Opfer wert.

»Schön«, sagte sie und musterte sein Outfit. »Sag mal – hast du nicht irgendwo im Schrank noch einen Blazer und ein gebügeltes Oberhemd?«

Er blickte sie an, als wollte sie ihn für den Verfassungsschutz anwerben.

»Schon gut«, seufzte sie. »Versuchen wir’s so. Vielleicht halten sie dein Outfit ja auch für den neuesten Schrei aus London …«

Eine halbe Stunde später fuhren sie vor einer dieser Villen vor. Die Zufahrt und die Bürgersteige waren zugeparkt: echte Jeeps und Landrover, ein Pick-up von Toyota sowie blank gewienerte Produkte aus den Häusern BMW, Lexus und Chrysler reihten sich aneinander – der schmutzige Golf II wirkte in dieser Gesellschaft wie der arme Vetter aus Gelsenkirchen.

»Nun denn«, sagte Mager junior unverdrossen und schnappte sich die Flasche *Southern Comfort,* für die sie an der Tanke einen Freudenhauspreis gezahlt hatten.

Hand in Hand mit seinem blonden Engel marschierte er auf den Eingang zu. Eine Galerie versteckter Leuchtkörper ergoss ihr mildes Licht über die Marmorstufen der Vortreppe und den Türbereich – die gesamte PEGASUS-Technik war höchstens zwei Tausender teurer.

»Das ist Kalle«, sagte Vanessa zu der Gastgeberin, einer superschlanken Achtzehnjährigen mit einem asymmetrischen Fransenschnitt und einer Art Abendkleid, das ihre braun gebrannten Schultern und die Erfolge ihres Push-up-BHs bestens zur Geltung brachte.

»Willkommen!«, sagte sie und hauchte neben Kalles Wange drei Küsschen in die Luft. Sie roch äußerst angenehm nach Frühling und Meeresbrise und schaffte es, Kalles Kleidung und die darin enthaltene Aura aus Tabak zu ignorieren. Im Übrigen ging ihr Gruß fast in der Aufforderung unter, mit dem Sänger bis in den Morgen zu tanzen.

»Darf ich dir die Jacke abnehmen?«, fragte die Gastgeberin.

Kalle nickte, fischte aber schnell noch sein Rauchzeug und seine Geldbörse aus der Tasche. Während das Mädchen unter dem Restgewicht der Kutte fast zusammenbrach, verlangte die im Wohnzimmer tanzende Meute bereits *Ein Bett im Kornfeld.*

»Meine Güte«, raunte Kalle. »Diesen Schmalz würde doch selbst meine Mutter nicht mehr auflegen.«

Vanessa lachte nur: »Mensch, wo lebst du? Diese alten Sachen sind absolut kultig und die Siebziger-Jahre-Partys immer brechend voll. Wenn deine Oma noch ein paar Schellack-Platten auf dem Dachboden hat, kannst dafür richtig Knete ziehen.«

Sie zog ihn mit in die Küche, wo sie sich mit Speisen und Getränken versorgten, und suchten sich einen Sitzplatz auf der Wohnzimmercouch. Das Kunstwerk, das eigentlich über dem Sitzmöbel hing, war an diesem Abend von einem bunt bemalten Bettlaken verhüllt, auf dem die versammelte Clique ihr Lebensmotto verewigt hatte: *SKFP.*

»Was heißt das denn?«, fragte Kalle.

Vanessa lachte und küsste seine Bartstoppeln: »Einerseits sind das die Anfangsbuchstaben von vier schlimmen Mädels aus unserer Stufe.«

»Und andererseits?«

»Andererseits heißt es: Saufen, kiffen, ficken, Party feiern …«

Als Kalle am nächsten Mittag erwachte und erkannte, dass er in seinem eigenen Bett lag, war er sehr erleichtert. Zwar hatte die Chefarzttochter allen Teilnehmern der Fete einen Schlafplatz auf dem meterdicken Afghanen-Teppich angeboten, aber da lagen zu jenem Zeitpunkt bereits die Scherben von mehreren Gläsern. Als zwei von den Kids auch noch auf die Glassplitter kotzten, hatte Kalle nach seiner Jacke verlangt. Selbst die Aussicht auf ein gemeinsames Nacktbad im hauseigenen Pool konnte seine Meinung nicht ändern.

»War nicht deine Welt, was?«, fragte Vanessa, die ihm zusah, wie er das erste Rauchopfer des Tages vorbereitete.

»Nee«, meinte er nur. »Deine?«

Sie zögerte, dann kroch sie auf ihn und drückte ihre Brüste gegen seine Rippen: »Du bist jetzt meine Welt …«

Mal sehen, wie lange noch, dachte Kalle und erschrak ob seines Defätismus. Er drückte das Mädchen fester an sich und genoss es, wie sie seine bösen Gedanken vertrieb. Bis ihm die zweite Einladung des Wochenendes einfiel: das Krümelessen bei seiner frisch vermählten Mama.

»Ich fürchte, nachher wird es noch schrecklicher als letzte Nacht«, meinte er und stand auf. Er trat ans Fenster und hob sacht den Rand des Rollos an, um Ausschau zu halten.

Von der Mieterin gegenüber war nichts zu sehen, und als er nach unten auf die Straße blickte, konnte er weder den grünen Golf noch den grauen Geländewagen mit dem großen Stern auf dem Kühlergrill entdecken.

»Hast du überhaupt ein Geschenk für deine Mutter und den Mann?«

Kalle zog die Schultern hoch: »Was soll man denen noch schenken? Wenn du gesehen hättest, wie viel Zeug die in den letzten Wochen in ihr Haus geschleppt haben ...«

»Aber du kannst doch nicht mit leeren Händen kommen?«

»Tu ich doch nicht«, versicherte Magers Sohn. »Ein paar Blümchen und eine Flasche Sekt bekommen wir an jeder Ecke.«

76

Am frühen Nachmittag passierte Brennwald die letzte Autobahngabel vor Oostende. Der linke Abzweig führte an Nieuwpoort und einigen anderen belgischen Seebädern vorbei auf Dünkirchen zu, geradeaus ging es direkt zum Meer.

Kurz vor dem Ende verließ der Volkssturm-Chef den Highway und steuerte von Westen her die alte Hansestadt Brügge an. An der letzten Kreuzung vor dem Tunnel, der den Busbahnhof unterquerte, bog er nach links ab. Anders als im Sommer, wenn Brügge von Touristenheeren überschwemmt wurde, fand er schnell einen gebührenfreien Parkplatz und schloss den Wagen ab. Durch eine schmale Nebenstraße marschierte er auf den Busbahnhof zu, wandte sich nach rechts und überquerte den weiten Platz. Auch der wirkte wie verödet – im Januar wurden hier keine Reisegruppen abgesetzt, die sich auf eine Kutsch- oder Bootsfahrt durch die Altstadt freuen konnten.

Auf der anderen Seite führte eine recht unspektakuläre Fußgängerzone mit kleineren Geschäften in die südlichen Randbezirke der Innenstadt. Da, wo diese Straße sich gabelte, befand sich auf der rechten Seite ein Zeitschriften- und

Zigarettenladen, der wie eine Festung verrammelt war. Offenbar war es in Flandern riskanter geworden, Schaufensterpuppen mit SS-Uniformen zu behängen und Hitlers *Mein Kampf* im Fenster anzubieten. An mehreren Häusern prangten wild geklebte Plakate oder Losungen, die Brennwald verrieten, dass es auch in Brügge eine antifaschistische Szene gab.

»Zecken«, murmelte er und steuerte den Nebeneingang des Hauses an. Er hämmerte ein kurzes Stakkato auf den Klingelknopf und trat weit genug auf die Straße zurück, dass ihn die Kamera erfassen konnte, die dicht unter dem Giebel hing. Es dauerte nicht lange, bis ein Summen ertönte und Brennwald die Tür aufstieß.

Er landete in einen winzigen Vorflur, der zu einer Art Sicherheitsschleuse umgebaut worden war. Geduldig hielt der Igelkopf sein Gesicht vor den schlichten Spion, der in der nächsten Tür verankert war.

»Willkommen, Kamerad!«

Vor ihm stand Vermeulen, ein hoch gewachsener Mann mit weißen Haaren. Brennwald wusste, dass er als junger Kerl zur *SS-Division Flandern* gehört und in Russland gekämpft hatte. Jetzt musste er Anfang der achtzig sein, wirkte aber noch immer keineswegs gebrechlich.

»Die anderen Kameraden sind schon da«, sagte der Alte und führte ihn in den ersten Stock hinauf, wo es einen abhörsicheren Besprechungsraum gab. Doch Vermeulen öffnete die Tür gegenüber und bat Brennwald ins das gemütlichere Wohnzimmer. Auf der Couch und in den Sesseln hatten fünf Männer Platz genommen, die offenbar auf ihn gewartet hatten.

»Heil!«, sagte Brennwald.

Die Männer erwiderten den Gruß und musterten den Volkssturm-Chef. Die beiden jüngeren waren wie er ganz in Schwarz gehüllt, die drei älteren wirkten in ihren korrekten Anzügen so harmlos, als wären sie gerade vom Kirchgang zurückgekehrt. Aber ihre wachen Augen verrieten, dass sie sich ein Leben lang in einer Art Kriegszustand befunden hatten.

»Setz dich«, sagte einer von den Alten und deutete auf die Couch. Auf dem niedrigen Wohnzimmertisch standen zwei Tassen – die saubere verriet dem Mann mit den Segelohren, wo für ihn reserviert war.

»Tee oder Kaffee?«, fragte Vermeulen.

»Kaffee, bitte.«

Während Vermeulen eingoss, erkundigte sich einer der anderen Älteren, ob Brennwald eine gute Fahrt gehabt hätte und nicht schon wieder bei den Franzosen gelandet war: »Weißt du, in Dünkirchen sind keine Tommys mehr, die man jagen darf ...«

Das Gelächter verstummte erst, als Vermeulen die Kaffeekanne wieder auf den Tisch gestellt hatte und zur Sache kam: »Du hast eine Menge Ärger am Hals.«

Das war keine Frage mehr – alle wussten Bescheid.

»Hast du einen vernünftigen Verdacht, wer euch so bluten lässt?«

»Nein.«

»Wer will deinen Posten?«

Brennwald zog die Schultern hoch: »Will ihn denn einer haben?«

»Die Zeitungen ...«

Der Volkssturm-Chef winkte ab: »Was die Systempresse schreibt, juckt mich nicht.«

»Aber uns juckt«, sagte einer der Älteren ironisch, »dass es deine Truppe bald nicht mehr gibt. Die eine Hälfte von euch liegt unter dem Rasen, die andere verkriecht sich in irgendwelchen Löchern.«

»Die Gefahr besteht«, gab Brennwald zu. Es hatte in dieser Runde keinen Sinn, das Offensichtliche zu leugnen.

Den anderen reichte diese Antwort nicht: »Rudolf, wir haben eine Menge Geld investiert, damit du Zeit für deine Arbeit hast. Unsere Zeitungen könnten wir nämlich woanders viel billiger drucken lassen ...«

Einen Moment lang wollte Brennwald aufbegehren: Wie konnten die Älteren in einer so großen Runde offen über dieses heikle Thema reden? Doch die beiden Männer in Schwarz betrachteten so intensiv ihre Fingernägel, dass

Brennwald klar wurde: Bei ihnen lief die Finanzierung auf die gleiche Weise.

»Wenn ihr mit dem Geld gut arbeitet und dafür sorgt, dass die arische Bewegung gestärkt wird, dann geben wir das Geld gern. Aber wenn wir den Eindruck haben …«

»Ich tappe selbst im Dunkeln«, sagte Brennwald. »Allerdings muss sich der Mörder bei uns bestens auskennen …«

»Und darum musst du deine Stellung festigen. Lass dich nicht von der Polizei einlullen. Diese Deeskalations-Taktik zeigt doch, dass sie Angst vor Aktionen haben. Weil sie neue Kameraden anziehen. Deshalb musst du zeigen, was du drauf hast. Dass du der Führer bist.«

Der Kaffee in Brennwalds Tasse war längst kalt geworden. Doch so lange die Älteren ihn derart abschwarteten, wagte er nicht zu trinken.

»Kopf hoch!«, ermunterte ihn einer von den alten Kriegern und für einen Augenblick stieg in Brennwald die große Wut auf: Die drei Alten saßen hier mit dem Hintern in den mit Plüsch überladenen Wohnstuben und schickten ihn an die Front. Rechtzeitig erinnerte er sich daran, was diese Haudegen in ihrem Leben schon mitgemacht hatten. Sie durften so reden.

Vermeulen lächelte plötzlich, als hätte er die Gedanken des Deutschen erraten: »Wir überlegen jetzt gemeinsam, was du in dieser verfahrenen Lage tun kannst. Und auf der Rückfahrt denkst du darüber nach, welchen Tipp du am besten gebrauchen kannst.«

77

Den halben Montag verbrachte die Sonderkommission noch damit, im Dortmunder Vorort Hombruch die untere Harkort- und die beiden Querstraßen auf den Kopf zu stellen: Irgendwer musste doch den Besucher gesehen haben, der spät abends zu Gernot Horvath geschlichen war, um ihn von seiner Zunge zu befreien. Doch die Ermittler waren genau so erfolglos wie die Techniker, die in der Mordwohnung und im Treppenhaus nach Spuren suchten. Außer einigen Haaren, die nicht von Horvath stammten konnten, und einer blauen Jeansfaser fanden sie nichts, was auf den Täter deutete.

»Der Typ wird mir unheimlich«, sagte Langer. »Er muss doch mal ein paar Spuren hinterlassen ...«

»Hat er ja«, meinte der Leiter der Tatortgruppe, »aber leider keine, die uns direkt zu ihm führt ...«

Er deutete auf einen der drei Polstersessel mit hölzernen Armlehnen, die um einen kleinen runden Tisch herum postiert waren: »Da haben wir die Faser gefunden. Von Horvath stammt sie nicht. Der hat ausnahmslos schwarze Klamotten im Schrank. Also muss der Täter dort gesessen haben. Warum sonst hat er anschließend die Armstützen poliert?«

Langer nickte.

»Ob die Jeansfaser wirklich von dem Täter stammt oder einem anderen Besucher – zeig mir seinen Kleiderschrank, dann haben wir eine gute Chance ...«

Die Hauptkommissarin schaute auf die Kreidestriche, mit denen man die Umrisse des toten Horvath auf dem Boden markiert hatte: »Habt ihr inzwischen herausgefunden, womit man ihn betäubt hat? Damit man ihm in aller Ruhe die Zunge herausschneiden konnte?«

»Klar doch. Horvath und sein Besucher haben Orangensaft getrunken. Die Gläser standen in der Küche und waren gut gespült. Aber nicht gut genug. In einem von beiden haben wir Rohypnol gefunden, eine geballte Ladung.«

Langer dachte darüber nach, was sie über Rohypnol wusste: Eines der beliebtesten Schlafmittel aus der Schweiz, ging mehr als eine Million Mal im Jahr über den Apothekentisch. Verschreibungspflichtig war das Produkt vor allem deshalb, weil eine längere Einnahme süchtig machen sowie Wutanfälle, Muskelkrämpfe und Halluzinationen auslösen konnte. Warf man jemandem ein paar von diesen Pillen ins Getränk, so lösten sie sich innerhalb von Sekunden restlos auf – in jeder Flüssigkeit. Von der Wirkung, die sie bei hoher Konzentration erzielten, entstammte der populäre Name des Drinks: K.o.-Tropfen.

»Hypnol lähmt nur, macht aber nicht unbedingt bewusstlos. Ob Horvath noch mitbekommen hat, was mit ihm passierte?«

»Vermutlich. Genaueres kann dir Brettschneider sagen …«

Langer schwieg. Die Methode war perfekt – jedenfalls für den, der sein Opfer vor dem Tode noch demütigen wollte.

»Und was ist mit dem Farbstoff, den der Hersteller dem Zeug beimischen wollte? Damit die Opfer gewarnt werden?«

Der Mann von der Spurensicherung lächelte düster: »Ist drin. Nur: Die Farbe wird erst nach zwanzig Minuten sichtbar …«

78

Die Nachricht vom Tod Horvaths hatte in Brennwalds Truppe fast die gleiche Wirkung ausgelöst wie eine Dosis K.o.-Tropfen im menschlichen Organismus. Seine Leute verkrochen sich in ihren Wohnungen oder bei Bekannten und waren wie gelähmt von den Berichten, die sie im Fernsehen anschauen oder in den Zeitungen lesen konnten. Wer nicht unbedingt auf die Straße musste, unterließ es, und als der *Berghof* am Sonntag zum Frühschoppen öffnete, blieb die Kneipe leer.

Am Montagmittag rief Helge Weiß, der Wirt, bei Brennwald an, und schlug Alarm: »Du musst unbedingt was tun, Rudi, sonst fällt die Truppe auseinander …«

»Jaaaaaaa!«

Der Chef des Volkssturms brauchte eine Weile, um auf die erlösende Idee zu kommen: »Pass auf, mach heute Abend noch mal zu. Wir trommeln alle Leute hier bei uns zusammen. Große Fete mit Freibier, Würstchen und Koteletts. Übernimmst du die Versorgung?«

»Mache ich, aber …«

Wenn Helge Weiß sich plötzlich genierte, drehte es sich um Geld und Brennwald konnte ihn beruhigen: »Kein Problem. Geht auf Firmenkosten!«

Während der Wirt seine Vorbereitungen traf, setzte Brennwald die Telefonkette in Gang.

Danach krempelte er die Ärmel auf.

Als die ersten Leute abends gegen halb acht eintraten, erkannten sie die Druckerei nicht wieder. Der Teil des Raums, in dem sonst die Maschinen lärmten, war abgehängt, dafür standen gleich hinter dem Eingang mehrere lange Tische und Bänke. Die Schützenfestatmosphäre wurde komplettiert durch Girlanden und brennende Teelichter, Zapfanlage, Stapel von Geschirr und einem Büfett mit Kartoffelsalat und kalten Koteletts.

»Trinkt, Leute!«, rief Helge Weiß, der den Zapfhahn bediente.

Leicht irritiert musterten die junge Kerle den Raum: Trauerfeiern sahen anders aus. Aber der Wirt konnte sie beruhigen: »Das ist ganz im Sinne unserer gefallenen Kameraden.«

Eine halbe Stunde später hatten sich rund zwanzig Leute versammelt und das Bier begann zu wirken. Was tat man hier schon anderes, als das Fell der Toten zu versaufen? Dass dieses Ritual sonst erst nach der Beerdigung angesagt war, störte sie nicht mehr.

»Kameraden«, rief Brennwald. »Unsere Gegner wollen uns einschüchtern! Aber für jeden Gefallenen werden diese Zecken büßen. Uns kann keiner dazu bringen, dass wir uns feige in den Löchern verkriechen. Wir trauern um die Toten und feiern und kämpfen mit den Lebenden! Sieg ...«

Das erste »Heil!« kam noch recht zögerlich, doch beim dritten Mal war der Chef mit dem Gebrüll zufrieden. Er öffnete den Durchgang zum Wohnhaus und der verlockende Duft frisch gegrillter Würstchen wehte herein. Als Vater Brennwald persönlich das erste Tablett in der Halle trug, schwanden die Gedanken an die Toten.

Brennwald atmete auf und ließ sich von Helge Weiß ein volles Glas reichen: »Siehste, klappt doch! Man muss den Jungs nur Mut machen!«

»Abwarten! Wenn sie wieder nüchtern sind, scheißen sie sich noch heftiger in die Hosen!«

Der Anführer widersprach nicht. Er selbst hatte in den letzten Tagen zwischen Mordlust und Verzweiflung geschwankt. Die Nachricht von Horvaths Ermordung hatte ihn wie eine Keule getroffen und er durfte noch immer nicht ernsthaft darüber nachdenken: Der Tod war sehr nahe an ihn herangerückt. Erst der Besuch in Belgien hatte ihn wieder etwas aufgemöbelt. Man musste selbst aktiv werden, bevor man aus dem Grübeln nicht mehr herauskam.

Er winkte den Puma und Dennis Czerny heran und nahm sie mit in die Küche: »Setzt euch. Was meint ihr: Halten wir die Truppe bei Laune? Auch dann, wenn die Jungs wieder nüchtern sind?«

Die beiden sahen ihn überrascht an. Es kam nicht oft vor, dass sie nach ihrer Meinung gefragt wurden.

Puma nickte schließlich: »Vielleicht. Wenn wir uns ein paar Schutzmaßnahmen ausdenken. Damit die Leute sich etwas sicherer fühlen. Und der Täter nicht mehr so ein leichtes Spiel hat.«

»Hast du eine Idee?«

Der sportlich aussehende junge Mann überlegte: »Ab sofort geht keiner mehr allein durch die Stadt. Am besten, alle Volkssturm-Männer ziehen für einige Zeit zu zweit oder dritt in eine Wohnung.«

»Wie stellst du dir das vor?«, wandte Dennis ein. »Wir haben gar keinen Platz, um noch einen bei uns unterzubringen.«

»In solchen Fällen müssen wir einen Fahrdienst organisieren. Die Kameraden werden vor Einsätzen zu Hause abgeholt.«

Brennwald fand den Vorschlag auch nicht berauschend: »Das ist viel zu passiv. Das sieht doch so aus, als würden wir uns vor Schiss einigeln.«

»Die Aktion darf natürlich nicht wie ein Rückzug aussehen. Das ist eher so eine Art Frontbegradigung. Damit wir zurückschlagen können, bis den Polit-Bonzen die Scheiße im Arsch kocht ...«

»Das hört sich schon besser an«, sagte Brennwald. »Hört mal, wie die Dinge stehen, seid ihr jetzt meine wichtigsten Leute. Du, Puma, weil du eine Menge Erfahrung hast und immer einen kühlen Kopf bewahrst. Und du, Dennis, weil du ein zuverlässiger und mutiger Kerl bist. Und jung genug, um zu unseren jüngsten Kameraden einen guten Draht zu haben ...«

Er goss sich Kaffee ein und schob die Kanne zu den beiden anderen hinüber. »Ich habe mich gestern mit einigen Kameraden beraten, die ein bisschen mehr Kampferfahrung haben als wir. War spannend. Sie waren alle derselben Meinung: Wenn wir nicht bald einen Kracher loslassen, fällt unsere Truppe auseinander. Und mitten im Ruhrgebiet gibt es dann ein zweites Loch: im nationalen Netzwerk. Das können wir nicht zulassen ...«

»Was hast du vor?«, fragte Puma.

»Wer unsere drei Kameraden umgebracht hat, wissen wir nicht. Aber ein ganz anderer Feind von uns hat sich enttarnt. Habt ihr diese beschissenen Fernsehberichte im WDR gesehen?«

Puma nickte, Dennis schüttelte den Kopf: WDR III wurde bei seinen Eltern nur eingeschaltet, wenn der Sender einen alten *Tatort* mit Hansjörg Felmy wiederholte.

»Die blenden doch immer die Namen der Leute ein, die diese Filme gemacht haben. Das sind immer dieselben Zecken. Ich habe inzwischen herausgefunden, wo sie ihren Firmensitz haben ...«

Pumas Augenbrauen zuckten leicht, und seine Nasenflügel blähten sich.

»Du, Dennis, gehst jetzt raus und teilst die Jungs ein. Ich will, dass diese Fernsehtypen lückenlos überwacht werden.«

»Mann, Rudolf – einige haben doch nicht mal einen Führerschein. Ein eigenes Auto erst recht nicht.«

»Dann musst du dafür sorgen, dass immer einer dabei ist, der fahren kann. Es geht darum, das Büro der Fernsehleute zu überwachen. Wir müssen herausfinden, wo sie wohnen, wann sie kommen und gehen. Wer außer den beiden Hauptmatadoren noch zu der Truppe gehört. Klar?«

»Klar, Mann!« Dennis Czerny nickte und sein Stolz war ihm deutlich anzusehen.

»Dann geh jetzt raus und teile die Leute ein.«

Als der Blonde verschwunden war, lauschten Brennwald

und Puma eine Weile den Geräuschen, die aus der Halle herüber drangen. Czerny hatte den CD-Player ausgeschaltet und ließ die Leute antreten. Seine Stimme wirkte plötzlich sicher und militärisch – und die anderen gehorchten ihm.

»Was hast du vor?«, fragte Puma nach einer Weile.

»Weiß ich noch nicht. Erst mal sehen, was die Gegend bietet, in der diese Zecken hausen. Und dann lassen wir es richtig krachen.«

»Dann haben wir die gesamte Pressemeute auf dem Hals.«

»Na und? Besser so eine Publicity als gar keine ...«

»Verstehe.«

»Bin mir nicht sicher, ob du wirklich verstehst, was ich von dir will ...«

Puma hob den Kopf.

»Ich habe gesagt, dass wir es krachen lassen, und das habe ich wörtlich gemeint. Nur: Dafür braucht man ganz bestimmte Materialien.«

»Ja. Aber was habe ich ...«

»Du hast doch gedient? Warst bei der Bundeswehr ...«

»Bundesgrenzschutz«, korrigierte Puma. »Und habe in Düsseldorf auf dem Flugplatz Objektschutz gemacht. Aber Sachen, die man krachen lassen kann, haben sie da nicht gebunkert. Und ich kann mit so etwas gar nicht umgehen!«

»Keine Chance?«

»Keine«, sagte Puma.

Gegen halb eins löste Brennwald die Fete auf und wandte sich an seinen Vater: »Lass den ganzen Scheiß hier liegen. Ich bin morgen früh genug wieder da, um aufzuräumen. Ab Mittag läuft der Laden wieder.«

Er kletterte in seinen Wagen und verschwand. Paarweise oder zu dritt eilten seine Leute zwischen den anderen Fabrikgebäuden hindurch zur Straße.

Nur der glatzköpfige Kleinert, der Hänfling mit der Bomberjacke, blieb übrig. Er hatte noch geholfen, das restliche Essen in die Küche zu tragen. Mit seiner hellen Stimme verabschiedete er sich vom alten Brennwald und trat hinaus. Misstrauisch blieb er auf der Vortreppe stehen und musterte den leeren Platz vor Brennwalds Anwesen. Das Funzellicht der Laternen und der helle Schein aus den Fenstern der Druckerei spiegelte sich in den Pfützen. Dahinter war es düster. Die Vorstellung, jetzt allein nach Hause zu gehen, nagelte ihn in der Tür fest.

Da legte sich von hinten eine Hand auf seine Schulter. Er fuhr verschreckt herum und erntete ein Lachen. Eine vertraute Stimme redete auf ihn ein: »Allein? Kein Partner? Die lernen es nie. Komm, ich fahre dich nach Hause!«

79

Es war am Dienstag gegen 03.18 Uhr, als die erste S-Bahn des Tages hinter der Realschule Höntrop unter die Fußgängerbrücke rollte – an einer Stelle also, an der sie noch annähernd hundert Stundenkilometer schnell war. Der Lokführer hatte gerade seine Hand gehoben, um im üblichen Fünfzig-Sekunden-Rhythmus die *Toter-Mann-Sicherung* zu betätigen, als ihm plötzlich jemand bei dieser Arbeit zusehen wollte: Vor seinem Bugfenster tauchte aus dem Dunkeln ein weißer, haarloser Kopf auf und blieb aus unerfindlichen Gründen für ein oder zwei Sekunden am Scheibenwischer hängen, bevor er nach links oben glitt und wieder in der Nacht verschwand. Der Fahrer zog die Notbremse und kotzte, bevor der Zug zum Stillstand kam.

»Was ist los, Kurt?«, erkundigte sich eine belustigte Stimme über den Sprechfunk. »Keine Lust mehr?«

Der Fahrer drückte auf *Sprechen*, bekam aber kein verständliches Wort heraus. Doch sein Würgen sagte dem Zugbegleiter genug: »Wieder einer?«

Eine Stunde danach hatte die Leitstelle den S-Bahn-Betrieb über den Wattenscheider Hauptbahnhof umgeleitet und einen Pendelbus zum Bahnhof Höntrop eingesetzt. Die wenigen Passagiere des Unglückszuges waren mit Taxis nach Essen befördert worden, während die beiden Zug-Sheriffs in einem Streifenwagen der Polizei zu Protokoll gaben, dass sie außer der Notbremsung nichts von dem Unfall bemerkt hatten. Der Lokführer selbst lag mit einem Schock im Krankenhaus und war nicht ansprechbar.

Am Unglücksort hatten zwei Beamte der Dauerwache das Kommando übernommen und warteten auf die Bochumer Einsatzhundertschaft, die den Kopf des Toten suchen sollte. Er wurde erst zwei Stunden später gefunden: hundert Meter weiter in Richtung Höntrop in den Büschen neben den Gleisen.

Brettschneider, der Gerichtsmediziner, kam, als die Suche nach dem Kopf schon lief. Er hatte sich in einen abgetragenen Bundeswehr-Parka gehüllt und mithilfe einer Pudelmütze bis zur Unkenntlichkeit entstellt. Seite an Seite mit dem Oberkommissar vom Dauerdienst beugte er sich zunächst über das Geländer der Fußgängerbrücke und starrte auf den Ereignisort hinab. Trotz des starken Scheinwerfers war es schwer, von oben Einzelheiten zu erkennen.

»Also gut«, sagte er, streifte seine Halbschuhe ab und stieg in die mitgebrachten Gummistiefel. »Es hilft nichts. Wo kann ich runter?«

»Auf der anderen Seite«, sagte der Mann von der Nachtschicht und zeigte in Richtung Höntrop. »Hier muss der Lebensmüde runtergerutscht sein.«

Mit einer starken Handlampe leuchtete er die breite Spur ab, die der Unbekannte im weichen Boden der Böschung hinterlassen hatte. Brettschneider nickte.

Zwei Polizisten halfen ihm beim Abstieg, konnten es aber nicht verhindern, dass er ausglitt und die beiden letzten Meter auf dem Hintern nach unten rutschte. Mühsam reckte er den Arm hoch und bewahrte sein Arztköfferchen vor dem Sturz in den Schlamm. Dann polterte es ein zweites Mal und dicht neben ihm landete der Kripomann am Rande des Schotterbettes.

»Vorsicht«, warnte der Doc. »Ich habe keine Lust in einem Tagesbruch zu enden.«

Ächzend halfen sie sich gegenseitig auf die Beine.

Im hellen Schein des Lichtmastes verschaffte sich Brettschneider einen Überblick. Auf den ersten Blick sah alles nach einem Selbstmord an: Die Leiche lag, wie in den meisten dieser Fälle, zerstückelt auf dem Schotter.

Doch dann stutzte der Mediziner und schüttelte den Kopf: »Ach, du Scheiße, das war kein Selbstmord!«

»Bitte?«

»Jede Wette. Haben Sie schon mal von einem Selbstmörder gehört, der sich der Länge nach auf die Schiene legt? Die liegen sonst alle quer und der Hals kommt auf die Schiene. Damit es auch wirklich klappt. Aber der da nicht.«

Der Kripobeamte und die beiden Streifenpolizisten schienen erst jetzt zu begreifen, was sie sahen, und hatten Mühe, die Contenance zu wahren.

Brettschneider trat noch ein paar Schritte vor, blieb neben einem der Beine stehen und ging in die Knie: »Hier! Was sehen Sie?«

Rings um das Fußgelenk hatte sich ein blutiger Striemen gebildet.

»Der Tote war angebunden. Jemand wollte verhindern, dass er das tut, was die meisten Selbstmörder machen. Die kriegen nämlich Schiss, wenn der Zug wirklich anrollt, und wollen noch weg – und werden dabei erst recht von der Lok erwischt.«

Er kramte nach seinem Zigarillo und schien zu überlegen, ob er sich das Teil anstecken sollte. Der Kripobeamte nutzte die Chance zu einem Einwand: »Wenn der Mann festgebunden war – wie kann der Kopf dann bis zur Scheibe hochfliegen?«

»Gute Frage!«, lobte Brettschneider. »Eigentlich passt das nicht. Aber sehen Sie hier!« Er suchte nach dem rechten Handgelenk, schaute dann nach dem anderen: »Rechts ganz tiefe Einschnitte, links nur ganz schwache. Offenbar hat er sich kurz vorher mit aller Gewalt losgerissen. Aber die S-Bahn war eben schneller ...«

Brettschneider drehte die rechte Hand von innen nach außen. Der Daumen sah völlig normal aus. Aber auf jedem der vier anderen Finger war ein Buchstabe eintätowiert, die zusammen das Wort HASS ergaben – die beiden letzten Buchstaben sahen aus wie die Runen der SS.

»O je«, sagte Brettschneider und steckte sich den Zigarillo jetzt doch an. »Holen Sie diese Sonderkommission. Das ist der Vierte ...«

Es dauerte einige Stunden, bis die Spurensicherung ihre ersten Erfolge einfahren konnte. Dicht neben dem Gleisbett fanden die Techniker einen verbogenen Hering; er war so groß, dass er kaum zu einer normalen Campingausrüstung gehören konnte, sondern eher zur Absicherung von Festzelten diente. In der Öse klebten ein paar blaue Nylonfasern von derselben Art, die man auch in den Abschnürungen an den Fußgelenken des Toten entdeckt hatte.

Besondere Mühe gaben sich die Kollegen mit der Spur, die der Täter auf der Böschung neben der Bahnlinie hinterlassen hatte: Fasern von Baumwolle, ein Fußabdruck im feuchten Boden, dicht daneben an der Kante eines Steins ein paar Fetzen menschlicher Haut – der Mörder hatte sich ein zu schwieriges Terrain ausgewählt. Wähnte er die Verfolger schon so nah, dass er in Panik handelte?

»Was ist eigentlich mit den anderen Heringen?«, fragte Langer, nachdem sie den Leuten von der Spurensicherung einen kurzen mündlichen Bericht entlockt hatte.

»Da sind keine.«

»Das heißt ...«

»Genau. Ein absolut gefühlskalter Bursche. Der hat nach dem Unfall noch ein paar Spuren beseitigt.«

Grübelnd blickte die Hauptkommissarin auf die Beerdigungsleute hinab, die endlich die Leichenteile einsammeln durften.

Nicht nur Kevin Kleinert hatte seinen Hass dokumentiert – auch der Täter.

80

Als PEGASUS an dem neuen Tatort auftauchte, waren alle Parkplätze belegt: Der Unterricht an Waldorf- und Realschule lief trotz des Zwischenfalls weiter und neben den

Fahrzeugen von Lehrerschaft und Polizei standen die Wagen etlicher Journalisten im Weg.

»Nicht verzagen«, sagten die RTL-Leute, die bereits wieder einpackten. »Ihr könnt unseren Parkplatz haben!«

Schadenfroh grinsend fuhren sie davon.

PEGASUS musste feststellen, dass es für sie eigentlich nichts mehr zu tun gab. Der Schauplatz war so weiträumig abgesperrt, dass sie nicht mal das Geländer der Fußgängerbrücke ins Visier bekamen.

Mager versuchte es zwar beim Hausmeister der Realschule, aber als er sein Anliegen vorgetragen hatte, blickte der Mann ihn an wie einen Wahnsinnigen: »Auf das Dach der Turnhalle wollen Sie? Von oben filmen? Bei Ihnen piept es wohl ...«

Immerhin bekamen sie heraus, dass es gegen Mittag eine Pressekonferenz geben sollte, und überlegten, wie sie die Zeit überbrücken konnten. Wie es aussah, schien es in diesem Vorort eines Vorortes von Bochum nicht einmal ein brauchbares Café zu geben.

»Aber die Eisdiele hat geöffnet«, sagte Kalle. »Oben, an der großen Kreuzung.«

Auf dem Parkstreifen gegenüber dem Eiscafé waren noch mehrere Plätze frei und Mager gönnte sich nach dem Aussteigen einen ausgiebigen Rundblick. Ein moderner roter Ziegelbau an der nächsten Ecke beherbergte immerhin ein großes Lebensmittelgeschäft, aber die mickrigen Läden, vor denen sie geparkt hatten, waren in niedrigen, altersschwachen Bauten untergebracht. Tiefste Provinz, dachte er.

»Komm endlich«, drängte Susanne. Die Truppe schlängelte sich durch den langen Rückstau, der sich vor der roten Ampel gebildet hatte, und betrat die Eisdiele. Direkt am Fenster war es am wärmsten und Susanne hätte sich am liebsten auf die Heizung gesetzt. Während sie und Kalle sich mit einem Cappuccino begnügten, konnte Mager der Versuchung nicht widerstehen und orderte einen Eisbecher mit Jogurt und frischen Erdbeeren. Kein Wunder, dachte der Sohn, dass er es nie zu einem Bankkonto mit schwarzen Zahlen bringt.

»Bin gespannt, wen es diesmal erwischt hat«, verriet Mager, nachdem er den riesigen Becher geleert hatte. Er zündete sich eine an und betrachtete die Straße vor den breiten Fenstern. Der Parkstreifen, auf dem sie Susannes Wagen abgestellt hatten, war inzwischen komplett belegt, aber dadurch wurde Höntrop auch nicht zur Weltstadt. »Drei aus der Führung des Volkssturms hat der Täter schon abserviert – jetzt müsste bald Brennwald selbst dran sein.«

Die anderen zeigten wenig Lust zu solchen Spekulationen, gaben dem Kameramann aber in einem Punkt Recht: Wenn die Polizei den Mörder nicht bald fand, würde vom Volkssturm Ruhr bald niemand mehr leben.

»Das müsst ihr doch zugeben«, beharrte Mager. »Diese Aussicht hat etwas Faszinierendes.«

81

Im Schankraum des *Berghofs* hatten sich am Abend immerhin noch zwölf Anhänger des Volkssturms eingefunden. Die Freibierparty am Vorabend hatte einen Teil der Schwankenden wieder aufgerichtet und die Nachricht von dem vierten Toten sorgte dafür, dass sie es zu Hause nicht aushielten: die einen, weil sie sich fürchteten und den Schutz der Truppe suchten, die anderen, weil sie hofften, ihre Wut austoben zu können.

Als Brennwald eintraf, war er überrascht, dass noch so viele von seinen Leuten ins Stammlokal gekommen waren. Die Rede, mit der er die Truppe aufmuntern wollte, konnte er vergessen: Die Überwachung der Fernsehfritzen aus Dortmund war planmäßig angelaufen und damit hatten seine Anhänger einen greifbaren Feind vor den Augen, auf den sie ihren Hass konzentrieren konnten.

Helge Weiß war der gleichen Meinung. Er stellte Brennwald ein Pils auf die Theke und deutete auf die jungen Männer an den Tischen: »Ein Wort von dir – und sie zünden diesen Leuten in Dortmund die Bude an!«

»Wo ist Dennis?«

Der Wirt deutete auf die Tür des Hinterzimmers und Brennwald ging hinüber. Dennis Czerny war damit beschäftigt, die ersten Fotos von den Dortmunder Journalisten an die Wand zu heften. Der Blonde hatte das Team mit Brennwalds Digitalkamera erwischt und die Aufnahmen mit einem Farbdrucker vervielfältigt. Puma stand dabei und reichte Dennis die Heftzwecken.

»Prima«, lobte der Chef und betrachtete den neuen Wandschmuck genauer: »Sag mal – ist das nicht die Eisdiele oben an der Höntroper Kirche?«

Czerny grinste: »Als wir kamen, fuhren sie gerade los. A 40 in Richtung Essen. Da wusste ich plötzlich, wohin sie wollten. Habe sie sausen lassen und an der Realschule wieder eingeholt. Die Verfolgung bis zur Eisdiele war dann nur ein Klacks!«

»Gut gemacht! Wie viele sind es? Vier?«

Czerny nickte: »Die Blonde hier ist offenbar die Chefin. Coole Frau. Gibt die Kommandos. Und der hier ist Kameramann. Bequemer alter Spießer, raucht Kette und ist zu fett, um eine Schnecke zu überholen. Der punkige Typ ist wohl der Sohn von dem Alten und so eine Art Hilfskeule in der Firma. Groß, kräftig, nicht unsportlich. Und dann diese Frau. Das Foto ist scheiße, aber wir haben sie noch nicht besser vor die Linse bekommen. Rote Haare und solche Titten!«

Seine Hände formten einen Kreis, der den Umfang eines besonders gut gewachsenen Kürbisses annahm.

»Scheint vor allem Büroarbeiten zu machen. Fährt zumindest nicht mit, wenn die anderen auf Tour gehen.«

»Stallwache sozusagen«, konstatierte Brennwald. »Wir sollten viel mehr Frauen aufnehmen.« Er trat einen Schritt zurück und betrachtete die Fotos aus der Distanz noch einmal genauer: »Der junge Typ da – kommt mir irgendwie bekannt vor.«

Czerny und Puma grinsten leicht.

»Was ist? Kennt ihr den?«

Czerny nickte und Puma sah den Chef an: »Er wohnt in Dorstfeld. In dem Altbau gegenüber Anitas Wohnung. Genau auf gleicher Höhe.«

»Willst du damit sagen, dass der nur zehn Meter von mir entfernt ist, wenn ich im Bett liege und ...«

»Genau!«

Brennwalds Gesicht verdüsterte sich. »Unglaublich! – Sieht aber wirklich nicht unsportlich aus. Die Muckis hier an den Oberarmen – macht der Bodybuilding? Oder Kampfsport?«

»Mensch, Rudolf«, bremste Puma. »Die Kameraden sind erst seit heute Morgen auf der Spur.«

»Klar doch«, sagte Brennwald. »War nicht so gemeint.«

Er griff nach Czernys Zigaretten und hielt die Packung fragend hoch. Der Blonde nickte.

»Was meint ihr?«, fragte der Mann mit den Segelohren. »Wer könnte hinter diesen Morden stecken? Und warum?«

Puma zog die Schultern hoch, aber Dennis hatte eine Idee: »Du hast doch mal vermutet, dass jemand deinen Posten will.«

»Ja.«

»Aber darum geht es gar nicht.«

Die beiden Älteren sahen sich an: Es war das erste Mal, dass der Blonde so entschieden eine eigene Meinung äußerte.

»Für einen Machtkampf war Kevin viel zu unwichtig. Aber geh doch mal die Toten durch: Das sind nur Leute, die auch in dem Ladenlokal dabei waren. Jemand ist damit beschäftigt, diese Türkin zu rächen!«

Ein paar Sekunden lang hielten die beiden anderen den Atem an. Dann rückte Brennwald näher und beugte sich zu Czerny hinab: »Interessante Idee. Keine Angst, dass du der nächste Tote bist?«

»Manchmal schon. Und dann wieder denke ich: Warum ich? Ich war doch gar nicht richtig dabei. Von denen, die wirklich in dem Laden waren, lebt nur noch ihr beide.«

Brutal packte Brennwald den Pullover des Jungen und zog so heftig daran, dass das Gewebe zu zerreißen drohte: »Wie sieht es aus? Vielleicht bist du ja der Unbekannte, der dieses Türkenluder rächen will? Du sitzt immerhin mit ihr in einer Klasse. «

»Danke, dass du mir so was zutraust. Wenn du das wirklich glaubst, dann leg mich um. Es gibt noch mehr Bahnstrecken in Wattenscheid. Aber vor diesem Polizeitermin morgen kommt das gar nicht gut.«

Brennwald ließ ihn so plötzlich los, dass Dennis ein wenig taumelte. »Diese Gegenüberstellung. Scheiße. Wir treffen uns eine halbe Stunde früher, okay?«

Czerny nickte. Brennwald fixierte erneut das Foto mit Kalle Mager, den die Kamera mit einem selbstbewussten Lächeln erwischt hatte: »Aber wer war's dann? Dieser Typ da auf dem Bild etwa? Woher sollte der genau wissen, was gelaufen ist und wer dabei war? Dann wüsste er mehr als die Bullen.«

»Keine Ahnung. Ich weiß doch auch nix. Ich versuche nur, die Sachen zu ordnen.«

Brennwald setzte sich an den Küchentisch und schaute zu den Bildern hoch.

»Was ist?«, fragte Puma. »Hast du eine Idee?«

Brennwald schüttelte den Kopf: »Ich überlege, was wir machen können. Was ist mit dieser Frau da, die allein im Büro herumsitzt, während die anderen auf Tour sind? Wenn man die drei schön weit weg locken würde und sich dann dieses Weib holte ...«

»Vergiss es!«, sagte Puma. »Was willst du mit der Frau? Ausquetschen? Umlegen? Das bringt nichts. Dann machen die drei anderen nämlich umso heftiger weiter.«

»Stimmt«, sagte Brennwald. »Dann lieber die Kerle. Wäre ein Job für den Bomber gewesen.«

»Wäre«, betonte Puma. »Aber was Bomber konnte, konnte nur er.«

Das Kinn auf die Hände gestützt, gönnte Brennwald dem PEGASUS-Team einen letzten Blick. »Auf jeden Fall – die werden es büßen. Doch was immer läuft, es wird nicht in Dorstfeld sein. Anita hat schon genug Probleme mit den Bullen.«

Dennis Czerny senkte schuldbewusst den Kopf.

82

Gegen elf verließen Brennwald und Czerny den *Berghof*. Der Chef kletterte hinter das Steuer und öffnete dem Blonden von innen die Beifahrertür.

»Das waren Nummer elf und zwölf«, sagte Vanessa. »Der Typ mit den kurzen schwarzen Haaren muss noch drin sein.«

»Alleine? Glaube ich nicht!«, widersprach Kalle und drehte den Zündschlüssel um. »Der geht bestimmt hinten raus. Ich fahre mal um den Block. Mit etwas Glück kriegen wir ihn noch.«

Kaum war Brennwalds Benz unten an der Kreuzung angelangt, ließ Kalle den Motor an und wollte starten. Da sah er, wie sich ein paar Parkbuchten vor ihnen ein Wagen auf die Straße schob und dem Volkssturm-Chef folgte. Sein Licht schaltete der Fahrer erst ein, als der Offroader unten nach links verschwunden war.

»Scheiße auch«, sagte Kalle. »Die habe ich ja überhaupt nicht gesehen.«

»Polizei?«, fragte Vanessa.

»Kann gut sein. Nach all diesen Morden.«

»Und wenn schon«, meinte die Blonde. »Die haben uns auch nicht entdeckt.«

»Hoffen wir's«, sagte Kalle und zündete endlich. Zweimal bog er rechts ab und befand sich nun in der Parallelstraße zu jener, in der sie so lange gestanden hatten. Ganz am Ende erkannten sie dicht an der Hauswand im Zwielicht eine Gestalt, die sich eilig auf die nächste Ecke zu bewegte. Der Figur nach konnte es der sportliche Typ sein, den sie suchten.

»Langsam, Kalle«, warnte Vanessa, als Kalle aufdrehte. Er gehorchte und ließ den Wagen bis zur nächsten Querstraße ausrollen. Das Timing stimmte: Die Gestalt war von der Straße verschwunden, aber aus einer Parklücke löste sich ein Personenwagen und fuhr los – noch einer ohne Licht.

»Hinterher!«, flüsterte Kalles blonder Engel. »Das muss er sein!«

Erst an der Friedrich-Ebert-Straße schaltete der Schwarzhaarige seine Scheinwerfer ein und lenkte seinen Wagen über die Lyrenstraße nach Süden. Exakt die diversen Geschwindigkeitsbeschränkungen beachtend, rollte er an den Gewerbegebieten vorbei auf den breiten Wattenscheider Hellweg zu. Oben auf dem Bergrücken ordnete er sich rechts ein, wo es nach Essen ging. So exakt, wie er fuhr, wollte er nicht auffallen – verschwendete aber keinen Gedanken daran, dass er verfolgt werden könnte.

An der roten Ampel kam Kalle dicht genug an den Schwarzhaarigen heran, um Einzelheiten erkennen zu können. Der Mann fuhr einen dieser flachen Flitzer von Honda und hätte den zehn Jahre alten Golf mühelos abhängen können. Essener Kennzeichen mit einer beliebig aussehenden Buchstaben- und Zahlenkombination. Auch sonst kein Merkmal, das auffiel – weder ein Aufkleber auf der Scheibe noch ein Wackeltier auf der Ablage.

»Hast du die Nummer?«

»Ja«, flüsterte Vanessa.

»Komm, dann knutsch mich, solange wir Rot haben. Damit wir nicht die ganze Zeit ...«

Vanessa flog ihm um den Hals und er merkte, dass sie zitterte.

»Angst?«

»Nein«, sagte sie. »Spannend ...«

Sekunden später sprang die Ampel um. Bis der junge Mager wieder fahrbereit war, hatte der CRX schon hundert Meter Vorsprung.

»Macht nichts«, sagte Kalle. »Da vorne, im Niemandsland, holen wir ihn wieder ein.«

Doch das war ein Irrtum. Kurz vor dem Ende der Ausbaustrecke schossen von hinten vier Scheinwerfer heran. Nacheinander quetschten sich ein BMW und ein Audi so dicht vor den Golf, dass Kalle in die Bremse steigen musste.

»Scheißkerle! Können die ihre Rennen nicht woanders fahren?«

Er spähte an den beiden Wagen vorbei, aber es gab keine Chance. Die letzten Lichter von Wattenscheid-Stalleicken verschwanden hinter ihnen und für einige hundert Meter brach eine so tiefe Dunkelheit über sie herein, wie man sie mitten im Ruhrgebiet nicht vermuten würde. Zugleich rückten die Straßenränder so nahe heran, dass man bei jedem Schlenker befürchten musste, in einem Acker zu landen.

»Scheiße, Scheiße!«, fluchte Kalle. Eine Sekunde schwankte er, ob er nicht Gas geben und trotz des Überholverbots an den Vorderleuten vorbei zischen sollte. Aber als er sich endlich entschieden hatte und das Lenkrad fester packte, kamen ihnen mehrere Scheinwerferpaare entgegen. Selbstmord war nicht sein Ding ...

Es schien eine Ewigkeit zu dauern, bis die Straße wieder vierspurig wurde. Eine unendlich lange Doppelreihe von Laternen beleuchtete ihren Einzug nach Essen-Freisenbruch. Doch soweit ihr Blick jetzt auch reichte – der grüne CRX war nicht mehr zu sehen.

83

Zwanzig Tage waren seit dem Verbrechen an der jungen Türkin vergangen, als Nilgül am Mittwoch zum ersten Mal das Krankenhaus verlassen durfte – um einem halben Dutzend Neonazis in die Augen zu sehen und ihre Peiniger zu benennen. Trotz eines Beruhigungsmittels hatte sie nur wenig und dazu äußerst schlecht geschlafen. Mehr als ein Mal war sie nass geschwitzt aus einem schweren Albtraum aufgeschreckt. An einen konnte sie sich noch sehr konkret erinnern: Da hatte es eine dieser endlos langen Straßen gegeben, auf denen man nie ans Ziel gelangt, und sie lag schließlich doch nackt und gefesselt in einem Uni-Hörsaal, wo ein Professor Brennwald einem staunenden Auditorium Anschauungsunterricht in traditioneller muslimischer Körperhygiene erteilte ...

»Hallo, Nilgül!«, lächelte Karin, als sie die Freundin zum ersten Mal ohne Kanülen, Tropf und Krankenhauskleidung sah. Das Mädchen saß auf dem Flur in einem Rollstuhl und wirkte nicht besonders zuversichtlich. Ein kurzes Zögern, dann beugte sich Karin zu Nilgül hinab und nahm sie in die Arme.

»Wie fühlst du dich? Wird es gehen?«

»Beschissen. Ich will eigentlich gar nicht. Aber ich will auch nicht, dass diese Verbrecher weiter frei herumlaufen.«

»Einige von den Faschos hat es schon erwischt«, tröstete Karin. »Und wenn du die anderen hinter Gitter bringen kannst, ist das auch nicht schlecht.«

Ein lautes Räuspern trieb sie auseinander. Vor ihnen stand die junge Kommissarin, die Nilgül schon mehrfach aufgesucht hatte. Sie nickte der Türkin aufmunternd zu: »Ich bin sicher: Sie werden es schaffen. Ihre Freundin und ich helfen Ihnen.«

»Mal sehen …«

»Angst? Brauchen Sie nicht zu haben. Keiner von diesen Typen wird Sie erkennen können. Wenn jemand Angst haben muss, dann sind es diese Leute.«

»Haben die nicht mehr Angst vor dem Unbekannten, der gegenwärtig ihre Mitgliedslisten ausdünnt?«, fragte Karin.

Klemms Augen wurden härter und sie umklammerte die Griffe des Rollstuhls: »Darüber sollten Sie keine Witze machen, Frau Jacobmayer. Sie können es mir glauben: Ich habe mit den vier Toten verdammt wenig Mitleid. Aber wir dürfen es nicht zulassen, dass in unserem Land jeder seine eigenen Strafen verhängt und sogar vollstreckt. Dann wären wir nicht besser als dieser Brennwald und seine Kumpane.«

Klemm und ein langer, dünner Polizist mit kurzem Raver-Haarschnitt fuhren die beiden Frauen in einem zivil aussehenden Wagen zum Präsidium und schleusten sie durch einen Nebeneingang in das Gebäude. Für den Fall, dass die Presse von der Gegenüberstellung Wind bekam, sollte die Zeugin auf jeden Fall unbehelligt bleiben.

Als Karin den Rollstuhl in den Raum mit dem Einwegspiegel schob, warteten dort bereits zwei weitere Frauen auf sie. Eine von ihnen kam auf die junge Türkin zu und streckte ihr die Hand entgegen: »Langer. Ich bin Leiterin der Sonderkommission, die sich mit den Verbrechen im Umfeld des

Volkssturms beschäftigt. Ich freue mich, dass Sie beide zu dieser Prozedur bereit sind. Es wird Zeit, dass diese Leute von der Straße kommen …«

Die andere Frau war deutlich zurückhaltender und älter: Etliche graue Strähnen durchzogen ihr einst schwarzes Haar. Als sie Nilgüls fragenden Blick bemerkte, trat sie näher: »Ich bin Psychologin.«

»Ich will keine …«

»Ich weiß. Sie müssen auch gar nicht mit mir reden. Ich stehe nur für den Fall bereit, dass es Komplikationen gibt. Am besten vergessen Sie, dass ich hier bin«, sagte sie und setzte sich ganz nach hinten in eine Ecke.

Nilgül wendete ihren Rollstuhl so, dass sie der Psychologin den Rücken zukehrte.

»Frau Ösran«, sagte Langer. »Wir haben folgendes Verfahren geplant. Um die Sache nicht komplizierter zu machen, sollen hier im Raum nicht mehr Personen sein, als Sie jetzt sehen …«

Also keine Männer, dachte Karin und war erleichtert.

»Dafür sollten Sie uns gestatten, alles, was Sie gleich sagen werden, auf Band aufzunehmen. Wir werden das Band abtippen lassen und Ihnen zur Unterschrift vorlegen. Danach bekommen der Oberstaatsanwalt und der Haftrichter das gesamte Material. In Ordnung?«

Nilgül blickte ihre rothaarige Freundin an. Karin nickte. So viel Fingerspitzengefühl hätte sie einer deutschen Polizeibehörde nicht zugetraut.

»Fein«, sagte Langer. »Wenn Sie etwas trinken möchten – wir haben Kaffee, Tee und Mineralwasser da.«

Nilgül bat um ein Glas Wasser und Langer schenkte ihr eigenhändig ein.

»Können Sie im Notfall aufstehen, um besser sehen zu können?«

»Vielleicht. Mit Karins Hilfe. Die haben mir doch die Beine eingewickelt wie bei einer Mumie.«

»Wir machen das schon. Wenn ich Ihnen helfen soll, sagen Sie es …«

Nilgül nickte.

»Gut. Können wir die Männer in den Saal führen? Es sind ein paar Angehörige des Volkssturms darunter, aber auch einige Polizisten. Sie müssen unter Angabe der Nummern, die diese Männer tragen ...«

Nilgül nickte wieder: »Frau Klemm hat mir alles erklärt.«

Als sich im Saal die Tür öffnete, packte Nilgül Karins Arm so fest, dass die Rote durch den Mantel hindurch die Fingernägel der Türkin spürte.

Jetzt hatten sich die neun Männer zu einer langen Reihe aufgebaut: Vier von ihnen waren deutlich älter als zwanzig, der Rest sah noch sehr jung aus. Als Nilgül Blick das Ende der Reihe erreichte, schrie sie auf.

»Was ist?«

»Der Letzte. Dennis Czerny. Gehört der auch zu den Neonazis?«

»Sie meinen den blonden jungen Mann mit der Nummer neun?«

»Ja. Den kenne ich. Der ist mit mir zusammen auf einer Schule. Sitzt mit mir im Deutschkurs. Der gehört zu Brennwald?«

Langer nickte: »Ja. War der bei dem Überfall dabei?«

»Nein«, sagte Nilgül. »Den hätte ich doch sofort erkannt ...«

Sie brauchte eine Weile, bis sie ihre Augen von ihrem Mitschüler lösen konnte, und bat um ein weiteres Glas Wasser. Ihre Hände zitterten so heftig, dass ein paar Schluck von der Flüssigkeit auf den Boden schwappten.

»Geht es?«, fragte Langer.

»Ja.« Nilgül schüttelte Karins Arm ab und rollte sich einen Schritt enger an die Scheibe.

»Nummer zwei. Der große Kerl mit dem Igelschnitt und den abstehenden Ohren. Der hat die Gruppe angeführt und die Kommandos gegeben.«

Frag jetzt bloß nicht, welche Befehle das waren, flehte Karin und atmete auf, weil Langer tatsächlich nicht nachhakte.

»Sicher?«

»Ganz sicher.«

»Gut. Erkennen Sie noch jemanden?«

Nilgül guckte noch einmal die Reihe entlang und schüttelte den Kopf: »Nein, sonst niemanden.«

Anschließend wurden Nilgül und Karin in einen hell eingerichteten Büroraum gebracht. Auf einem der Schreibtische stand ein großer Flachbildschirm, doch Langer wies auf einen anderen Tisch: Dort standen zwei Thermoskannen, Wasser, Tassen und ein Tablett mit Kuchen und Gebäck. Sie zog einen Stuhl weg, um Platz für Nilgüls Gefährt zu machen, und schob das Essen und die Getränke näher heran: »Greifen Sie zu!«

Nilgül wehrte ab: »Ich kann jetzt nichts essen.«

Man ließ sie in Ruhe eine Tasse von dem heißen Tee schlürfen, während Karin den Kaffee vorzog und der Versuchung nicht widerstehen konnte, die von einem Stück Bienenstich ausging. Kauend sah sie sich nach der Psycho-Frau um, aber von der Schwarz-Grauen war nichts mehr zu sehen.

»Frau Ösran, ich muss Ihnen noch ein paar Bilder zeigen«, sagte Langer dann.

Nilgül neigte leicht den Kopf.

»Sie müssen mir nur sagen, ob Sie die Leute erkennen – ob sie am 30. Dezember dabei waren.«

»Verstehe. Machen Sie!«

Nilgül wurde zu dem PC gerollt und Langer aktivierte den Monitor: »Schauen Sie mal …«

Das erste Bild zeigte einen jungen Mann um die zwanzig, aber Nilgül schüttelte den Kopf. Umso heftiger schrie sie auf, als gleich darauf ein Mann mit dickem Glatzkopf zu sehen war: »Der da! Der hat die Tür aufgetreten und mich festgehalten. Dieser Ohrring …«

»In Ordnung. Weiter.«

Außer Klopper Koslowski konnte Nilgül auch den Propagandaredner Horvath identifizieren, äußerte aber bei Bomber Heckmann und Kevin Kleinert Zweifel: »Zu neunzig Prozent ja. Aber ich bin mir nicht sicher.«

Auf den restlichen dreißig oder vierzig Fotos gab es niemanden, in dem Nilgül einen Mittäter erkannte. Doch von Bild zu Bild atmete sie schneller und flacher, sodass die

Hauptkommissarin schließlich abbrach: »Ist gut, Frau Ösran. Sie haben es jetzt überstanden.«

Nilgüls Schultern zuckten und man ließ sie weinen, ohne sie zu bedrängen. Erst als sie die Hauptkommissarin wieder ansah, sprach Langer weiter: »Haben Sie noch etwas anzumerken? Fällt Ihnen noch etwas ein, was ich nicht gefragt habe.«

Nilgül dachte nach.

»Einer fehlt. Der, der es getan hat. Ein sportlicher Typ, kurze, schwarze Haare, um die fünfundzwanzig Jahre alt. Schien etwas kleiner zu sein als Brennwald und der Kerl mit dem Ohrring ...«

»Können Sie ...«, begann Langer, verstummte aber nach einem erneuten Blick auf Nilgül. »Frau Ösran, Sie haben uns sehr geholfen. Mit Ihrer Aussage bringen wir Brennwald in Untersuchungshaft – und dann kommt er so schnell nicht wieder raus.«

Die Türkin nickte.

»Und wenn Sie sich in ein paar Tagen besser fühlen, würde ich gerne ein Phantombild von diesem letzten Mann anfertigen lassen.«

Sie kramte eine Visitenkarte heraus, stellte aber den Monitor aus und drückte noch einen weiteren Schalter, bevor sie weiter sprach: »Rufen Sie an, wenn Sie sich fit genug fühlen. Aber sagen Sie am Telefon nur Frau Klemm und mir, was Sie wollen. Niemandem sonst. Auch keiner anderen Frau – und wenn sie noch so freundlich ist. In Ordnung?«

Was war das denn, fragte sich Karin, als sie den letzten Satz in Gedanken noch einmal durchging. Das war doch das Eingeständnis, dass es hier Leute gab, denen man nicht trauen durfte.

Langer schien zu merken, was in der Roten vorging: »Frau Jacobmayer, der letzte Satz war nur für Frau Ösran bestimmt. Wenn der jemals an die Öffentlichkeit kommt, schaden Sie damit denen, denen Sie nicht schaden wollen. Kann ich mich auf Sie verlassen?«

»Ja.«

Als Karin aufstand, um Nilgül hinauszuschieben, kam sie

darauf, warum sie die Psychologin nicht mehr gesehen hatte. Von dem Schalter, den Langer zuletzt betätigt hatte, führte ein Kabel zur Zimmerdecke hinauf. Ein Stück seitwärts von dem Bildschirmarbeitsplatz hing eine winzige Kamera.

Zwei Stunden später traf die Rote wieder im PEGASUS-Hauptquartier ein und berichtete. Die wichtigste Information bekam Kalle: »Nilgül hat der Langer ihren Vergewaltiger beschrieben. Der sieht genauso aus wie der Typ, hinter dem du her bist.«

84

Am Donnerstagmorgen konnten die Beamten der Sonderkommission ihre ersten Erfolge verbuchen. Die Psychologin hatte das Auftreten und die Aussage der jungen Türkin als glaubwürdig eingestuft, worauf der Leitende Oberstaatsanwalt endlich aktiv geworden war. Schon am Abend war aus Dortmund der Haftbefehl für Brennwald gekommen, und während der Morgenbesprechung erreichte die Sonderkommission ein Fax mit der Nachricht, dass die Bewährung aus Detmold zurückgezogen war. So schnell war die deutsche Justiz nur selten.

»Also, der Überfall und die Brandstiftung scheinen damit weitgehend geklärt zu sein. Wir müssen aber noch im Einzelnen nachweisen, wer das Benzin besorgt, wer es ausgekippt und wer es angezündet hat. Und, natürlich, wer dieser sportliche Typ mit den kurzen schwarzen Haaren ist, der Ösran vergewaltigt hat. Frau Hell – warum finden wir diesen Mann nicht in der Fotosammlung des Polizeibüros II?«

Hell seufzte, als wäre sie selbst es, die diesen Umstand am allermeisten bedauerte: »Schwierige Frage. Ich habe noch nie von so einem Mann gehört. Ist vielleicht so neu im Geschäft, dass unsere Leute ihn noch nicht fotografieren konnten. Oder er kommt aus einer anderen Stadt und ist unter seiner alten Adresse registriert.«

»Können Sie sich darum kümmern?«

Sie nickte und zückte ihren Kugelschreiber. Beinahe melancholisch sagte sie: »Aber das wird ein hartes Stück Arbeit – die Beschreibung ist viel zu vage. Wollen Sie Frau Ösran zumuten, Tausende von Fotos zu sichten? In ihrem Zustand?«

»Frau Hell, Sie wissen doch selbst: In unserem Beruf braucht man nicht nur Hartnäckigkeit, sondern auch Geduld«, sagte Langer und hakte einen Punkt auf ihrem Stichwortzettel ab. »So schön es ist, dass wir Brennwald festgenagelt haben – die vier Morde haben wir noch immer nicht geklärt. Eigentlich könnte ich meine Zeitung abbestellen, denn der Leitende liest mir die Schlagzeilen jeden Tag am Telefon vor.«

Leises Geflüster, einige Ansätze zu einem Lacher, aber dann hörten alle wieder zu.

»Allerdings hat der Täter bei dem S-Bahn-Mord ein paar Spuren mehr als sonst hinterlassen. Noch nichts Weltbewegendes – aber es sind ein paar Steine in einem großen Mosaik.«

Ihr Stellvertreter schaltete den Beamer ein und auf der Leinwand erschien der Gipsabdruck eines Fußes: »Ein Adidas-Turnschuh, Größe dreiundvierzig. Leider etwa dreißigtausend Mal in Deutschland verkauft. Und jetzt sehen Sie etwas noch Gewöhnlicheres: einen Hering zum Festmachen von Halteschlaufen an Zelten. Der hier stammt von einem der Großzelte, die man auf Schützenfesten einsetzt …«

»Meine Güte«, stöhnte jemand. »Sollen wir alle Zeltverleiher im Ruhrgebiet abklappern?«

»Im Notfall: Ja«, beschied ihn die Chefin. »Außerdem haben wir jetzt die Fahndungsseiten im Internet. Die Klicks gehen pro Monat in die Tausende.«

»Stimmt«, sagte ein anderer Kollege. »Aber die Hälfte stammt von unseren Dauerkunden, die nachsehen wollen, ob sie selbst schon wieder auf der Liste stehen.«

»Auch das«, sagte Langer geduldig. »Aber dennoch: Das Internet erhöht unsere Chancen. Und ich hätte auch keine Hemmungen, damit bei *Aktenzeichen XY … ungelöst* aufzutreten. So wenig manche Leute als Zeugen taugen – andere merken sich dafür die unmöglichsten Dinge.«

Langer legte den Notizzettel zur Seite und griff zum nächsten Blatt: die Blutspuren auf der Böschung. Von dem Opfer stammten sie nicht, also höchstwahrscheinlich vom Täter. Die Hauptkommissarin holte schon Luft, um diesen Erfolg zu melden – und legte das Papier zu den anderen. Warum sie das tat, hätte sie in diesem Augenblick selbst nicht genau erklären können.

Sie besann sich und schaute hoch: »Kommen wir zu den offenen Fragen. Wir haben sieben verdächtige Linke und Anarchisten vernommen, die halbe Verwandtschaft Nilgüls, alle früheren Freundinnen der Ermordeten samt deren heutigen oder vorherigen Ehe- und Lebenspartnern, dazu den Loddel und die Prostituierte aus Witten, Arbeitskollegen, Nachbarn – insgesamt zweihundertsiebenunddreißig Personen. Das Resultat kennen Sie: null.«

Sie ließ den Leuten ein paar Sekunden Zeit, um das Gehörte zu verdauen – und für den nächsten Gedanken offen zu sein.

»Ich möchte Sie deshalb bitten, diese potenziellen Tätergruppen für die nächsten Minuten zu vergessen. Denn die Mordopfer haben nicht nur gemeinsam, dass sie zu Brennwalds Volkssturm gehörten. Sie waren ohne Ausnahme an dem Überfall auf Ösran beteiligt. Warum sollte der Mörder nicht auch aus diesem Personenkreis stammen?«

Das folgende Stimmengewirr ließ Langer erst einmal laufen: Sie hatte den Leuten genügend Stoff geliefert, um Theorien und Hypothesen zu provozieren. Vielleicht war die Lösung ja darunter.

Schließlich meldete sich Hardenberg: »Mir ist schleierhaft, welche Motive ein solcher Täter haben könnte.«

»Machtkampf«, sagte jemand.

»Rache!«, ein Zweiter.

Und ein Dritter hielt den Vergewaltiger für den Täter: »Mord zur Verdeckung einer Straftat.«

Mit der letzten Erklärung war Klemm nicht einverstanden: »Die Leute gehen gemeinsam los, um Türken zu klatschen, sie bedrohen Leute, sägen Bremsleitungen an, schicken gesunden Leuten Särge ins Haus, basteln Bomben – alles kein

Problem. Und dann sollen ausgerechnet die Vergewaltigung einer Türkin und eine Brandstiftung mit glimpflichem Ausgang durch vier Morde vertuscht werden?«

»Zwischen Drohanrufen und Vergewaltigung bestehen Unterschiede«, wandte Langer ein.

»Ja«, sagte Klemm. »Für uns. Aber auch für Leute wie Brennwald?«

Ein erneutes Stimmengewirr setzte ein, aber diesmal brach Langer die Debatten ab. »Wir sollten heute zwei Dinge erledigen: Erstens holen wir uns Brennwald und schließen ihn weg ...«

Die meisten Mitglieder der Soko klopften mit ihren Fingerknöcheln auf den Tisch.

»Und zweitens holen wir uns Dennis Czerny. Er kennt Ösran, war aber nicht an der Vergewaltigung beteiligt. Vielleicht brauchen wir ihm gar keine Angst mehr einzujagen, sondern können an sein Gewissen appellieren: einer Mitschülerin zu helfen.«

»So ein Jüngelchen«, seufzte Hell.

Langer gönnte ihr nicht einmal ein Kopfschütteln, sondern setzte zwei Greiftrupps in Marsch.

85

Die morgendliche Krankenhausroutine rollte über Nilgül Ösran hinweg. Fiebermessen und Blutabnahme, Waschen, Bettenmachen und selbst das Frühstück ließ sie im Halbschlaf über sich ergehen. Als sie gegen elf erneut erwachte, stellte sie fest, dass ein Großteil der Geräte verschwunden war, die in den vergangenen zwanzig Tagen ihre wichtigsten Körperfunktionen überwacht hatten.

Die größte Veränderung trat ein, als eine Krankenschwester um Viertel nach elf das Mittagessen brachte: Sie packte das Tablett nicht auf das aufklappbare Brett des Nachttisches, sondern stellte es auf den Tisch, der am Fenster stand. Dann half sie der Patientin auf und wachte darüber, dass diese auf dem Weg zu ihrem Teller nicht ausglitt.

»Die Frikadelle ist vegetarisch«, erläuterte sie. »Wir wussten nicht, ob ...«

Nilgül lächelte: »Ist schon in Ordnung. Aber ich hätte auch Schwein gegessen. Solange meine Mutter nicht daneben steht ...«

Mit Appetit machte sie sich über die Soja-Frikadelle und das Broccoli-Gemüse her, und als das Geschirr abgeräumt wurde, erntete sie ein großes Lob: Zum ersten Mal seit ihrer Einlieferung hatte sie eine ganze Mahlzeit verzehrt. Erschöpft sank sie in die Kissen zurück.

Als sie das nächste Mal die Augen aufschlug, war ihr nicht sogleich bewusst, ob sie sich noch im Traum oder in der Wirklichkeit befand: Neben dem Bett saß ihre Mutter.

»Guten Tag, mein Kind. Wie geht es dir?«

»Mama! Schön, dass du gekommen bist«, sagte sie spontan und sah zu, wie die Besucherin auspackte, was sie mitgebracht hatte: frische Wäsche und saubere Straßenkleidung, ein paar Süßigkeiten, zwei Briefe.

Nilgül warf einen Blick auf die Absender und ließ die Post liegen, beantwortete aber endlich die Frage: »Danke. Gut. Ich kann bestimmt bald hier raus. Aber wie geht es Papa? Und Tuba?«

»Den beiden geht es gut. Tuba hat in der letzten Mathematikarbeit eine Zwei geschrieben und bekommt jetzt doch keine Fünf im Zeugnis.«

Typisch Mama, dachte Nilgül. Wenn in der Schule die Noten stimmten, dann musste es den Kindern einfach gut gehen ...

»Wie wär's?«, fragte die Mutter. »Gehen wir in die Cafeteria? Kaffee und Kuchen?«

»Wir müssen fragen«, sagte die junge Frau und drückte auf den Klingelknopf. Eine Minute später war der Stationsdrache persönlich da, schien einen Augenblick mit sich zu kämpfen und nickte dann: »Aber höchstens eine halbe Stunde ...«

Geduldig half die Mutter der Tochter beim Anziehen und blickte anschließend auf den Rollstuhl: »Brauchst du den – oder kannst du gehen?«

»Wenn du mir hilfst«, sagte Nilgül, »kann ich es versuchen ...«

Der kurze Weg zum Aufzug brauchte seine Zeit, und bei der zweiten Pause, die Nilgül einlegen musste, begann sie schon, ihren Mut zu bereuen. Aber als sie dann vor den breiten Schiebetüren standen und Nilgül eigenhändig den Rufknopf drücken konnte, empfand sie doch so etwas wie Freude.

»Aber im Aufzug musst du mich festhalten. Sonst sitze ich auf dem Boden, wenn er bremst.«

Doch auch das klappte ohne Komplikationen, und als die beiden Frauen sich an einem freien Platz im Krankenhauscafé niederließen, war Nilgül richtig froh. Sie war wieder unter Menschen.

»Kaffee?«

Die Tochter nickte.

»Kuchen?«

Nilgül überlegte. Von den in Deutschland üblichen Sorten war ihr ein gebackener Käsekuchen am liebsten. Weil er nicht so überzuckert war wie manches türkische Gebäck.

Als die Mutter mit dem Tablett zurückkehrte, waren die ersten zehn Minuten ihres Ausgangs vorüber. Dennoch schlürfte Nilgül genüsslich ihren Kaffee und verdrückte den Kuchen, als hätte sie jahrelang keinen mehr bekommen.

»Sag mal«, fragte sie. »Warum trägst du eigentlich wieder das Kopftuch?«

Die Mutter antwortete nicht sogleich. Schließlich begann sie vorsichtig: »Du weißt gar nicht, was in der Verwandtschaft und bei den Nachbarn los ist. Vater bekommt von allen Seiten zu hören, dass unsere Familie die Ehre verloren hat. Ich will ihnen zumindest diesen Grund nehmen, sich über uns das Maul zu zerreißen.«

»Und – fühlst du dich wohler damit?«

Die Mutter seufzte: »Es ist leichter, mit anderen türkischen Frauen zu reden, die den rechten Glauben und die alten Sitten bewahren.«

Nilgül starrte ihre Mutter an: »Mama, ich verstehe dich nicht. Du hast mal gearbeitet. Hast dir deinen Mann selbst ausgesucht. Hast mir sogar mal gesagt, dass der Hodscha der Anwalt jener Männer ist, die ihre Frau wie eine Kuh behandeln und sie besamen, wann es ihnen …«

Erschrocken blickte sich die Mutter um, aber es schien niemand in der Nähe zu sein, der die Tochter hätte hören und verstehen können. Dann beugte sie sich vor, um leiser reden zu können: »Ich habe viel Falsches gesagt. Wohin der Weg führt, den ich dir gezeigt habe, hast du selbst erlebt. Als türkische Frau bist du in diesem Lande verloren, wenn du dich nicht an deinesgleichen hältst. Ich bin mit schuldig an dem, was diese Leute mit dir gemacht haben.«

Nilgül konnte es nicht fassen. Bis vor ein paar Wochen hätte ihre Mutter ganz anders geredet. Aber sie hatte keine Lust, sich zu streiten. Nicht jetzt. Sondern fragte: »Hat Papa das neue Auto gekauft, das er sich ausgesucht hatte?«

»Nein, noch nicht.« Die Mutter schien über den Themenwechsel erleichtert zu sein. »In der Firma reden sie darüber, dass sie ein paar Leute entlassen müssen. Dein Vater will abwarten, wie das ausgeht, bevor er so viel Geld ausgibt.«

Sie trank ihren Kaffee aus und stellte das schmutzige Geschirr auf dem Tablett zusammen.

»Wie wär's – wir haben noch zehn Minuten. Drei Schritte vor die Tür? Um dich daran zu gewöhnen? Es ist überhaupt nicht kalt heute.«

Nilgül nickte. Jetzt noch auf eigenen Füßen nach draußen zu gehen – das würde ihr gut tun. Sie erhob sich, ließ sich in die Jacke helfen und wandte sich zum Ausgang. Blieb draußen einen Moment stehen, um die klare Winterluft zu genießen, und lief ein paar Schritte weiter. Sie fühlte sich tatsächlich immer besser.

Kurz bevor sie die Zufahrt zur Notaufnahme erreichten, wurde sie gerufen: »Hallo, Nilgül!«

Karin kam auf sie zu. Und zugleich sah Nilgül den schweren Benz, der auf die Rote zuraste.

»Vorsicht!«, rief sie. »Das Auto!«

Mit einem Satz hatte Karin die Fahrbahn verlassen. Das Auto stoppte – und fuhr wieder an, als sich die beiden jungen Frauen umarmten.

»Mama, das ist meine Freundin Karin!«

»Schön«, sagte die Mutter. »Dann lass ich euch lieber allein. Deine Freundin kann dir ja zurück helfen. Wir sehen uns morgen wieder.«

Nilgül und Karin drehten ab und gingen auf die Drehtür des Haupteingangs zu. Als die junge Türkin sich noch einmal umwandte, war die Mutter schon verschwunden. Und der schnelle Wagen auch.

86

Für Dennis Czerny endete der Unterricht an diesem Donnerstag erst nach der zehnten Stunde. Völlig geschlaucht kam er gegen halb fünf aus der Turnhalle, in der er ein kräftezehrendes Volleyballtraining absolviert hatte, und genoss die frische Luft des Nachmittags. Während seine Kurskollegen zur Bushaltestelle oder zum Parkplatz strebten, steckte Czerny sich in aller Ruhe eine Zigarette an und schlenderte durch einen verwilderten Garten vom Sportzentrum Westenfeld zu seiner Schule. Dort überquerte er den weiten gepflasterten Platz, der das Gymnasium von der Gesamtschule trennte, und lief den schmalen Weg zum Sachsenring hoch – einer jener Siedlungen aus den Siebzigern, die mit wachsender Arbeitslosigkeit schnell zum sozialen Brennpunkt mutiert waren.

Rein äußerlich unterschieden sich die zumeist vierstöckigen Häuser nur in Nuancen; aber auf der einen Seite der Straße zahlte man stolz die Bankschulden ab, während auf der anderen immer mehr Leute bei der Stadt Wohngeld oder sogar die volle Übernahme der Mietkosten beantragen mussten. Familie Czerny gehörte zu den Leuten auf der anderen Seite.

Am Ende des Verbindungsweges standen ein älterer Mann in Lederjacke und Kordhose und eine jüngere Frau in einem gesteppten Winteranorak und schienen den neuesten Hausklatsch auszutauschen. Doch bevor Czerny sie erreicht hatte, ahnte er, dass es Polizisten waren.

Der erste Reflex riet dem Schüler umzukehren, doch dann entschied er sich für das Weitergehen. Was immer die Bullen wollten – sie konnten ihm nichts Strafbares vorwerfen.

»Herr Czerny?«, fragte der Bulle.

Dennis blieb stehen.

»Lohkamp, Hauptkommissar. Das ist meine Kollegin Klemm.« Der Mann mit den dünnen rötlich-grauen Haaren steckte den Ausweis wieder ein und blickte sich um, bevor er weitersprach: »Herr Czerny, wir müssen Ihnen ein paar Fragen stellen.«

»Um was geht es?«

»Wir brauchen Sie als Zeugen.«

»So? In welcher Sache denn?«

Der Polizist sah auf die Uhr: »Seit drei Stunden sitzt Brennwald in Untersuchungshaft. Und geht danach in jedem Fall in den Knast: Seine Bewährung wurde aufgehoben.«

Czerny schwankte einen Augenblick, als wäre die Luft plötzlich zu dünn zum Atmen geworden. Rudolf saß? Was würde aus ihm? Und aus der Truppe?

»Es gibt jetzt zwei Möglichkeiten«, sagte die Frau und lächelte leicht. »Sie können freiwillig mit uns mitkommen. Dann setzen wir Sie nach dem Gespräch wieder vor Ihrer Haustür ab.«

Der Achtzehnjährige sah nicht gerade euphorisch aus.

»Oder wir übergeben Ihnen eine Ladung zum Gespräch für morgen früh. Dann müssen Sie sich in der Schule offiziell um einen freien Tag bemühen und haben zudem noch die Fahrtkosten am Hals.«

Czerny überlegte einen Moment und entschied sich. Er wollte es hinter sich bringen.

Eine Viertelstunde später hielt der unauffällige Wagen, mit dem die Polizisten gekommen waren, vor der Wache in der Friedrich-Ebert-Straße. Zum *Berghof* war es von hier aus nur noch ein Sprung – Dennis würde nach der Vernehmung dort vorbeigehen können.

»Bitte!«

An der Sicherheitsschleuse nickte Lohkamp dem Wachhabenden kurz zu und führte Czerny in sein Dienstzimmer, das im ersten Stock lag. Er bot ihm einen Platz vor dem Schreibtisch an, sodass Klemm und er dem Jungen gegenübersitzen konnten. Lohkamp legte seine Lederjacke ab und griff zur Kaffeekanne: »Sie auch einen?«

Czerny nickte. Es war das erste Mal, dass ihm ein Polizist etwas anbot, und er beschloss, besonders vorsichtig zu sein. Noch während der Bulle ihm den Rücken zudrehte und an der Kaffeemaschine hantierte, kam die erste Frage: »Wo waren Sie, als Nilgül Ösran vergewaltigt wurde?«

Der Schüler schluckte und überlegte: »Wann genau war das noch mal?«

»Am Tag vor Silvester.«

Dennis sah so aus, als müsse er nachdenken. »In Kleve«, sagte er schließlich. »Ich habe da eine Tante. Und mit meinem Cousin …«

»Name, Adresse, Telefon!«

Die Polizistin schrieb seine Angaben mit und Lohkamp schoss die nächste Frage ab: »Haben Sie in Kleve irgendwelche Orte aufgesucht, an denen man Sie zusammen gesehen hat? Kneipen, Disko, irgendwelche Feten bei Freunden Ihres Cousins?«

Diesmal brauchte Czerny länger für die Antwort: »Doch, ja. Da war 'ne Fete. Bei Freunden meines Cousins. Weiß aber nicht mehr, wie die Leute hießen.«

»Denken Sie nach!«

»Irgendeine Friederike. May. Oder so.«

Der Polizist sah seine Kollegin an: »Ruf mal an. Appelkorn. Oder diesen Toppmöller …«

Dennis griff zu seinen Zigaretten. Bemerkte beim Anrauchen, dass seine Finger schon mal ruhiger gewesen waren. Blickte schnell zu dem Polizisten hinüber, der gerade drei Porzellanbecher, Kaffee-Creamer und Süßstoff auf den Tisch stellte. Überlegte, wie lange die Bullen in Kleve wohl brauchten, um alles zu überprüfen …

Lohkamp setzte sich und schaute dem Volkssturm-Mann in die Augen: »Ich schlage vor, dass wir uns wie vernünftige

Menschen unterhalten und darauf verzichten, uns gegenseitig zu verarschen. Darum sage ich Ihnen, wie die Dinge stehen.«

Er goss Kaffee ein, bevor er den Kern seiner Botschaft übermittelte.

»Erstens glaube ich Ihnen kein Wort. Ich halte jede Wette, dass meine Kollegen in Kleve mir binnen einer Stunde Recht geben.«

Czerny zwang sich, nicht auf dem Stuhl herumzurutschen.

»Zweitens: Wir haben die Vergewaltigung von Nilgül Ösran und die Brandstiftung so gut wie aufgeklärt. Wir wissen, dass Sie nicht dabei waren, sind aber sicher, dass Sie eingeweiht sind.«

Alles Bluff, dachte der Schüler. Doch wenn die Bullen Tante Margret in die Mangel nehmen ...

»Also: Die vier Toten waren in dem Ladenlokal, dann Brennwald – und der sechste Mann, der Ihre Mitschülerin vergewaltigt hat. Wie heißt der?«

Puma, dachte Czerny. Ausgerechnet Puma?

»Etwa eins achtzig, sportlich-kräftige Gestalt, kurze schwarze Haare, steht im *Berghof* immer an der Dartscheibe, bewegt sich wie eine Raubkatze – was uns fehlt, ist der Name.«

Czerny schwieg. Verrat gehörte zu dem Schlimmsten, was man im Volkssturm anrichten konnte. Kam gleich nach Feigheit. Einer der beiden Makel reichte aus, um für die Kameraden so gut wie tot zu sein.

»Hören Sie, Dennis«, sagte Klemm. »Nächste oder übernächste Woche kommt Nilgül wieder in die Schule. Sitzt fünf Deutschstunden pro Woche mit Ihnen in einem Raum. Wie wollen Sie jemals wieder mit der Frau ein Wort wechseln? Ihr in die Augen sehen, ohne ein schlechtes Gewissen zu haben?«

Gemütlich findet er das nicht, dachte Lohkamp und sah zu, wie Czerny jetzt doch auf seinem Stuhl herumrutschte. Er öffnete sogar er ein wenig die Lippen, als ob er alles endlich hinauslassen wollte, brachte aber kein Wort heraus.

»Erzählen Sie uns nicht, dass Sie nichts wissen. Sie haben

eine Vertrauensstellung bei Brennwald. Immerhin dürfen Sie seinen Offroader fahren. Als Einziger. Unsere Techniker nehmen den Wagen gerade auseinander. Etwas haben sie schon herausgekriegt: Außer Brennwalds Fingerabdrücken gibt es am Lenkrad nur noch welche von einer anderen Person. Was meinen Sie, was die Kollegen feststellen werden, wenn wir Ihnen nachher Ihre Kaffeetasse vorbeibringen?«

Erschrocken blickte Czerny auf den Becher und riss seine Augen gleich danach wieder hoch. Lohkamp grinste.

»Schöne Karre übrigens, dieser Benz. Gar nicht billig. Nicht auszudenken, wenn ...«

In diesem Augenblick schoss dem Hauptkommissar ein Gedanke durch den Kopf. Er konnte völlig falsch liegen, aber er musste es versuchen.

»Was hat Brennwald eigentlich zu Ihrem kleinen Unfall mit dem grünen Golf gesagt? In der Westenfelder, als der Überfall lief. Da haben Sie doch den kleinen bunten Ka gestreift. Wir haben die Lacksplitter gefunden. Keine Ahnung, wovon ich rede? Ich meine den Golf IV mit dem Dortmunder Kennzeichen. Der Brennwalds Freundin Anita gehörte ...«

Jetzt starrte Czerny ihn mit offenem Mund an und alle Farbe wich aus seinem Gesicht.

»Spuck's aus, Junge! Erzähl, was passiert ist. Und wer es war ...«

Czerny saß wie konsterniert auf seinem Stuhl und vergaß sogar die Zigarette in seiner Hand, bis sie so weit heruntergeglommen war, dass sie ihm zwei Finger versengte. Eilig warf er den Stummel in den Aschenbecher.

»Reden Sie«, empfahl ihm Lohkamp. »Drei Minuten, und Sie haben alles hinter sich.«

»Unsinn«, sagte der Blonde. »Es ist nur – Sie spinnen. Während da drinnen eine Frau vergewaltigt wird, sitzt eine andere draußen im Fluchtwagen? Wer denkt sich denn so etwas aus?«

Klemm und Lohkamp wechselten einen Blick: Dieses Argument hatten sie schon mal. »Ich gehe davon aus, dass ein Mann darin saß.«

»Ich nicht. Ich habe den Wagen nie gefahren.«

Lohkamp glaubte ihm kein Wort und versuchte es erneut: »Bevor wir Sie abgepasst haben, haben wir mit Ihrer Stufenleiterin gesprochen. Mein Eindruck ist, dass Sie eigentlich ein intelligenter Mensch sind. Viel zu klug jedenfalls, um diesen Scheiß zu glauben, den Horvath und Brennwald Ihnen erzählen. Rasse und so. Alles Stuss. Und Sie wissen es. Sind nur bei dem Haufen, weil Brennwald Sie so ein tolles Auto fahren lässt. Kann sich jemand, der auf der falschen Seite im Sachsenring wohnt, selbst nämlich gar nicht leisten ...«

Er merkte sofort: Das war drei oder vier Sätze zu viel gewesen. Das Gesicht des Jungen verhärtete sich. Hielt den Hinweis auf seine Intelligenz offenbar für taktische Schleimscheißerei ...

»Ich sage gar nichts«, platzte es aus Czerny heraus. »Angenommen, es war alles so, wie Sie es sagen und ich könnte Ihnen etwas erzählen. Rein hypothetisch, ja? Wer garantiert mir dann, dass ich nicht der nächste Tote bin? Schnappen Sie erst mal diesen Mörder.«

Verpatzt, dachte Lohkamp, ich habe es vergeigt. Er schaltete noch mal auf eine vernünftige Argumentation zurück: »Wenn Brennwald der Mörder ist, haben Sie nichts zu befürchten. Der sitzt auf Nummer sicher – für sich selbst und für andere. Und das gleich für Jahre. Aber: Wenn es dieser sechste Mann ist, der schon vier Leute umgebracht hat – dann sind Sie jetzt die Nummer eins auf seiner Liste.«

Es arbeitete erneut in dem jungen Mann, aber dann schüttelte er den Kopf: »Einer von uns. So 'n Quatsch!«

Da beugte sich Klemm über den Tisch. So weit, dass er ihr in den Halsausschnitt des Pullovers schielen konnte. Mann, dachte er, was für Dinger!

»Vielleicht«, sagte die Kommissarin, »waren Sie es ja auch selbst! Vielleicht sind Sie ja heimlich in Nilgül verknallt und wollen sie und sich jetzt an allen rächen, die dabei waren!«

Czerny sprang auf und blickte Lohkamp an: »Wo haben Sie die den aufgegabelt? Die Frau hat doch 'ne Meise! Ich ein Mörder? Und das gleich vierfach? Absurd!«

»Beruhigen Sie sich«, sagte Lohkamp, doch die Sache war nun endgültig gelaufen.

Etwas beherrschter sagte Czerny: »Bin ich wirklich verdächtig? Dann will ich einen Anwalt. Und wenn nicht – dann gehe ich jetzt.«

Lohkamp blickte ihn an: »Gehen Sie! Aber wollen Sie nicht erst noch die Tasse abwischen? Immerhin sind Ihre Fingerabdrücke da drauf ...«

Czerny griff nach seiner Sporttasche und ignorierte den Spott.

»Viel Spaß auch, wenn Sie den sechsten Mann treffen. Haben Sie schon mal überlegt, welchen Tod er sich für Sie ausgedacht hat? Der Bomber fliegt in die Luft, Koslowski, der Bremsentöter, stirbt an einem Schraubendreher, Horvath an seiner lügnerischen Zunge, der hysterische Kleinert verliert seinen Kopf – was macht der Mörder mit Ihnen? Steckt er Ihnen ein heißes Auspuffrohr in den Arsch? Oder lässt Sie Benzin saufen?«

»Sie sind ja pervers!«, sagte Czerny. »Mit so einer Fantasie können auch Sie der Täter sein!«

87

»Ach, Kalle«, seufzte Vanessa. Seit zwei Stunden hockte sie neben dem Freund im Auto und fror inzwischen so sehr, dass ihr tatsächlich die Zähne klapperten. Hin und wieder schielte sie nach der Thermosflasche mit dem Tee. Das heiße Getränk hätte ihr gut getan, sie aber auch binnen einer halben Stunde auf die Suche nach einer sauberen und gut beheizten Damentoilette getrieben. »Den nächsten Kerl, der etwas von mir will, frage ich zuerst, ob er ein Auto mit Standheizung hat.«

»Wusste ich es doch«, flüsterte er und rieb mit dem Zeigefinger ein kleines Guckloch in die beschlagene Frontscheibe. »Bei manchen Frauen wächst die Sympathie für einen Mann mit der Dicke seines Portmonees!«

»Ja«, sagte sie. »Ich habe davon gehört. Aber kann man unsere Beziehung noch mit dem Wort Sympathie beschreiben?«

»Nicht?«, fragte Kalle mit geheucheltem Erstaunen.

»Nein, du Blödmann. Meinst du, ich schlage mir bloß aus Sympathie so viele Nächte meines Lebens in einem so unbequemen Auto um die Ohren?«

»Eben«, sagte er. »Du willst einen Mörder schnappen und berühmt werden.«

»Idiot«, flüsterte sie, küsste sein stoppeliges Kinn und blickte wieder in den ungemütlichen Abend. Wenn sie nicht alles täuschte, trieben jetzt sogar ein paar Schneeflocken durch das Dunkel. »Kommen die heute überhaupt nicht mehr?«

Genau das hätte Kalle auch gerne gewusst. Außer ein paar verirrten Trunkenbolden hatte bisher niemand den *Berghof* aufgesucht. Die Glatzen waren verschwunden – und es gab, anders als am Vortag, auch keinen zweiten Wagen in der Straße, der den Nazi-Treff belauerte.

»Vielleicht sind die ja auch ganz woanders«, meinte er schließlich. »Und wir haben es nicht mitgekriegt ...«

Er nahm sein Handy aus der Ablage und suchte im Telefonbuch nach der Nummer des Wattenscheider Anwalts mit den ausgefallenen Honorarforderungen. Dann drückte er die grüne Taste. Nach dem vierten Signalton hatte der Mann sein Telefon gefunden. Die Stimme klang ganz so, als hätte er schon im Bett gelegen.

»Der Volkssturm?«, fragte er zurück. »Kann sein, dass die Schiss gekriegt haben. Immerhin hat die Polizei heute ihren Chef verhaftet. Brennwald sitzt in Untersuchungshaft und kommt so bald nicht mehr raus. Ein Neonazi-Führer aus Hamburg hat deshalb für morgen schon eine Demonstration samt Großkundgebung angekündigt. Gegen den linken Terror und die Unrechtsjustiz oder so. Findet übrigens in Dortmund statt, wo die Schwerpunktstaatsanwaltschaft Rechtsradikalismus amtiert.«

»Und wenn die Wattenscheider Faschos sich nicht im *Berghof* treffen – wo dann?«

»In Bochum gibt es noch zwei Kneipen, in denen sie sich wohl fühlen. Oder sie sitzen alle in Papa B.s Druckerei und malen Losungen für die Demo ...«

»Danke«, sagte Kalle und drückte das Gespräch weg. So eine Schitte auch! Er hatte sich das Druckereigelände mal bei Tag angesehen und keine Stelle gefunden, wo sie unauffällig parken und zugleich gut beobachten konnten. Andererseits interessierte ihn die ganze Sache doch ...

Bevor er sich jedoch zu einem unklugen Entschluss durchringen konnte, wurde ihm die Entscheidung von fremder Seite abgenommen.

»Guck mal unauffällig in deinen Außenspiegel«, flüsterte Vanessa.

Kalle gehorchte. Sah etliche Augenblicke gar nichts. Dann bemerkte er die Schatten, die sich an den Häuserwänden entlang in Richtung *Berghof* bewegten. Und als er wieder nach vorn blickte, ergab sich dort das gleiche Bild. Und jetzt fuhren an beiden Ende der Straße mehrere Wannen auf und versperrten die Zufahrten. Lautlos, ohne Blaulichtgeflacker und heulende Martinshörner.

»Die spinnen doch«, sagte Kalle. »Wollen die Bullen die leere Kneipe stürmen?«

88

Sein Vater wurde zur selben Zeit von einer ganz anderen Sorge geplagt. Er hatte Karin endlich zu einem gemeinsamen Abendessen überreden können und war mit ihr zu Dortmunds bestem Thai gefahren – quer durch den Süden der Stadt und dann noch durch ganz Benninghofen. Wer sich nicht auskannte, musste glauben, dass gleich dahinter die Alpen begannen.

Während sie ihr Süppchen mit Kokosmilch und die Ente mit Curry aßen, vermieden sie alle komplizierten Themen und erlebten das Zusammensein als äußerst angenehm. Der unverfängliche Gesprächsstoff ging ihnen erst aus, als sie auch noch ihr Eis geschafft hatten und zum unvermeidlichen Tässchen Kaffee kamen.

»Wie schläft sich's eigentlich auf Susannes Käutschken?«, fragte er, während er sich seine Verdauungsdröhnung gönnte. Es war die falsche Frage, denn Karins Gesicht verzog sich, als hätte sich einer ihrer Stiftzähne gelöst.

»Also gut«, sagte er ganz ernsthaft. »War nicht gut, der Scherz. Aber sag's mir: Was muss sich bei mir ändern, damit du wieder einziehst?«

Karin tat so, als hätte sie seine Frage nicht gehört, und er tastete, um ihre Aufmerksamkeit zu gewinnen, nach ihrer Hand. Die Rote zog sie so schnell an die Tischkante zurück, dass sie fast die Kaffeetasse auf den Boden gefegt hätte. Mit einer Serviette tupfte sie die Tischdecke ab und erreichte doch nur, dass die braunen Spritzer sich in unförmige Flecken verwandelten.

»Was habe ich dir getan?«

Sie sah an ihm vorbei durch den lang gestreckten Nebenraum des Restaurants, als gäbe es dort ein Weltwunder zu bestaunen.

»Falls mich nicht alles täuscht«, sagte er, »sind wir beiden seit ein paar Jahren verheiratet. Bereust du es?«

Er versuchte, ihren Blick aufzufangen, aber es gelang nicht: Sie schaute glatt durch ihn hindurch.

Also gut, dachte Mager. Er fand jetzt selbst, dass er langsam penetrant wurde. Die Jahre mit Mechthild, deren Fragetechniken jeden Großinquisitor neidisch gemacht hätten, hatten auch bei ihm Spuren hinterlassen.

Er seufzte und winkte dem Chef des Hauses, lobte die Küche und bat um eine fürs Finanzamt taugliche Rechnung. Dann fuhren sie schweigend nach Kley zurück und Mager vermied es tunlichst, beim Schalten in die Nähe ihrer Knie zu kommen.

»Nacht«, sagte Karin im Hausflur, als sie die Tür zu Susannes Wohnung aufschloss. »Und: Danke. War ein netter Abend. Können wir gelegentlich wiederholen.«

89

Kalle Mager fand den Abend absolut nicht mehr nett und schon gar nicht wiederholungswürdig. Mit gespreizten Armen lag er auf der Kühlerhaube seines Golfs und wurde nach allen Regeln der Polizei nach versteckten Waffen abgesucht. Aus den Augenwinkeln bekam er mit, dass man Vanessa auf der Beifahrerseite an die Dachkante genagelt hatte, während mehrere Gestalten in Astronautenausrüstung den Wagen nach brisantem Besitz durchforschten: Handschuhfach, Ablagen und Kofferraum wurden als Erstes inspiziert, dann klinkte man die Vordersitze aus und schmiss sie aufs Pflaster, bevor man den Hohlraum unter der Rückbank abtastete. Anschließend drehte man die herausgerissenen Sitze mit der Unterseite nach oben, um zwischen den Sprungfedern nach Pistolen, Bomben und Haschisch zu suchen. Enttäuscht über den Misserfolg dieser Unternehmung zog einer der Beteiligten ein riesiges Messer mit einer Zackenklinge, die auch zum Öffnen von Panzern getaugt hätte. Er zerfetzte die Polsterung der Vordersitze, riss schließlich alles, was sich lösen ließ, aus der Verankerung und feuerte die nackten Rahmen der Sitze gegen die nächste Hauswand. So hektisch dieses Treiben auch war – nur selten war Kalle so bewusst geworden, warum es noch immer Terroristen gab.

Obwohl er kein Wort sagte, schien man erraten zu haben, welch ketzerische Gedanken durch seine Hirnwindungen fegten. Kräftige Fäuste zogen an seinen Armen und bogen die Handgelenke zusammen, dann schnitten die Riemen einer dieser Kunststoffhandfesseln in seine Haut. Unmittelbar danach hob einer der Männer Kalle hoch, wendete ihn in der Luft wie einen Pfannkuchen und knallte ihn mit dem Rücken auf die Motorhaube. Der Schmerz in Handgelenken, Schultern und am Hinterkopf war so heftig, dass Kalle aufschrie. Für Sekunden hatte er das Gefühl, in ein tiefes Loch zu fallen, dann riss für ein paar weitere Augenblicke der Faden ganz.

Als er wieder sehen, hören und empfinden konnte, hatten die Marsmänner bereits den Reißverschluss seiner Lederjacke aufgerissen, sich in seine Innentaschen gewühlt und fledderten seine Geldbörse mit den wichtigsten Papieren auseinander. Geld und Scheckkarten flogen auf den Boden, und als sie endlich seinen Ausweis fanden, produzierten die

Köpfe der Weltraumritter eine Kette von Geräuschen, die unter den Helmen und dem Plexiglas zur Unverständlichkeit verzerrt wurden. Erst mit deutlicher Verzögerung wurde Kalle klar, dass sie seine Daten direkt per Funk zur Überprüfung weitergaben.

Vorsichtig drehte der Bursche den Kopf, um nach Vanessa zu sehen, aber seine Betreuer sorgten dafür, dass er sofort wieder in den trüben Himmel blicken konnte. Endlich stellen sie ihn hoch und klatschten ihn mit dem Rücken gegen die Fahrertür. So konnte er endlich erkennen, was in den letzten drei Minuten aus dem *Berghof* geworden war: Die Fenster waren vom Luftdruck der Blendgranaten zerfetzt, die Eingangstür nicht mehr da, und was sich dahinter türmte, konnten nur die ehemaligen Möbel der Kneipe sein.

Kalle seufzte und ließ seine Augen ein Stück zur Seite wandern: Eine kräftige Gestalt klebte in Spreizstellung vor der Hauswand, daneben hockten zwei Säufer, den Rücken gegen die Mauer gelehnt, und glotzten voll Unverständnis in die Welt. Dafür der ganze Aufwand? War die Langer durchgedreht?

Er stöhnte auf. Das Geräusch veranlasste einen seiner Bewacher, die Mündung seiner Maschinenpistole gegen den Bauch des jungen Mannes zu drücken. Nie zuvor hatte sich Mager junior so hilflos gefühlt – und tief im Innern so danach gegiert, einen anderen Menschen wie ein schlachtreifes Schwein einfach aufzuschlitzen.

Ein hoch gewachsener Mann in einem dieser dunkelblauen Wintermäntel, die bei Brokern und Anwälten so beliebt waren, kam mit federnden Schritten auf die kleine Gruppe zu: »Und wen haben wir hier?«

Einer der Marsmenschen bequemte sich, sein Visier hochzuklappen. Zum Vorschein kam ein schmales, bartloses Gesicht – der Mann war höchstens so alt wie Kalle: »Dieser Mann hat zusammen mit der Frau im Auto auf der Lauer gelegen und wollte unseren Einsatz knipsen …«

Der Zivilist betrachtete die Szene: den demolierten Wagen, die am Boden liegenden Papiere, Kalles Gesicht. Dann kam er noch einen Schritt näher und richtete seine Augen auf den Hinterkopf des PEGASUS-Mannes: »Warum blutet er?«

»Widerstand gegen die Staatsgewalt. Hat meinen Kollegen getreten und wollte ihn schlagen. Hat uns außerdem ›Bullensaue‹ genannt.«

»Abführen!«

»Moment«, rief Kalle. »Würden Sie die Sonnenblende über dem Fahrersitz herunterklappen?«

Der Mann in Zivil hatte schon halb abgedreht, hielt jetzt aber inne. Dann nickte er einem der Beamten zu. Der Mann schob Kalle an die Seite und griff ins Wageninnere, während der Befehlshaber gespannt auf die Scheibe starrte. Als die Sichtblende umklappte, erschienen vor seinen Augen drei Buchstaben: WDR.

»Sind Sie Journalisten?«

»Ich. Der Presseausweis liegt unter Ihren Füßen. Gleich neben dem zertretenen Fotoapparat. Und ich bitte Sie, die Namen dieser beiden Beamten zu notieren. Sie haben Ihnen die Unwahrheit gesagt.«

Während der Zivile sich höchstselbst bückte, um den Presseausweis aufzuheben, redete der Beamte auf ihn ein: »Es ist alles wahr. Er hat uns angegriffen, Herr Oberstaatsanwalt. Er hat ...«

In diesem Augenblick wusste Kalle, wer der Typ war – und auch dem Mann im gefütterten Trench schien etwas zu dämmern, als er den Namen auf dem Ausweis las: »Mager? Wie heißt Ihr Vater?«

»Klaus-Ulrich, Herr Hempelmann.«

Dem Oberstaatsanwalt war die Situation sichtlich unangenehm. Er wandte sich an die Männer vom Sondereinsatzkommando: »Personalien aufnehmen, Platzverbot, aber laufen lassen!«

»Was ist mit meiner Mitarbeiterin?«, sagte Kalle und deutete zu Vanessa hinüber. Ihre blonde Mähne ruhte noch immer auf dem Wagendach.

»Dasselbe.«

»Und mein Wagen?«

»Beweismittel. Beschlagnahmt.«

»Danke auch. Ich glaube, der WDR macht zu dieser Aktion noch einen schönen Bericht.«

Doch der Mann mit dem schicken Mantel war schon weg. Als Kalle endlich wieder seine Hände bewegen und die Papiere und das Geld aufsammeln konnte, fragte er die Bullen noch einmal nach dem Namen und der Dienstnummer.

»Meier, siebenundvierzig elf«, sagte der eine. Der andere ergänzte: »Schalke null vier.«

Die Scheiße im Revier, dachte Kalle und grinste: »Sie wissen ja, was sich darauf reimt ...«

»Prima«, sagte der Kerl. »Jetzt kriegen wir Sie wegen Beamtenbeleidigung dran.«

90

»Wie bitte?« Ungläubig blickte Kriminalhauptkommissarin Martina Langer auf die Titelseite der Zeitung mit den blutigen Buchstaben. In fetten Lettern verkündete das Blatt: *Ein Boss greift durch*!

Darunter prangte ein großes Foto von Oberstaatsanwalt Hempelmann, der vor den Trümmern des *Berghofs* stand und der lahmen Ortspolizei gezeigt hatte, wie man mit solchen Leuten wie der Brennwald-Truppe Schlitten fahren konnte. Höhepunkt der Mär war die Behauptung, man habe lang fällige Festnahmen getätigt und einige verdächtige Personen namentlich erfassen können. Wer die festgesetzten Leute waren, verschwieg die Zeitung – aber zwei, drei Anrufe nach Dortmund machten den Fehlschlag klar: Um zwei Betrunkene und einen frustrierten Kneipenwirt festzunehmen, hatte das Sondereinsatzkommando Dortmund einen Einsatz gefahren, dessen Kosten weit in den fünfstelligen Bereich gingen.

»Was für ein aufgeblasener Affe!«, bemerkte Langer. »Wollte sich aufspielen und mir zeigen, was eine Harke ist ...«

Lohkamp nickte: »Nur gut, dass er die Karre gegen die Wand gefahren hat. Der wollte dich demontieren – und nun sitzt er selbst in der Scheiße.«

»Mit dem Artikel?«

»Damit nicht«, sagte Lohkamp. »Was die Öffentlichkeit denkt, kann dir egal sein. Aber dass der ganze Einsatz eine Pleite war, spricht sich in der Polizei blitzschnell herum. Und dann ist dieser Hampelmann der Gelackmeierte.«

»Vielleicht. Aber im Moment hilft uns das nicht weiter. Was ist mit diesem Czerny?«

Lohkamp schob ihr den Bericht über das Vernehmung des Schülers zu. Langer überflog das Blatt und seufzte: »So ein Dummkopf. Er hätte uns mit zwei Sätzen die Lösung bieten können. Was schlägst du vor?«

»Wir sollten uns das ganze junge Gemüse aus dem Volkssturm abgreifen. Einer wird schon singen.«

»Und was machen wir mit diesem Czerny?«

»Observierung. Rund um die Uhr. Allein schon zu seinem Schutz.«

»Haben wir so viele Leute?«

»Kaum. Wir müssen die Bochumer bitten, uns ein paar Kollegen aus der Fahndungsabteilung zu leihen«, schlug Lohkamp vor.

»Die werden sich bedanken. Und Flenner gibt den Auftrag dann an den Staatsschutz weiter.«

»Das musst du eben verhindern«, meinte er. Aber das klang nicht besonders optimistisch. Langer war eben auch nur Hauptkommissarin.

91

Nilgüls Mutter hielt Wort: Kurz vor dem Mittagessen tauchte sie erneut bei der Tochter im *Bergmannsheil* auf. Sie trug wieder demonstrativ ein großes, buntes Kopftuch, vermied aber jedes Wort, das Streit auslösen konnte.

»Und wann kommst du raus?«

»Wohl doch erst am Montag. Damit die neue Haut an den Beinen noch etwas geschont wird …«

Das Mittagessen wurde gebracht: Wie immer am Freitag gab es kein Fleisch – auch ein überkonfessionelles Krankenhaus wie das *Bergmannsheil* hielt sich an bestimmte ungeschriebene Gesetze. So löffelte Nilgül beinahe froh das Rührei mit Spinat und Bratkartoffeln. Der Speiseplan ersparte ihr eine Diskussion über die Vorschriften des Glaubens und die Sitten der Alten.

»Lust auf Kaffee?«

»Gern! Und dann lass uns wieder ein paar Schritte gehen – ich muss für die Zeit nach der Entlassung üben.«

Nilgül begann damit, sich anzuziehen. Es fiel ihr verdammt schwer, aber sie lehnte jede Hilfestellung ab. Beinahe ungeduldig sah die Mutter zu, sparte aber hinterher nicht mit Lob über die Fortschritte der Tochter.

Der Weg zum Café fiel Nilgül ein Stück leichter als am Vortag, aber das Gespräch beim Kaffee hatte etwas Gezwungenes: Es gab kaum Themen, die unverfänglich genug waren, um keine Debatten auszulösen. So war die Tochter erleichtert, als die Mutter endlich auf die Uhr schaute: »Gehen wir ein Stück?«

»Gern«, sagte Nilgül.

Vor der gläsernen Drehtür war es deutlich kälter als am Tage zuvor und der Himmel sah sogar nach Schnee aus – aber langsam hatte Nilgül die Mittelmeertemperaturen, die ständig in ihrem Zimmer herrschten, satt.

»Ich staune nur«, sagte die Mutter, als sie ein paar Schritte zurückgelegt hatten. »Es geht dir jetzt von Tag zu Tag besser. Ich frage mich, woher du die Kraft nimmst. Ein Spatz im Winter ist fetter als du.«

Nilgül lächelte. Etwas von ihrer alten Lebendigkeit hatte zu ihr zurückgefunden. Nur – was war mit Vater? Warum kam der nicht mit? So, wie die beiden drauf waren, hätte es eigentlich umgekehrt sein müssen. Ob sie fragen sollte?

»Vorsicht, Kind«, rief die Mutter und riss sie von der Fahrbahn zurück. Ein schwerer Wagen war herangerauscht und stoppte direkt vor ihnen auf dem Fußgängerübergang. Fast so wie gestern, als Karin dabei gewesen war ...

Die Türen wurden aufgestoßen, jetzt tauchten die Gesichter der Insassen auf. Onkel Mehmet? Was wollte der denn hier? Und Papas zweiter Bruder? Der hatte sich doch noch nie um sie gekümmert. Und jetzt stieg auch noch Tante Aishe aus, Mehmets Frau …

Instinktiv wollte Nilgül zurückweichen, doch es ging nicht: Mamas Hände waren immer noch in ihren Arm verkrallt. Und zerrten an ihr. In Richtung Auto.

»Mami, lass mich los!«, rief Nilgül. »Was soll das?«

»Was das soll?«, fragte Mehmet und grinste, als er die junge Frau auf den Rücksitz stieß. Blitzschnell waren die beiden älteren Frauen von beiden Seiten eingestiegen und nahmen die junge in die Mitte.

»Mami, nein, lass mich raus! Ich will nicht!«

Jetzt knallten die vorderen Wagentüren zu und Onkel Mehmet gab Gas. Drehte mit kreischenden Reifen vor der Notaufnahme und lenkte das Fahrzeug zur Straße hoch – angesichts der Enge des Weges und der zahlreichen Passanten viel zu schnell und zu riskant.

»Ich will raus!«, schrie Nilgül. »Halt an!«

Mehmet lachte nur, während er mit der Hupe ein paar Fußgänger an die Seite scheuchte.

Doch der zweite Onkel drehte sich um: »Halt den Mund, du Hure! Wir bringen dich in die Heimat und dort bekommst du einen anständigen Mann!«

92

»Komische Geschichte«, sagte Karin Jacobmayer. Während Susanne und Mager im Schneideraum hockten, widmete sich die Rote den vernachlässigten Blumen auf der Fensterbank und schnitt die wilden Triebe von den Grünlilien ab. »Kannst du mal kommen, Kalle?«

Durch die geöffneten Türen hörte sie, dass der Junior nebenan einen Stuhl verrückte, dann brachte er mit seinen Boots die Dielenbretter zum Beben. »Was ist komisch? Dass die Blumen Triebe produzieren?«

»Quatsch«, sagte sie und zupfte die vergilbte Scheibengardine zurecht. »So. Und jetzt guck mal vorsichtig raus. Aber berühre die Gardine nicht!«

»Hä?«, machte Kalle, stellte sich aber ans Fenster und spähte hinaus. »Sehe nix Neues. Nur diese wunderschöne Straße …«

»Der blaue Pkw vor Oma Schneiders Tür!«

»Der Franzose? Was ist …«

Er brach ab und stürzte in den Nachbarraum. Ein paar Schubladen wurde aufgezogen und zurückgestoßen, dann kehrte Kalle mit einem hellbraunen Lederetui zurück. Mühsam zerrte er ein Fernglas hervor und hielt es vor die Augen, drehte ein wenig an der Schärfeneinstellung herum und schaute. Zwei junge Kerle. Der eine mit winzigen Stoppeln, der zweite mit einer Mütze – und darunter nackend.

»Ach du Scheiße. Glatzen. Was machen die denn hier?«

»Weiß nicht. Aber ich habe den Wagen in den letzten Tagen schon öfter gesehen. Und wenn der nicht da war, stand ein anderer da. Und immer ein paar Leute drin …«

»Susanne? Vatter? Kommt ihr mal? Ist dringend.«

»Mann, wir sind beschäftigt!«, rief Mager zurück. »Wir schneiden das Hintergrundmaterial für diese Nazi-Demo heute Nachmittag …«

»Die Faschos stehen schon vor der Tür!«

Diese Nachricht wirkte. Die fünf Rollen unter Magers Bürosessel bewegten sich so heftig, dass es wie ein Donnergrollen klang, dann kamen sein Erzeuger und die Chefin hereingetrabt: »Welche Nazis stehen vor der Tür?«

Kalle erklärte es und Vater Mager spähte hinaus. »Verdammte Hacke, ja. Wer hat uns diese Armleuchter auf den Hals geschickt?«

»Du hast schon mal intelligentere Fragen gestellt«, brummte der Sohn. »Woher soll …«

»Woher? Wahrscheinlich hast du selbst sie rangeschleppt. Nicht aufgepasst, was? Legst dich in Wattenscheid auf Lauer und merkst nicht …«

»Aus!«, rief Karin. »Wir haben die ganze Zeit über diesen Verein berichtet. Meint ihr, die hätten sich darüber gefreut? Und wenn einer rauskriegen will, wer den Text gemacht und wer die Kamera geführt hat …«

»Schon gut«, meinte Mager. »Was ich nicht verstehe – dieser Brennwald sitzt, vier Leute von der Front sind tot, darunter drei Erwachsene. Wer schickt uns die …«

»Vatta! Ein paar Anführer haben die immer in Reserve. Außerdem unterschätze nicht den Einfluss, den der alte Brennwald hat.«

»Und in Dortmund«, ergänzte Karin, »soll es auch Faschos geben. Oder kommen die alle aus Bochum und Witten? Weil ein anständiger Dortmunder so was nicht macht?«

Finster starrte Mager auf die Gardine. »Und jetzt?«

»Ich mach das schon«, versprach Kalle.

»Wie: Ich mach das? Willst du mit denen diskutieren? Oder kannst du zaubern?«

»Von beidem etwas. Geht an eure Arbeit, das da vorne sind nur zwei Hänflinge. Karin und ich klären die Sache.«

Susanne musste Kalles Aufforderung zweimal wiederholen, dann trat Mager senior endlich den Rückzug an.

Kaum saß die Chefin wieder am Mikrofon, hatte sie die Beobachter auf der Straße aus ihrem Gedächtnis ausgeblendet: »Also, über die Nazi-Demo machen wir genau hundert Sekunden. Bleiben fünfzig für unser Archivmaterial. Was nehmen wir?«

Kalle hatte sich inzwischen an seinen Schreibtisch gehockt und warf den PC an. Während das Gerät bootete, griff er zum Telefon und tippte Atzes Nummer ein: Langsam kannte er sie auswendig.

Schon nach dem zweiten Klingeln hob Atze ab: »Ja?«

»Wann schläfst du eigentlich?«

»Frag mich was Leichteres. Was willst du wissen?«

»Gar nix. Ich schick dir eine Mail. In zehn Minuten …«

Er legte auf, klickte den Outlook-Express an und hackte in Stichwörtern seine Botschaft in die Tastatur, verschlüsselte die Nachricht und schickte sie ab. Wenn der Staatsschutz oder jemand anderes die Mail abfing, würden sie eine Weile zu tun haben, um den Code zu knacken, den nur Kalle und Atze verwendeten.

Zehn Minuten später klingelte das Telefon: »Kostet. Immerhin bekommst du gleich sechs doppelt gute Tipps.«

»Geht in Ordnung«, sagte Kalle nur und überlegte, wie zum Teufel PEGASUS tausendzweihundert Mark für eine Putzkolonne von der Steuer absetzen konnte. Dann startete er den PC im DOS-Modus neu und klickte eine Uralt-Version von Tetris an, die sein Alter mal in einem Anflug von Weltoffenheit bei einem amerikanischen Autor bestellt hatte. Es war das einzige Mal in seinem langen Leben, dass Vater Mager etwas in Dollar bezahlt hatte.

Schritte auf dem Flürchen, dann erschien die Rote auf der Schwelle: »Was ist denn nun?«

»Geht klar. In einer Stunde sind die Jüngelchen da hinten weg.«

»Wie – weg?«

»Warte es ab. Du kannst ja ab und zu nachsehen, ob sie noch da sind. Dann kann ich meine Freunde nämlich wieder abbestellen.«

Er startete das Spiel und warf einen erstaunten Blick auf die Bestenliste: Außer seinem eigenen stand nur noch ein anderer Name darin: *Papa.* Fünfmal – und dreimal auf den Medaillenrängen. Mit mehr als 70.000 Punkten. Sein Vater musste Nächte verzockt haben, um den Sohn nach unten zu keulen. Wenigstens wusste Kalle jetzt, warum auch diese Tastatur manchmal spann ...

Fünfzig Minuten später hatte sich Kalle wieder an die Tabellenspitze gekämpft: Bis sein Alter 86.740 Punkte überbieten konnte, würde einige Zeit vergehen.

Er stand auf und schlenderte lässig in den Schneideraum hinüber. Kraulte dem Alten zärtlich die Frisur und beugte sich dann über ihn: »Papi, ich sehe was, was du nicht siehst, und das ist rund und kahl!«

»Arsch«, sagte der Vater. »Was willst du?«

»Ich wollte dir eine Zahl sagen. Sechsundachtzigtausend ...«

»Es geht los!«, schrie Karin.

Alle stürzten an die Vorderseite und spähten durch die Gardinen. Der blaue Franzose war nicht mehr allein auf die Welt: Vor und hinter ihr hatten sich zwei ältere VW-Lieferwagen quer gestellt, um der Besatzung den Weg abzuschneiden. Der eine Wagen war offenbar ein nicht besonders sorgfältig umgespritztes Bundespost-Auto, dem anderen hatten die Besitzer die gefleckte Tarnfarbe der Bundeswehr gelassen.

Mehrere schwarze Gestalten sprangen auf das Pflaster, die Gesichter hinter blickdichten Skimützen verborgen. Sie rissen die Türen des blauen Wagens auf und zogen die Insassen heraus. Während je zwei Mann die Glatzen an den Armen packten, trat jeweils ein Dritter dicht an ›seinen‹ Klienten heran. Fotografierte dessen ängstliches Gesicht und den Personalausweis. Legte die Digitalkamera in den Wagen und kam wieder, um ein Gespräch zu beginnen.

Von weitem sah es so aus, als hätten die Vermummten ein paar alte Bekannte getroffen und würden freundlich auf sie einreden. Aber Kalle wusste, warum sich die Angesprochenen vor Schmerzen wanden: Während die beiden Schwarzgekleideten ihrem jeweiligen Gegenüber freundlich die eine Hand auf die Schulter legten, quetschten sie ihm mit der anderen die Eier.

93

Die Sauerlandlinie! Berg- und Talfahrt, unendlich viele Kurven. Brücken so hoch, dass man nicht hinuntersehen durfte. Und wie jeden Freitag am frühen Nachmittag mit Fahrzeugen aller Art so voll gestopft, dass es auch auf den sechsspurigen Streckenabschnitten kaum noch zügig voranging. Was hatte ihr Vater geflucht, wenn sie auf den Reisen in die Türkei zum falschen Zeitpunkt hier entlanggefahren waren …

Deprimiert starrte Nilgül zwischen den Vordersitzen hindurch auf die Piste aus Beton. Sie hatte es schon in Dortmund aufgegeben, mit ihren Entführern zu reden. Wenn sie überhaupt eine Antwort bekam, dann klang jedes Wort nach Hass und Verachtung. Und sobald sie auch nur einen Hauch von Angst zeigte, schienen die beiden Männer da vorne sich prächtig zu amüsieren.

Autobahnkreuz Hagen. Hier war der Bus abgebogen, mit dem sie den ersten Ausflug in der Grundschulzeit unternommen hatten. Zu dieser Tropfsteinhöhle, die ein Streckenarbeiter der Eisenbahn nur deshalb entdeckt hatte, weil ihm ein Werkzeug aus der Hand gefallen war, das er nicht wieder finden konnte.

Am meisten enttäuschte Nilgül das Verhalten ihrer Mutter. Wie konnte sie nur mit Onkel Mehmet gemeinsame Sache machen! All die Freundlichkeit am Vortag und heute – nichts als Heuchelei!

Hagen-Hohenlimburg. Noch so ein Klassenausflug – schon auf dem Gymnasium. Zu diesem Freiluftmuseum, wo sie ofenfrisches Brot gegessen hatte und zusehen konnte, wie Sensen geschmiedet und Senf zubereitet wurde. Wo Dennis Czerny, dieses pickelige Arschloch, sich beim Eisessen vor ihr aufgebaut und sie gefragt hatte, ob sie ihn auch so cool fand wie er sie. Und wo sie sich mit Tina Duisburg angefreundet hatte, die ihr in höchster Not einen Tampon gab – samt dem großen Frauenehrenwort, dass sie ihn ohne unerwünschte Nebenwirkungen benutzen konnte …

Alles aus, alles.

Sie musste schlucken und kämpfte die Tränen nieder. Roch jetzt erst das süßliche Parfüm, in dem Tante Aishe gebadet haben musste. Dass sie bei dieser Geschichte mitmachte, war klar. Sie war bei Onkel Mehmet wirklich nicht mehr als eine Art unbezahlte Haushaltshilfe. Konnte so schlecht deutsch, dass sie nicht mal in seinem Gemüseladen bedienen durfte. Hatte auch keine Lust, diese komplizierte Sprache zu lernen. Glaubte wohl den Quatsch, den der Hodscha erzählte: dass damit der Verrat an Allah eigentlich schon begann.

Gleich musste Meinerzhagen kommen. Oder? Ja, bestimmt. Die dreitägige Fahrt in der siebten Klasse. Wo Dennis Czerny abends auf dem Mädchenzimmer gesessen und sie mit seinen Glotzaugen angehimmelt hatte. Immer dieser Dennis! Ob er deswegen bei Brennwald gelandet war, weil er bei ihr nicht landen konnte?

Jetzt wurde die Strecke etwas freier und Onkel Mehmet gab Vollgas. Er summte vor Vergnügen. Nilgül hörte genauer hin. Natürlich, dieses Spottlied, das jeder in der Türkei kannte. Genauer gesagt: Die meisten Frauen kannten nur die

Melodie. Mit vollem Text vorgesungen wurde es nur den halbwüchsigen Jungen, die ihren Eltern nach Deutschland folgen sollten. Das Lied von den deutschen Mädchen, die alle so schamlos waren, dass jeder hübsche junge Türke ein Dutzend von ihnen flachlegen konnte. Geh hin, hieß es darin sinngemäß, du kannst sie alle haben ...

Nilgül wandte vorsichtig den Kopf und sah ihre Mutter an. Die musste das Lied doch auch kennen. Was sagte sie denn dazu, dass ihr Schwager Mehmet so schamlos war, dieses Lied in der Gegenwart von Frauen zu summen. Genauso schamlos wie diese Brennwald-Leute, die sich an ihrer Nacktheit erfreut hatten. Genauso schamlos, kein Stück besser.

Nein, Mutter sagte nichts. Sie war eine Frau und Frauen hatten Männern wie Mehmet nichts zu sagen. Hatten ihnen schon gar nichts zu verbieten. Und was war mit Männern wie ihrem Vater?

»Weiß Papa eigentlich, warum du heute Abend nicht nach Hause kommen wirst?«

Das Gesicht der Mutter verhärtete sich. Aber zugleich zeigte sich in ihren Augen so etwas wie Stolz. Machte sie etwa gegen den Willen des Vaters mit? Lehnte sie sich damit gegen ihn auf, dass sie ihre einzige Tochter mit einem alten, zahnlosen Ziegenficker verheiraten wollte? Undenkbar. Nein, vermutlich war sie einfach stolz, dem Koran und der Sitte dienen zu können. Und Vater – Vater musste einverstanden sein. Sie hatten ihn umgebogen. Auf die Knie gezwungen. Sonst hätte er sie im Krankenhaus besucht. Mindestens ein einziges Mal wäre er gekommen und hätte »meine arme Kleine« zu ihr gesagt ...

Lüdenscheid?

Nilgül wandte den Kopf, aber das blaue Schild mit der weißen Schrift war schon hinter ihnen verschwunden. Aber da kam ein neues Schild: *Raststätte Sauerland-West.*

Raststätte! Wenn sie überhaupt eine Chance hatte, dann an einer Raststätte. Bevor die Nacht kam und die Dunkelheit. Wenn andere Leute in der Nähe waren. Wenn man noch sehen konnte, was passierte.

Die junge Frau musste sich zusammennehmen, um sich nicht zu verraten. Bleib bloß ruhig sitzen, dachte sie und grübelte weiter: Was sollte sie an einer Raststätte? Jetzt, nach so kurzer Fahrt? Ins Lokal würden sie bestimmt nicht mit ihr gehen …

Angestrengt dachte sie nach. Karin müsste bei ihr sein. Oder Tina. Den beiden fiel in solchen Situationen bestimmt etwas ein.

Tina! Im Freiluftmuseum! Das konnte klappen!

»Mama, hast du Tampons mit?«

Das Gesicht ihrer Mutter erstarrte. In Gegenwart von Männern redete man nicht über so etwas! Und überhaupt: »Tampon? Eine türkische Frau nimmt keinen Tampon. Und du brauchst doch sowieso keinen mehr.«

»Wie bitte? Weshalb …«

»Hast es mit einem Unbeschnittenen getrieben und machst mich schon zur Großmutter!«

»Ich? Schwanger?«

»Du. Wer sonst. Onkel Mehmet hat doch …«

»Onkel Mehmet hat gar nichts. Ich habe nur gesagt: Hoffentlich bekommt sie keinen Balg von diesem Kerl! Hoffentlich! Aber ich habe nie behauptet …«

»Halte an der Tankstelle. Da kann man so etwas kaufen …«

Der jüngere Onkel lachte höhnisch: »Abhauen will die Hure! Fahr weiter!«

Nilgül beugte sich vor. »Onkel Mehmet«, sagte sie laut und deutlich. »Fahr weiter. Aber ich garantiere dir: Du hast dann Blut auf deinen schönen Rücksitzen. Das unreine Blut einer Frau! Willst du das?«

Sie spürte es: Mehmet rang mit sich. Und dann, im allerletzten Moment, zog er den Wagen nach rechts. Der schwere Benz schlingerte, aber er bekam das Fahrzeug wieder unter Kontrolle. Lenkte an den weißen Tanksäulen vorbei. Und hielt außerhalb des großen Daches, unter dem man seinen Sprit zapfen konnte. Genau vor dem Eingang zu der Tankstellentoilette.

»Einer von euch muss jetzt da rein und mir was kaufen.«

Mehmet zog seine Brieftasche und reichte seinem jüngeren Bruder einen Zehnmarkschein: »Kauf ihr Binden, Umut. Aber keine Tampons. So etwas Westliches nicht!«

Der andere wurde blass: »Ich? Ich soll so etwas kaufen? Mitgehen – von mir aus. Aber nicht kaufen!«

Scheißkerl, dachte Nilgül und vergaß einen Augenblick, dass sie hier nur etwas vorspielte: »Macht schnell! Ich spüre schon ...«

Mehmet sprintete aus dem Wagen und lief zum Verkaufsraum der Tankstelle, während sein Bruder auf die junge Frau einredete: »Und wage es nicht, uns zu betrügen, du Schamlose! Wir passen genau auf! Und ihr, ihr geht mit. Lasst sie nicht aus den Augen!«

Halt den Mund, dachte Nilgül. Halte endlich den Mund. Ich muss nachdenken. Wie komme ich da raus? Wie kann ich ...

Mehmet kam zurück. Warf Nilgül ein Päckchen Binden in den Schoß, ohne sie dabei anzusehen. »Los! Beeil dich! Und mach keine Dummheiten!«

Nilgül durfte erst aussteigen, als die beiden Männer sich rechts und links vom Eingang aufgebaut hatten. Dann kamen die beiden Frauen und nahmen Nilgül in die Mitte. Sie führten sie die beiden Schritte bis zur Tür. Aishe trat vor, um zu öffnen.

Der junge Afrikaner, der hier die Toiletten säuberte, saß an seinem kleinen Tisch und sah von seiner Zeitung auf, als die drei Frauen hereinkamen. Er grüßte freundlich, während Nilgül Umuts Stimme hörte: »Ich stelle mich an die andere Tür. Wo die Lkw-Fahrer rausgehen. Damit diese Schlampe ...«

Die Tür fiel zu, die Stimme war weg. Umut, dieser Blödmann, ging außen um den Toilettenanbau herum, statt ihnen direkt zu folgen. Und Aishe? Die dumme Aishe drängelte sich vor und öffnete die erste Tür links, das Damenklo. Und schaute hinein, als könnte da jemand stecken ...

»Halte sie auf!«, schrie Nilgül dem Afrikaner zu. Sie riss sich von ihrer Mutter los, die nach ihr grapschte. Stieß sie gegen die Wand und rannte an dem Klomann vorbei. Drückte die Tür auf der anderen Seite auf. Wo war Umut? Wo konnte sie hin?

Da! Umut war den weitesten Weg gegangen. Um den Verkaufsraum herum. Aber wohin? Wohin? Hinter ihr kreischten die beiden Frauen – offenbar hielt der Schwarze sie wirklich auf. Aber wohin sollte sie?

Jenseits der Lkw-Durchfahrt, auf einer kleinen Anhöhe, lag eine Polizeiwache. Augenblicklich setzte sich Nilgül in Bewegung, aber Umut ahnte, was sie vorhatte. Lief schräg auf die Fahrbahn. Wollte ihr den Weg abschneiden.

Eine Hupe ertönte, nein ein gewaltiges Horn. So laut, dass Nilgül erschrocken stehen blieb. An den Tanksäulen war ein riesiger Lastzug gestartet. Hatte nicht nur sie selbst erschreckt, sondern auch Onkel Umut zur Seite gescheucht. Auf die andere Seite!

Nilgül rannte los, dem Wagen entgegen, mit beiden Armen rudernd, um Aufmerksamkeit heischend. Sah dem Fahrer ins Gesicht.

Jäh stoppte der Wagen ab. Die Fahrertür ging auf. Eine Frage, die sie nicht verstand.

»Help me! Ich muss weg! Kidnapper! Nimm mich …«

Ohne es weiter mit Worten zu versuchen, kletterte sie hinauf. Kroch über den Fahrer hinweg auf den leeren Beifahrersitz. Hörte draußen, hinter sich, das Heulen der Frauen und Mehmets Brüllen. Wie die Tür zuknallte und die Stimmen versackten. Wie der Motor aufbrüllte. Und fühlte endlich, dass der Wagen anzog.

Sie blickte auf und sah Umut ins Gesicht: Der Onkel hing draußen an der Beifahrertür, rasend, geifernd, tollwütig. Dann ein Schlenker des Fahrerhauses, ein Schrei – und das Gesicht verschwand. War sie wirklich gerettet?

Keuchend rappelte Nilgül sich hoch. Setzte sich so, dass sie in den großen Außenspiegel schauen konnte. Entdeckte sie. Alle vier. Auf der Fahrbahn stehend. Weit, immer weiter weg, immer kleiner. Und der Lkw fuhr.

94

Rund fünfhundert Neonazis aus dem ganzen Ruhrgebiet hatten sich auf dem großen Parkplatz nördlich des Dortmunder Hauptbahnhofs versammelt – die Fundamente eines im Zweiten Weltkrieg zerstörten Wohngebiets unter den Füßen, vor den Augen die Steinwache, in der sich während der Nazizeit ein berüchtigtes Polizeigefängnis und jetzt eine Ausstellung über Verfolgung und Widerstand befand.

Mit Transparenten und Sprechchören forderten die tatsächlichen und geistigen Glatzen *Freiheit für alle nationalen Gefangene* – und meinten Leute wie Brennwald. Das Geschrei hörte man auch in dem modernen Anbau des ehemaligen Gefängnisses. Hier arbeitete die Rheinisch-Westfälische Auslandsgesellschaft, die sich seit Jahrzehnten um freundschaftliche Kontakte zwischen Menschen aus unterschiedlichen Völkern und Kulturen bemühte.

Der Platz war von einem riesigen Polizeiaufgebot umstellt. Die Beamten waren so ausgerüstet und bewaffnet, dass sie jede Straßenschlacht gewinnen konnten, und zu einem großen Teil auch scharf darauf, ihre Knüppel tanzen zu lassen – aus politischen Motiven oder einfach nur, um den Frust über die Überstunden loszuwerden. Noch verharrten die Truppen quasi im Stand-by-Modus, hatten aber die Objekte der Begierden schon ins Auge gefasst: Den Brennwald-Sympathisanten den Rücken zukehrend, musterten sie das bunte Volk, das sich zum Protest versammelt hatte.

»Mir geht das Messer in der Tasche auf«, murrte Mager, »wenn ich sehe, wofür unsere Steuergelder verbraten werden …«

Sein Sohn sagte dazu nichts, sondern wollte etwas ganz anderes wissen: »Kriegt ihr die Aufnahmen zur Not auch allein hin?«

Sein Alter blickte abwartend auf Susanne: Die Glatzen hatten sie samt ihren Uniformen und Losungen schon im

Kasten. Jetzt hing alles davon ab, ob die Sache friedlich ausgehen würde oder nicht – es fehlten ihnen noch höchstens zwanzig Sekunden für den geplanten Beitrag.

»Was hast du vor?«, fragte die Chefin.

»Dieser Namenlose. Vielleicht können wir ihn hier entdecken.«

»Sei wieder hier, wenn es los geht«, bat Susanne. Ihr war es bei einem solchen Einsatz lieber, den starken Kerl in ihrer Nähe zu haben.

»Gut«, sagte Kalle, nahm Vanessa in den Arm und zog mit ihr über den Platz, als wäre er zufällig vorbeigekommen und einfach nur neugierig.

»Meinst du, wir können ihn in diesem Getümmel finden?«, fragte Vanessa.

»Eigentlich nicht«, gestand er. »Wir wissen ja nicht einmal, ob er überhaupt da ist. Aber vielleicht haben wir einfach mal Glück ...«

Hatten sie nicht: Von dem sportlichen Typen mit den kurzen Haaren war nichts zu sehen. So fanden sie sich, als die braunen Truppen eine Marschkolonne formiert hatten und loszogen, wieder beim Kern des Teams ein. Susanne sah Kalle fragend an und er schüttelte nur leicht den Kopf.

»Also gut«, sagte die Chefin. »Dann fahren wir dem Tross der Nazis hinterher ...«

Sie warfen sich in den Skoda und reihten sich zwischen den Wagen ein, die dem Marschblock folgte. Mindestens die Hälfte der Fahrzeuge gehörte Journalisten, in den anderen transportierten die Neonazis ihre Flugblätter oder hockte der Staatsschutz.

»Unglaublich«, meinte Mager, als sich der Marschweg abzeichnete, den die Polizei den Veranstaltern vorgeschrieben hatte: Es ging kreuz und quer durch die alte Nordstadt, wo viele der nach Dortmund gekommenen Ausländer wohnten und die angesichts des Desinteresses von Behörden und Hausbesitzern immer mehr heruntergewirtschaftet wurde.

Dann ging alles sehr schnell. Kalles Handy klingelte, und er erkannte Atzes Stimme: Polizisten hatten die Gegendemonstranten in die Innenstadt abgedrängt und am Rand der

Fußgängerzone eingekesselt – während die Nazis ihre Parolen ungehindert in die Welt schrien.

»Los«, sagte Susanne. »Richtung Reinoldikirche!«

Mager nickte. Er wartete ungeduldig zwei Minuten ab, bis er aus der Kolonne ausscheren konnte und scheuchte den Wagen durch eine Abkürzung zur Bornstraße hinüber, die in die Innenstadt führte. Schon tauchte der Skoda unter der Eisenbahn hindurch an der Hunnentränke vorbei, als die nächste Ampel auf Grün sprang. Mager gab Gas, um die Kreuzung noch zu schaffen, doch der Sohn schrie plötzlich: »Stopp!«

Rückspiegel, Bremse, Reifenquietschen, Stillstand. Susanne stützte sich an den Armaturen ab – aber das befürchtete Scheppern an der hinteren Stoßstange blieb aus. Sie atmete auf und drehte sich um: »Bist du wahnsinnig?«

Kalle grinste: »Vatter, zieh doch mal zwanzig Meter zurück!«

Schweigend gehorchte der Alte und überlegte, wie viele Punkte es dafür in Flensburg gab. Da sagte der Sohn erneut: »Stopp!«

Alle Köpfe folgten seinem Blick. Direkt vor einem Mittelklassehotel stand ein kleiner grüner Honda CRX. Mit einem Essener Kennzeichen, an dem alles stimmte.

»Glück gehabt«, konstatierte Mager. »Aber womit willst du den Kerl verfolgen? Dein Skateboard liegt seit sechs Jahren im Keller.«

»Quatsch. Ich rufe Karin an. Damit sie mir ihren Astra bringt ...«

»Du weißt doch gar nicht, wohin er will. Und bis Essen hinterher? Mit einem einzigen Auto? Über B 1 und A 40? Das schaffst du nie!«

Kalle schaffte es doch. Aber das lag weder an seinen eigenen Fahrkünsten noch an Vanessas Qualitäten als Co-Pilotin, sondern einzig und allein an dem Verhalten des Namenlosen: Nicht ein einziges Mal fuhr er schneller, als es gerade erlaubt war; auch vermied er riskante Manöver, die Magers Sohn vorzeitig aus der Deckung gelockt hätten, sondern zeigte jede Richtungsänderung rechtzeitig an. Manchmal schien es Kalle, als wollte der andere geradezu dafür sorgen, dass seine Verfolger ihn nicht aus den Augen verloren.

»Glaube ich nicht«, sagte Vanessa. »Der denkt nicht im Traum daran, dass jemand hinter ihm her ist ...«

»Trotzdem. Guck dir doch seinen Schlitten an! Der könnte uns mühelos abhängen. Und wie fährt er? Wie einer von den Oespeler Bauern mit seinem vierzig Jahre alten 170er-Diesel. Ist schon merkwürdig!«

»Weißt du, wie viele Punkte der schon in Flensburg hat?«

Mager junior verstummte.

So landeten Kalle und Vanessa eine gute halbe Stunde später auf dem Sachsenring in Essen – einer endlos langen Straße, die in Richtung Süden führte. Die Ampel an der Einmündung zur Dahlhauser Straße blieb lange genug Grün, dass auch der rote Astra gerade noch nach rechts abbiegen konnte.

»Das war knapp!«, sagte Kalle und checkte misstrauisch den Rückspiegel, ob noch jemand bei Rot gefahren war. Aber da war niemand.

Noch ein Haken, erneut ging es bergab. Die Häuser am Straßenrand wurden langsam kleiner und standen weiter auseinander. Kalle ließ den Abstand zu dem Sportlichen anwachsen. So kurz vor Schluss wollte er die Jagd nicht verpatzen.

Dennoch waren die Rücklichter vor ihm plötzlich verschwunden. Täuschte er sich – oder war der Typ abgebogen?

Er wagte es und drückte aufs Gas. Musste scharf nach links, durch eine tunnelartige Unterführung, die kaum breiter war als ein großer Geländewagen. Danach gabelte sich die Straße.

»Mist!«

»Links«, schrie Vanessa und Kalle gehorchte. Beschleunigte noch einmal und hatte den Honda wieder vor sich. »Wenn der nicht bald am Ziel ist, landet er in der Ruhr!«

Als der Verfolgte den linken Blinker setzte, stoppte Kalle und ließ den anderen davonziehen.

»Was ist?«, fragte Vanessa.

»Der Uferweg. Der Typ kann nicht mehr weg. Aber wir können uns auch nicht mehr verstecken.«

Kalle zählte langsam bis zwanzig, dann folgte er dem Honda, ohne sich zu beeilen. Zwischen dem dünn besiedelten Steilhang auf der linken und den Bäumen auf der rechten Seite setzte bereits die Dämmerung ein. Entgegen kam ihnen niemand mehr: Das Freibad, die Kanuclubs und Campingplätze am Ruhrufer lagen um diese Jahreszeit wie verwaist.

Weit vor ihnen verglühten die Rücklichter des japanischen Flitzers. Kalle hielt erneut an: »Wenn wir Glück haben, steht er gleich am Straßenrand ...«

Sie hatten Glück – der Honda parkte. Kalle fuhr zur Sicherheit vorbei, bis er auf das breite Tor stieß, das die Einfahrt zum alten Wasserkraftwerk verwehrte. Er wartete eine Weile, bevor er wendete und erneut den Wagen des Unbekannten passierte. Stoppte endlich und stieg aus.

Wie eine Burg klebte hoch am Uferhang ein geräumiges Wohnhaus: zwei Geschosse, ein riesiger Südbalkon mit Blick zum Fluss und alle Fenster so hell erleuchtet, als hätte es nie eine Energiekrise gegeben. Allein der Briefkasten war mehr wert als die Lederjacke, mit der Kalle seit zwei Jahren herumlief.

Und es stand nur ein einziger Familienname auf dem teuren Ding: *Lindau.*

95

Nilgüls Euphorie hatte weniger als eine Minute angehalten. Sobald der Sattelschlepper das Raststättengelände verlassen hatte und langsam an Tempo gewann, kamen die Demütigungen und die nervliche Anspannung, kam all das Schreckliche der letzten Wochen in ihr hoch. Hemmungslos heulte sie sich ihren Schmerz von der Seele. Als ihr Schluchzen endlich leiser wurde, hielt der Fahrer ihr eine Packung Papiertaschentücher hin.

»Danke!«, sagte sie und sah den Mann zum ersten Mal bewusst an. Ein noch junger Kerl unterhalb der dreißig.

Wild gelockte schwarze Haare. Drei-Tage-Bart, Holzfällerhemd und Hosenträger. Das verwegene Aussehen der Trucker, die wussten, dass auf Tour keine Zeit für die Morgenmesse blieb.

Sie brauchten keine fünf Minuten, um ihre Identitäten zu klären: Der Mann war Holländer, hieß Wim und sprach nicht allzu gut deutsch, kapierte aber schnell, warum die junge Frau zu ihm auf den Bock geflüchtet war: »Zwangsheirat? Chood verdumme – das ist Mittelalter! Und wo willst du jetzt hin?«

Das ist nicht die Frage, dachte Nilgül. Die Frage ist, wohin ich überhaupt noch kann …

Tina fiel ihr ein. Aber deren Eltern wussten von nichts und wohnten außerdem gefährlich nahe zu ihrer eigenen Familie. Doch da gab es noch Karin …

»Nun?«

»Auf jeden Fall nicht weiter nach Süden. Sondern zurück. Ins Ruhrgebiet.«

Der gelockte Fahrer deutete mit dem Daumen nach hinten, wo ein paar große Blechrollen befestigt waren: »Das Zeug da muss dringend nach Nürnberg. Die reißen mir den … Also, ich darf auf keinen Fall zu spät kommen.«

Er überlegte einen Augenblick und wirkte plötzlich sehr zufrieden: »Das schaukeln wir. Trucker sind nämlich eine Familie wie jede andere. Harte Konkurrenz, wenn es gegeneinander geht. Aber die besten Freunde der Welt, wenn ein Fremder einem von uns was will. Dann halten wir zusammen wie …«

Ihm fiel wohl kein passender Vergleich ein und so ließ er den angefangenen Satz einfach hängen. Sagte stattdessen: »In einer halben Stunde fährst du nach Norden. Garantie!«

Er streckte seine rechte Hand nach dem Mikro seiner CB-Anlage aus, als er plötzlich abbrach und intensiv in seinen Außenspiegel schaute: »Fährt dein Onkel einen Mercedes?«

Nilgül erschrak. Spähte selbst in ihren Außenspiegel. Und entdeckte den rechten Bugscheinwerfer eines Benz, der dicht hinter ihnen auf der rechten Fahrbahn klebte. Die Gesichter der Insassen waren nicht zu erkennen, aber manchmal schien es Nilgül, als leuchtete das bunte Kopftuch ihrer Mutter im Wageninnern auf.

»Ich glaube, das ist er!«

Resignation erfasste sie, Panik meldete sich an. Solange sie hier oben bei dem Holländer saß, konnten ihre Entführer ihr nichts anhaben. Gleichzeitig war der Lkw viel zu langsam, um den Verfolger abschütteln zu können.

»Stimmt!«, grinste der Fahrer. »Aber es geht. Solange die Polizei nicht in der Nähe ist ...«

Er nahm jetzt doch das Mikro und ließ eine kurze Rede auf Niederländisch los. Ein Schwall von Stimmen reagierte und eine ganze Weile war Wim damit beschäftigt, alle Gegenfragen zu beantworten. Als er das Mikrofon einhängte, waren sie längst an Meinerzhagen vorbei – aber sie hatten zu einem holländischen Lastzug aufgeschlossen, dessen Fahrer bei Tempo siebzig blieb.

»Und?«

»Warte ab!«

Im Rückspiegel tauchte nun ein anderer Truck auf – auch er hatte ein Kfz-Kennzeichen, das ganz in Schwarz und Gelb gehalten war. Und hängte sich an die Stoßstange von Onkels Mehmets Mercedes. Was hatten die Burschen vor?

Kurz vor Olpe war es so weit. Von hinten kam, halb auf der Standspur, noch ein weiterer Lkw herangebraust und scheuchte Mehmet mit seinem Signalhorn ein Stück nach links. Schon rollte der Laster neben dem Benz und Mehmet war nun eingekeilt.

»Jetzt kommen die Pirouetten!«, grinste Wim, als das blaue Schild mit dem Hinweis auf die Abfahrt an ihnen vorüber schwebte. Sachte und unendlich langsam drehte er das Steuer nach rechts, beschleunigte zugleich und zog den schweren Schleppzug aus der Formation heraus auf die rechte Spur.

Mehmet schien zu ahnen, um was es ging, und wollte sich hinter ihnen aus der Umklammerung quetschen – aber bevor er die Lücke erreicht hatte, durch die der Sattelschlepper entkommen war, gab es diesen Fluchtweg nicht mehr.

»Boah!«, staunte Nilgül, und Wim gönnte sich ein knappes, cooles Lächeln. Dann bremste er ab und fuhr ganz weit nach rechts, in die Abbiegespur. Links zog eine Kolonne holländischer Lkws vorüber, in deren Mitte sich wohl noch immer der Wagen mit den Onkels und Tanten befand. Mehmet würde Blut schwitzen – aber das geschah ihm ganz recht.

»Toll!«, rief Nilgül.

Wim ließ den Truck langsam auf die Querstraße zurollen, an der die Ausfahrt endete. Gegenüber wartete bereits ein schwerer Lastzug mit geschlossener Plane.

»Der da!«, sagte Wim und deutete nach vorn. »Der Holländer nimmt dich mit. Auch wenn dein Onkel euch nachher verfolgen will – er kann nicht wissen, in welch einem Wagen du steckst.«

Mit fauchenden Bremsen kam der Wagen zu Stillstand.

»Ich werde drehen und fahre wieder hoch. Und du steigst bei meinem Kollegen ein. Gut?«

»Gut«, strahlte Nilgül. Und bevor ihr bewusst wurde, was sie tat, rutschte sie an Wim heran, nahm ihn kurz in den Arm und hauchte ihm einen Kuss in die Bartstoppeln.

»Oh, Danke!«, sagte der Gelockte. »Stehst du nächste Woche wieder da?«

96

Kalle Mager saß vor seinem Computer und brütete über den Daten seiner Rufnummern-CD. Es gab in Essen nicht einmal eine Handvoll Einträge auf den Namen Lindau und bei keinem war der Uferweg als Adresse genannt. Auch die Option ›Straßeneinträge‹ brachte ihn nicht weiter. Was nun?

»Kennst du niemanden in Essen, den du anrufen kannst?«, fragte Vanessa.

Kalle grübelte. Wäre der Rest der Truppe vom Einsatz zurück gewesen, hätte er nur Susanne und seinen Vater fragen müssen. Die hätten sofort ein Dutzend Namen ausgespuckt …

»Moment«, sagte Kalle. »Die haben mal mit so einem komischen Privatdetektiv zusammengearbeitet. Schrader oder so. Haben wir gleich …«

Er ging auf die Suche und die CD wurde fündig: *Wolfgang Schröder, Ermittlungen.*

»Hoffentlich ist der nicht unterwegs«, flehte Kalle, als er die Nummer eintippte. Doch Schröder war so schnell in der Leitung, als hätte er seit Tagen auf diesen Anruf gewartet, und Kalle meldete sich mit dem Firmennamen.

»PEGASUS? Klaus-Ulrich, du Flasche, seid ihr noch immer nicht pleite?«

»Hier ist Karl Mager, der Sohn.«

»'tschuldigung. Wollte dir natürlich nicht die letzten Illusionen rauben. Was kann ich für dich tun?«

»Ich bin im Namen einer Recherche auf den Namen Lindau gestoßen. Der Mann wohnt unten in Horst, direkt am Ruhrufer. Die Straße heißt ...«

»In der Lake, ich weiß. Lindau. Kennt in Essen jedes Kind. Ihm gehört eine der bekanntesten Anwaltskanzleien. Hat er von seinem Schwiegervater geerbt. Und der war mal die Nummer 1 in Bonn. Und die Nummer 1 ist nicht der Kanzler, wie du ...«

»Hat der einen Sohn? Mitte zwanzig, sportliche Figur ...«

»Frank Lindau. Hat an der Uni Essen ein Studium angefangen. Und das mit dem Sportler könnte stimmen. Früher mal in der A-Jugend von Rot-Weiß.«

»Zweimal Vergangenheit. Was macht der Typ heute?«

»Keine Ahnung. Diplomatenlaufbahn, Auslandsstudium – jeder sagt was anderes und keiner weiß es genau. Soll ich das für dich rauskriegen?«

»Ich bin hier nur freier Mitarbeiter.«

Schröder stutzte, dann lachte er: »So habe ich das nicht gemeint. Ich wollte höchstens mal telefonieren.«

»Gern. Letzte Frage: Wohnt Lindau junior noch bei seinen Eltern?«

»Wieso?«

»Wenn da ein junger Mann in seinem Alter ...«

»Verstehe. Müsste hinhauen. Untermieter haben die nicht nötig.«

Kalle legte auf und schüttelte den Kopf.

»Na, erzähl schon!«, drängte Vanessa und Kalle gehorchte.

Zum Schluss sagte er: »Wenn das stimmt, ist das ein Hammer. Wie kommt jemand von altem Sozen-Adel zu den Faschos?«

Die Blonde überlegte: »Weiß ich nicht. Aber sind die Kinder immer so wie die Eltern?«

Die Antwort musste Kalle auf später verschieben. Dumpf wummerte die Haustür ins Schloss, dann wurde die Eingangstür gesprengt.

Polizei, dachte Vanessa. Mutter, fürchtete Kalle.

Sie hatten beide Unrecht: Mager, der Kameramann, stürmte herein, die dünnen Haare zerzaust, die Brille verbogen, das rechte Auge ganz in Blau gehalten.

»Wunderbar«, schimpfte er. »Ihr haltet hier Maulaffen feil, während wir ...«

»Koch bitte ganz schnell einen starken Kaffee«, bat Kalle, schob die Blonde sanft weg und stand auf. »Ich hole schon mal die Ausrüstung rein.«

»Aber dalli«, knurrte Mager, während er im Schneideraum die Anlage anwarf. »Wir müssen den ganzen Film umschmeißen. Und das am besten bis vor einer Stunde ...«

Susanne und Karin kamen herein. Während das Gesicht der Rothaarigen bleich wie eine Krankenhauswand war, stellte Susanne, scheinbar völlig unaufgeregt, ein Kuchentablett auf den Tisch und legte den Mantel ab. Aber als sie das Textil auf den Bügel streifen wollte, zitterten ihre Hände so stark, dass sie mehrere Versuche brauchte.

»Was ist los?«, fragte Vanessa.

»Was schon! Die haben die Gegendemonstranten eingekesselt und halten sie seit drei Stunden fest. Richtige Kinder darunter und ein paar alte Leute, die ohne Krückstock nicht mehr laufen können. Aber nicht mal die lassen sie zum Pinkeln raus.«

»Und was hat Klaus-Ulrichs Auge damit zu tun?«, fragte Vanessa.

Die Chefin starrte sie so überrascht an, als hätte eine Hilfsschülerin ohne Vorwarnung begonnen, aus siebenstelligen Zahlen die Quadratwurzeln zu ziehen. Die hält mich wirklich für blond und blöd, dachte das Mädchen.

»Was schon? Er war damit nicht einverstanden. Und statt seinen Job zu tun und mit uns zurückzufahren, hat er mit der Trachtengruppe diskutiert. Und seine offene, ehrliche Art hat, wie du sehen kannst, nicht allen Polizisten so richtig gefallen ...«

»Quatsch nicht!«, brüllte Mager aus seiner Höhle. »Bring den Kaffee mit und tu deinen Job! Karin soll Ludger anrufen und dreißig Sekunden mehr rausschlagen ...«

»Verstehe«, lächelte Vanessa. »Offen und ehrlich ...«

Eine halbe Stunde später war der Bericht fertig und Kalle raste los, um ihn zum Sender zu bringen. Mager und die drei Frauen saßen inzwischen bei Kaffee, Kuchen und ihrem Lieblingssekt, um das Wochenende einzuläuten.

Plötzlich tauchte ein gewaltiger Schatten vor den Gardinen auf und machte den Abend mit einem Schlag zur Nacht. Als die Luftdruckbremsen des Wagens ein letztes Mal zischten, tanzten die Fensterscheiben in den Rahmen.

»Was ist das denn?« Mager fuhr hoch und spähte hinaus, um sich sofort wieder zu beruhigen: »Irgendein Holländer, der sich verfahren hat ...«

Kaum saß er wieder, schlug die Türklingel an. Bevor Mager sich vom Stuhl gestemmt hatte, stand Karin bereits: »Ich mach schon.«

Sie ging zur Tür und drückte auf den Öffner.

»Nilgül! Das ist ja eine Überraschung. Und wer ist das?«

Ein Mann in Magers Alter trat in den Lichtschein: Baseballkappe, Lederjoppe, Jeans, an den Füßen gestrickte Socken und Sandalen: »Ich bin das Chauffeur van diese große Taxi da. Hast du die Koffie klar?«

Eine Viertelstunde später waren der Mann und sein Vierzig-Tonnen-Taxi wieder verschwunden und Nilgül konnte endlich der Reihe nach erzählen, auf welchen Umwegen sie den Weg zu PEGASUS gefunden hatte.

»Und wo willst du jetzt hin?«, fragte Vanessa.

»Ich dachte«, begann Nilgül, aber dann verließ sie doch der Mut.

»Kein Problem«, lächelte Susanne. »Ich räume das Schlafzimmer und gehe selbst ...«

Sie stockte, sah Karin an – und die Rote nickte: »Ist in Ordnung, du kannst ins Wohnzimmer auf die Couch. Klaus-Ulrich muss eben ein Stückchen zur Seite rücken ...«

Vor Erschütterung sprachlos blickte Mager seine Frau an. Jetzt plötzlich sollte alles wieder in Butter sein? Hatte er da oben ein Hotel, das man nach Belieben abbestellen und erneut buchen konnte?

»Prima«, sagte Nilgül, die von Magers Emotionen nichts bemerkte. »Aber ich weiß nicht, wie lange ich das Quartier brauche. Ich muss erst einmal mit Jem und meiner Freundin Tina reden.«

Mit großem Appetit griff sie sich das letzte Stück Käsekuchen vom Tablett und ließ es schneller verschwinden, als ein guter Kellner sein Trinkgeld verstaute.

Susanne hatte sich diese kleine, schmale Frau viel depressiver vorgestellt. Die erfolgreiche Flucht hatte offenbar ihr Selbstbewusstsein wieder etwas mehr in die Senkrechte gebracht. Aber ein Riff lag noch auf ihrem Weg ... Die Chefin wartete geduldig ab, bis Nilgül genug gegessen und getrunken hatte.

»Eine Bitte«, sagte sie dann. »Wir haben heute einen Film gemacht. Würdest du ihn dir anschauen? Eine Nazi-Demo? Vielleicht ...«

Nilgül wurde blass, zögerte und stand auf: »In Ordnung.«

Zusammen mit der Chefin und Vanessa ging sie hinüber in Magers Studio.

Susanne legte eine Kopie des Berichts ein und ließ ihn laufen: schwarz-weiß-rote Fahnen, grölende Skins, Marschkolonnen in Uniformen, die eigentlich verboten waren, Polizisten, die ...

»Da!«, schrie Nilgül plötzlich. »Halte an!«

Susanne fuhr den Film zurück und ließ ihn bildweise weiter wandern. Bis das gut geschnittene Gesicht eines jungen Mannes auftauchte: kurze schwarze Haare, wachsame Augen, die direkt in die Kamera zu sehen schienen.

»Der!«, sagte Nilgül. »Der hat's getan!«

»Klasse«, flüsterte Vanessa. »Das ist nämlich der Kerl mit dem Honda. Und wir wissen sogar, wo er wohnt.«

97

Sonntagmittag traf sich in Höntrop das ›Hilfskomitee Nilgül‹: Karin Jacobmayer und Kalle Mager, Nilgüls Freundin Tina samt ihren Erzeugern und schließlich die junge Türkin selbst, die bei Familie Duisburg übernachtet hatte. Tagungsort war einer der beiden Italiener, die dicht nebeneinander am Wattenscheider Hellweg lagen, aber über streng abgegrenzte Fangemeinden verfügten: In dem einen Lokal residierten vor allem Leute, deren Jahresgehalt nie weniger als sechs Stellen vor dem Komma aufwies, in dem anderen jene seltsame Sorte Mensch, der es auch schmeckte, wenn gerade keiner der angehenden oder tatsächlichen Millionäre am Nachbartisch saß.

»Schön, dass wir noch einen Platz bekommen haben«, sagte Karin, doch Tinas Mutter blickte nur bedauernd zur nahen Tür: Der kalte Wind, der mit jedem Besucher hereinwehte, konnte wohl nur mit viel Rotwein oder Grappa kompensiert werden. Die wenigsten Probleme mit diesem Umstand hatte Karin: Kalle würde auch auf dem Rückweg das Steuer übernehmen.

Suchend sah man sich nach einem der Kellner um, doch der Chef kam persönlich und präsentierte den Gästen seine Sorgenfalten: »Mit dem Essen wird es heute etwas dauern: Bei uns ist kurzfristig jemand in der Küche ausgefallen. Dürfen wir Ihnen die Wartezeit mit einer Runde Prosecco ...«

Er durfte.

Nachdem man angestoßen hatte, verkündete Tina der PEGASUS-Delegation die schlechte Nachricht des Tages: »Nilgül kann nicht zu ihrem Bruder.«

Erstaunt sahen die Dortmunder auf.

»Wir waren gestern Nachmittag bei ihm. Er ist zwar immer noch bereit, sie aufzunehmen, aber wir glauben, das wäre nicht gut. Für beide nicht.«

»Wieso denn? Die beiden kommen doch gut miteinander aus.«

»Aber Nilgüls Familie nicht. Sie ruiniert ihn. Die Onkels und der Hodscha erzählen überall herum, dass Nilgül eine Hure ist. Vor Gericht haben sich schon mehrere Türken geweigert, sich von Jem übersetzen zu lassen. Weil seine Familie ihre Ehre verloren hat. Wenn das so weiter geht, suchen die sich einen anderen Dolmetscher …«

Arme Nilgül, dachte Karin. Jems Wohnung war dem Mädchen in den letzten Wochen wie eine rettende Insel erschienen. Jetzt schwamm sie plötzlich wieder mitten auf dem Ozean.

»Du kannst natürlich vorerst weiter bei uns wohnen«, sagte Karin. »Wir kriegen das schon hin …«

»Das ist sehr nett von Ihnen«, erklärte Tinas Mutter und lächelte, »aber Nilgül muss wieder zur Schule gehen. Ohne einen vernünftigen Abschluss wird sie immer von der Familie abhängig sein.«

»Klar!«

»Und so nett Ihr Angebot ist – aber Nilgül kommt von uns aus viel schneller zum Hellweg als von Jems Wohnung oder von Dortmund-Dingsda …«

Karin sah die Frau überrascht an: »Heißt das …?«

»Ja. Wir haben das heute Morgen geklärt. Wir haben unter dem Dach noch eine Kammer. Nicht gerade ein Luxusquartier. Schräge Wände, Bad und Toilette sind eine Treppe tiefer und eine eigene Klingel müssen wir Nilgül erst noch legen. Aber der Raum ist hell, trocken und beheizt.«

»Aber viel zu nahe bei Nilgüls Familie!«, wandte Karin ein. »Die Verwandten sind doch so scharf darauf, sie in die Türkei zu verheiraten, dass sie es bestimmt ein zweites Mal versuchen. Und dann wird Nilgül nicht mehr abhauen können.«

»Glaube ich nicht!«, platzte Nilgül heraus. »Jem hat mit Vater telefoniert. Er hat von der Entführung nichts gewusst und Mehmet inzwischen die Hölle heiß gemacht. Und Mama hat er angedroht, sie zu verstoßen, wenn sie noch einmal …«

»Kannst du dann nicht eigentlich ...«

Nilgül schüttelte den Kopf: »Das will ich nicht. Und Vater auch nicht. Er sitzt irgendwie zwischen allen Stühlen und will nur, dass wieder Ruhe einkehrt.«

Einen Augenblick schwiegen alle.

»Sie sehen«, meldete sich Vater Duisburg. »Wenn Nilgül zu uns zieht, ist das die beste Lösung.«

»Wahrscheinlich«, meinte Kalle. »Ich finde das wirklich toll von Ihnen.«

»Na ja, eher ein bisschen verrückt«, sagte Tinas Mutter.

Kalle grinste: »Wenn ich so an das Segelboot in Ihrem Garten denke.«

»Eben«, sagte die Frau und hob ihr Sektglas: »Sollen wir den Quatsch mit dem Sie nicht lassen?«

Als man sich gegenseitig die Vornamen verraten hatte, glitt das Gespräch ein paar Minuten voll ins Private ab. Doch dann goss Vater Duisburg eine Runde Wein ein und fragte: »Was passiert eigentlich mit dem Kerl, der Nilgül vergewaltigt hat?«

Die junge Türkin zuckte zusammen. Alle anderen verstummten und Karin blieb fast das Herz stehen. Klar, Nilgül musste es lernen, mit ihrer Geschichte zu leben. Sie musste es ertragen können, dass in ihrer Gegenwart darüber geredet wurde. Sonst würde sie nie mehr ins Leben zurückfinden. Aber dass Papa Duisburg das Mädchen ohne jede Vorbereitung ins kalte Wasser schmiss ...

»Ist schon gut. Das ist eben so«, sagte Nilgül und schaute Tinas Vater an: »Ich glaube, Kalle weiß, wo er ihn finden kann.«

Karin atmete auf. In der Nacht zum Samstag, im Schlaf, hatte Nilgül so laut aufgeschrien, dass sie es bis unters Dach gehört hatten. So schnell würde sie die Gespenster nicht loswerden. Aber wie es aussah, war sie bereit zu kämpfen.

»Stimmt«, sagte Kalle. »Aber wir müssen noch ein paar Einzelheiten klären. Dann werden wir ihn auffliegen lassen.«

»Wenn er nicht vorher abhaut ...«

»Glaube ich nicht«, sagte Kalle. »Der fühlt sich viel zu sicher.«

Endlich kam das Essen. Und während die junge Türkin sich den ersten Tintenfischring in den Mund schob, sagte Karin plötzlich: »Nilgül, du siehst heute richtig gut aus!«

Das Mädchen lächelte. »Tuba hat mir ja auch ein paar von meinen Sachen gebracht. Außerdem haben wir meine Klamotten aus dem Krankenhaus geholt. Bis auf ein Amulett war alles noch da.«

»Ein Amulett?«

Nilgül wurde rot. Schließlich erklärte sie: »So 'n Messingherz. Ist nicht viel wert. Aber es ist von Jem. Hat er mir mal auf dem Weihnachtsmarkt gekauft.«

»Ja«, verriet Tina. »Und innen drin ein Foto. Von einem interessanten jungen Mann ...«

»Oh«, sagte Kalle. »Von wem?«

»Nicht von dir«, grinste Tina. Und weil Nilgül sich ausschwieg, fragte sie Kalle: »Wer ist der beste türkische Fußballer im Ruhrgebiet?«

Magers Sohn musste überlegen: Bei Dortmund standen sie auf Tschechen und Brasilianer, in Schalke war halb Belgien unter Vertrag. »Bastürk etwa?«

Nilgül nickte.

»Igitt«, grinste Kalle. »Der spielt für den falschen Verein.«

Als Magers Sohn Karin auf dem Hinterhof in der Steinhammer Straße absetzte, schaltete er den Motor erst gar nicht aus: »Wie ist das, brauchst du deinen Wagen heute noch?«

»Sehnsucht?«, fragte sie spöttisch.

»Wie man's nimmt«, antwortete er. »Ich wollte mit Vanessa noch einen kleinen Ausflug machen.«

»Fahr vorher noch tanken!«, riet sie ihm, aber nach einem Blick auf die Armaturen schüttelte er den Kopf: »Nicht nötig. Ich fahre nur bis Essen.«

Sie schaute ihn forschend an.

»Nicht, was du denkst. Es gibt da unten an der Ruhr ein nettes kleines Ausflugslokal.«

»Und aus dem Fenster sieht man nicht nur den Fluss, sondern auch einen langen düsteren Uferweg?«

»Da hast du's: Genau das will ich überprüfen!«

98

»Morgen, Martina«, sagte Lohkamp, als er am Montagmorgen Langers Büro in der Polizeiwache Hattingen betrat.

»Morgen, Horst!« Ihre Stimme klang belegt, und die Schatten an unter den Augen verrieten, dass sie schon besser geschlafen hatte als in den letzten Nächten.

»Schlechte Nachrichten?«

Sie nickte und reichte ihm ein Fax des Bochumer Polizeipräsidenten: »Flenner kann keine zusätzlichen Leute für die Observierung von Dennis Czerny abstellen. Dabei sind wir so dicht an der Lösung, dass wir die gesamten Ermittlungen forcieren müssten. Bevor uns der Kerl durch die Lappen geht.«

»Aber wie? Kannst du in Hagen niemanden loseisen?«

»Schon versucht. Keine Chance. Im Gegenteil: Die wollen ein paar von unseren Leuten zurückhaben ...«

Lohkamp setzte sich und zog seine Zigaretten heraus. Langers Stellvertreter räusperte sich, um seinen Protest anzumelden, doch die Hauptkommissarin nickte ihrem früheren Chef zu: »Eine. Ausnahmsweise.«

»Danke«, sagte Lohkamp.

»Mir fallen nur zwei Sachen ein«, gestand Langer. »Erstens muss Klemm zu Nilgül Ösran fahren und sie endlich dazu bewegen, das Phantombild anfertigen zu lassen.«

»Klar.«

»Zweitens müssen wir überlegen, ob wir Czerny nicht aus eigener Kraft so weit observieren können, dass er sich rund um die Uhr kontrolliert fühlt. Wenn wir an Stellen auftauchen, die er sowieso anläuft. Morgens vor der Schule, auf dem Nachhauseweg, vor der Stammkneipe des Volkssturms ...«

»Die renovieren noch. Die Wattenscheider Glatzen treiben sich bis dahin vor allem im Bochumer Bermudadreieck herum.«

»Dann muss Hell eben ihre Staatsschützer aktivieren. Meine Güte, wozu gibt es diesen Verein denn?«

Gute Frage, dachte Lohkamp.

»Was meinst du?«

Doch Lohkamp hielt sich zurück und blickte zu Langers Stellvertreter hinüber: »Was halten Sie davon?«

Der Mann sah auf: »Ist schon in Ordnung. Aber ein paar von unseren Leuten werden meckern. Zumal wir noch eine dritte Aufgabe haben. Nämlich die ganzen Akten noch einmal von vorne bis hinten durchzuwühlen und die Spuren zu checken, die wir auf Eis gelegt haben: die Türkengangs, die Verwandtschaft Ösrans, die Bochumer Autonomen. Ich fürchte, das wird eine lustige Woche.«

Die Befürchtungen des Mannes wurden noch übertroffen, als die Morgenrunde gerade beendet war. Bei Langer war nämlich noch ein Fax angekommen.

»Na, Prost«, sagte Langer, als ihr der Stellvertreter das Blatt reichte. »Trommel die Leute noch mal zusammen.«

Verwundert versammelten sich alle wieder im Besprechungsraum und die Chefin ließ sie nicht lange zappeln: »Die Observierung von Czerny können wir erst mal wieder vergessen. Stattdessen müssen wir uns ganz neu aufteilen und Nilgül Ösran suchen.«

Die Reaktionen der Truppe schwankten zwischen Sprachlosigkeit und Stöhnen. Nur Oberkommissarin Hell, schien es Lohkamp, hatte für den Bruchteil einer Sekunde gelächelt.

Als sich alles auflöste, hielt Lohkamp seinen Wattenscheider Kollegen zurück: »Ewald, mir geht die Sache mit dem Kerl nicht aus dem Kopf, von dem Ösran nach der Gegenüberstellung geredet hat. Dunkelhaarig, sportlich ...«

Hardenberg nickte.

»Als wir damals in den *Berghof* gestürmt sind – da standen doch zuerst noch drei Leute vor der Dartscheibe. Du hast die doch auch gesehen!«

Der lange Kriminalhauptmeister schüttelte den Kopf: »Mensch, Horst, ich habe wirklich nur auf die Leute an den Tischen geachtet. Und diese Dartspieler waren so schnell weg, als hätten sie nur auf uns gewartet.«

Lohkamp seufzte. Damit war seine Schnapsidee erledigt,

sich selbst vor den Computer mit dem Phantombild-Programm zu setzen.

»Wenn wenigstens die Pfeifen vom Polizeibüro II was wüssten. Aber wenn es darauf ankommt ...«

»Ich habe Butter und Wegge noch einmal angerufen«, sagte Hardenberg. »Du könntest genau so gut den alten Förderturm an der Lohrheide befragen. Die wissen nicht mal, von was überhaupt die Rede ist.«

99

Kalles Hoffnung auf einen guten Beobachtungsplatz waren nicht in Erfüllung gegangen: Erstens lag das alte Fachwerkhaus an der Pontonbrücke ein paar Meter zu tief, um an der Hecke des Campingplatzes vorbei die Zufahrt zum Hause Lindau überwachen zu können. Und zweitens hatte ihm die freundliche Bedienung am Sonntag verraten, dass man selbstverständlich auch einen Ruhetag habe – den Montag.

So suchte Kalle am Morgen zunächst den ganzen Uferweg ab, um zu prüfen, ob Lindau zu Hause war. Der grüne Flitzer war da: Mit einem leichten Eisfilm überzogen stand er unterhalb der bescheidenen Felsenhütte und sein Besitzer würde kräftig kratzen müssen, bevor er starten konnte.

Kalle fuhr bis zu dem alten Kraftwerk vor, wo er am bequemsten wenden konnte, und stellte den reparierten Skoda anschließend am Anfang des Uferweges vor einem der Mehrfamilienhäuser ab. Hier, hoffte er, würde ein am Straßenrand geparktes Auto nicht gleich als Fremdkörper auffallen. Dann drehte er das Radio leiser, korrigierte die Position der Rückspiegel, damit er den nahenden Honda nicht übersehen konnte, und wartete ab.

Die nächsten dreieinhalb Stunden gehörten zu den langweiligsten seines Lebens: Im Vergleich zu dem winterlichen Uferweg hatte vor dem *Berghof* in Wattenscheid das pralle Leben getobt.

Und so war er heilfroh, als endlich Susannes Golf um die Ecke bog und hinter ihm eingeparkt wurde.

»Armer Kerl! Warum machst du nicht zwischendurch mal den Motor und das Gebläse an?«

»Guck dich doch um. Meinst du, das fällt hier nicht auf?«

Genüsslich nagte er zwei warme Hähnchenbollen ab und trank noch einen Schluck von dem Kaffee: »Aber hau nicht gleich wieder ab! Ich muss erst noch mal in die Büsche …«

Um kurz vor drei ging plötzlich alles ganz schnell. Der grüne Flitzer huschte so flott von hinten heran, dass Kalle Mühe hatte, den Skoda schnell genug zu starten. Mit deutlichem Abstand steuerte er hinter Lindau den Berg hoch auf die Dahlhauser Straße zu. Doch anders, als Kalle es erwartet hatte, fuhr der Mann nicht Richtung Bochum, sondern bergab, auf Essen-Steele zu. Eine endlose Straße, auf der man als Verfolger schnell auffallen konnte …

Tief unten im Tal landeten sie an jener großen Kreuzung, auf der sich der gesamte Autoverkehr im Essener Südosten sortierte – umgeben von dem Dreieck der hoch gelegten S-Bahnlinien aus Hattingen und Langenberg, die sich auf ihrem Weg zum Essener Hauptbahnhof in Steele trafen.

Rot.

Kalle näherte sich der Kreuzung mit dem größtmöglichen Abstand zu dem kleinen Japaner. Zugleich überlegte er fieberhaft, wohin der Kerl wohl wollte. Rechts ging es nach Wattenscheid, links nach Kupferdreh und geradeaus führte die breite Straße an der Altstadt von Essen-Steele vorbei. Die Aussicht auf den Ort wurde von den gigantischen Wohnblocks jenseits der Kreuzung versperrt.

Grün.

Der Japaner schoss geradeaus davon, aber Kalle hatte es mit seiner Vorsicht übertrieben. Als er endlich dran war, sprang die Ampel bereits auf Rot zurück. Tschüss, Lindau, dachte Kalle und sah der grünen Reisschüssel resigniert nach. Es würde Minuten dauern, bis er ihr folgen konnte.

Doch dann konnte er noch beobachten, dass Lindau jenseits der Kreuzung den Blinker einschaltete und in dem kleinen Gewerbegebiet verschwand, das im Schatten der S-Bahn-Strecke lag. Wenn er Glück hatte …

Kalle hatte Glück. Der grüne Honda stand gegenüber einem rostroten Bau, der so aussah, als hätte man ein paar Schuhkartons unordentlich aufeinander gestapelt. Zum Ausgleich dafür gab es einen schönen farblichen Kontrast zur Fassade: eine blaue Leuchtschrift mit sieben weißen Buchstaben und ein halbes Dutzend grün-weißer Pkws, die vor und neben dem Gebäude abgestellt waren. Was, zum Teufel, wollte Lindau bei der Polizei?

Der PEGASUS-Mann wendete, überquerte die Kreuzung in Richtung Innenstadt und entdeckte links eine freie Parkbucht. Er lenkte im großen Bogen darauf zu. Stand mit dem Bug in Richtung Wache – und konnte den Eingang im Auge behalten, ohne seine Kiste verlassen zu müssen. Schwein muss man haben, dachte er.

Und wieder dieses Geduldspiel. Wenn es – außer dem der miesen Bezahlung – noch einen weiteren Grund gab, sich nie als Privatdetektiv zu verkaufen, dann war es diese elende Warterei, bei der man von Hunger und Durst, Lungenschmacht und einer überschwappenden Blase gepeinigt wurde.

Der Strom der Fahrzeuge auf der Hauptstraße machte es Kalle nicht gerade einfach, den Honda auf der anderen Seite im Auge zu behalten. Mehr als einmal verdeckten lange Lkws im Rückstau der Ampel die Sicht und trieben Kalles Pulsschlag nach oben ...

Eine halbe Stunde lang beobachtete er, wie die Streifenwagen das Grundstück verließen und wieder zurückkamen, wie ein gutes Dutzend Menschen den Bau betrat und wieder ging. Und er musste immer auf dem Sprung sein.

Der Flachdachbau da drüben wirkte mit seinen weiß abgesetzten Streifen in Höhe der Etagengrenzen eher wie ein Ärztehaus als wie eine Polizeiwache. Was hatte Lindau da zu suchen?

Dann öffnete sich erneut die Tür und der Mann mit den dunklen Haaren stand auf den Stufen. Atmete ein paar Mal kurz durch, um dann seinem Wagen zuzustreben. So schnell wie in diesem Augenblick hatte Kalle noch nie eine Kleinbildkamera betätigt. Er legte sie weg und wollte schon den Motor anlassen, unterließ es aber. Gab sich der Illusion hin, ihm könnte ein Trick einfallen, mit dessen Hilfe er Näheres über den Grund von Lindaus Besuch bei den Bullen herauskriegen könnte …

Während er noch grübelte, ging die Tür drüben ein weiteres Mal auf. Vor dem Bau erschien eine Frau in den Fünfzigern, die Kalle auf Anhieb bekannt vorkam. Wo hatte er die Frau mit dieser Angela-Merkel-Perücke schon gesehen?

Hattingen! Die Polizeiwache! Als er die Lacksplitter abgab …

Kalle pfiff durch die Zähne. Das konnte kein Zufall sein, dass beide zur selben Zeit in Essen-Steele auftauchten und eine lange halbe Stunde zusammen auf der Wache verbrachten.

Kalle steckte seine Kamera ein und machte sich auf den Rückweg. Wenn er nicht geträumt hatte, dann gab es nur eine Schlussfolgerung: Nilgüls Vergewaltiger war ein Gewährsmann der Polizei.

100

Fast vier Wochen waren seit dem Überfall auf den Nachhilfeladen vergangen, als Nilgül Ösran zum ersten Male wieder in die Schule ging.

Was ihren körperlichen Zustand anging, fühlte sie sich trotz der Verbände an den Beinen wieder fit und hatte das lange Nichtstun gründlich satt. Tinas Mutter hätte Nilgül gerne noch ein paar Tage aufgepäppelt, bis sie nicht mehr so dürr und zerbrechlich aussah – aber Nilgül setzte ihren Willen durch.

Andererseits ließen sie die wilden, quälenden Träume noch nicht in Ruhe – mindestens ein Mal zwischen Abend und Morgen durchlitt sie die Demütigungen, denen sie ausgesetzt gewesen war, noch einmal, auch wenn das Szenario sich dabei wandelte. Am elendsten fühlte sie sich nach jenem Traum, in dem sie ihrem Vergewaltiger gegenüberstand, eine geladene Pistole in der Hand – und unfähig, den Mann zu erschießen.

»Mir wäre wohler, ich hätte es schon hinter mir«, sagte sie am Dienstagmorgen, als sie zusammen mit Tina das Haus verließ und zur Haltestelle lief. Vater Duisburg hatte sich zwar angeboten, die beiden jungen Frauen im Auto zur Schule zu fahren, aber Nilgül hatte sich bedankt und abgelehnt: »Ich muss es alleine schaffen.«

Schon der Einstieg in den 365er kam ihr wie ein Spießrutenlauf vor. Der Bus war mit Schülerinnen und Schüler aller Altersstufen gefüllt und etliche Jungen und Mädchen kannten sie zumindest vom Ansehen. Einen Sitzplatz konnte man ab Eppendorf-Denkmal nicht mehr bekommen und so stand sie dicht neben Tina gegenüber der breiten Tür in der Wagenmitte. Von hier aus sah sie fast alles im Bus und konnte von fast allen gesehen werden. So überfiel sie bei jedem Tuscheln, Kichern und Lachen das Gefühl, als redete man über sie und über das, was Brennwald und seine Leute ihr angetan hatten.

»Und?«, fragte Tina beim Aussteigen. »Wird's gehen?«

Nilgül wusste es nicht. Sie ließ sich mit den anderen treiben, die sich wie ein über die Ufer getretener Strom über die Fahrbahn wälzten und für zwei, drei Minuten alle Fahrzeuge zum Anhalten zwangen.

Vor dem Nebeneingang der Schule, in der Rauchzone, stand zwei Dutzend Leute aus der Oberstufe. Einige von ihnen stießen sich an, als die beiden Freundinnen über den Lehrerparkplatz näher kamen. Nilgül atmete tief durch, doch die Begegnung mit dieser Truppe blieb ihr erspart: »Frau Ösran?«

Nilgül drehte sich um. Zwischen den parkenden Autos stand Katrin Klemm.

»Schön, dass Sie wieder zur Schule gehen!«, sagte die Kommissarin. »Wir haben uns schon Sorgen um Sie gemacht. Einfach so aus dem Krankenhaus abhauen …«

»Ich hab's da eben nicht mehr ausgehalten«, sagte Nilgül.

»Wäre nett gewesen, wenn Sie uns das verraten hätten.«

»Ich muss rein«, sagte Nilgül.

»Dann will ich Sie nicht lange aufhalten. Aber eine Bitte habe ich noch.«

Die Schülerin ahnte plötzlich, was kam: »Das Phantombild?«

Klemm nickte.

»Heute noch nicht«, sagte Nilgül.

»Wir brauchen das Bild. Dringend!«

»Ich weiß. Aber heute noch nicht. Rufen Sie mich morgen Nachmittag an. Ich wohne jetzt bei Duisburgs.«

Nach den ersten vier Stunden und zwei großen Pausen hatte Nilgül das Schlimmste überstanden. Niemand hatte sie dumm angequatscht und auch die Freundlichkeit hielt sich in den üblichen Grenzen. Der Schulalltag sorgte für Normalität.

»Tag, Leute«, begann der Deutschlehrer, nachdem endlich Ruhe im Kurs eingetreten war. »Auch wenn die Zeugnisnoten schon feststehen, müssen wir heute noch was tun. Wenn wir durchkommen, haben wir Donnerstag Zeit für ein schönes Frühstück. Einverstanden?«

»Wenn Sie die Brötchen stiften«, rief ein übergewichtiger Schüler und die Mitschüler signalisierten Zustimmung.

»In Ordnung. Und ihr organisiert den Rest. Dann fange ich jetzt mit der üblichen Gesichtskontrolle an …«

Sein Blick schweifte durch den Raum, um die Lücken in der Sitzordnung festzustellen. Eine hatte sich seit dem Vortag geschlossen: »Hallo, Nilgül! Prima, dass du wieder da bist.«

Mehrere Leute klopften auf ihre Tische.

»So«, sagte Dieter Rudenkovic, der unter den Schülern nur DRK genannt wurde. »Wir werden heute *Die heilige Johanna der Schlachthöfe* zum Abschluss bringen. Wer erklärt Nilgül, um was es Brecht in diesem Stück geht?«

Mehrere Finger gingen hoch und DRK nahm den Brötchenfreund aus der ersten Reihe dran: »Es geht letztlich um die Frage der Gewalt in der Politik. Johanna, eine Soldatin der Heilsarmee, versucht die Reichen davon zu überzeugen, dass sie etwas von ihrem Reichtum abgeben sollen, um die Armen zu unterstützen.«

»Gut. Und: klappt es? Haben wir doch in der Reihe über Kommunikation gelernt: Die Macht des Arguments …«

Einen Moment Schweigen, dann meldete sich eine burschikose, etwas füllige Brünette, die ihr tägliches Outfit gerade von Punk auf Grufti umgestrickt hatte: »Eigentlich kümmert es die Leute einen Scheiß, was Johanna ihnen da vorlabert.«

DRK drohte mit seinem Zeigefinger: »Benutze solche Worte bloß nicht wieder in einer Klausur! Das bringt nur meinen Rotstift zum Weinen …«

»Aber sie hat doch Recht«, sagte jemand. »Geben Sie uns freiwillig was von Ihrem Gehalt ab, damit unser Taschengeld aufgebessert wird?«

Rudenkovic grinste und hob den schmalen Suhrkamp-Band hoch. »Schlagt mal auf. Lasst uns prüfen, welche Erkenntnis Johanna am Ende des Stücks den Ausgebeuteten und Unterdrückten anbietet. Wer liest? Nilgül, mach du mal die Johanna!«

Nilgül schwieg. Sie brauchte überhaupt eine Weile, um zu merken, dass DRK sie aufgerufen hatte.

»Tina, zeig ihr bitte die Stelle. Und du, Dennis, liest den Slift…«

Der dünne Blonde sah den Lehrer entsetzt an. Er hatte, den Kopf gesenkt, seit Beginn der Stunde allein an seinem Tisch gesessen. Jetzt schlug er mit der einen Hand das Buch auf, während die andere, zur Faust verkrampft, bebend auf dem Tisch liegen blieb.

»… und du, Alex, den Snyder. Bitte!«

»Los«, zischte Tina und stieß Nilgül in die Rippen. »Fang an!«

Nilgül starrte auf den Text. Aber die Buchstaben verschwammen vor ihren Augen. Sie holte Luft, blickte erneut auf das Papier, versuchte zu erkennen, was da stand. Und wunderte sich, als sie plötzlich ihre eigene Stimme hörte: leise, zögernd, ohne jede Spur von Energie und Selbstbewusstsein:

Darum, wer unten sagt, dass es einen Gott gibt
Und ist keiner sichtbar
Und kann sein unsichtbar und hülfe ihnen doch

Den soll man mit dem Kopf auf das Pflaster schlagen
Bis er verreckt ist …

Dennis Czerny fiel ein: aufgeregt, wütend, wie es seine Rolle erforderte. Er hatte noch nie so gut vorgelesen wie in diesem Augenblick, als er Nilgül niederschrie.

Hört ihr, ihr müsst etwas sagen, womit ihr diesem Mädchen das Wort abschneidet. Ihr müsst reden, irgendetwas, aber laut!

Der harte Ton seiner Stimme riss Nilgül aus der Erstarrung. Ausgerechnet der! Ein Räuspern, dann fuhr sie zornig dazwischen, mit jedem Wort lauter, härter und entschlossener – die Stimme einer Fremden:

Und auch die, welche ihnen sagen
sie könnten sich erheben im Geiste
Und stecken bleiben im Schlamm
die soll man auch mit den Köpfen auf das Pflaster schlagen.

Der Satz hallte in ihrem Kopf nach, aber sie konnte jetzt nicht nachdenken. Nicht jetzt. Hart setzte sie nach:

Sondern
Es hilft nur Gewalt, wo Gewalt herrscht, und
Es helfen nur Menschen, wo …

Mitten im Satz brach sie ab. Ließ die Worte noch einmal in ihrem Kopf nachhallen. Spürte, dass diese Szene auch mit ihr zu tun hatte. Hatte keine Ahnung, welche Schlussfolgerungen sie ziehen musste. Doch etwas war in den Worten der Johanna, das ihr gut gefallen hatte. Und sie fügte schließlich die beiden fehlenden Wörter hinzu:

… Menschen herrschen.

Nilgül verstummte und richtete ihre Augen auf Dennis Czerny.

Alle anderen schwiegen auch, starrten erst Nilgül, dann den Blonden an, der weiterhin mit gekrümmtem Rücken und geballter Faust an seinem Tisch hockte. Dass er zu Brennwalds Truppe gehörte, wussten nur wenige – in der Schule hatte er sich, auch was die Kleidung anging, immer zurückgehalten. Aber dass er und Nilgül längst nicht mehr in den Rollen des Stücks steckten, dämmerte allen.

»Was sitzt du eigentlich noch da rum?«, sagte Nilgül plötzlich.

Dennis Czerny sah auf.

»Schämst du dich gar nicht, mir unter die Augen zu treten? Eigentlich dürftest du gar nicht in der Schule sein, sondern müsstest da sitzen, wo schon dein Freund Brennwald schmort …«

Czerny sprang auf und starrte Nilgül an. In ihren braunen Augen brannte etwas, das er da noch nie gesehen hatte.

»Hör mal, Nilgül, du hast ja keine Ahnung …«

»Was?«, schrie sie. »Keine Ahnung? Weshalb habe ich denn im Krankenhaus gelegen? Weshalb hat mich meine Familie verstoßen? Haben deine Freunde mit mir Halma gespielt?«

Er schüttelte den Kopf: »Du siehst das völlig falsch …«

»Falsch?« Auch sie sprang jetzt auf. »Deine Kumpels haben mich festgehalten, damit mich einer von ihnen vergewaltigen konnte. Sie haben unseren Nachhilfeladen angesteckt und sind abgehauen. Es war ihnen scheißegal, ob ich mit verbrannte. Ich war für sie nur ein demoliertes Stück Möbel. Und du willst mir erzählen, ich hätte keine Ahnung? Du – mir?«

DRK holte Luft: »Vielleicht sollten wir eine Pause machen. Und dann reden wir drei …«

Empört fiel Tina Duisburg ihm ins Wort: »Da gibt es nichts zu reden! Der da muss raus hier. Der hat hier nichts mehr verloren. Am besten meldet er sich ab und sucht sich eine andere Schule …«

Dennis Czerny sah die beiden Freundinnen lange an.

Schließlich nickte er. Zog seine Jacke an. Stopfte den Brecht-Text in seinen Rucksack und hängte ihn sich über eine Schulter, ohne ihn richtig zu verschließen. Dann hob er seine Faust, zögerte und öffnete sie schließlich, während er noch einmal zu Nilgül hinüberschaute. Etwas Helles, Metallenes fiel klirrend auf seinen Tisch. Er ging hinaus, ohne sich noch einmal umzusehen.

Wie gebannt blickte Nilgül auf den verwaisten Platz. Da lag etwas, das ihr sehr bekannt vorkam. Das war …

Sie lief hin: ein Kettchen mit einem kleinen Herzen. Aus Messing und sehr kitschig.

Mit zitternden Fingern versuchte sie, das Herz zu öffnen, und schaffte es nicht. Schließlich kam Tina ihr zu Hilfe, fand den leicht verbeulten Verschluss und ließ den Deckel aufspringen. Ein sehr bekannter türkischer Fußballer lächelte Nilgül an.

»Weißt du, was das heißt?«, flüsterte sie. »Er war's. Er hat mich aus dem Feuer gezogen!«

Bevor sie jemand stoppen konnte, rannte sie Dennis hinterher.

101

Karin und Mager saßen am Dienstagabend bei einem ganz vorzüglichen Spanier am Rande der Dortmunder Innenstadt und labten sich an einem guten Dutzend Tapas und einem trockenen Rotwein. Als der Bärtige endlich satt war, musste er den Gürtel seiner Jeans um ein weiteres Loch lockern.

»Meine Güte«, stöhnte er. »Es ist wesentlich leichter, einen Doppelzentner Kohlen einzuschaufeln.«

»Vor allem gesünder«, spottete sie und er grinste mit, während er sich eine Zigarette aus der fast leeren Packung angelte.

»Wer fährt eigentlich?«

»Blödmann«, sagte sie. »Wir dürfen beide nicht mehr fahren.«

»Dann brauche ich noch einen Kaffee und einen Cognac!«

Dass der Cognac hier Brandy hieß und nach einem spanischen Kardinal benannt war, störte den Kameramann nur marginal: »Ausgezeichnetes Gesöff. Schade nur, dass man sich das so selten leisten kann.«

»Vielleicht solltet ihr eure Autos etwas schonender behandeln.«

»Wer – ihr?«, fragte er in geheuchelter Unschuld.

»Du und Kalle.«

»Kalle. Der macht mir ganz andere Sorgen. Keine Ahnung, wo der sich heute rumtreibt. Der Bursche brütet irgendwas Irres aus.«

»Psst!«, machte die Rote. »Wir wollten doch heute Abend nicht mehr über die Arbeit reden!«

»In Ordnung«, sagte er und ließ den Kardinal über seine Zunge rinnen.

Gemeinsam marschierten sie schließlich zur S-Bahn-Haltestelle am Stadthaus und kletterten die Stufen zum Bahnsteig hoch. Sie froren etliche Minuten, bis sie mit einem der letzten Züge des Tages am südlichen Stadtrand von Dortmund vorbei bis zum Ende der Steinhammer Straße fuhren. Die wenigen hundert Meter bis zum PEGASUS-Hauptquartier bewältigten sie ebenfalls noch ohne Mühe, aber die Treppe kam Mager so steil und endlos vor wie lange nicht mehr.

Erst kurz vor dem Einschlafen fiel es ihm ein und er schoss so heftig hoch, dass er sich den Schädel an der Dachschräge stieß: »Was ich dich noch fragen wollte: Warum schläfst du eigentlich immer noch hier? Die Couch bei Susanne ist doch wieder frei!«

Karin gähnte: »Mach nicht solch einen Lärm. Und leg dich wieder hin. Es wird kalt unter der Decke.«

Als er wieder neben ihr lag, streckte sie vorsichtig einen Arm aus, bis sie seine Hand berührte: »Schlaf gut, alter Mann. Und vergiss nicht: Ich liebe dich ...«

Mager wollte etwas antworten und zumindest behaupten, dass er noch gar nicht so müde sei, wie sie glaubte – aber der alte spanische Kardinal hatte wohl etwas gegen solch ein unwichtiges Geschwätz.

102

»Kennen Sie den?«, fragte Martina Langer und legte Oberkommissarin Hell das Phantombild vor, das mit Hilfe von Nilgül Ösran am Vortag entstanden war.

Die Frau vom Staatsschutz betrachtete das Gesicht auf dem Papier und schüttelte nachdenklich den Kopf: »Nie gesehen!«

»Wir müssen warten, bis der *Berghof* wieder aufmacht«, meinte Lohkamp. »Spätestens morgen dürfte der Kerl wieder dort auftauchen. Dann holen wir ihn uns …«

»Das wird aber lustig«, vermutete Hell. »Die Volkssturm-Leute werden ein riesiges Besäufnis abhalten. Mit Livemusik von einer dieser rechten Rockbands und Gästen aus dem ganzen Ruhrgebiet. Die harte rechte Szene wird fast vollständig da sein. Wie viele Beamte wollen Sie für solch eine Schlacht einsetzen?«

Langer seufzte: Auf solch ein Gemetzel durften sie es nicht ankommen lassen. Ihnen musste etwas anderes einfallen.

Die Hauptkommissarin blickte Hell an: »Wie ist das eigentlich: Steht der *Berghof* noch unter Beobachtung?«

Beinahe empört blies die Frau vom PB II ihre Wangen auf: »Jetzt, wo nur renoviert wird? Die Leute können endlich mal ein paar von ihren Überstunden abfeiern, bevor sie morgen Abend wieder im Einsatz sind.«

Sie verließ den Raum und Lohkamp warf Klemm einen auffordernden Blick zu: »Hinterher! Lass sie nicht aus den Augen!«

»Keine Angst«, sagte die Kommissarin, bevor sie verschwand. »Selbst wenn sie es vom Klo aus versucht – Ewald hat die SIM-Karte von ihrem Handy unbrauchbar gemacht …«

»Glaubst du wirklich, Hell deckt einen Mörder?«

»Keine Ahnung. Aber in den letzten Wochen ist so viel schief gelaufen. Sollen wir das so kurz vor Schluss noch vergeigen?«

»Du kannst die Frau doch nicht lückenlos überwachen. Unmöglich!«

»Aber vielleicht lange genug«, sagte Lohkamp, trank seinen Kaffee aus und schnappte sich seine Lederjacke. »Ich lade mir die Frau in den Wagen und greife mir mit ihr zusammen diesen Dennis Czerny ab. Den vernehmen wir dann so lange, bis er alles ausspuckt. Und bevor es so weit ist, darf Frau Hell nicht nach Hause.«

103

Im *Berghof* versammelten sich die Organisatoren der großen Party, mit der am Tage darauf die Renovierung gefeiert werden sollte. Neben Lindau waren nicht nur drei der jüngeren Volkssturm-Leute gekommen, sondern auch Vater Brennwald und ein Mitglied des Bezirksvorstandes der Nationalen Partei, die weiterhin an guten Beziehungen zu den jungen Leuten interessiert war. Wer noch fehlte, war Dennis Czerny. Nachdem man fünfzehn Minuten lang vergeblich gewartet hatte, versuchte Puma, den Blonden über sein Handy zu erreichen. Aber statt des jungen Mannes meldete sich nur die Mailbox der Telekom.

»Wer weiß, was ist«, sagte er dann. »Lasst uns schon mal anfangen!«

Kalle Mager musste eine Menge Geduld aufbringen, bis die Sitzung drinnen zu Ende ging. Zweimal hatte er eine Runde um den Block gedreht, um alles zu kontrollieren. Lindau hatte seinen Wagen an der üblichen Stelle geparkt – und der Staatsschutz hatte wieder einmal Wichtigeres zu tun.

Als Lindau endlich auftauchte, hätte ihn Kalle beinahe nicht erkannt: Der Typ hatte sich die Haare weißblond gefärbt und trug eine dieser altertümlichen Hornbrillen, die wieder in Mode gekommen waren. Erst als der Mann seinen Wagen ansteuerte, begriff Kalle, wen er vor sich hatte.

Auch der andere hatte etwas bemerkt: Dass dicht vor seinem grünen Flitzer ein anderes Auto geparkt hatte. Ein großer Kerl stand im Nieselregen neben dem geöffneten Motorraum und fummelte im Schein einer Taschenlampe in den Eingeweiden des Fahrzeugs herum. Plötzlich sah er auf, schaute Lindau an und fragte: »Entschuldigung, haben Sie ein Überbrückungskabel?«

»Will er nicht?«, fragte der Puma und trat näher.

»Nee«, sagte Kalle. »Offenbar der Anlasser. Können Sie mir helfen, den Wagen eben um die Ecke zu schieben?«

»Klar doch!«, meinte Lindau und stellte sich schon am Heck des Wagens auf. Kalle ließ die Motorhaube fallen und packte den Griff der Fahrertür: »Wird schon klappen!«

Im selben Augenblick standen plötzlich drei Schatten hinter Lindau. Während der eine ihm etwas Langes, metallisch Glänzendes in die Rippen stieß, riss der Nächste seine Arme nach hinten und ließ eine Handfessel zusammenschnappen. Der dritte packte von hinten Pumas Hals und drückte ihm etwas Helles, Weiches ins Gesicht. Es dauerte nur Sekunden, dann erschlaffte der geschmeidige Körper des Mannes.

»Los!«

Kalle riss die Kofferraumhaube auf und sie bugsierten den Mann hinein. Prüften, ob auch kein Schal oder Jackenzipfel aus dem Laderaum heraushing, und schlossen das Gefängnis. Ein kurzer Blick in die Runde – es schien niemand da zu sein, der etwas bemerkt haben konnte.

»Okay! Ab!«

Während zwei Vermummte mit in Kalles Wagen stiegen, setzte sich der Dritte hinter das Steuer des Honda. Hintereinander bogen sie um die nächste Ecke, fuhren mit mäßigem Tempo am *Berghof* vorbei und steuerten auf die Friedrich-Ebert-Straße zu. Als Kalle unten anhielt, um den Verkehr auf der Hauptstraße zu checken, kontrollierte einer von Kalles Mitfahrern die Uhr: »Perfekt. Eine Minute und zehn Sekunden.«

»Fluppe«, sagte Kalle. Sein Atem flog, die Hände zitterten, und er war am ganzen Körper nass von Schweiß. Bis zum Ziel musste er sich wieder im Griff haben, sonst passierte ein Unglück. Und im Moment störte ihn sogar das Surren des Scheibenwischermotors. Als ihm jemand eine brennende Zigarette zwischen die Lippen schob, fühlte er sich gleich ein Stück besser.

»Und jetzt ganz langsam, Kalle!«

Der kantige Kerl nickte: »Habt ihr den Polizeifunk gecheckt?«

»Ja. Alles klar. Keine Verkehrskontrolle auf unserem Weg«

Am August-Bebel-Platz ordnete sich Kalle rechts ein, um noch ein Stück der Friedrich-Ebert-Straße zu folgen. Dann setzte er den Blinker und bog in die Westenfelder Straße ein, die in Richtung Höntrop führte. Er befragte mehrfach seinen Rückspiegel, aber außer dem Honda war niemand da, der ihm folgte.

»Mann, ist das geil!«, flüsterte einer von Kalles Gefährten. »Die Polizeiwache war keine hundert Meter entfernt.«

104

Abends um acht waren Dennis Czerny die Zigaretten ausgegangen. Lohkamp sah dem Burschen die Enttäuschung an, als er nach seinen Kippen griff und realisierte, dass die Packung leer war. Eine halbe Stunde lang wand der Blonde die nutzlose Pappe noch in den Händen, während er sich auf die Fragen der Polizisten konzentrierte. Schließlich hatte sich das viereckige Gebilde in eine Spirale verwandelt, die so stramm gedreht war, dass man sie kaum noch entwirren konnte. Mit einem beinahe verzweifelten Gesichtsausdruck warf Czerny sein Kunstwerk schließlich in den Müll.

»Wollen Sie eine von meinen?«, fragte Lohkamp, doch der Blonde schüttelte nur stumm den Kopf. Von diesem Augenblick an rauchte der Hauptkommissar dem jungen Mann kräftig was vor. Dessen Blicke wurden immer begehrlicher – und Hell stand schließlich auf, um das Fenster zu öffnen.

»Also«, begann Klemm von vorne und spulte exakt die Fragen ab, die Czerny vorher schon von Hell und Hardenberg, Langer und Lohkamp gehört hatte. »Geboren sind Sie wann? Hier in Wattenscheid? Und seit wann auf der Hellwegschule?«

Hardenberg stand auf, um neuen Kaffee zu kochen. Als das Gebräu fertig war, schob er auch dem Schüler eine Tasse zu: »Mit Milch und Zucker?«

Bevor der Junge antworten konnte, stellte die Kommissarin bereits ihre nächste Frage: »Wo waren Sie, als Ihre Mitschülerin vergewaltigt wurde? Und erzählen Sie nichts mehr von Kleve und Friederike May. Dort sind Sie vor Silvester nicht gewesen ...«

Kaum hatte sich Dennis wieder der Polizistin zugewandt, tauchte eine Packung Zigaretten vor seiner Nase auf: »Nehmen Sie schon. Die sind zwar schwächer als Ihre, aber besser kastrierten Tabak als gar nichts zu rauchen ...«

Eine Stunde vor Mitternacht gab Czerny auf. Er griff zu, ließ sich Feuer reichen, rauchte ein paar tiefe Züge und nickte Lohkamp schließlich zu: »Also gut. Ich habe in dem grünen Golf gesessen. Sollte Schmiere stehen und mit der Hupe warnen, falls etwas schief ging.«

Die Beamten atmeten auf. Sie waren mindestens so abgekämpft wie der Blonde und sehnten sich nicht weniger nach einem Bett als er.

»Warum sind die anderen überhaupt da reingegangen?«

»Es hat in der Truppe Gemeckere gegeben. Ewig nur Saufen und keine *Action* mehr. Da könnte man gleich in einen Rentnerverein gehen.«

»Das hat jemand wörtlich gesagt?«, fragte Hell.

Czerny schüttelte den Kopf: »Nicht, wenn Brennwald dabei war. Da haben sie alle die Schnauze gehalten. Aber Kleinert hat Brennwald immer alles brühwarm erzählt, was hinter seinem Rücken geredet wurde Und als immer mehr Leute unzufrieden wurden, da sind wir dann losgefahren.«

»War die Vergewaltigung geplant?«

»Ich glaube nicht. Das muss sich so ergeben haben. Sie wollten lediglich den Laden platt machen.«

»Und wer hat es getan?«

Eine kleine Pause entstand und Hell beugte sich gespannt vor.

»Puma«, sagte Czerny endlich. »Heißt Frank Lindau. Wohnt irgendwo im Essener Süden ...«

Hardenberg saß schon am Terminal und gab den Namen ein.

»Wenn Sie Glück haben, finden Sie ihn jetzt noch im *Berghof*. Die bereiten die große Fete vor.«

»Pass auf, Dennis«, sagte Lohkamp. »Ich glaube dir. Aber wir behalten dich hier, bis wir Lindau haben. Vier Morde sind genug.«

»Glauben Sie wirklich ...«

»Ja.« Lohkamp sah die Hauptkommissarin an. »Wer soll ihn holen, Martina?«

»Frau Hell und ich bleiben hier. Macht ihr drei das.«

Die Frau vom Staatsschutz sah aus, als wollte sie gegen diese Aufteilung protestieren. Doch Langers Augen sagten ihr, dass das nichts nützen würde.

105

Als sie Höntrop hinter sich gelassen hatten, atmete Kalle auf. Jetzt war es nicht mehr weit. Er zog den Wagen etwas schneller die nächste Steigung hoch, setzte den Blinker und bog an der Waldorf-Schule in die Zufahrt zur Realschule ein.

Vor der Turnhalle stand ein abgedunkelter Wagen. Kalle parkte daneben und löschte die Beleuchtung. Sekunden später war der Honda da. Der Motor erstarb, dann wurde auch der kleine grüne Flitzer von der nassen Dunkelheit verschluckt.

Nebenan öffnete sich die Fahrertür. Ein langer, schlanker Typ kam heran und beugte sich zu Kalles Fenster hinab: »Bis vor fünf Minuten war die Luft rein!«

Kalle nickte, aber da stand auch der Mann neben ihm, der den Honda gefahren hatte: »Ich guck trotzdem noch mal ...«

Die nächsten Minuten zogen sich unglaublich zäh dahin. Kalle zückte sein Päckchen und steckte sich, das Feuerzeug mit der Hand abschirmend, eine an.

»Aber da draußen rauchst du nicht!«

Kalle nickte wieder. Wartete. War schon fast so weit, das ganze Unternehmen zu bereuen. Es war der helle Wahnsinn, was sie da machten. Aber wenn ihre Glückssträhne anhielt, konnte es klappen.

Aus dem Dunkeln näherte sich eine Gestalt: »Alles klar. Auf der anderen Seite ist zwar eine Siedlung, aber das Wetter ist ideal. Da geht keiner mehr mit dem Hund spazieren ...«

Magers Sohn kannte das aus Dorstfeld. Bei diesem Wetter blieb man in der Haustür stehen und ließ den Hund alleine machen, was er tun musste. Und er hatte am nächsten Morgen das Zeug an der Sohle.

»Dann los!«

Als sie den Kofferraum öffneten, kam Lindau gerade wieder zu sich: Aus halb geöffneten Augen blinzelte er in das Licht der Heckraumbeleuchtung. Sie zogen ihn heraus und stellten ihn auf die Füße.

Der Mann mit der Pistole drückte Puma die Mündung in den Rücken: »Du kommst mit! Keinen Mucks! Eine falsche Bewegung und du bist alle!«

Lindau nickte, aber Kalle war nicht sicher, ob er überhaupt kapierte, was mit ihm geschah. Doch die frische Luft sorgte offenbar dafür, dass er zu sich kam. Zumindest mussten sie ihn bald nicht mehr wie einen nassen Sack festhalten.

Eine Minute später standen sie auf der schmalen Fußgängerbrücke, die über die S-Bahn-Strecke von Bochum nach Essen führte. Fünf Meter unter ihnen war Kevin Kleinert gestorben.

Bevor Lindau ein Wort sagen konnte, packten ihn vier starke Fäuste und hoben ihn über das eiserne Geländer. Schwankend stand er nun auf dem kleinen Betondach, das die Oberleitung der S-Bahn abschirmte. Kalle streckte die Hand aus und kettete Lindau mit der Handschelle ans Geländer.

Einer von Kalles Begleitern hatte einen schweren Rucksack mitgebracht. Er öffnete ihn und nahm ein Aufnahmegerät heraus. Stöpselte ein Mikro ein und hielt es dem Puma unter das Gesicht. Drückte auf *Record*.

»Du heißt Frank Lindau?«

Der Mann schien zu nicken, aber das nützte ihnen nichts.

»Du musst antworten«, schnauzte Kalle.

»Ja.«
»Wann und wo geboren?«
»Dritter dritter sechsundsiebzig in Essen.«
»Beruf?«
»Student.«
»Weißt du, weshalb du hier stehst?«
Der Mann gab ein Geräusch von sich, als würde er grinsen: »Hier wurde Kevin Kleinert umgebracht.«
»Richtig. Von dir.«
»Falsch. Ich war's nicht.«
»Warum hast du Heckmann, Koslowski, Horvath und Kleinert umgebracht?«
»Ich sag doch: Ich war's nicht!«
»Außerdem hast du Nilgül Ösran vergewaltigt.«
»Kenne ich gar nicht. Ich habe noch nie jemanden vergewaltigt.«
»Na gut«, sagte Kalle Mager und zog sein Handy aus der Jacke: »Kommt!«
In einiger Entfernung klappte eine Autotür zu. Bald näherten sich leichte Schritte.
»Was macht ihr hier?«, fragte Lindau. »Ein neues Gesellschaftsspiel?«
»Schnauze«, sagte jemand. »Du stellst hier keine Fragen.«
Aus dem Dunkel schälten sich Nilgül und Karin heraus.
»Erschrick nicht, Lindau. Ich leuchte dir jetzt ins Gesicht«, erklärte Kalle. »Das ist eine Gegenüberstellung.«
Er schaltete die Taschenlampe ein, deckte das Glas mit den Händen ab und ließ einen Rest des Scheins auf Lindaus Gesicht fallen: »Erkennst du ihn?«
Nilgül brauchte lange und Kalle glaubte im Dunkeln zu erkennen, dass Karin sie stützen musste.
»Ja«, flüsterte die junge Türkin endlich.
»Sag's uns. Lauter.«
»Das ist der Mann«, rief Nilgül, stockte einen Moment und schrie dann los: »Der hat mich vergewaltigt. Am 30. Dezember 1999 in der Westenfelder Straße.«
Lindau senkte seinen Kopf, sagte aber nichts. Schien dem leisen Grollen zu lauschen, das aus der Ferne näher kam.

»Also«, sagte Kalle. »Gibst du es zu? Komm, erleichtere dein Gewissen.«

Lindau zögerte. Da sagte Karin: »Was bist du doch für ein Feigling. Mit sechs Kerlen ein junges Mädchen überfallen, das kannst du. Und jetzt ...«

Das Grollen kam langsam näher. Weit entfernt glommen auf dem Schienenstrang drei Lichter auf.

»Lindau!«, drängte Kalle.

»Also gut. Ja, ich war's. Brennwald hat mich gezwungen. Wenn ich es nicht getan hätte, wäre ich aufgeflogen.«

»Wieso?«

»Ich bin Polizist. Staatsschutz. Undercover. Sollte mich da hocharbeiten.«

»Wer hat dich geführt?«

»Oberkommissarin Hell aus Bochum!«

»Und warum hast du Heckmann und die anderen umgebracht?«, fragte Kalle und musste nun merklich lauter werden. Der Zug raste heran.

»Weil sie dabei waren? Zeugen beseitigen?«

»Ja!«, rief Lindau.

»Noch mal im Klartext: Wer hat es getan?«

»Ich!«, brüllte der Staatsschutzmann.

»Okay«, schrie Kalle gegen den S-Bahn-Lärm an. »Du kommst jetzt wieder rüber und erzählst dasselbe noch mal vor einer Fernsehkamera. Dann fahren wir dich zur Staatsanwaltschaft.«

Er löste die eiserne Klammer von Lindaus Handgelenk und streckte den Arm aus: »Komm, Bulle. Und dann sag mir, wie du mit dieser Schuld weiterleben willst.«

»Gar nicht«, flüsterte Lindau, stieß Kalles Hand weg und drehte sich um: »Leckt mich doch!«

»Ach du Scheiße!« Kalle beugte sich vor und streckte die Hand aus, doch er war nicht schnell genug. Lindau sprang. Ein gewaltiger Lichtbogen erhellte die Nacht.

106

»Mord oder Selbstmord?«, lautete die Frage, als die Sonderkommission und die Spurensicherung am Ereignisort erschienen. Der Mann war von dem Aufprall auf der S-Bahn-Lok derart zerschmettert und zerrissen worden, dass man kaum noch in der Einzahl von ihm reden durfte.

Zusätzlich hatte sich beim ersten Kontakt mit dem Metalldach des Verkehrsmittels zwischen Fahrdraht und Körper ein Lichtbogen gebildet, der dem Mann Unterschenkel und Füße, die Hände und einen Arm verbrannt und verkohlt hatte. Beide Verletzungsarten hatten zusammen solche Zerstörungen angerichtet, dass es im Grunde genommen nichts mehr gab, was man einem normalen Menschen zur Identifizierung des Toten zeigen konnte. Deshalb war Langer froh, als die Tatortgruppe etliche Meter von der Fußgängerbrücke entfernt sein Portmonee mit dem Personalausweis fand. Jetzt hatte der Tote wenigstens einen Namen.

Dr. Brettschneider seufzte, als er die an der Fußgängerbrücke eintraf und der Hauptkommissarin die Hand drückte: »So viele Tote wie Sie hat mir lange niemand mehr besorgt ...«

Als er die ersten Leichenteile betrachten konnte, seufzte er ein zweites Mal und murmelte etwas von der Nichtigkeit des menschlichen Daseins.

»Wie bitte?«, fragte Hardenberg, der den philosophischen Exkurs des Medizinmannes aufgrund der Akustik der Umgebung nicht ganz mitbekommen hatte.

»Manchmal glaube ich«, präzisierte der Doc sein Gemurmel, »dass die Arbeit auf dem Schlachthof sauberer und ehrlicher ist als mein Job.«

Dann sah er die Techniker an: »Ich würde den Mann gerne hier schon zusammensetzen. Damit wir sofort wissen, ob uns etwas fehlt ...«

Man beriet sich und war schnell einig: Wenn es überhaupt irgendwo relevante Spuren gab, die man nicht zertrampeln durfte, dann fand man sie sicher nur auf der Fußgängerbrücke und den beiden Rampen, die zu ihr hinaufführten: »Machen Sie!«

Eine Stunde später waren sie so weit, dass sie zu ihrer Ausgangsfrage zurückkommen konnten.

»Ach Gott«, sagte Brettschneider. »Wie soll man an diesem armen Kerl noch feststellen, woher die Verletzungen und Zerstörungen stammen? Wenn's derselbe ist, dessen Blut wir neulich an der Böschung gefunden haben, ist Selbstmord nicht unwahrscheinlich.«

»Und wenn er's nicht war, wissen wir immer noch nichts«, vermutete Lohkamp und Brettschneider nickte.

Die nächste bedeutsame Nachricht war Hardenberg zu verdanken, der aus einem Einsatzwagen über Funk die Datenspeicher der Polizei und des BKA nach Hinweisen auf Frank Lindau absuchte. Nach mehreren Fehlanzeigen gab es beim Landeskriminalamt in Düsseldorf zumindest einen indirekten Hinweis darauf, dass der Puma dem Innenministerium bekannt war: Bevor man das über ihn vorhandene Material einsehen konnte, musste man ein Passwort eingeben.

»Frau Hell?«

Mit versteinertem Gesicht kam die Frau herangestakst. Ohne eine Regung blickte sie auf die stumme Bitte des Computers, ihm ein registriertes Passwort zu nennen.

»Da kann ich Ihnen auch nicht helfen!«, sagte sie schließlich. »Damit müssen Sie sich an den Innenminister wenden.«

Hardenberg erstattete Langer Bericht. Sie wechselte einen kurzen Blick mit Lohkamp und stellten fest, dass sie einer Meinung waren.

»Vielleicht ein V-Mann des Verfassungsschutzes«, meinte sie und der Hauptkommissar ergänzte: »Oder ein Kollege, der undercover gearbeitet hat.«

Fünf Minuten später war er indes bereit, diese Vermutung wieder aus seinem Gedächtnis zu streichen. Brettschneider hatte sich besondere Mühe gegeben, die Einzelteile des Kopfes so zusammenzulegen, dass man sich – mit viel Fantasie – ein Bild von dem Gesicht des Mannes machen konnte. Es kostete alle Beteiligten große Mühe, ohne Schluckbeschwerden und Übelkeit das merkwürdige Mosaik zu betrachten. Bei Lohkamp lohnte es: Die Frisur, die Augenpartie und die Lippen erinnerten ihn an einen konkreten Menschen: »Nummer sechs.«

Langer wusste sofort, wovon er redete: »Der Vergewaltiger?«

»Ja. Was für ein netter Kollege.«

Achtundvierzig Stunden später bestätigte ihnen Brettschneider, dass der Mann auch noch ein vierfacher Mörder war.

107

»Was haben sie gekriegt?«, wollte Nilgül Ösran wissen.

Mager setzte die Kamera ab, wischte sich mit dem Ärmel seines T-Shirts den Schweiß aus der Stirn und suchte nach seinen Zigaretten: »Seid ihr nicht mehr reingekommen?«

Die junge Frau ließ ihre langen, schwarzen Haare wedeln: »Unmöglich. Und auf der Treppe zum Zuschauereingang standen jede Menge Glatzen.«

»Verstehe. Brennwald hat zwei Jahre bekommen. Wegen der Brandstiftung. Die Anstiftung zur Vergewaltigung sei aber nicht beweisbar. Sie haben deine Aussagen und das, was Dennis ausgesagt hat, gar nicht zur Kenntnis genommen.«

»Und der Rest?«

»Diese Jüngelchen? Freispruch wegen unzureichenden Tatverdachts.«

Sie waren an Magers Skoda angekommen. Als der Kameramann die Tür öffnete, schlug ihnen glühende Hitze entgegen. Der Wagen hatte zwei Stunden in der prallen Sonne gestanden. Es war, als wollten die letzten Augusttage die Menschen im Ruhrgebiet für den verregneten Sommer entschädigen.

»Und sonst? Was ist mit dem Volkssturm?«

»Keine Rede von terroristischer Vereinigung. Der Richter meinte sogar, dass er Brennwalds Aussage glaube, das sei nur ein besonders wilder Sportverein gewesen, den Politik überhaupt nicht interessiert hätte. Dass einige der Mitglieder so seltsame Hobbys gehabt hätten wie Bomber Heckmann, könne man ja den anderen nicht anlasten ...«

»Unglaublich«, sagte Kalle. »Und all die anderen Sachen? Angesägte Bremsleitungen? Todesanzeigen? Das Anliefern von Särgen bei Leuten, die noch leben?«

Mager zuckte die Achseln: »Nichts. Das, was inzwischen Verstorbene getan hätten, könne nicht Gegenstand des Verfahrens sein ...«

Nilgül putzte sich intensiv die Nase und ihre Augen waren feucht: »Diese Schweine.«

Einen Moment standen sie unschlüssig auf der Straße herum. Dann schlug Susanne vor: »Wir müssen jetzt los, den Film schneiden. Komm doch heute Abend mal vorbei. Und bring Tina mit. Wir stellen ein paar Tische und Stühle auf den Hof und machen etwas Leckeres zu essen. Und trinken uns einen feinen Sekt dabei.«

»Sekt«, maulte Mager. »Das ist doch Kinderpipi!«

Gegen ihren Willen musste Nilgül lachen. »In Ordnung. Ich komme!«

Gegen Abend hatten Susanne, Karin, Kalle und Vanessa denjenigen Teil des Hinterhofs, den PEGASUS nutzen durfte, in ein kleines Paradies verwandelt: ein festlich gedeckter langer Tisch, ein paar Schritte abseits das Büfett mit Salaten und hochprozentigen Desserts, noch ein Stück weiter der Grill. Ergänzt wurde das Ambiente durch Zierpflanzen, Girlanden und einen dieser Tischspringbrunnen, die bei echten Deutschen so beliebt waren. Zwei Boxen, die Mager mitten in den Hof gestellt hatte, überzuckerten die Szene mit Musik von REM, Dire Straits und Barcley James Harvest.

»Wahnsinn!«, staunte Nilgül. »Das sieht bei euch ja aus wie in den Türkensiedlungen von Wanne-Eickel!«

»Keinen Rassismus bitte!«, grinste Mager. »Hallo, Tina. Setzt euch. Was möchtet ihr trinken?«

Zwei Stunden später fischte Kalle die letzten Lammkoteletts vom Grill, die Dessertschalen blinkten, als hätte sie jemand ausgeleckt, aber das Bier, der Sekt und der leichte, trockene Rotwein waren noch längst nicht alle.

Karin stand auf, um all die Mineralwässerchen und Orangensäftchen wegzubringen, mit denen sie ihre Blase gefüllt hatte.

»Ich komme mit«, sagte Nilgül.

Sie enterten das PEGASUS-Büro und musterten das Klo: Die Männer hatten sich offenbar alle an das Stehverbot gehalten. Karin setzte sich, und während unter ihr ein Sturzbach rauschte, fragte sie: »Und du? Wie geht es dir?«

»Gut. Die Schule klappt und bei Duisburgs ist es prima. Papa überweist mir das Kindergeld und steckt mir sogar noch ein paar Mark mehr zu – es wird gehen. Nur ...«

»Ja?«, fragte Karin, während sie die Plätze tauschten.

»Manchmal«, sagte Nilgül. »Manchmal träume ich nachts immer noch davon. Das sitzt so tief in mir, ich glaube, das geht nie wieder raus. Und ich schwöre dir: Wenn das nicht weg ist, bis Brennwald aus dem Knast kommt, dann knalle ich ihn ab!«

»Mensch, Nilgül, sag nicht so etwas. Das ist keine Lösung. Rede dir da bloß nichts ein ...«

Nilgül kramte einen Beutel mit Schminkzeug heraus. Stellte sich vor den Spiegel und renovierte ihren Lidschatten. Sah die Freundin an und lächelte: »Mach dir keine Sorgen. Ich weiß nicht, ob ich es in zwei Jahren noch will. Ich weiß es wirklich nicht.«

Die Stimmung blieb ungetrübt bis zu jenem Augenblick, da alle Funkuhren Mitteleuropas zum zweiten Mal an diesem Tag zehn Uhr anzeigten. Denn in diesem Augenblick öffnete sich die Tür des Hinterhauses.

»Ach, du Scheiße«, sagte Mager und zog den Kopf ein, als seine Geschiedene auf dem Treppchen erschien. Mit dem wuchtigen Gang einer echten Matrone schritt sie bis an die unsichtbare Grenze, die für sie die Welt in Gut und Böse teilte. Sie stemmte die Hände in die Hüften, musterte die Boxen zu ihren Füßen und die bunten Fackeln, die den Feiernden Licht spendeten.

»Kalle!«, rief sie. »Mach sofort die Musik aus!«

»Warte«, sagte Karin und stand auf. »Guten Abend, Mechthild. Wollt ihr euch nicht dazu setzen?«

Magers Ehemalige musterte die Nachfolgerin, als hätte diese ihr einen unsittlichen Antrag gemacht. »Es ist mitten in der Nacht, um diese Zeit ...«

Sie unterbrach sich, starrte auf Karins Bauch und sah der Roten dann ins Gesicht: »Bist du etwa auch schwanger?«

Schlagartig verstummten alle Gespräche: Für die meisten Anwesenden waren das zwei Neuigkeiten auf ein Mal.

»Ja«, sagte Karin endlich. »Fünfter Monat. Und du?«

»Auch.« Mechthild zögerte. Dann setzte sie sich und fragte: »Kriege ich hier eigentlich nichts zu trinken?«

»Pegasus«-Krimis von Ard & Junge

Das Ekel von Datteln
1. Band der PEGASUS-Serie ISBN 3-89425-426-2
»Gründlich ausrecherchiert - darum sehr realitätsnah - ist die Szenerie an den Schauplätzen des kriminellen Geschehens.«
(Ruhr-Nachrichten)

Das Ekel schlägt zurück
2. Band der PEGASUS-Serie ISBN 3-89425-010-0
»Tempo, Spannung, der milieusichere Blick in die rauhe Herzlichkeit des Revier-Genossen-Filzes.« (Manfred Breuckmann/WDR)
»...freche, vergnügliche Polit-Satire von manchmal sympathischer, manchmal abstoßender Bösartigkeit.« (WAZ)

Die Waffen des Ekels
3. Band der PEGASUS-Serie ISBN 3-89425-021-6
»Genial springen die Autoren zwischen mehreren Handlungssträngen, spielen mit der deutschen Sprache wie mit Verdachtsmomenten; so entsteht Lesevergnügen vom Feinsten.« (SCHNÜSS, Bonn)

Meine Niere, deine Niere
4. Band der PEGASUS-Serie ISBN 3-89425-028-3
PEGASUS, das berühmteste Videoteam zwischen Marten, Oespel und Lütgendortmund, deckt kriminellen Organhandel auf - und natürlich mischt »Ekel« Roggenkemper wieder mit.

Der Witwenschüttler
5. Band der PEGASUS-Serie ISBN 3-89425-044-5
Doppelmord in Recklinghausen: Die Opfer sind der Umweltminister von NRW und seine Geliebte. Private Rache oder Terror? PEGASUS recherchiert...

Totes Kreuz
6. Band der PEGASUS-Serie ISBN 3-89425-070-4
Panik in Datteln: Zwei Altenpflegerinnen werden ermordet, Zivi Kalle Mager ruft PEGASUS zu Hilfe, und ein unausstehlich herrschsüchtiger Senior macht dem Personal das Leben schwer.

Straßenfest
7. Band der PEGASUS-Serie ISBN 3-89425-213-8
Punker-Happening beim Weinfest und Straßenfest in einer spießigen Reihenhaussiedlung - es gibt Tote, PEGASUS filmt und Lohkamp ermittelt.

grafit

Krimis von Theo Pointner

Rosenmunds Tod
ISBN 3-89425-268-5
Hacker Basti wird Augenzeuge von ›Rosenmunds‹ Ermordung

Ein Tropfen Blut
ISBN 3-89425-246-4
Eine Frau wird vergewaltigt, ein Mann kommt von seinen Spielschulden nicht herunter, ein Kripomann droht vom Dienst suspendiert zu werden – es gibt Tote und also viel Arbeit für das Bochumer KK 11.

... und du bist weg!
ISBN 3-89425-231-6
Katharina Thalbach erschießt irrtümlich eine Kollegin, ein Obdachloser wird brutal ermordet und ein Priester muß sterben, weil die Leute vom KK 11 seine Worte nicht ernst nehmen.

Rechts-Außen
ISBN 3-89425-214-6
Eine militante rechtsradikale Gruppe verbreitet Angst und Schrecken – auch im Ruhrgebiet. Ausgerechnet jetzt hat hier die Fußballnationalmannschaft ihr Trainingslager aufgeschlagen, und die Sturmhoffnung Kaltenbach erhält prompt Drohbriefe. Die Bochumer Kripo-Leute müssen Leibwächter spielen, doch die Gegenseite ist ihnen stets einen Schritt voraus.

Einer nach dem andern
ISBN 3-89425-204-9
In Bochum geht ein Serienkiller um. Erst bei der dritten Leiche stoßen Kommissarin Katharina Thalbach und ihre Kollegen auf eine Verbindung. Alle Opfer waren Mitglieder einer Sekte. Sind die ›Befreiten des Lichts‹ wirklich nur eine Gruppe harmloser Spinner?

Scheinheilige Samariter
ISBN 3-89425-043-7
»Ein hinreißend spannender Krankenhaus-Krimi, in dem der Täter am Ende durch einen Computer-Bastler enttarnt wird, der sich per Datenleitung in den Heim-Computer eine Arztes einschaltet und dort die Beweise für Mord und Drogenhandel findet ...« (Radio Ruhrgebiet, WDR 5)

Tore, Punkte, Doppelmord
ISBN 3-89425-031-3
»Kripo-Kommissar Wielert und sein Kumpan Bach decken 20 Jahre nach Gregorio Canellas' Enthüllungen einen neuerlichen Kicker-Skandal auf, der sich gewaschen hat. Bis es soweit ist, wird ordentlich betrogen und gelogen, werden Spieler verkauft und Schiedsrichter gekauft ... beachtliches Krimi-Debut ...« (Unicum)

grafit

Krimis von Jan Zweyer

Glück auf, Glück ab
ISBN 3-89425-212-X
Der erste Krimi mit Rainer Esch
Der Fahrsteiger Klaus Westhoff wird tot aufgefunden. Selbstmord, sagt die Polizei. Doch warum? Stefanie, Rainer Esch und Cengiz Kaya stoßen auf eine dubiose Investmentfirma.

Alte Genossen
ISBN 3-89425-221-9
Der zweite Krimi mit Rainer Esch
Die lukrative Tour für Taxifahrer Rainer Esch ist die letzte Fahrt von Jürgen Grohlers: Er wird erschossen. Und Esch wird fortan bedroht.

Siebte Sohle, Querschlag West
ISBN 3-89425-230-8
Der dritte Krimi mit Rainer Esch
Mord auf der siebten Sohle! Ein Bergmann wird tot aufgefunden. Schnell findet die Polizei einen Verdächtigen mit Gelegenheit und Motiv.

Tödliches Abseits
ISBN 3-89425-234-0
Der vierte Krimi mit Rainer Esch
Ein toter BVB-Anhänger, ein toter Bayern-Fan, ein toter HSF-Freund: Meuchelt ein fanatischer Schalke-Fan die Anhänger der Konkurrenz?

Georgs Geheimnis
ISBN 3-89425-242-1
Der fünfte Krimi mit Rainer Esch
Rentner Pawlitsch will wissen, ob sich Esch im Presserecht auskennt – und am nächsten Tag hat der Anwalt das Mandat eines Toten.

Tatort Töwerland
ISBN 3-89425-253-7
Der sechste Krimi mit Rainer Esch
Insel Juist, Weihnachten. Spekulanten streiten mit Ökos um einen Golfplatzbau. Und Rainer Esch gerät in einen Interessenkonflikt.

Glänzender Tod
ISBN 3-89425-263-4
Versicherungsdetektiv Jean Büsing sucht einen für tot erklärten Kunsthändler und gerät zwischen die Fronten von Kunstmafia und Geheimdiensten.

grafit